黑龙江历史文化研究工程项目（01YB1309）
黑龙江省哲学社会科学研究规划重大委托项目（09A-001）

梅东草堂诗集·柳边纪略·塞外草

顾永年　杨　宾◇著

黑龍江大學出版社
HEILONGJIANG UNIVERSITY PRESS

图书在版编目(CIP)数据

梅东草堂诗集·柳边纪略·塞外草／（清）顾永年，（清）杨宾著. -- 哈尔滨：黑龙江大学出版社，2014.12（2021.7重印）
（东北流人文库／李兴盛主编）
ISBN 978－7－81129－831－4

Ⅰ.①梅… Ⅱ.①顾… ②杨… Ⅲ.①古典诗歌－诗集－中国－清代 Ⅳ.①I222.749

中国版本图书馆 CIP 数据核字(2014)第 255591 号

梅东草堂诗集·柳边纪略·塞外草
MEIDONG CAOTANG SHIJI · LIUBIAN JILUE · SAIWAI CAO
［清］顾永年　［清］杨　宾　著

责任编辑　张怀宇
出版发行　黑龙江大学出版社
地　　址　哈尔滨市南岗区学府路 74 号
印　　刷　三河市春园印刷有限公司
开　　本　720毫米×1000毫米　1/16
印　　张　32.5
字　　数　408 千
版　　次　2014 年 12 月第 1 版
印　　次　2021 年 7 月第 2 次印刷
书　　号　ISBN 978－7－81129－831－4
定　　价　68.00 元

《梅东草堂诗集·柳边纪略·塞外草》编委会

李兴盛与流人学的研究

（《东北流人文库》代总序）

世有“显学”与“晦学”之分，“显学”为当世所重，群趋若鹜，如清之乾嘉考据学，今之红学、敦煌学等等，于是资料盈箧，成果丰硕，人才辈出，为举世所瞩目。“晦学”则不然，虽其学重要，然资料发掘艰难，前人成作较少，一时难见其功，学人多视为畏途，潜研者寥寥，若为世所遗忘者，今之流人学类此。

流人源出于流刑，多为蒙冤受屈，备受迫害与刑罚者。流人颇多具有文化素养，甚至学问淹博者也为数不少，世所谓“天下才子流人多”即指此而言。其人虽投诸四裔，犹不弃边远，播种文化，开发蒙昧，厥功至伟，是流人与流人文化问题固不得不有所研讨，而世之投身斯学者，固屈指可数也。

我之接触流人问题，始得益于安阳谢国桢（刚主）先生。我家与谢氏有通家之谊，少时曾借书于谢氏，得读刚主先生所著《清初流人开发东北史》，为前此未读之书。见其对清初发戍东北之流人所作专门性研究，既钦其治学视野之广阔，复感其研究有裨于清初开国史的探求。后此则未见有关流人新作。二十世纪五六十年代政治运动中辄有因种种新账老账一齐算而遭贬谪者，西部荒漠及北大荒等地均有其人，虽下放、锻炼名目各异，而其实与流人差近。投鼠忌器，颇为流人问题之研究增忌讳。七十年代初，我曾下放农村四年，耕余无聊，又谨言慎行，寡交游，遂就所携图籍中之流人著述，时加研读，随手札记心得，积久乃成《读流人书》一文。此举一则纾烦遣愁，借他人杯酒，浇自己块垒；再则见流人虽困处厄塞，而犹能寄托诗文，传播文化，颇受激励。深惟似此群体而淹塞不彰，研究者又甚鲜而深致感慨。八十年代初，海宇廓清，学术文化顿显新颜，有幸获识西北周轩、东北李兴盛二君，皆以流人问题研究自任，撰述探讨，卓有成就。其穷年累月从事“晦学”研究之精神，尤令人钦佩。

我识李君兴盛较晚，初仅书信往来，继又得读其惠我大作。我虽曾粗涉流人之学，而视李君所著之精深，则瞠乎其后矣！1989年，先后读其所著《边塞诗人吴兆骞》及《东北流人史》，见其“筚路蓝缕，以启山林”的精神及从个案研究走向通史研究的历程，窃喜流人学研究之得人！惟惜其尚局限于东北一隅，深冀其由一隅而扩及全面。孰意不及五年，而百余万言之《中国流人史》又问世，李君用功之勤，投入之深，求之当世，实不多见。我曾为此书做过鉴评说：《中国流人史》“‘是对流人问题进行全方位、多层次、各区域的完整论述，开创了流人史研究的新体系’。我通读《中国流人史》的最深感受是，他不把知识分子流人的遭遇作为个案，而是加以群体的系统记述，使之成为记述中国知识分子坎坷经历、不幸命运、悲惨处境而仍能百折不挠，利国利民，奋发向上的感人史诗”。1998年冬，兴盛复以所主编之《何陋居集(外二十一种)》一书见惠，此书以清方拱乾之《何陋居集》为总名而含有宋、清、民国之流人文献共二十二种，为流人史之研究提供基本史料，厥功至伟。次年，兴盛不辞千里，亲临寒舍，一倾积愫，交流沟通，听其言，观其行，固恂恂然一君子也。我读书未遍，关于流人史的研究，除周、李二君的著述外，其他专著、论文所见尚鲜，此流人学之所以为“晦学”也。究其缘由，愚意以为治此学者必须具备三条件：

其一，研究者必须久居边远戍地，对流人生活背景、岁月煎熬，有亲临其地的切身感受，有一种为不幸者存史的激情冲动，乃以真挚的感情去探讨、研究，从而论述中国知识分子的忧患史。这是最重要的精神支柱。

其二，研究者必须具备发现挖掘史源、搜检考校史料和公允评论人物的学识底蕴与熟练技能。唯其如此，方能于人于事，持之有故，言之成理。方能由此及彼，由表及里，由个案至群体，由古代至近世，撰成诸种有关著述，使流人学之研究不数十年而蔚为大观。这是最重要的物质基础。

其三，研究者必须淡泊自甘，硁硁自守，不急功近利，不艳羡荣华。以悲天悯人之心，阐幽发微；不偏不倚，还人物以本来，终其生而无怨无悔。这是最重要的史德。

三者言易而行难，周、李二君得天独厚，幸逢其会，一羁居西陲，一谋食黑水，耳听故老逸闻，目见流人遗迹，抚今思昔，思潮汹涌，笔端激情，油然而生。二君皆好学深思之士，穷年累月，孜孜不倦，广搜博采，勤于著述，颇见称誉于学术界，而李君兴盛所著连年问世，凡个案研究、文献记录、史事纵论，皆所涉及，涵盖可谓深广。2000年，兴盛更将其流人文化研究延伸至流寓文化与旅游文化领域，主持《黑龙江流寓文化与旅游文化丛书》编写工作，其第一种《流寓文化中黑龙江山水名胜与轶闻遗事》一书，既出版问世，赋流人学以实践意义，研究对象由流人扩展至客寓人士，视野愈益开阔。2000年，复出示其另一种《中国流人史与流人文化论集》。兴盛倾历年之积存，更于《中国流人史》之基础上，总结升华，成此论集。捧读之余，欣悦不已。

兴盛之辑《中国流人史与流人文化论集》，虽为辑录其于流人问题研究中之理论观点，实则寓构筑流人学框架之深意。书分上下编，上编阐述有关流人与流人文化之理论问题，诸如流人的分类、流人史的分期及流人文化的界定与特性、流人历史作用的评价等等；

下编为文选，辑与撰者及其著作有关之资料，可备了解兴盛治学历程与所获成就之参考。从此，兴盛之于流人学之研究，有史、有论、有专门著述、有文献汇编，足称完整架构专学之规模。

目前，为了弘扬我国历代东北流人在逆境中建功立业、保卫与开发边疆的业绩及其艰苦奋斗的精神，为了促进由谢刚主先生开创的流人史、流人文化，乃至流人学这一新学科、新体系、新流派真正创建成功，兴盛君在黑龙江省委宣传部、黑龙江省新闻出版局及黑龙江大学出版社的大力支持下，以其三十余年研究成果为基础，正在编纂《东北流人文库》这部大型的历史文化丛书。《东北流人文库》拟分为"流人文献"与"流人研究"两大部分，堪称一部恢宏巨著。

相信我国前所未有的这部开拓型丛书的出版，对于黑龙江历史文化资源的抢救与黑龙江边疆文化大省的建设，对于东北，乃至全国历史文化，尤其是文学史、刑法史、民族交流史、人口迁徙史等学科的研究，对于繁荣我国出版事业，都会起到极大的促进作用。

流人学的建立是兴盛的一个梦，他自谦目前是"残编寻旧梦"，我看他已在日益走近"全编圆美梦"的佳境。他自勉是"攀登今未已，风雨正兼程"，我则以耄耋之年真诚地期待流人学不久将在社会科学的学科分类表上堂堂正正地占有一席之地。流人学之跫然足音，殆已日近一日。兴盛其勉旃！

来新夏

二〇一〇年元月

凡　例

为了弘扬我国历代东北流人筚路蓝缕以启山林的创业精神，自强不息苦心经营的奋斗精神，关心国事反抗侵略的爱国精神，为了彰显他们在逆境中建功立业、保卫与开发边疆的业绩，为了促进由谢刚主先生开创的流人史这种新学科的研究，并使流人文化，乃至流人学这一新体系、新流派真正创建成功，在中共黑龙江省委宣传部、黑龙江省新闻出版局及黑龙江大学出版社的大力支持下，在本人三十余年全方位、多层次、系统化、理论化的流人研究的基础上，编纂了这部大型的历史文化丛书。相信我国前所未有的这部开拓型丛书的出版，对于黑龙江历史文化资源的抢救与黑龙江边疆文化大省的建设，对于东北，乃至全国历史文化，尤其是文学史、刑法史、民族交流史、人口迁徙史等学科的研究，都会起到极大的促进作用。现将本丛书“流人文献”的编辑凡例介绍如下：

（一）本系列所辑包括两种不同类型的著述：一为东北流人及其曾经出塞的亲友自撰的各种（诗文、史地、学术等）著述；一为前人（流人除外）所撰所编（如吴燕兰编《汉槎友札》、吴晋锡《半生自纪》）以及今人所辑录的与流人有关的各种体裁（包括碑传文）传记资料著述等。

（二）本系列所收流人及其曾经出塞的亲友自撰文献，上限始于有文献流传的宋辽金，下限止于清末。

（三）本系列所收各种流人文献及相关资料著述，原则上可以单独成册者印成一册，反之则将一人之多种著述或将数人之著述合为一册印行。

（四）本系列所收各种著述，均冠以一篇“前言”，主要简单介绍作者行实与著述、所收著述之版本概况以及选用的底本。至于所收著述之史料价值及对作者的评价，不一定每书均有。这一点，请读者自行审酌。此外，书后尽量附录几种与作者及该文献相关之资料，供读者研读之参考。

（五）在整理过程中，将原竖刊本改为横排本，将原文之繁体字、异体字改为规范的简化字。原有避讳字（如为避康熙玄烨讳之“玄”字，方拱乾、方孝标之诗文集均缺末笔，陈之遴之诗集则作“元”）一律改回。对少数民族含有侮辱性之字改为今天的正字，如《浮云集》之“猺”改为“瑶”等，其他则一仍其旧。但下列情况除外：

①专名用字（如人名、地名、事物名称）及容易引起歧义的繁体字，按习惯酌予保留。基于此，《甦庵集》之“甦”不作“苏”，地名寘（tián）颜山之“寘”不作“置”，徐湘蘋之“蘋”不作“苹”。又如表示剩余、多余之义的“馀”字，与代表“我”之“余”字极易引起歧义，因此不能一律以“余”字替代，有时必须作“馀”。基于此，“余生”、“余身”与“馀生”、“馀身”有别，而陈之遴“应连万死馀”句、释函可“自悔罪深馀舌在”句之“馀”字不能简化为“余”。同样的道理，陈之遴诗中的“於戏”与“短歌哀筑漫相於”之“於”也不能简化为“于”。方拱乾“八载纍人此日还”诗句中的“纍”字不宜简化为“累”。另如“髮”与“发”、“麯”与“曲”等经常会引起歧义等字也作如是处理。

②为了忠实于原文，同时为了便于学者对地名、人名、物名等事物名称源流及异名之考证与研究，同一名称的不同用字或词，酌予保留。如在古代文献中，长江多作扬子江，也有作杨子江者，山海关多作榆关，也有作渝关者（《浮云集》即作杨子江、渝关），凡此本系列二者并存，不予统一，余此类推。

③古籍刻本中多有通假字，为了忠实于原文，我们在点校整理时未予改正，仍存其原貌，如《甦庵集》辛丑年卷首有“男亨咸较”四

字,“较”是“校”的通假字。余者类推。

(六)本系列收录之流人文献,诗、词、赋与散文并存。为了整齐划一与美观,诗之排版五言、七言者基本每两句一行(杂言诗也尽量仿此)。作者之原注与我们所写之校记(改正、说明、增补)或注释等文字,则以“编者按”的形式,作为脚注,置于本页界线下方。而散文、赋、词(包括序、跋),则采取连排的排版方式。词有上下阕者,则在上下阕之间空两字。

作者原注及我们校改文字则作如下处理:凡原误、衍字应删或疑误之字,均加(　),而改正、增补或说明之文字则加〔　〕,至于疑误之文字不宜改正者,则于〔　〕中加问号即〔?〕,以示存疑。错误之字显而易见者(如干支中己亥误作巳亥等)径改,可以推知其误者,在〔　〕中注明“当作某”或“疑作某”。凡阙文或原文实在无法辨认之字,则以□代之。

又及,本丛书所收之文多据前人刻本,有的原文有正文和注文之分,注文多为双行夹注。我们在点校整理时,对此类注文采用比正文(宋体)小一些的楷体字编排,以示与正文有所区分。

前　言

本书由《梅东草堂诗集》、《柳边纪略》与《塞外草》组成。

《梅东草堂诗集》七卷或九卷，清顾永年著。

顾永年，字九恒，号桐村，浙江仁和人，钱塘籍。生于明崇祯十二年(1639)，年十二，补诸生，“名誉日起”。受知于王士禛。康熙二十四年(1685)进士，三十年授甘肃华亭知县。先是，二十八年时曾入漕运总督董讷幕府，不久给事中何楷在江南江西总督傅腊塔授意下弹劾董讷，讷失势，永年受牵连，还未来得及赴任，便于三十一年被流放奉天。三十五年，清廷因征准噶尔部噶尔丹，诏戍者运粮军前赎罪。永年遣其子顾栋代行，于是得以释归。归后，“奔走南北，以觅衣食”。四十七年归里，不久卒。工诗，其诗多“穷愁困苦”之句，时人谓为“沉郁顿挫”，“风格浑厚，旨远词新”。早年刻有《长庆堂集》，已佚。后有《梅东草堂诗集》。此书据邓之诚《清诗纪事初编》著录为七卷，未著录具体刊刻时间；孙殿起《贩书偶记》谓九卷，康熙四十七年(1708)澡雪轩刻本；袁行云《清人诗集叙录》谓九卷，康熙间澡雪轩刻本；柯愈春先生《清人诗文集总目提要》谓九卷，康熙四十七年澡雪轩刻。

考该集收诗实至康熙四十八年(1709)，与四十七年刊刻之说矛盾(这一点柯先生已经指出，但没有解释原因，仅谓“最后一年之诗及末卷《留别》二十四首乃续刻”)。之所以会出现这种矛盾，我们认为，可能是由于澡雪轩于四十七年刊刻了前七卷，此即邓先生见到之七卷本。次年又在七卷本基础上补刻了八、九两卷，从而出现了澡雪轩九卷本,此即孙殿起、袁行云、柯愈春诸先生所称述之本。此九卷本之刻,虽然终于康熙四十八年,但由于始于四十七年,因此人们通常仍称为康熙四十七年或康熙间澡雪轩九卷本。

此外,近年《四库未收书辑刊》所收《梅东草堂诗集》九卷本,著录为康熙刻增修本,似乎与澡雪轩九卷本为两种不同的版本。但据我们考核,两者仅有两点不同,其一,澡雪轩本有四份序言,作者依次为张英、盛远、翁嵩年、孙致弥,而“增修本”仅三序,作者依次为孙致弥、翁嵩年、盛远,缺张英一序;其二,“增修本”卷一末页(即三十三页背面页)所收的《题墨竹》一诗(此页仅录此一首诗)与他处相比字体瘦小纤长,显然有别,而且该诗后两句有一字之异,即澡雪轩本“料是佳人初睡醒,欲临妆镜未施朱”之“未”字,“增修本”误作“朱”。除此之外,在字体、版式、卷数、页码排列、所收诗之字句等方面完全一致。这种情况表明,两者实系在不同时期用同一书板刊刻之产物,即所谓“增修本”并非增修本,而是用澡雪轩九卷本之书板重印而成。重印时间自然是在澡雪轩九卷本之后。但在重印卷一末页时发现书板残损,进行了补刻,而在补刻过程中又误将“未”字刻成“朱”字。至于删除张序,颠倒盛、翁、孙三序次序之原因不详,俟考。

综上所述,澡雪轩本有康熙四十七年七卷本,另有四十七年与四十八年合刊九卷本(此本实为增修本),此后(时间不详)又曾据九卷本重印一次(此即《四库未收书辑刊》本)。我们这次整理以澡雪轩九卷本为底本,字迹漫漶残缺之处,据后来之重印本补正。

该书虽然为编年体,但有少数诗作所署写作时间前后矛盾不一,为保持该书原貌,姑仍其旧,未做调整。此外,由于大量诗题在目录与正文中多不统一,出入很大,我们这次整理,予以调整,有采用正文者,有采用目录者,或就二者另拟新题。此外,还有许多有目无诗的现象,仅反映在目录之中,这次整理,在目录与正文中分别予以著录。特此说明。

此外,盛远一序,由于是草书,辨识不易,我们曾请三位书法家看过，仍有些字没有辨识出来，即使已辨识者也不一定完全准确，而且有时同一字各家辨识结果不一。基于此，这次整理未收录该序，只将原稿影印件收入附录于后，供读者辨识与参考。

《柳边纪略》四卷、《塞外草》一卷，清杨宾著。

杨宾（1650—1720），字可师，号耕夫，别号大瓢山人。浙江山阴人。其父杨越因顺治末年浙东通海案牵连，于康熙元年（1662）被判处流放宁古塔。当时杨宾年仅13岁。年长后，“不习仕进之途”，以在督抚幕府中任幕僚为生。康熙二十八年（1689）九月曾出塞省亲数月。归后据其在塞外之所见所闻与调查研究所得，证以相关文献，撰写了《柳边纪略》。这是开创“边徼地理之研究”（梁启超语）风气的学术名作，也是研究清代东北，尤其是今黑龙江的重要历史文献。

《柳边纪略》成书于康熙四十六年（1707）。传世版本甚多，康熙年间有杨宾付刊写样本，即自定钞本（下简称自定本）与刻本，另有道光间杨霈筠石山房钞本（下简称筠石本），叶廷琯与傅以礼钞校本，后有《仰视千七百二十九鹤斋丛书》本（下简称《仰视》本）、《昭代丛书》本。至于《辽海丛书》、《丛书集成初编》、《小方壶斋舆地丛钞》等多种版本，均为《仰视》本或《昭代丛书》本之翻印本。近来，柯愈春先生之《杨宾集》中的《柳边纪略》系以杨宾自定本为底本，校以康熙刻本、筠石本而成，此集（简称《杨宾集》本）可称是惨淡经营、苦心孤诣之作。我们这次整理系以筠石本为底本，校以《杨宾集》本与《仰视》本。此外，按《东北流人文库》凡例，每部文献作者之原注应置于当页下方，但鉴于《柳边纪略》注释过多，达四五百条，尤其是有很多注文字数超过千字，如按惯例处理，无法排版，因此本文献之注文排版改变常例，均置于每卷之后，特此说明。

筠石本原有费密、潘耒、林佩、黄中坚、王源、魏世傚六序及作者自序，今将作者自序仍置卷首，其他六序移于卷末作为附录。另外，我们又自他书搜集了相关序跋及杨氏传记资料数篇，附于卷末，以便读者了解杨氏行实及该书版本源流与学术价值。

《柳边纪略》多为五卷本，其实第五卷是塞外之诗，与前四卷体例不一，因此筠石本索性将第五卷单列一书，并命名为《塞外草》(柯先生之《杨宾集》也同此)。我们这次整理也仿此，将二者分为两部不同之作。

限于我们之水平，这次整理，缺漏或错误之处在所难免，望广大读者予以批评指正。

李兴盛

2012 年 11 月 7 日

目　　录

梅东草堂诗集

柳边纪略

塞外草

梅东草堂诗集

(清)顾永年　著

序　一

古今庸碌者流，或自幼而履丰亨，或终身而享逸豫，或徒手而列仕宦，或拾芥而取科名，累累若若，不知凡几矣。而读书自好之士，往往厚其德者即厄其遇，丰其才者即穷其身，自少至壮，必使之潦倒流离，盘错困乏，以老死牖下也。其故何哉？盖方正之名，既为造物所妒，而精华之气又其所深秘，未许轻泄耳。故金之蒙也以砂，玉之固也以璞，蛟龙之蔡藏于壑，夜光之珠沉于渊，其不幸而为人所得者，必铸之琢之，熏之饰之，虽获见重于世，而其天已漓矣，其性已诡矣。嗟乎！天下之以不见用为贵者，岂独物类已哉。天之于人也亦然，唐以诗赋取士，少陵、太白诗之圣者也，以彼其才未尝博一第，后虽列名于朝，亦不克竟其用，而少陵斥严武，太白骂禄山，皆具有刚正不阿之气，忠君爱国之心，卒致流寓巫峡，远窜夜郎，沦落以没，岂非厚其德者厄其遇，丰其才者穷其身之一验哉。虽然，李杜去今千载矣，无论贾竖樵牧，闻二公之名莫不张目咋舌，赞叹不置，是二公自有所以不朽者，初不在乎富贵利达间也。

顾子桐村，少负隽才，名噪坛坫，执牛耳者有年矣。四十余始成进士，即以端介遭忌，不得与馆选。迨已赴南曹选授陕华亭令，又谊敦师友，敝屣一官，患难播迁，不少尤悔。入关后，登泰岱，泛彭蠡，逾岭峤，今又将度仙霞，游闽海。凡所得名山大川之助，悉寓于笔歌墨舞之中，而岩岩岳岳之概，至老不渝，宜乎诗古文辞脍炙人口，而车辙所至亦靡不降心以相从矣。戊子夏月，息影山中，桐村遣长鬚来，以诗索序。风格浑厚，旨远词新，当于高岑王孟之间别置一座。噫！怀才抱德之士若桐村者，岂非以不见用为贵，而亦自有所以不朽者，又岂仅以诗人目之哉。桐村与儿瓒同举于乡，又皆为及门苍岩所得士，儿妇即其女侄，故知之最悉，遂书以弁其端云。

康熙四十七年清和月桐山张英拜草。

序　二

岁癸未，予奉命视学岭南，表兄顾进士桐村挟其生平诗稿偕行。事甫竣，取吾师稽留山人所授古诗及阮亭王尚书《居易录》刻以行世，因谓桐村曰："子著作等身矣，曷梓诸？"桐村曰："吾自悔少所作，《长庆堂诗》多浓艳浮露之词，久弃去不复存，存者戊午至庚午数年来诗十之三，辛未以后出关、入关十六七年中诗十之七，皆悔吝忧虞、淋漓感慨、穷愁困苦之句居多，迩年无暇校定，尚欲删去繁芜，就正于予老友盛宜山，然后举以问世。"此一言也，又几易居诸矣。

桐村为先姑母独子，一龄背父，先姑母长于吟咏，自为未亡人即焚弃笔砚，惟桐村从外塾归，督令夜读，辄口授三百篇，以故桐村年十三称圣童，补博士弟子即工诗，弱冠喜与海内闻人登坛角艺，小试必冠一军，名噪甚。然往往困踬于棘闱。丁巳发愤，徙而北，中戊午贤书，乙丑捷南宫，以不与清华之选，需次里门。己巳，平原公秉漕政，当途指为即墨党，罗织文致之，波及桐村。毅然曰："此疏阴有主者，吾师，大臣也，不可诬。饿虎得人而止，吾请以身任之。"卒以此编管奉天，而平原事乃得白。遣之日，止次妻某氏、弥月儿某相随，入圜扉，涉塞外。丙子，天子自将征噶尔旦，命戍留都者并运粮军前，获生还。还之日，而先姑母已不及见矣，悲痛欲绝，迄今《纪哀》诗传颂人口。自此或南或北，奔走于衣食，家无负郭一亩，容膝一椽也。

大略桐村之为人，天机流露，无城府圭角，时以真率少许对人多多许。有谤之者，亦不与校，遇抑塞不平及有关家国之事，非不怒目切齿。少选客来，共笑谈，辄忘矣，其坦夷若此。居乡，杜门不交轩冕，游迹所至，漫漶之刺亦不妄投，曰："吾失意人，自甘落（莫）〔漠〕耳，肯弹铗朱门乎？"其狷介又若彼。以故其所为诗，亦未尝规模唐宋，率性而行，自与古合，有沉郁顿挫之致，亦有尽态极妍之姿，是以少陵为宗，而或出于元、白、钱、刘、温、李者也，读其诗可以知其人矣。戊子春，将游八闽，来别予，袖所为瓣香主人论定若干卷索序焉。予序其诗而并及其人，即谓为桐村小传也亦可。

康熙戊子岁清和愚表弟翁嵩年拜撰。

序　三

天下倚伏循环之理，或始困而终亨，或先通而后塞，有定数焉，不可得而逃也。儒者守其在（已）〔己〕，不随境为转移，处贫贱而不去，遇造次颠沛而必于是，斯其于道也，思过半矣。

予与桐村年兄出处大概相同，予自为诸生日，即荷皇上特达之知，敕令搜书海外，事竣，将予之官，余辞焉。戊午偕桐村受知于山阴、云间两夫子之门，文章意气相同也。春官连被放，乙丑三场，遇桐村于席舍，月初上，检点闱中事粗毕，因抵掌论文，次及表题，皆上所裁定，意在厚风俗，禁奢华，而作者徒摭拾南巡等语，非命题之旨，遂各诵所作，私喜曰："吾两人所见多同，必收入彀中矣。"已而桐村卷果在进呈之列，而予仍厕名孙山外，桐村为我扼腕者累日，曾有贺桐村十截句，以见遇合之有幸不幸焉，然先后为一人所赏鉴则同也。戊辰予邀一第，授馆职，桐村则需次里门。未申之间，予以敝邑浮粮恳当事疏豁遭诬妄，桐村亦为其乡漕运事，误为言者所中，是我两人之受祸，又适相同。

余得邀圣眷，仍命供奉内廷，而桐村则绝意仕进。入关后，奔走于东西南北，凡得意失意之处，一于诗焉发之，虽流离困顿，未尝有怨怼之言，亦可谓温厚和平矣。云间师曰："往余索桐村和诗，遇险韵不肯雷同沿袭，必标新领异，呕出心肝而后已。及其成也，卒工且稳，无艰涩之态。"其《纪哀》诗，姜西溟谓得汉魏间风味。近日题胡茨村竹数竿书数卷小照，有曰："恨不十年读，何可一日无。"极为当代巨公所击节。桐村谢曰："愿存此知己之感而已。”今《梅东草堂集》中尚有未尽寿梓者，约略其生平之作，原本忠孝，恺恻缠绵，言有尽而意无穷，有识者自能辨之，非予一人所得阿私也。

瞀城年春同学弟孙致弥拜草。

本书凡例

一、丁巳以前家居之日多，入则奉母，出则与亲串友朋相往还，如翁哲初舅父、丁药园、弋云叔、岳且庵。诗城不逾，受嘉玉铉、星耀。诸伯叔父执则关六钤、姚其两、成而卓、严子问、颢亭、沈甸华、宣子、孙宇台、嘉客、徐世臣、张东皋、殷嗣寅、章淇上、许天仪、邓左名诸先生。同学展盟则严柱峰、群从、俞梦符、潘新弹、右仍、杨千波、查春谷、张孝翼、邹端木、章闳脩、徐兰皋、丽天、俞洁存等。壮学则汪幼安、余邓方、周敷文、邓廷玠、沈廷益、孚尹、朱雪巢、介眉、王眉超、雍输、陈禹拜等，虽不尽以诗文酬酢，而亦有投赠之章，载在《长庆集》中，今其板失去矣。

一、《长庆堂》者，唐白香山诗稿名也。先祖辟居梅东桥之西，求董宗伯手书此三字，其额尚存。昔元白联句甚多，每一诗成，辄令老妪来听，盖取其易解耳。予亦仿此意而行之，故命名偶同。今则更名曰《梅东草堂》，亡弟向中诗则曰《桥西草堂》，殆遭颠沛以来，梅东诗甫成，而《长庆》、《桥西》已不可问矣。即一身所历三二十年，已有沧桑之变，可叹哉！

一、自为诸生时，受历科文宗知遇之感，间有歌行入《长庆》稿。戊午、乙丑两科总裁、主考、房考，若冢宰张号绣紫、大司农王号俨斋、总宪董号默庵、掌院孙号屺瞻、少詹朱号即山、阁学杨号玉符、侍御盛号诚斋、仪部张号沧岩、大行曹号石间，皆有诗文呈览。出关后尽失其稿，所存者，十余年来吟咏耳，残阙失次，有数存焉，非敢异同也。

一、故乡名胜登临之地，先贤凭吊之篇，《长庆集》中最详，惜无存矣，不知尚能记忆续补一二否。

一、风雅、乐府二种，集中未备。

一、美人以比君子，香草以比善流，故无题等作，非尽属狎邪也，姑留此一体。

一、流离患难，适兴写怀，只以自娱，不求传世，阅者幸勿笑其疏陋。

一、贱性迂拙，近复山野习成，不合时宜，有犯忌讳失检点者，适彰狂奴之故态，以资捧腹而已。

桐村氏题

卷 一

玉符杨夫子召饮，即席拈尾字作古体见示，恭和 戊午

中谷有芳兰，清芬异凡卉。
幽香袭人裾，繁条何韡韡。
夫子生华胄，天姿具英伟。
道高心益谦，下采及葑菲。
赠以明月珠，杂然陈筐篚。
教之勤诵读，谆谆戒比匪。
良玉贵琢磨，君子学博依。
诗书道所存，夙夜常亹亹。
文豹善藏身，神龙偶见尾。
古来贤达人，盛名能有几。
佩服弗敢忘，讵得云非韪。
愿言赋归与，狂狷亦成斐。

月夜纳凉

斜月照孤城，三更暑气清。

树高云不动，风定鹊还惊。
河影先秋见，星光入夜明。
谁家楼上笛，吹出凤凰声。

严广文南归　己未

执手过燕市，离尊对夕晖。
浪游吾亦倦，薄宦尔先归。
细雨消残暑，凉风动客衣。
到家秋已老，梧叶满园飞。

沈洪生尊堂年伯母范太夫人六十　戊午

六十庞眉秀，相看举案齐。
夜深初罢织，阁上早燃梨。
锦字多回读，文琴好共携。
香闺有雏凤，名已列金闺。

送汤西厓游粤西①　辛酉

桂林象郡事如何，仗剑曾经荔子波。
浪迹一生原是寄，豪游万里未为多。
少时意气休颓放，绝世文章易诋诃。
容我西湖归卧稳，短墙茅屋挂藤萝。

---

① 编者按："西厓"，即汤右曾之字，一作"西崖"，此诗题原作"西涯"，误。为求统一，本书一律改为"西厓"，不再另注。

《灯夕花爆行》赠程洁闻年友　辛酉

泾川风暖波粼粼，始和天气林塘春。
程子河干设灯宴，火树千株斗月新。
隔岸珠悬光照水，明星倒入银河里。
河中更筑一层台，台上烟光烛天紫。
乍疑神女弄珠回，还惊海鹤连云起。
须臾幻出蜃中楼，雕窗曲槛上帘钩。
亦有美人扬罗袂，巫峡云残不可留。
大船小船如列屋，争看河干红蜡烛。
张卿小史挝渔阳，舍人自唱凉州曲。
昔日繁华盛南渡，而今此事不可睹。
欲取河干驾彩鳌，卷起吴淞半江雾。

读《孙孝贞先生遗事暨贤母抚孤》二首　戊午

浊世谁耽裘马肥，辍耕垄上愿俱违。
满园芳草思公子，一室星光隐少微。
有道碑铭真鉴在，文中谥法古人稀。
畽城仿佛西州路，凭吊先生泪欲挥。

王家风范谢家诗，大雅何惭闺阁师。
闻道入山偕处士，果然此母产佳儿。
欣看柳郢遗灰在，恨识茅容进黍迟。
千载流徽传墓表，涕零忍读色丝词。

《无题》和义山韵五首　辛酉

桃花一片逐行舟，路隔仙凡迥不犹。
月约帘钩蟾影曲，香生绡帐彩云留。
阳台暮暮真成梦，楚岫年年莫记秋。
最是无情鸡唱晓，枕边闻堕玉搔头。

枝头少女送微风，指点疏星三五东。
细语灯前山海誓，幽期花下梦魂通。
双弯雪藕如脂嫩，一朵夭桃射粉红。
珍重章台杨柳色，莫教飞絮恨飘蓬。

欢忆来踪怨去踪，门前流水寺前钟。
伤心更比荼还苦，别意翻怜酒未浓。
花蕊半含寻豆蔻，黛眉双锁对芙蓉。
一重山隔千重恨，知在巫山第几重。

曾上红楼度曲来，琵琶逗雨斗轻雷①。
山如蹙黛愁千叠，路比柔肠日九回。
沉醉何妨非为酒，多情谁不解怜才。
相思拼得心头热，几向寒炉拨死灰。

容易栽花解语难，护花长自惜春残。
莺怜粉颊香初染，燕拂红绡雨未干。

① 编者按："斗"，原作"鬭"，即"閗（斗）"之讹。

画楫渡江桃叶去，凤楼吹月玉箫寒。
石家歌舞何曾歇，十斛明珠一笑看。

题《稽留先生继配储太母传》后　辛酉

萱树沉辉傍石岩，尘封宝鉴玉为函。
伯鸾有妇能偕隐，钟琰生儿自不凡。
但听哀蛩吟唧唧，那堪归燕语喃喃。
机丝检点思遗迹，留得啼痕染旧衫。

宁都魏夫人殉亡词　辛酉

男儿志勿逾，要当立大纲。
女子秉贞性，植节不可量。
所以天地间，赖此持伦常。
芳徽垂青史，皎若日月光。
宁都魏夫人，所志在殉亡。
夫子本人杰，崒嵂起西江。
山川郁灵气，烂然成文章。
一门称孝义，著书号易堂。
易堂俯龙湫，兄弟同翱翔。
伯兄遘奇祸，拉血摧肝肠。
有子殉父死，虽死名亦彰。
同仇不返戈，三年情内伤。
垂老竟客死，天乎胡不良。
夫人闻讣至，擗踊呼彼苍。
绝粒誓同穴，矢节励冰霜。

夫死妾亦死，含笑归泉壤。
昔与先生友，恨阻天一方。
章江波浩浩，贡水流汤汤。
殉夫与殉父，节孝两克臧。
自兹传不朽，千秋共颉颃。
鹿车驱冥路，伉俪还相将。
可以风薄世，留此待旌扬。

过拜鲁骏翁年伯值病起二首　辛酉

径造先生独乐园，清谈终日少寒暄。
花栏雨过因行药，邻舍儿来看种萱。
茶品细尝分雀舌，竹边忽见长龙孙。
黄庭一卷闲来读，即此蓬莱可避喧。

蓝舆日日踏青郊，野摘新醅佐晚肴。
因病却宜贪午睡，掩关不厌有僧敲。
已无婚嫁羁游屐，早以官情等系匏。
千里结言鸡黍惯，忘年端赖古人交。

过泖河和丁天庵　辛酉

汪洋千顷漾晴湖，赢得春风似画图。
日照波心开晓镜，舟移水面乱飞凫。
九峰环列浮烟直，一塔横空倒影孤。
茅屋几椽沙渚外，停桡试问酒家酤。

周鹰垂招饮　辛酉

画栏柳色正毵毵，公子乘春赋合簪。
月槛飞光移鹤浦，云楼倒影入龙潭。
红牙识曲从无误，白眼狂歌兴始酣。
漫讶惊人诗句捷，浣花今已在江南。

井院双桐引　辛酉

双梧金井高十寻，绿花翠滴常阴阴，
湘帘低控落花深。
雕阑小鸟窥云隙，疏棂漏影星光白。
客到花洲愁夜阑，清露流晖弄轻碧。
良材产自峄山阳，吴丝蜀桐幽韵长。
我欲携琴待明月，弹尽归鸿非故乡。

福山张参游　辛酉

三世通门缟纻情，逢君却在五茸城。
青油帐里春将晚，芳草堤边雨乍晴。
玉勒嘶风归马疾，宝刀出匣蛰龙惊。
素娴韬略何须问，儒将轻裘旧有名。

上偏沅巡抚丁泰岩先生二首　癸亥

本是文章侍从臣，校书藜阁近枫宸。

科名人岂寻常辈，开府年才五十春。
喉舌司宜兼出入，股肱郡且寄宣旬。
湖南险要江南赋，天语传来付托频。

逢人愁说是南征，此地由来可用兵。
击柝严城闻虎气，挂帆三峡听猿声。
计安反侧须文治，喜慰劬劳见太平。
万里长江沉铁锁，安澜岂有逆龙惊。

庄咫威述其令祖卫慈辽海扶榇遗事　壬戌

负骨南还一藐孤，关山辛苦历崎岖。
五千里外羁魂返，十六年来血泪枯。
沙碛黄昏邻鬼火，冰天白草伴城狐。
写生纵有长康手，难绘当年孝子图。

题舍甥英粲《负剑图》　丙子

我读项羽传，隐然有余恨。
喑哑叱咤妇人仁，学书不成去学剑。
剑一人敌学未终，泪洒乌骓识何暗。
古来名将本儒风，下马草檄上马战。
雅歌矢跃赤铜壶，梁父吟麾白羽扇。
丰城之狱与延津，未逢知己甘污贱。
汉书斜挂牛角尖，底用班生投笔叹。
吾家宅相气食牛，双眸炯炯如岩电。
西园人粟耻狂泉，亦舞青萍亦染翰。

丙夜高烧画蜡红，万轴红堆青玉案。
酒酣耳热引兴长，三尺太阿增顾盼。
薛烛张华相术精，水截陆刳须百炼。
藏锋敛锷好男儿，琴材终不同樵爨。
昔年殷浩徙东阳，外甥韩伯随吟畔。
肯因颠沛暂相离，气义千秋金石贯。
可怜杜甫贫交行，覆雨翻云态百变。
龙文宁为取功名，赠尔佩之防忧患。
曹沫荆轲命不同，道旁观者嗤风汉。
侠客还从贤圣求，愿分图籍与君半。
或歌或泣画中看，此舅此甥非冰炭。

莲社次韵　辛酉

电光石火最堪伤，有愿持斋学太常。
眼底经过花雨散，鼻中闻觉木樨香。
只看内典维摩诘，不是词坛顾野王。
立地几人能办佛，何妨游戏一逢场。

吴门喜遇翁康饴，归自句容，以新诗见示，即次原韵　辛酉

梦想家园梅里东，江天又见蓼花红。
浪游但觉襟期阔，愁苦偏宜诗句工。
夜静梧桐闻落叶，月明鸿雁怯西风。
飘零孤剑浑无定，未必年年此会同。

我游阊阖尔金陵，到处钟声客舍灯。
诗格曹刘才一变，家风王谢久相仍。
且提碧瓮看花去，但遇青山着屐登。
明日扁舟杨子渡，布帆秋雨暗潮增。

《画舫丽人行》赠沈南季年友　辛酉

桃叶桃根弄春雾，青雀飞飞花满树。
公子张筵列绮罗，簇拥红妆柳边住。
中有惊飞分外娇，郁金衫子翠云翘。
一曲清歌歌未已，可怜瘦尽沈郎腰。
江东虎痴更痴绝，携得娉婷肌似雪。
金谷明珠夜失辉，紫宫飞燕羞同列。
却喜欢年二八余，畹兰家近莫愁居。
灯前二美俱无价，一样看来玉不如。
画舫雕窗光照水，春山倒影金樽里。
杜牧曾留薄幸名，有情不为无情死。
今夕何夕春风癫，与君拼醉共花眠。
欲觅烟波寻少伯，五湖偏少丽人船。

留别程洁闻　辛酉

一番风雨到江春，画阁珠帘柳色新。
楼上红灯今夕醉，河边芳草未归人。
孤帆带月移高树，隘口征鸿度远津。
最是不堪携手处，黯然离别又伤神。

姑苏寓施天若小楼　辛酉

乘槎忽到百花洲，访得名园且暂留。
萝薜昼阴常覆榻，梧桐新雨一登楼。
多君藻思怜同调，助我清谈豁旅愁。
剪烛西窗尽馀兴，还教碧月照溪流。

同严十定隅游虎丘和张彦晖韵　辛酉

放鹤生公何处寻，峰从海涌剑池深。
停舟戏水攀荷盖，与客携樽就竹阴。
怪石昼眠疑伏虎，苍松夜吼作龙吟。
歌台几度游麋鹿，独有青山自古今。

寄行人汪东川　辛酉

与子读书吴山麓，双峰对峙如人伏。
风雨联床闻曙鸡，夜月穿林洞茅屋。
但看冰砚有时温，不问霜毫几回秃。
先我上长安，今为供奉班。
我时刷羽返故里，君正扬眉侍禁銮。
长安街头沙乱走，一曲离亭一杯酒。
于今不见已三年，相思望断东川柳。
而我风尘尚落魄，笑杀燕台空逼窄。
解尔金龟换美酒，且教烂醉长安陌。

家笔堆招饮嘉树堂　辛酉

辟疆名胜阿兄家，满径秋香送落霞。
竹里流泉堪涤砚，亭边疏柳好藏鸦。
红儿按板歌喉细，碧玉留人舞袖斜。
醉后不知银漏永，月明深院谱琵琶。

王阮亭民部召入翰林赐宴赋诗，因诏求博学宏词，步李容斋学士韵四首　辛酉

黄扉一席左犹虚，玉署班联孰得如。
献颂王褒新视草，拜官供奉夕除书。
衣沾香案调羹近，月上鸾坡撤烛初。
见说招贤东阁盛，不闻夏屋赋渠渠。

台阁文章制诰初，柏梁七字奏新辞。
能如绣虎谈何易，漫说雕虫壮不为。
十载冯唐愁未调，多才司马宦非资。
分明稽古堪荣召，一日声名到凤池。

汉庭原是重儒冠，马上承平治最难。
三策天人来董子，五经同异问兒宽。
谁容傲吏名中隐，只恐深山卧未安。
近日征车闻四出，紫泥常绕白云端。

履板清谈纪盛游，每逢明诏切旁求。

得逢知己能无恨，久系苍生岂自由。
神骏不随凡马相，焦桐终被赏音收。
诸公尽入英雄彀，莫怨迟封李广侯。

别云间周俊上　辛酉

两渡苇城溯水渍，霜天鸿雁惜离群。
神游苍圣虫书迹，手定宣王石鼓文。
帆去苇花吹暮雪，岭回枫叶伴斜曛。
孤山羽客梅亭鹤，期尔湖边看白云。

送洪昉思游大梁　癸亥

津亭握手共离觞，匹马长征犯晓霜。
衰草连天风飒飒，冻云垂野日荒荒。
频年作客凋双鬓，到处题诗挂一囊。
岁晚兔园霏雪满，多才司马正游梁。

赠陆冰修隐君二首

时有交荐之疏，先生固却之。　癸亥

文章何似陆生奇，怀里新书只自怡。
谁得卿狂唯解饮，不因人热独为炊。
烟霞久有终焉志，姓氏还愁识者知。
野外生徒闻习礼，至今能说汉威仪。

五十藏名意气真，早知富贵不如贫。

谁为悦己堪施沐，何爱馀光更乞邻。
入座衣冠聊免俗，放怀歌泣若无人。
山间明月依然好，把钓从君上富春。

送陶士拔之茸城郡守幕二首　癸亥

珍重词人好笔踪，短檐藤帽白轻褣。
此行不为莲花幕，欲写吟情到九峰。

一水曾无百里遥，往来书画有轻船。
思君只在南湖北，早借风帆晚趁潮。

杨太师母夏太夫人五十寿　癸亥

榴花菖叶逐年新，又见芙蓉绽小春。
封奏九重真谏议，母仪四国太夫人。
赤文受册探瑶笈，黄雀衔环系玉麟。
和就熊丸资珥笔，织成龙衮补丝纶。
校书天禄藜初照，著史襜帷漏未匀。
戏彩新荷翻碧沼，扳舆春日夹朱轮。
风回珈佩分钗绶，翠压眉峰带笑颦。
毛女云芝千片锦，麻姑鸟爪一双银。
子为当代金貂客，婿是前朝青琐臣。
赐出天厨斟御酒，颁来仙馔脍游鳞。
种将玉树方游洛，购得桃园不避秦。
三泖晴光回雪浪，九峰华月照松筠。
层楼直接仙茎露，丹阙遥通绣陌尘。

共指长生搜篆籀，可知难老是星辰。
几从载酒情何切，一自登龙道可亲。
孔李通门惭下士，荀陈入座羡嘉宾。
慈鸦反哺花边住，老鹳将雏池上驯。
壶则中宫同给札，女师彤管并书绅。
百年三寿频频祝，还看儿孙觐紫宸。

送周鹰垂北上三首

时子客居云间。　辛酉

那堪客里送行人，花扑征鞍柳拂尘。
我向茸城独留滞，何时同醉曲江春。

马上看花定有期，江南花早上林迟。
故人元九曾相识，好寄红莲一首诗。

八月红樨三月桃，燕山春雨度花朝。
周郎得意休嫌晚，走马扬鞭过御桥。

赠畹兰校书　癸亥

醉后书残白练裙，楚兰宜雨亦宜云。
憨生何似司花女，还比司花韵几分。

项霜佃、严定隅枉过

蓟门逢二妙，疏略少将迎。

相对醇如酒，何妨尔独醒。
汲泉烹蟹眼，炊玉作香粳。
日夕同佳趣，消魂又远行。

送汤西厓归里兼怀陈一玉　癸亥

去年湖上识陈生，一言结交山可倾。
今年邂逅遇汤子，酒酣耳热歌燕市。
二子文章伯仲间，神骨仿佛马与班。
意气开豁亦相似，尝令古道照人颜。
贱子饥躯久行役，儒冠误我仍落魄。
局促还如辕下驹，曳裾侯门耻怀璧。
客舍汤生不暂离，相依晨夕比埙篪。
出门更仆入共被，歌泣不管旁人知。
朔风凛凛寒威冽，冻云一片千山雪。
汤子匹马立路旁，揖我辞归心恻恻。
知君早晚卧烟霞，东邻即是陈生家。
春风并泛西湖棹，孤山一路飞梅花。

偕同年马严冲、沈洪生诸太史侍饮山阴朱夫子　癸亥

绝学崔嵬不可攀，一时函丈共承颜。
升堂半是金闺彦，侧足深惭玉笋班。
列障笙歌闻北里，拥门晴雪对西山。
点头赖有生公法，莫笑真痴似石顽。

疏狂小子未知裁，载酒云亭问字来。
经笥腹便藏五酉，鳣堂服色象三台。
清谈不觉挑灯尽，得句还教急板催。
昨夜东风微漏泄，晓窗已放数枝梅。

奉别少司农李容斋夫子二首　癸亥

牢骚壮志近如何，客底年华拈指过。
十载师门闻道晚，一身涕泪感恩多。
东风著柳舒青眼，南浦归云送绿波。
稳挂汉书牛角去，两峰高处任狂歌。

频开东阁吐哺劳，折节何当谛久要。
去矣不因无醴酒，归欤犹自恋绨袍。
山生桂树思招隐，草没云亭著反骚。
蓬荜若邀明主问，好将琼佩解江皋。

汪子寓昭下第南还　癸亥

汪子玉立姿，不受尘网羁。
浩然发归志，还山理钓丝。
披裘垂钓行大泽，拂取严陵一片石。
严陵月出万山辉，寂寞鱼龙秋水碧。
某也亦有丘壑情，愿随吾子同归耕。
自顾昂藏躯七尺，不甘雌伏当雄鸣。
江河日下滔滔是，等闲鸥鸟随波靡。
贾生痛哭吊湘潭，贱贫宁免遗俗累。

鸣呼君诚大宛之龙媒，不逢伯乐终尘埃，
伏枥长嘶竟何益。
安得力士袖中锤，与尔锤碎黄金台。

呈巡盐成愚昆先生二首　癸亥

东林壁垒近如何，士气于今尚不磨。
岂是浮名同画饼，还凭清议挽颓波。
敦盘闻说先贤盛，厨顾宁夸后进多。
吾道干城公等事，千秋大业莫蹉跎。

漫言柱史但能文，管乐功名更不群。
夜半占星知王气，眼前聚米识妖氛。
山河无恙还忧国，奏疏多违亦爱君。
池上鸣珂俱滴滴，天官河洛几人闻。

杂感四首　癸亥

堪叹流年似掷梭，负薪市上日行歌。
饥来驱我真愁绝，壮不如人奈老何。
门对数竿翻碧影，绳穿一榻挂烟萝。
有田自觉为农乐，早晚扶犁卧浅蓑。

萍梗无情逐水流，京华淹滞独悲秋。
连城璧岂无因至，不夜珠何以暗投。
黄鸟听来针俗耳，闲居赋罢白人头。
怀沙自古真成恨，我欲浮沉学海鸥。

病后相如渴未消，经过万里欲题桥。
汉官争画长螺黛，楚殿偏怜细柳腰。
四塞霜天迷去路，一江春雨暗生潮。
如何万丈东风力，不借鹏抟到九霄。

思归岂是为逃名，才说家乡便越声。
织锦文无描恨赋，如淮酒不决愁城。
喜开图史青双眼，拈断髭须白数茎。
买得一山茆结屋，闭门终日种芜菁。

奉酬汪东川太史三首　壬戌

不能雌伏便雄鸣，武库胸藏百万兵。
椽笔待君乘锐试，糟丘许我及时营。
乌栖晓树啼来急，月带寒霜分外清。
约法愿如金谷罚，题诗未就酒先行。

冰盘罗列玉缸陈，麈尾明犀自辟尘。
开瓮不嫌中圣薄，披图时与古人亲。
肯甘谐俗朱门叩，莫谓相知白首新。
耐久梅花香扑鼻，金铃低护索檐巡。

风流吐纳满怀春，二月莺花倍可亲。
赖有青云腾健翮，何妨碧涧滞沉鳞。
夜分莲炬休嫌晚，客到门庭莫怪频。
陈对金华称第一，堂中五色是丝纶。

《美人倚梅图》二首　壬戌

倚玉纤纤近可扳，香瓯一盏侍双鬟。
含情莫道人无识，料是江妃姊妹间。

分明结伴在三生，未启朱樱目已成。
消受罗浮今夜梦，并肩顿有两倾城。

《美人采莲图》二首　壬戌

巧样蟠龙一色新，轻摇团扇入芳茵。
红衣试并红裙看，妒杀章台柳下人。

并蒂连枝舞态饶①，嫣然一笑许相邀。
灯前若解卿卿语，未必能分大小乔。

喜遇张平山时有江右之行　庚申

文字交游两不穷，芝兰相接臭原同。
襟期朗爱清秋月，谈辩雄生满坐风。
一幅雨帆催客去，几年烟柳带愁笼。
双鱼莫道西江远，的的东风更向东。

---

① 编者按：“饶”当为“娆”之讹。

戏柬汪东川翰林索饮　庚申

日日常拼是醉乡，一生老此渐颓唐。
不须俸米生饥朔，但置糟丘处渴羌。
青眼客来春瓮绿，白衣人去菊花黄。
先生五斗风流惯，信步能容到玉堂。

寓竹浪僧舍，喜宜山、士拔、汝谐、鹤书、辞立枉过留饮，得声字　庚申

枉寻初地续诗盟，到此何容挂热情。
步久空林落松子，坐移小槛就兰英。
朋来最是客中密，别意翻于酒后生。
却怪黄梅连夜雨，梧枝竹叶总愁声。

和程汝谐韵　庚申

卖药南湖无二价，埋名谁不识韩康。
诗成眼欲空千古，兴到君须尽百觞。
已辨摧隤销舌剑，却容游戏入词场①。
平生亦有冰蚕性，更乞先生解热方。

答沈穆如同学　庚申

珍禽厉健翮，来自大海滨。

① 编者按："入"原作"人"，不通，当为"入"之讹。

胡为羁樊笼，俯仰不得申。
落落负奇士，自古遭邅迍。
达识苦不早，岂必忧贱贫。
冠盖非我俦，所思在古人。
叹息世俗交，转眼若浮尘。
卓哉吾沈子，风雅迈殊伦。
相逢燕市中，酒酣意气真。
慷慨发浩歌，一曲拟阳春。
安得琼与玖，相赠开心神。

卓次厚见访

勤勤劝驾辱濡翰，懒癖其如喜便安。
黍谷那因吹律暖，夏虫谁足语冰寒。
方忧日短思将母，莫谓河清可备官。
得便酣吟溪屋下，诗肠清沁酒肠宽。

过写山楼赠李云连四首　庚申

输君三雅绝人踪，百尺楼头孰比蹤①。
仙掌色沉官字盏，画屏风摆乳毛松。
虚檐四敞迎凉雨，老树孤撑作远峰。
壁上沧洲山不断，卧游何用更拖筇。

① 编者按：“蹤”，本为“踪”之异体字，为避免同诗用字重复，故未采用通用之“踪”字。

藤床瓦枕足佳眠，不唤茶仙即饮仙。
摩诘诗篇兼有画，米颠书屋总名船。
低飞欲住花间蝶，高噪能清树里蝉。
正值炎天偏昼永，许裁大暑赋当筵。

花湾西去即渔矶，白板临流两小扉。
鱼候石池吞墨浪，燕归春巷认乌衣。
尊彝清玩皆三代，松柏分除尽十围。
香热一炉琴一曲，飞鸿目送手频挥。

画又日给有余资，清课还分十二时。
袜露湿缘行药圃，帽檐低不碍花枝。
偶来酒伴宵联句，爱与山僧昼对棋。
此是神仙真窟宅，小桥流水钓鱼丝。

计希声枉过小寓，留饮次韵　庚申

爱接名流那讳穷，相邀无事遣庞通。
风摇池竹喧山雀，香约盆荷引蜜虫。
茗熟盛来官盏绿，窗闲深见佛灯红。
可知清款留君处，较胜逍遥避暑宫。

饮居尹和斋，时有卓亮庵、子敬、次厚、秦天格、计希声、朱予新昆季即事　庚申

高结松棚胜锦棚，藤床六尺展桃笙。
炎威正炽灯无焰，风力如绵扇有声。

诗律最严谁将将，酒权在握任卿卿。
狂来不受刘章约，那得人间宠辱惊。

指挥自负滑稽雄，饥死何曾得辨穷。
阶草迎凉分酒力，麈犀辟暑助谈风。
频过不觉两三日，入座还余六七公。
最是多情有仙客，许从花底觅红红。

寄井梧女子 壬戌

珍重名花待晓风，芳心未吐护花丛。
上林探得春消息，肯使高楼怨落红。

橄　榄 壬戌

细嚼津津解舌干，欲尝姑置半衔残。
耐人思在回甘处，不比青梅一味酸。

菱　角 甲子

青角红苞出水鲜，一腔冰雪谢丹铅。
相看自是温如玉，风骨棱棱亦凛然。

长夏客醉里，计希声招同陈容庵、屠尹和、卓子敬、次厚宴集 甲子

同是飘蓬客里身，沽衣招我设兼珍。

方河朔饮刚初伏，似竹林贤少一人。
算酒盈升还计石，贪杯犯卯又过申。
输诚好在青州畔，不比他乡有问津。

吟轩虚敞解烦煎，此夕开樽不偶然。
荷叶摘来香细细，竹根斟处饮连连。
浇胸胜似清凉散，过夏难于法律禅。
莫更留髡乘月返，醉乡酣笑即神仙。

白石榴 乙丑

似火红绡百宝光，石家阿醋怕雌黄。
雪中月下甘分寂，洗尽胭脂爱淡妆。

喜徐淮江连举二子二首 甲子

左手相携右手提，名家百果属楂梨①。
生才一岁识之字，来又三朝试伟啼。
族谱何妨名大小，里门从此住东西。
丹山老凤将雏凤，不是梧桐不肯栖。

一非为少两非多，秀出蓝田胜琢磨。
琬琰并陈原异种，珊瑚始长便交柯。
孤忠有后真宜尔，是父生儿又若何。
却喜来逢汤饼会，敢题凤字等闲过。

① 编者按："梨"，原误作"黎"，径改。

和项东井《醉蝶》 丙寅

香魂招惹惯风颠，更觅糟丘作饮仙。
酣醉任教身入梦，贪花合与酒为缘。
扑来扇底须根湿，舞向裙边翅力绵。
两字多情真浪子，滕王妙手也难传。

和东井《剥豆》诗 丙寅

顷筐去荚碧参差，小喜如梅韵足夸。
最惜香过纤女手，也怜软称老人牙。
煮同赤米曾为饭，荐并未樱亦点茶。
只此江南一佳味，饱尝闲更较桑麻。

过庙后村访介诜茅庵，时五月芒种 丙寅

偶逢芒种到青村，水满柴扉没旧痕。
飞过鸟声皆入耳，拖来云脚正当门。
山僧归去挑棕笠，田父呼来共瓦樽。
醉里忽闻清磬发，孤灯一点破檐昏。

水乡何处不栽菱，风俗家家似结绳。
修竹绕篱遮草屋，小桥跨水接田塍。
老翁看数鸡归栅，稚子空收月满罾。
量雨较晴清课事，子孙耕读力吾能。

工部宋声求以闰三月望前二日招同人送春，予方束装南归未赴口占　丁卯

羡杀春光满帝畿，重逢修禊自来稀。
天公有意教添闰，底事忙从月望归。

玉兔初圆影渐飞，生憎红树隐斜晖。
东皇岂是无情者，忍撇嫦娥独自归。

垂帘犹绾旧黄扉，每到春残恋夕晖。
明月树头知在否，十分为尔故迟归。

千金此刻饯残晖，一去难留泪欲挥。
独有衔杯向南客，送春翻得伴春归。

过梅溪访睿石和尚　丁卯

才过柳港又蒲汀，小结茆庵地故灵。
未易谈诗窥奥窔，可能学佛到门庭。
白云舒卷尝为幔，碧树参差远作屏。
和尚家风真淡薄，饭时持钵饮时瓶。

《抱月读书图》　丁卯

春去秋来底事忙，清辉照处胜萤囊。
嫦娥只傍书声住，不与离人照断肠。

喜得陈叔毅《客居》诗却寄　丁卯

别便三年与五年，愁思渺渺恨绵绵。
料无物可宽胸次，赖有诗尝到耳边。
万事看如棋局破，一身稳寄酒乡眠。
白萍红叶归来好，尔唱菱歌我刺船①。

饮文娥妆阁　丁卯

六街人静启深帷，鹦鹉休言客到迟。
月下花分灯下影，可怜刚是卸妆时。

答钱越江编修见赠原韵　戊辰

愁中岁月易销沉，渐老风霜苦不禁。
交未知心终割席，穷教到死且挥金。
疏狂唯酒人无忌，嗜好于书性独淫。
检点三年旧笔札，岁寒珍重短长吟。

卸却征鞍便理舟，年来辛苦怪闲游。
局终悔不争先着，名盛难居第一流。
城北笙歌喧绮席，街西杨柳拂朱楼。
无端又染东华土，只有香醪豁旅愁。

---

① 编者按："刺"原误作"剌"，径改。

赠同岑和尚　丁卯

抛掷堪怜王谢名，一肩楖栗悟无生①。
因缘已了来今去，吟咏何分坐卧行。
岂有山河为眼障，直将冰雪比肤清。
从师好得谈空理，别后还愁鄙吝萌。

哭亡弟向中二首　癸亥

几年同学自相师，手足从今永别离。
屈指三传无百岁，伤心两世是孤儿。
雁行散失无双影，荆树凋残剩一枝。
可叹生前魂梦隔，此情那得九泉知。

十年憔悴病相如，键户朝朝自著书。
上策未收犹舌在，一寒无计使眉舒。
墙头薜荔秋霜晚，池畔芙蓉夜月虚。
寂寂复堂荒草遍，遗经留待后人锄。

舍弟怀九招陪年友陆文端、朱予诜昆仲二首　癸亥

有弟休夸似颍滨，躬耕湖畔烂天真。
闲携胜具三升榼，爱作清流一辈人。

① 编者按：“楖栗”原误作“榔栗”，木名，可为杖，后作为杖的代称。

画槛迎凉频掉尾，碧筒传饮迭为宾。
此游最喜多佳赏，更借新诗涤旅尘。

明湖晚对敞云屏，树色多于雨后青。
小港风来欹柳脚，荒园藤蔓没柴扃。
清泉得漱如无暑，冷石权眠不用醒。
酩酊且完今日事，重寻谁许续山瓶。

可　　是　癸亥

可是朝云旧楚台，如花端的上心来。
两年空堕相思泪，一寸终燃未死灰。
舞罢柘枝人已去，歌残桃叶恨难裁。
枕中尚有涛笺样，肠断香奁不忍开。

秦园二首　甲子

白云尽处即柴门，一路松风入耳喧。
穿石细泉过绝涧，缘坡老树托孤根。
交交山鸟传声远，簇簇秋花着意繁。
休问平泉更金谷，本来人世有桃源。

天然画里见名园，搜尽山林探水源。
好是不伤真面目，看来别有一乾坤。
绿杨树底开深沼，红板桥西架小轩。
门外桑麻数家住，正须点缀作仙村。

哭翁舅父和倩二首　甲子

春雨春风穗帐寒，酒炉如旧夜漫漫。
驱车莫向西州路，湿尽青衫泪未干。

群从联吟忆谢庭，那堪摇落似晨星。
高堂无限伤心事，头白年年痛脊令。

七夕饮张太守署中二首　丙寅

萍迹空传乞巧瓜，相招仿佛遇仙槎。
半生游老长安道，七夕人逢太守衙。
笑我酒狂因病减，怪他旅鬓逐年华。
明朝更约南湖去，莫自蹉跎负好花。

垂垂屋角树成阴，三面微风透晚襟。
细数名花终抹丽，杂陈仙果得来禽。
诗无馀卷人争取，酒不停杯客自斟。
杜牧多情宾最盛，壁中高唱有知音。

题宜山居士小照　丁卯

行藏何必借缁髡，佛假儒真异法门。
面目宛呈颜孔乐，画图偏认释迦尊。
个中妙用谁参得，些子机关亦着痕。
不是塞翁轻道破，恐因色相误乾坤。

和韩苍霖《春日村居》次韵　丁卯

八九人家住一村，蓬头老婢应柴门。
较量天气农书准，讽咏先王儒术尊。
屋角丛生延鼠尾，墙阴土坼长龙孙。
夜来骤涨桃花水，三尺平桥掩旧痕。

周子瑾将军出示《濂溪先生像赞》　丁卯

岂独鹰扬意气雄，濂溪一派本儒风。
兵机阐自河图数，武绩名符理学功。
犀麈高谈方娓娓，布帆惜别又匆匆。
何年更作西园集，醉卧芙蓉锦碧丛。

友人岸舟四首　丁卯

牙樯仿佛驾长虹，陆处舟居少异同。
锦缆频年横野渡，石帆何处挂秋风。
疑藏绝壑人犹负，似泛浮槎路可通。
愿得篙师来指点，桃花洞口住仙翁。

碧梧红杏映清涟，十丈飞庐舣岸边。
赤壁鼓人登处兴，剡溪悭我去时缘。
若教载石行能稳，即命为杯饮亦颠。
何幸遭逢如李郭，此行叹绝似神仙。

芙蓉舰不比艨艟，日对澄潭把钓筒。
涉世无心空载月，济川有具待乘风。
流当急水争居上，砥向狂澜障欲东。
莫道洞庭烦寄简，置身恍在碧云宫。

园林胜赏岂楼台，觞咏流连亦快哉。
李白莫嫌呼不上，张凭还许载同来。
未须究委寻源去，那肯随波逐浪来。
泛宅浮家高士愿，坳堂底用叹胶杯。

北上怀白龙潭　戊辰

一年三到九峰游，醉便贪眠桃叶舟。
西望龙潭看渐远，红桥何处旧青楼。

题虞东弟《洗马图》　戊辰

牵去长林浴钓滩，短衣脱帽厌儒酸。
名驹只恨无人识，借尔如椽写出看。

陈仁仲善书诸名帖，诗以赠之二首　戊辰

临池三世总名流，家学渊源尔更优。
爱写练裙乘客睡，惯书蒲扇应人求。
凝思虚画虞君腹，饱墨狂濡张旭头。
柳骨颜筋诸法备，一时珍重太清楼。

不习窗蕉即井阑，谁能叉手犯锋端。
精工草圣能师古，妙绝鹅群肯博官。
早是盛名劳梦想，翻于晚岁得交欢。
倾城只在君怀袖，惭愧蝇头写白团。

同宗侄千峰　戊辰

三尺茅檐四尺垣，风风雨雨对黄昏。
僦居近接乌衣巷，隔舍高挑犊鼻裈。
千里长江无别派，百年乔木结灵根。
燃松挥羽我家事，好共冰瓯细讨论。

访一初上人不值留题壁上　戊辰

几尺松荫屋角遮，摩娑贪过一公家。
主人亦为看花去，直上禅床自吃茶。

题项东井画　戊辰

叠叠烟云尺幅间，此中丘壑已情关。
从今不用穷幽讨，一日看君画一山。

淡云四首

每句以二字叠成。　戊辰

黯淡云容楚岫遥，淡罗衫子翠云翘。
春云不及秋云淡，还把秋云淡淡描。

云浓如墨淡如波，浓淡云情试若何。
一片巫云原不淡，淡云怜我意还多。

淡黄云鬓半涂鸦，浅淡云衣裁作花。
杨柳拂云云淡淡，红楼高处淡云家。

淡影闲云日已曛，淡云临别意殷勤。
云归巫峡看看淡，未必侬心淡似云。

和沈南季太史《瓣香阁》题，次韵二首　戊辰

竹槛茅檐傍水边，故人招隐出新篇。
西园有树阴遮屋，一面临东水障川。
佛法悟从文字得，诗才清入画图传。
香山莲社添佳话，但遇名流定结缘。

四大禅床不着边，独馀痴兴在吟篇。
窗涵月影横孤塔，风卷松声沸百川。
董帖陶诗看酷似，周妻何肉岂虚传。
丹青较胜苏公带，来作先生世外缘。

六叔母节寿诗　戊辰

我家有寿母，百岁少三霜。
苦节几八旬，教子启书香。
不幸阅两世，高躅恒相望。
先君早见背，永亦孤雏行。

所恃丸熊训，皇路获腾骧。
悲哉六叔父，殁时年正强。
弥留存两子，一蹶连折伤。
婶氏本继配，少寡身自防。
长斋饮冰蘖，妯娌两共姜。
茕茕泣无后，若敖馁可伤。
辛苦作哀鸣，求足奉蒸尝。
立孙兼立子，名义两无妨。
只今皆林立，譬如琳与琅。
大者躬力作，菽水资耕桑。
小者事诗书，努力思翱翔。
长幼毋舛错，敦睦共一堂。
何必属毛里，始称似续昌。
追溯高曾矩，先后互辉光。
梅东桥故居，千载留芬芳。
圣朝崇节孝，棹楔待旌扬。

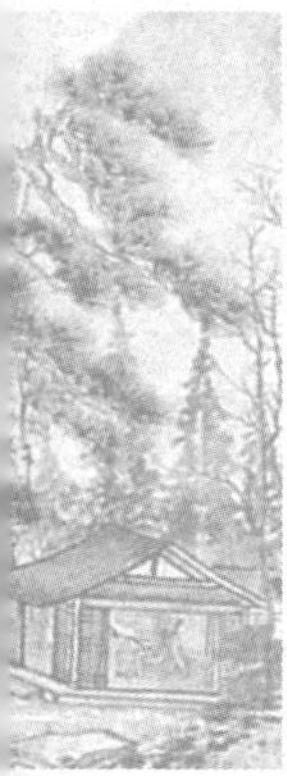

姑苏怀古十首　戊辰

响　屧　廊

环佩丁东降碧虚，姗姗月下识仙裾。
潘妃也学凌波步，凿遍莲花总不如。

香　水　溪

谁信温泉事亦同，香溪千古说吴宫。
美人浴罢遗脂在，一点桃花映水红。

支公放鹤亭

亭前放鹤碧云秋，人去山空鹤不留。
今夜月明闻鹤泪，洞庭山下一孤舟。

贞　娘　墓

坟前花落复花开，血泪年年化蝶灰。
多少青骢杨柳下，不知春恨为谁来。

梁　鸿　冢

灞陵一去无消息，庑下谁传处士星。
华表鹤归沧海变，要离冢畔草青青。

销　夏　湾

月殿风台已化烟，湾头荷叶尚田田。
柳深日暮横渔艇，不见吴娃唱采莲。

短　薄　祠

萝薜阴阴风雨吹，古祠老树叫寒鸱。
人传海涌峰前寺，谁识司空晋代遗。

梅　　市

变姓吴门隐市佣，偶来吴市访梅踪。
我家亦在梅东住，回首高桥梦里逢。

酒　　城

石甃苔封啼鸟来，馆娃歌管竟尘埃。

青溪不改东流水，尚有吴王酿酒台。

白　公　堤

堤边杨柳绿萋萋，堤上人行日又西。
太守风流何处去，居人犹指白公堤。

贺汤庶常西厓　戊辰

仙杏初红柳放绵，看花醉着紫珊鞭。
群公推挽真名士，十载蹉跎尚少年。
指屈素交能有几，眼空千古更无前。
轩轩自刷摩云翅，不借东风也上天。

赠影娥校书二首　戊辰

误落风尘肯滥交，为郎亲唱续鸾胶。
邮亭一宿缘非小，不比茫茫梦幻泡。

为云为雨楚阳台，料是三生笑口开。
孤馆自回音信杳，挑灯拟待玉人来。

漕幕即事十首　己巳

开府威名重，雄哉此建牙。
吏归封夜钥，门启放晨衙。
旗满风翻鹊，庭清树集鸦。
可怜孤客影，梦不到东华。

仕宦如薪积，空劳挂热情。
一行愁作吏，及早办归耕。
辨色催传点，闻鸡报杀更。
门开心洞见，真羡大官清。

倦羽飞还急，高柯借一枝。
吾非能记室，意却在陈思。
簟是龙须草，花多鸭脚葵。
午窗初睡起，着意读新诗。

四月清和候，长淮一水澄。
云浓看有脚，风软听无棱。
圃后皆书屋，亭西是射堋。
莲花最深处，相隔又层层。

扫舍先通脚，移床更洗泥。
雨鸠啼树急，晴蝶掠花低。
庄叟多旁喻，东方惯滑稽。
喜无尘俗到，风月抹还批。

一卷淮行草，曹刘气可吞。
重教新壁垒，直欲破篱藩。
可解愁眉结，能开病眼昏。
如何持布鼓，轻易到雷门。

早为看花起，明星向晓稀。
鼪缘空壁走，鸦傍矮檐飞。
削木凌窗格，编芦作地衣。

赖他同舍友，检点及纤微。

久阴防积润，试一检巾箱。
雨霁烟升屋，棂疏月漏光。
砚蟾催换水，银鸭办烘裳。
最是黄梅里，愁人新课忙。

物理闲中得，风来动阁铃。
蛛牵绳缕缕，萤堕地星星。
爱检文章箓①，惭居典故厅。
近时疏酒味，题座有觞铭。

梦得平安字，高堂饭几何。
乡程千里远，客况两年多。
屋角藤初蔓，墙阴竹未科。
有时归兴发，一棹接吴波。

和董养斋《舟中牡丹》原韵二首　己巳

想是花师别酿春，琉璃瓶不染纤尘。
分明姚魏丛中种，错认秦韩队里人。
绣被横陈逢一笑，凌波微步现全身。
江皋幸遂三生约，愿借方舟作累茵。

仿佛天台洞里春，一枝浓艳滴芳尘。
休疑环佩空留影，不倚阑干亦可人。

① 编者按："箓"，原误作"录"，径改。

神女有时寻客梦，仙舟何处着凡身。
桃花流水寻常事，珍重残红当醉茵。

次家掌坊见赠元韵　己巳

堂悬一榻好相留，书画成围屋似舟。
雨过看山联醉马，更残待月上诗楼。
砚田欲废真无计，酒债粗偿岂易谋。
睡起隔窗吟正朗，避君不敢住东头。

汪宫赞扈驾还里觐省二首　己巳

湖上桃花二月春，春风不动马蹄尘。
远陪御辇承新宠，兼过家门省老亲。
帐殿夜闻宣内旨，纨缣擎赐出中人。
南游扈从知多少，若个尊于讲幄臣。

珥笔承明地望高，行台入直羡霜毫。
君无过举臣邻力，美不胜书记注劳。
岂独江淮须作楫，并令桑梓遍流膏。
负暄我亦田间叟，何限恩光到敝袍。

写山主人立春日画梅　戊辰

古干疏枝笔意殊，老来借此自欢娱。
梅花不谢春常在，即是先生家庆图。

又元日画松

为画乔松作寿杯，将杯酬画笑颜开。

一年一醉苍髯叟，酒力还胜到百杯。

题　墨　桃

一枝横山小庭隅，健笔轻描国色殊。
料是佳人初睡醒，欲临妆镜未施朱。

卷　二

庚午谒选，得平凉府华亭县，将之官，留别□□□呈乡会受知诸先生

马融绛帐李膺门，模楷人伦道并尊。
敢逐浮华同俗态，庶将名节报师恩。
身亲讲席瞻依切，情似家人笑语温。
从此青冥愁契阔，一回书寄一消魂。

忆母二首

早截青丝殉玉棺，教儿含泪几曾干。
百年总是冰霜日，五斗何增菽水欢。
捧檄微荣承志浅，茹荼苦节报恩难。
可能缩地扶舆至，长博花前一笑看。

观空初不羡春荣，苦行焚修断俗情。
满室光明余佛火，登盘甘旨是藜羹。
逃禅已悟生前果，有子虚担禄养名。
若许力田终奉母，长镵一把且归耕。

慰下第诸同学二首

悲歌燕市喜相逢，有酒能浇块磊胸。
买骨可知原是骏，暴腮终亦化为龙。
未须得失存吾见，早决行藏定所从。
安得此身随尔去，棕鞋桐帽踏诸峰。

往来从不间阴晴，三里横街六里城。
按律联诗谁得将，分曹饮酒耻言兵。
客中翻喜友朋密，此际难为离别情。
荒僻那容名士驾，枉悬一榻订前盟。

谢石闾曹老夫子

抱璞曾经哲匠磨，可怜歧路尚蹉跎。
许为道义文章友，得在言词政事科。
一室窭空非病也，十年未调奈愁何。
绾符岂胜谈经乐，愿扫门庭日再过。

同乡诸先达

典则由来属老成，维桑与梓况关情。
风流弘长看前辈，标格清奇律后生。
辨路莫教离故步，出门从此按初程。
有车为指迷津处，不敢求前虑却行。

在朝诸同学

少年文酒并纵横，戴笠乘车夙有盟。
裘马尽看同学贵，绨袍不改故人情。
时名未起耽疏放，地望俱崇爱老成。
作楫和羹公等事，独容小吏傲升平。

公车诸友

都是孤蓬野鹤踪，贫交夙昔誓青松。
得时则驾如游刃，有志须成贵及锋。
送我临歧投芍药，待君及第对芙蓉。
桃花潭暖吹成浪，两地春光一样浓。

年　　友

诸公衮衮尽朝簪，把臂何堪入竹林。
歧路那能归一辙，异苔犹喜属同岑。
弦清翻苦音长促，绠短其如汲又深。
纻薄绨轻投赠好，相期总在百年心。

寄　　内

箕帚相随四十春，为吾家妇未全贫。
早知稼穑诚难事，岂有裙钗不若人。
我博浮名常去国，谁担内顾代娱亲。

一官已食君王俸，莫使高堂受苦辛。

示　儿

莫入轻肥游冶场，一编惟愿世青箱。
光阴似水流难返，滋味于书乐最长。
家务田畴躬孝弟，士先器识后文章。
持身若不污清白，便不翩翩也不妨。

寄　所　思

敢将绝艳比樊蛮，静理朱丝性格闲。
肯对人前轻露齿，转于临别强开颜。
病馀弱似三眠柳，晨起慵梳一尺鬟。
往事偏萦京洛梦，百端愁绪苦循环。

梅东草堂

柴门斜傍小桥西，桥水潆洄柳拂堤。
欸乃声声过枕畔，纵横处处布春畦。
居无风雨皆先泽，壁有龙蛇忆旧题。
寄语园丁好培护，梅梢须放屋檐齐。

复斋家学士二首

肯贪鸡肋一微官，顷刻分携赋别难。
风雨几年曾对榻，朝昏无日不同餐。

豪因说剑谈忘倦，闲即敲诗字欲安。
为我宠行双绝在，检囊珍重比琅玕。

曾经两度入冬年，一榻相留去便悬。
有客久依仁祖食，中厨全赖孟光贤。
贫难沽酒犹供醉，寒未侵肌为料绵。
安乐已忘身是寄，翻教愁绝此离筵。

上平凉郡尊，同时掣选二首

碧藕红菱蕨笋乡，扁舟带水共方塘。
楷模昔在诸生列①，表率今居属吏行。
负弩先驱临绝徼，担簦随路戒严装。
何缘得奉清尘后，铃阁经楼日正长。

朝那城接陇干城，五马春郊揽辔行。
每见名流俱太守，况闻古迹盛西京。
看碑祠下迎王母，访道山中忆广成。
去去即今探胜事，一琴一鹤一官清。

留别宜山　庚午

忍便抛离去故山，先生约我共柴关。
有田不敢抽身晚，许买南湖第几湾。

---

① 原注："向曾司铎仁和。"

送杨夫子出塞　庚午

分携顷刻泪潸潸，师弟东西苦一般。
未必雁过金佛峡，那从书寄玉门关。
文人命薄思焚砚，圣主恩多必赐环。
他日得陪烟艇去，风波不虑五湖间。

三月过汴梁访邻翁王君镜园亭　辛未

偶然闲步过东邻，索看名花问主人。
爱客早除三径草，闭门深锁一园春。
墙头屋角开能遍，亭下篱边赏较亲。
临别数枝烦折赠，小瓶清玩十分珍。

送王驭苍进士归武林，即用见赠原韵　辛未

他乡不及故乡春，面友何如素友亲。
忽听语音心系越，肯分肥瘠视同秦。
雨前绿茗方经火，湖上朱樱已荐新。
谁耐风尘羁薄宦，年年孤剑逐蹄轮。

展读新诗迥绝尘，自惭无力荐苏麟。
心盟白水交逾淡，人比春醪味更醇。
那得沉酣长卜夜，何缘唱和共经旬。
看君归去西湖畔，烟艇荷衣未是贫。

将赴华亭邑治，道经大梁，喜遇俞存庵少参，日夕招饮，兼送荣任郧襄　辛未

渐愧儒生始服官，入关经此路漫漫。
方离燕市人千里，恰遇梁园月一团。
下士得因公辅重，穷途还仗友朋看。
春风不比秋风薄，着意吹嘘为解寒。

每奉传呼驾小车，独容长揖恕粗疏。
三春花已二春过，十日饮无一日虚。
谈笑捉将庾亮麈，临摹神似右军书。
风流藉甚看前辈，愿向匡床乞绪余。

朝朝清宴尽欢娱，觞政何如汉祖符。
论子争先严对弈，分曹按步校投壶。
宫灯蜡泪呼频剪，醉马宵行笑索扶。
正使酒波如浪阔，河源千里几曾枯。

手裁口答不停披，移镇荆门又换麾。
有辖可投王粲井，无宾亦醉习家池。
手挥白羽谈兵事，坐拥牙旗列鼎司。
卧阁花深清宦味，公余日日好吟诗。

久别殷勤话故乡，又逢车骑发襄阳。
非愁此后迟良会，只恨无缘附末光。
笑我出门偏险阻，服公雅量实汪洋。

秋来得遂扁舟愿，准过莼湖擘蟹黄。

寄挽考功翁二母舅二首　辛未

昨岁惊传赴玉楼，此生重会更何由。
相依故里无多日，忆别明湖又二秋。
棋欲罢时伤谢傅，涕当零处过西州。
可怜薄宦同秦赘，空望南天奠一卣。

百感丛生几断肠，好因瓜葛托余光。
漫劳宅相深相许，况有渊源溯更长①。
清节敢夸能似舅，不才真愧去为郎。
迢迢西望关中路，最是伤心度渭阳。

送端臣、博臣入都应试四首　辛未

吟鞭到处有逢迎，馥馥天香满帝城。
名纸分投谁早得，弟酬兄唱未须争。

岂为闲情汗漫游，姜肱布被两绸缪。
燕山丹桂君家物，次第攀来直到秋。

昼锦堂前白发新，牵衣送子出江滨。
隔年便是看花客，早寄泥金慰老亲。

① 原注："是乙丑太老师。"

竹林群从擅清辞，花萼争辉此一时。
料得月中消息近，北枝开尽更南枝。

辛未夏以事系官，寓苏化工斋居奉赠

自笑无端作楚囚，借君衡宇暂时休。
此间尽可销三夏，有酒何曾解百忧。
祸福乘除皆是幻，友朋聚散岂无由。
苏君父子堪晨夕，德行文章事事优。

董瑞筠枉过旅舍谈命　辛未

吉凶悔吝岂无因，爱与先生共讨论。
卖卜君平名不改，知几管辂数如神。
世途有险须趋避，吾道随时任屈申。
多难只宜勤学易，静中惟觉圣贤亲。

以事被谴，天桓家叔不忘急难之义，感而赋此三首　辛未

肥瘠何分越与秦，须眉如旧气如新。
百年自昔原同患，五世而今较独亲。
动有至情交可耐，出于本色味犹真。
试看剧孟朱家后，义侠还推第几人。

狂来灯下抚吴钩[1]，饮尽千杯感百忧。
傲骨入时宁免谤，热肠从古易招尤。
谁怜门第如灰冷，可怪人情似水流。
独有叔痴痴更绝，不同安乐却同愁。

见说征人远戍边，倚门双手把衣牵。
黄河白草三千里，朱泪青灯五十年。
大义可知为母倡，不才何足动君怜。
哀哀苦节书难尽，一纸还愁隔九天。

送盐官令陈容庵还大梁[2]　辛未

十年旧雨最关情，顷刻分携赋远征。
君到故乡堪指屈，我闻绝塞已魂惊。
未知往后旗亭会，却忆来时竹马迎。
宦海风波皆历历，一回雪涕一闲评。

闻谴二首　辛未八月

禹穴迁来六七传，且耕且读世绵绵。
梅东里巷家声旧，长庆堂名祖泽延。
忠厚承基吾自信，诗书食报理非愆。
如何薄命难消受，两字功名付枉然。

---

① 编者按：“钩”原作“钓”，与诗意不合，径改。

② 编者按：此题原作“送盐官陈容庵父母还大梁”，考诗内未言及陈氏父母，故改从目录。

自分无端贾祸奇，忽闻严谴在今兹。
分携群从无多语，嘱咐儿曹莫妄为。
柳播谁怜迁客地，沛丰还咏乐郊诗。
投荒万里心非怯，怕是临行拜母时。

送陆杜南赴北闱四首　辛未

十载长春久系思，海棠花下费敲诗。
可怜小陆才名最，兀是沉沦叹后时。

玉鞭摇手去京华，恰遇蟾宫桂作花。
隔岁一枝先折赠，为君簪上帽檐斜。

入秋天气好伤神，况是孤征逐片轮。
更有关心双白在，青云得路便抽身。

脱却儒冠换野装，渔竿理我旧行藏。
钱江风浪从来恶，不敢投纶恋此乡。

上杭州苏太守四首　辛未

接踵江邦历宦游，黄州歌遍又杭州。
连麾出守功名盛，到处题碑姓氏留。
比户蚕桑皆乐业，入秋禾黍已盈畴。
一方共庆丰年屡，臣力能舒圣主忧。

一门前后两朱轮，异代相辉总绝伦。

吏治难于为守日，风流元是姓苏人。
三年报称官声最，一郡潜移习俗新。
去去乐郊真福地，幸生斯土作斯民。

晓对吴山卧阁开，每逢清暇即衔杯。
仁风拂地翻旌旆，化雨随车遍草莱。
三月莺花春正好，两堤桃李手重栽。
分明玉局前生愿，又为西湖特地来。

三年雨露放恩裯，空尽圜扉鲜滞幽。
似日光明非逼夏，如风和煦不关秋。
有心泣罪能同患，听说陈情即见收。
体恤圣朝宽大意，肯教一室向隅愁。

蒲杯　辛未

蒲柳先秋质易凋，琢成饮器胜金蕉。
竹根有节粗如盏，椰子能宽不是瓢。
五斗消时犹卓卓，三升过尽已陶陶。
信陵公子何曾醒，块垒全凭此物浇。

别同里章念修二首　壬申

几世通门缔久要，岁时伏腊酒相邀。
河流奔汇环三面，衡宇斜连隔一桥。
耳底歌声犹鼎沸，眼中甲第忽冰消。
伤心里巷兴衰事，松柏青青独后凋。

忠厚开基已数椽，如君孝友更绵绵。
与人共事无虚诺，遇物能施不计钱。
断续红丝都入梦，年时霜雪又盈颠。
可怜老去翻愁别，说着关山倍黯然。

赠别吉先大叔二首　壬申

村南烟舍近如何，屋角墙头挂薜萝。
廿载播迁家业在，一堂安乐晚年多。
奴耕婢织谋生足，食税衣租守分过。
闲看海鸥机事少，不将名利逐风波。

一枝一叶一根苗，根大枝繁叶不凋。
敢谓羽毛能美满，其如风雨又飘摇。
本于休戚关情最，惯是离愁刻骨销。
赖有青毡吾故物，高曾手泽未云遥。

舟泊虎丘，奉和程梓园侍御《半园》诗原韵六首　壬申

侧闻丝竹傲东山，好鸟高飞倦欲还。
非为菟裘将乞老，且营绿野暂偷闲。
当轩竹径因风扫，傍水柴门镇日关。
独有三春花事早，惜花亲手把花删。

酒态诗情事事豪，有时舒啸步平皋。

不愁入俗无方免，何用于名有意逃。
贪向山厨煨土芋，忆从御馔给葡萄。
盛朝未许蜘蛛隐，切莫逢人说养高。

淡如篱菊冷如梅，幽赏多同一样栽。
公自有怀容寄傲，臣于此兴未全颓。
百年恨写诗千首，万斛愁消酒一杯。
烂醉不知明日事，狂吟底用苦相催。

谁容企脚枕风棂，一岁曾无一日醒。
圣世岂宜终废弃，野人初不怪顽冥。
若无书卷胸真俗，但有山川地必灵。
到处乾坤堪放眼，年年须记草头青。

浪迹萍踪总未休，孤篷又到百花洲。
可怜溷俗同辽豕，谁识仙机似海鸥。
细读清词真耐久，难抛胜地小迟留。
壤虫黄鹄寻常事，一任庄生汗漫游。

茅屋三间竹一林，图书堆积帖摹临。
登山漫作蹒跚步，信口多成快活吟。
咫尺名园真得地，婆娑老友本知音。
此来仿佛濠梁上，佳处无多在会心。

虎丘与受谷侄话别　壬申

今日才知昨日非，贱贫那得履危机。

同心臭味如兰蕙，先辈家风本布韦。
两世弟兄情最切，一番离别泪争挥。
从来门第高堪畏，愿似西河义胜肥。

虎阜山前酒数卮，名花触眼是将离。
当筵有烛都忘寐，临别牵衣尚索诗。
王谢家儿书卷气，贾钟年纪策名时。
后先宅相原同志，早寄来秋桂一枝。

为周兼三新居作　壬申

几竿修竹一池鱼，最是清幽儒者居。
四壁尽题名士句，小楼多购异人书。
不随世态分寒燠，何患行踪有密疏。
特为吾家诸叔侄，去来一榻总无虚。

过淮与平原夫子话别二首　壬申

小舟话别各匆匆，力疾东行又向东。
朋党已成宁锢我，安危所系可无公。
芝兰岂合当门长，薏苡须知受谤同。
珍重盛时舟楫在，良材终有济川功。

思亲血泪迸如泉，去国迢迢路六千。
为在膺门遭指摘，愿教滂死塞株连。
翻身自顾无双翼，失足谁知堕九渊。
土榻青灯中夜坐，几曾读竟蓼莪篇。

壬申七月十三津门旅舍生子善长口占

旅店荒荒宿，朝来举一儿。
暂时差拨闷，过后转萦思。
辛苦乌哺始，艰难襁负随。
家书四千里，含泪报亲知。
试啼方喜慰，对妇又愁生。
儿女怀中累，关山病后行。
鸣鸠飞失足，雏凤唦能清。
待看灯前舞，还娱垂老情。

舟次天津病作，喜遇同乡景胎志以药见投，稍痊奉谢 壬申

眉宇初相接，襟期孰与俦。
刺仇荆聂辈，济世扁仓流。
儒术原文弱，今时得古修。
不关萍水合，桑梓自胶投。
此地暂经过，飘蓬可奈何。
缠绵二竖苦，患难一身多。
谈辨壮心在，方书老眼摩。
几时重对酒，放浪逐高歌。

初至留都访友 壬申

可是胶投与漆投，同心翻喜济同舟。

相期早化为猿鹤，且任人教作马牛。
逐客尚多妻子累，一身苦为稻粱谋。
卜居最爱无人径，只在城南市角头。

送友入关二首　壬申

才拂征尘又染尘，出关翻送入关人。
此行莫畏冰霜苦，渐近南天总是春。

来时杨柳尚堪攀，历尽千山与万山。
今日梦魂随尔去，白云低处认乡关。

偶作三首　壬申

头童齿豁发星星，一路阳关不忍听。
终是馀生蒙雨露，几曾天意任雷霆。
桂姜到老犹含辣，蒲柳先秋恐易零。
见说邻翁真好学，雪深三尺尚穷经。

曾罹钩党自书名，国士知深一死轻。
有罪敢逃犹苟活，受恩不报总虚生。
山妻椎髻亲晨突，病仆扶犁事早耕。
相劝阖门勤力作，含哺鼓腹乐升平。

诛求岂必尽吹毛，名教如何置我曹。
一死许人忘母在，九重无路觉天高。
丝丝愁绪成机杼，鹿鹿心头似桔槔。

未是此身沉宦海，梦魂久已怯风涛。

徐集臣送其尊公出关，以癸酉之三月南归，赋别二首　癸酉

西入关门草渐肥，绿杨影里一鞭归。
抬头莫数南归燕，面面相迎却背飞。

几回顾后复瞻前，一缕愁思两地牵。
莫怪别时言刺刺，北堂犹有最高年。

慎五上人出塞探兄事竣还里　癸酉

一瓢一钵一肩轻，万里寻兄出塞行。
谁道天亲是无着，佛门原不少儒生。

赵文水《禅悦图》　癸酉

白石齿齿清泉飞，静中乐此常不疲。
有客跏趺爱禅定，数珠斜挂袈裟衣。
道腴绝非藿食者，面方耳大腰圆肥。
吁嗟此图谁所写，肉相非真骨非假。
自言今世误儒冠，自识前生老莲社。
平原公子本清门，耸身霞举何轩轩。
才与古人合一石，胸罗万卷无陈言。
弱龄随宦之南国，论文对秉鹅毛笔。
是父须知有是儿，稳蹑丹梯三十级。

乔固膺滂党祸兴，无端迁谪到冰陵。
相随雪窖三千里，裂肤堕指真酸辛。
一梦黄粱犹未熟，记取前生真面目。
相逢请向画图看，此中之人原不俗。
愿借龙门太史椽，染取霜毫写高躅。

即事次杨玉符夫子《赠日者》韵二首　癸酉

未是苍天欲丧文，相从陈蔡偶离群。
一春生意翻阶草，镇日闲心出岫云。
静里先机参易得，平时物理细能分。
吉凶悔吝吾儒学，不比常谈溷世纷。

羁栖弱草类轻埃，失水枯鱼总暴腮。
岂谓壮心真已矣，独逢秋令亦悲哉。
鹓雏无力应遭嚇，凤翮高骞也被猜。
话到荣枯无限恨，夜深风雨莫辞杯。

叠前韵奉酬杨夫子

本是清班掌秘文，卢前王后耻同群。
说诗自合尊匡鼎，联句终当属范云。
未敢苦吟追八斗，不能多读得三分。
而今探讨从师学，日扫门庭谢俗纷。

乾坤莽莽一纤埃，感叹流光泪浥腮。
差解人生行乐耳，难凭天道好还哉。

投林野鹿心犹骇，狎水沙鸥意更猜。
喜是村醪沽不尽，墙头但过莫论杯。

再叠前韵奉酬杨夫子

汉庭谁与荐雄文，落落孤行自寡群。
岂有葵心非向日，何时枫陛再瞻云。
近朱近墨随人染，能白能青到眼分。
早入经楼还暮出，肯将吾道易纷纷。

那觅明犀辟软埃，三春好梦负香腮。
文多寓意元亡是，物到难名实怪哉。
楚峡雨云非尽幻，洛神词赋漫劳猜。
狂花病叶吾生毕，无限韶光付此杯。

四叠和晴

晴窗检点得奇文，欣赏多同赖有群。
清昼啼花喧过鸟，远山横黛倦飞云。
晓寒欲散烟光薄，宿雾初收日气分。
不待移春丞相府，绿肥红绽始纷纷。

清辉旋远踏芳埃，露眼花须并玉腮。
晓日林光如醉耳，晚春天气困人哉。
槛前芍药新妆出，墙里秋千过客猜。
堪笑时乎时不再，锦茵堆处急传杯。

五叠和雨

身在田间底用文，蓬麻扶植旧成群。
人方殢酒怜长日，天为催诗送片云。
柳叶未舒含黛浅，菊苗初长带泥分。
阴晴试卜檐前鹊，偏是闲中百感纷。

廉纤密洒净飞埃，忽耸诗肩托短腮。
坐雨无聊还复耳，留春不住已焉哉。
鞭驱阴石封姨怒，洗濯新枝少女猜。
结伴一生红友在，宵来闷对竹根杯。

六叠答孙啸父同学

诗才清绝似休文，空尽阴何鲍谢群。
举是故人夸掷地，任教天子叹凌云。
纵君肯以鸿沟割，顾我难于鼎足分。
刻烛只今申约法，罚严金谷敢嚣纷。

斗酒相呼为洗埃，巨鳞细口辨鲈腮。
醉时不觉颓唐甚，老去谁怜矍铄哉。
今雨忽来交未晚，分曹射覆语难猜。
杏林不少游春燕，莫忘田间泥饮杯。

七叠再答啸父

十年惭愧北山文，忽漫相逢许入群。

对我朗吟清似风，多君高义厚于云。
携来鹫岭诗千首，售去鸡林价十分。
怪道怀中三寸管，龙吟风雨骇披纷。

嵇阮胸无一点埃①，揞颐捧腹侧吟腮。
锦茵粪溷循环耳，华屋山丘转眼哉。
本是薰莸求我类，何尝冰炭怪人猜。
此间礼俗休拘束，愿为兴公日举杯。

八叠又答啸父

蕉叶新题小篆文，收来清秘赛鹅群。
高轩偶过因留赋，胜友相期密似云。
岂虑饮时灯易烬，先愁去日袂难分。
萦回故国思千结，谁为迁人一解纷。

羹非尘土饭非埃，亲挽虬须满紫腮。
生面独开殊快耳，陈言务去亦难哉。
食惟一面来宾戏，歌为无鱼动客猜。
好是不逢寒雪夜，卢仝碗可代刘杯。

九叠呈杨夫子

蜀纸争抄海外文，惊才早轶古贤群。

---

① 编者按："嵇阮"指晋"竹林七贤"之嵇康、阮籍，而"嵇"字原作"稽"，其误显然，径改。后文之"稽中散"，同此，亦径改，不再出注。

对人怀抱皆冰雪，得意诗篇岂露云。
命薄讳言明主弃，源清终与浊流分。
郭公夏五从来阙，可怪千秋聚讼纷。

甑釜无端堕墨埃，须髯如戟怒张腮。
或时歌泣乌乌耳，何事书空咄咄哉。
怀璧总因其迹似，锄金难免所知猜。
受恩独以心相许，每为浇愁倒百杯。

十叠有感

何必儒冠讳面文，相逢辽豕已成群。
雷霆易过终开霁，阊阖难排枉叫云。
东海党人清议在，南朝伪学晚年分。
庙堂正遇中天际，莫令传讹史册纷。

上清沦堕弃如埃，偏是旁观泪雨腮。
善未可为何恶也，死犹不得况生哉。
行穷天壤非无际，路失东西莫用猜。
得蔽一椽真浩荡，岁时谁禁此衔杯。

上金悚存巡抚，次浴鹄韵三首　甲戌

治先贾董后申韩，痛哭陈言事最难。
遗直传中方汲黯，旧游门下独任安。
人来辽海邀相会，泪落钱江再不干。
千古逐臣皆历历，岂无清议在毫端。

齿摇发白卧冰天，跂足南檐手一编[①]。
策杖闲行亦偶耳，留宾小酌更陶然。
何妨稍广栽花地，莫若多营种秫田。
眼见苍生方倚望，东山原不废丝弦。

小春风日意差强，检点园蔬摘矮黄。
世味芟除真味出，天机流露事机忘。
林间只合偕嵇阮，枕秘无过是老庄。
公本调元医国手，乘闲且注养生方。

答　高[②]　甲戌

风格依然初盛时，何人肯信学诗迟。
输心最爱波澜老，适口真如菽粟宜。
饭后摊书寻午梦，客过清昼对枯棋。
白云一片闲心事，未许檐前鸟雀知。

塞上老翁能识时，得非为早失非迟。
一椽容膝贫相称，半榻凝尘懒故宜。
未必旁观无冷眼，何妨全局是输棋。
无端歌笑随君去，只有心期此共知。

《移居》次浴鹄韵六首　甲戌

蝇馆蜗庐足蔽身，短墙颓落不遮邻。

---

① 编者按："编"原作"偏"，与诗意不合，径改。
② 编者按：此题正文与目录均如此，"高"下疑有脱字。

一椽草草无成竹，三径荒荒鲜杂宾。
觅食老鸦翻屋瓦，向阳花鸭睡苔茵①。
灌园近得闲中趣，人似羲皇俗浑沦。

浑河秋水尚弥漫，一夕霜摧陡作寒。
转乞黄花藏暖室，贪求紫蟹佐贫餐。
重阳节近冰先合，故国鸿飞露正涔。
南北各天风土别，莫将历候一同看。

背城远市借清幽，陋巷何关智力求。
本爱烟蓑同雨笠，翻经雪帽与风裘。
典衣沽醉非常策，数米为炊费曲筹。
怪是坳堂杯水上，一身如芥困胶舟。

休言安土重离乡，鼓腹谁非帝泽洋。
有地可耕先种秫，看儿学步早扶床。
南窗就暖摊书读，邻瓮新刍隔舍香。
愁杀倚闾人渐老，寸肠如割最难忘。

亭亭独树覆檐牙，为爱清阴此住家。
带月移来帘外影，迎风凄断梦中笳。
一楹草屋三停漏，二亩蔬畦半尺洼。
闻道田家多快乐，黄鸡白酒果然嘉。

牧竖樵夫尽饮徒，醉来忘客亦忘吾。

① 编者按："茵"原作"菌"，为"茵"之讹，径改。

明知世事同棋局，愿共仙人入药壶。
选胜若逢春更好，凝眸又恐岁云徂。
赏心最是兴公赋，摹写山居上墨图。

叠前韵酬宗薛夫子

颜经孔铸乐贫身，穷巷须知德有邻。
焉用文为吾已隐，果然名者实之宾。
庭生书带逢时雨，坐拥皋比胜累茵。
日夕耳提忧素食，河干慎莫叹清沦。

四望江天白雪漫，立深三尺不知寒。
鳣堂自合来神爵，鼠壤何曾有弃餐。
濯手枝头常滴滴，消酲花下亦涔涔。
名山业胜中书省，好是当前脚迹看。

几绝韦编为阐幽，横经海外亦相求。
可知百练磨成剑，岂贵千羊合作裘。
业就良工营大厦，学如富贾鲜遗筹。
平生自笑蓬心在，毦矂空悲类契舟。

故居密迩郑公乡，谁料乘桴度海洋。
沆瀣敢云同一气，河汾许我侍匡床。
那从腹底窥经笥，但向炉中爇瓣香。
学易云亭传妙旨，尤于剥复未情忘。

百沸清泉试蜀芽，每因谈辨诣东家。

已违时好工湘瑟，总变愁声入暮笳。
窗格纸封连壁罅，墙根藤蔓补坑洼。
闲心更作十年计，手植庭柯亦自嘉。

希颜之子即颜徒，顽石其如尚故吾。
小饮分题镌画蜡，侵晨换水涤花壶。
好乘冬隙燃松读，早办耕犁向隰锄。
相约子孙烟舍住，山村耕织是良图。

再叠酬鹿岩、望雪两前辈

是处能安七尺身，无边风月即为邻。
早知丘壑谋终老，岂有文章戏问宾。
荆帚可当狮尾拂，蒲团差胜豹皮茵。
论文尚有同心伴，莫谓年时大雅沦。

荒荒一片总平漫，野舍山厨俭腹寒。
云子饭犹中熟岁，月儿羹岂腐儒餐。
愁霖难慰苍生望，仙掌同归蔓草涛。
宠辱百年皆幻耳，白衣苍狗眼中看。

枌榆社本隶青幽，文献非无典故求。
驰驿短辕勤送鹿，识途老马惯驼裘。
于今且喜人民是，自昔全凭帷幄筹。
见说管宁成独行，度辽曾泛海中舟。

汗漫庄生何有乡，马蹄秋水任汪洋。

书能下酒倾蕉叶，客共挑灯对土床。
推却曹墙平贾垒，摘来宋艳艺班香。
八叉七步输公等，乐此疲时也渐忘。

豆花雨过稻叉牙，几见村村饱暖家。
海月吹残思牧笛，边风卷尽起晨笳。
熏炉火宿衣收润，古砚磨深墨聚洼。
旨蓄御冬兼客馔，鼎烹何似野蔬嘉。

柴车方驾舍而徒，踏月归来影与吾。
种草不须求醒醉，呼禽只自爱提壶。
肯贪晦息明还动，才过春归暑又徂。
世事若能分黑白，一灯挑尽覆棋图。

三叠赠同居

同舍相招小隐身，掩关寂寂若无邻。
每分宵烛资贫女，更借仁风却暴宾。
簇锦山花描入画，辞枝霜叶积成茵。
相逢漫说馀生事，剩髓残肌亦浃沦。

边沙塞草色空漫，自分炉灰死已寒。
莱把莫将心共啮，蔗浆须向尾先餐。
蛩吟屋脚凄风紧①，蝉泣秋枝坠露汚。
满室珠光应不夜，题多昏眼待摩看。

① 编者按："紧"原作"繄"，当为"紧"的繁体字之讹，径改。

未必迁乔便出幽，鹪鹩一宿更何求。
逢人且索千分醉，挂体还余百结裘。
律管漫劳频放钥，沧桑底事转添筹。
最怜头白终萍梗，泛泛真如不系舟。

衣租食税尽宽乡，蓬荜依然泌水洋。
小筑墙围声阁阁，深愁屋漏湿床床。
馋灯偏是看书暗，宿火微闻煨芋香。
莫怪苦吟生活淡，筌蹄已得两相忘。

知音欣赏属钟牙，踪迹元宜冷淡家。
不少有心人问磬，岂缘出塞日闻笳。
檐铃自奏风微度，浴斛如舟石本洼。
网得细鳞应共享，何须丙穴始云嘉。

招招舟子接烝徒，我友邛须肯负吾。
数过不教惊卧犬，相邀底用设蒸壶。
老知嗜学心先短，穷欲工诗兴未徂。
喜得忘年皆野老，倩君绘入洛英图。

四叠赠友人新筑斗坛

星坛小构净斋身，彻夜神光烛四邻。
云外恍闻苍玉笛，梦中如接羽衣宾。
闲居岸帻披金纪，道服田方坐草茵。
仙骨姗姗元不俗，上清偶谪此漂沦。

蜞馆蜃灰事亟漫，洞天春色早忘寒。
饮人尽醉非关酒，好善如饥不择餐。
夙业未除霜早变，灵根欲结露先浡。
五城十二参差见，都向壶中一跃看。

小窗谁与操拘幽，侧耳清音细细求。
临难以身常鼎镬，有朋矢愿共车裘。
得时何但行千里，无地能容转一筹。
盘错屡经还努力，济河须信在焚舟。

闲共垂涎蕨笋乡，一生心事付东洋。
素交君岂分今雨，豪气吾应卧下床。
辰药抽添文火活，午瓯烹点小龙香。
南窗接膝欣相慰，此水他山莫便忘。

何须碾玉更编牙，半道人家半俗家。
留此须眉酬宝剑，借他鸾影乱鸣笳。
鹊知风色巢争上，蚁卜阴晴穴避洼。
更喜一村绵蕞在，往来亦自有宾嘉。

论黄数白总登徒，土木形骸岂有吾。
一径开时成独乐，此中佳处即方壶。
也闻缩地形无遁，安得挥戈景倒徂。
我亦隔尘瞻宝相，青牛谁画第三图。

述　　梦（有目无诗）

卷　三

杨涵贞世兄还云间八首　甲戌

落尽黄花遣戍迟[①]，逢君转觐恰天涯。
师门未坠千秋业，诗礼犹闻患难时。

文酒留连意正浓，忽闻西去判离踪。
关门一骑看飞渡，转眼其如隔万重。

结束征衣发未冠，来回万里一身单。
临行只恐伤亲意，泪咽胸前不忍弹。

事师事父本来真，洒扫经楼尚有人。
君到南天须自爱，莫愁定省失昏晨。

年时别泪几曾干，目送南鸿鼻更酸。
不敢寄书伤白发，烦君两字报平安。

① 原注：“予以壬申九月谪留都。”

垂老如何去膝前，相看未可语同年。
君登屺岵愁归路，我望江乡竟隔天。

故里风光事宛然，梦随君去我行先。
米家书画知无恙，但到花时便放船。

花萼辉辉风骨奇，一门友爱自相师。
还家好整姜肱被，冷暖须教手足知。

题吕纪《鹌鹑图》八首　甲戌

描写如从汉殿来，太和曾筑斗鸡台。
相看不似忘机者，莫与沙鸥一例猜。

敛翼藏身籍草阴，赚他鹰隼下高岑。
掇身掣臂千回顾，用尽机谋不受擒。

朱雀南方取象真，鹅溪一幅最传神。
半闲堂里丝纶客，对此还应拜后尘。

趑趄拳身引敌交，刘生百万镇常抛。
此中用武无多地，一点雄心射紫梢。

翎毛妙品古来无，清秘何曾见此图。
试与同群呼欲去，未须形影叹羁孤。

岂与鷦鷯借宿同，偶然晾羽出雕笼。

主人不是恩情减，有日还擎玉掌中。

威武如生肖十分，品题最上是将军。
非关此日人增重，上古官名亦有君。

鹏鸟凌云志已违，而今悔不学卑飞。
稻粱亦等乘轩料，臣朔何能似尔肥。

孝子杨可师负其尊公骸骨归葬，并乞八十老母还乡三首　甲戌

归心咫尺赴重关，跋涉诸艰未是艰。
万里孤魂终返葬，八旬老母竟生还。
劳劳去路还疑梦，历历秋程不计山。
从此茅檐勤负米，往来无过在田间。

衣衫血泪已成痕，泣向秋风吊九原。
岂有圣朝弘孝治，不教枯骨受君恩。
存孤本为延遗种，负土兼能雪大冤。
我爱山阴杨孝子，独扶名教在乾坤。

空拳力挽愿无违，用尽黄金似土挥。
三十年前抛子去，六千里外奉亲归。
于今大孝垂青史，自古奇人在布衣。
多少贵游贤达辈，生儿总只恋轻肥。

题王叔明画八首　甲戌

清秘收藏古迹真，山樵一幅更传神。
沧洲妙手摹来似，莫论元人与宋人。

俗韵凡情尽洗除，碧烟红树认林庐。
分明指点桃源洞，不羡香尘佩玉鱼。

百丈飞涛万壑秋，横溪略彴引溪流。
此中便是山阴道，应接无穷尽卧游。

茅檐相隔涧东西，打稻场平境面泥。
愿得一椽长位置，读书方罢去扶犁。

爱杀江南黄叶村，微霜点染记秋痕。
少陵夙有耽书癖，手把吟编坐树根。

满壁峰阴绝点埃，青松有路到天台。
闲时辄想扳清话，强半都因看画来。

柴门开处立多时，百雉城高卷叶吹。
但是好山遮欲尽，教人苦忆画中诗。

装潢初毕挂雕阑，咫尺千寻气欲寒。
三百寺楼都倚遍，不如长对此图看。

寿铁母 甲戌

宴客龙山兴未阑，瑶池今日又承欢。
蛛穿卍字缠丝巧，盆贮花瓜冰雪寒。
舞彩斑斑皆执戟，含饴历历已胜冠。
从今但到茱萸会，屈指还余十廿年。

寄同门蒋文生 甲戌

嗟我士人身，胡为关木索。
万里远投畀，携孥此焉托。
君子贵慎微，今来深悔昨。
知聚几州铁，铸此一大错。
忆昔同谱人，累累与若若。
更有重名位，声望甚熏灼。
水中鱼有鳞，天边鸿有脚。
谁复顾楚囚，手牍数行削。
清晨对檐坐，噪动两干鹊。
仆夫传邮书，开缄泪珠落。
君独何为者，而肯念寂寞。
展纸恐或穷，谪句不敢略。
情言醉心醪，勉语苦口药。
兰香久不萎，金坚利如锷。
交道不可问，斯人挽衰薄。
炕坏煨马通，裘穿披破貉。
难遇金鸡竿，谁开玉门钥。

握手今已矣，生死一方各。
惟冀梦见君，惊眠恨宵柝。

《七夕》和高鹿岩韵　甲戌

愁中谁与记春秋，逆旅相迎任去留。
无路得随乌鹊渡，何心更觅李瓜浮。
殷勤此夜才成偶，离别经年又打头。
逐客自来同弃妇，伤心休上曝衣楼。

答孙啸父次其原韵二首　甲戌

一身多难后，消尽旧时豪。
老矣不如壮，卑之无甚高。
看云思越峤，听雨梦吴涛。
此地偏泥潦，烦君尺素劳。

肯为谈诗至，相留羹芋魁。
破樊须健语，按律厌粗才。
爱尔心能呕，如余气益颓。
枯肠撑不住，怪底作饥雷。

代题《望雪道人弹琴图》　甲戌

石上何人操绿绮，秋风瑟瑟哀弦起。
一曲能为泣鬼神，此调原非娱俗耳。
我与先生遇塞垣，谈经马队言斐亹。

自述当年冰蘗心，赤乌可贯天可指。
天乎不佑坎壈身，一切尽付东流水。
知我罪我何足论，只有琴心如我指。
听罢中宵忆蔡邕，焦桐已烂无知己。
可怜掌故等秦灰，不令千秋成汉史。
画中谁似尔徜徉，犹为苍生全国纪。

送杨玉符夫子被召还都八首　乙亥

九重飞诏出重关，为忆孤臣特赐环。
此去不同宣室召，麻鞋莫拟放还山。

休道才人薄命多，诸艰历试更如何。
龙场儋耳千秋话，事业文章两不磨。

破帽羊裘出鲜车，甑生野马釜生鱼。
牢愁不管邻鸡唱，夜雨潇潇只著书。

缺耕梁案敬如宾，多难偏兼多病身。
无米作炊频涕泪，未寒思御早缝纫。

不遇钟牙不赏音，花间月底好联吟。
苏门去后云亭远，耻向人前复鼓琴。

次第还家理旧巢，鸡桑百本未全抛。
园丁报道春来好，新笋墙头又放梢。

屈指年才四十强，及门子姓俨成行。
遥看南极空翘首，不及彭宣燕后堂。

岂是侯生故好奇，蒙污含垢义无辞。
可怜九死余残骨，博得名贤一句诗。

桃村诗 乙亥

平素好登涉，眼孔苦不大。
一遇佳山水，胸次顿旷快。
今如笼中禽，举足多障碍。
对此沧洲图，有茅不得盖。
我与赵公子，班荆遇沙塞。
白发卧冰天，亲老病狼狈。
非无丘壑情，指顾家何在。
展卷识桃村，可喜亦可骇。
云跻蹑千层，泉源纷百派。
桑树远鸣鸡，春田喧负耒。
岂料尘世间，幻此神仙界。
忆昔避秦人，踪迹殊光怪。
既许客问津，如何复迷昧。
人生逆旅耳，忧患奚足介。
譬若风雨来，天地亦凶晦。
所以柴桑翁，一念甘恬退。
公子希冥鸿，脱身避机械。
愿卜菰芦居，终年事襏襫。
不受世网牵，谁足羁我辈。

渺渺武陵源，相期在旷代。

中秋夜西司空以所临《兰亭》见赠，赋谢二首　乙亥

未能免俗强支离，曲度霓裳正好时。
我待月来思对酒，公当日晐尚临池。
不因牛渚微吟会，那觅兰亭绝妙词。
珍重法书藏什袭，流传千古助谈资。

岂是江潭一放臣，闲居偶赋此闲身。
草贤不减鹅群帖，心赏都非肉食人。
雪月风花魂梦乐，岁时伏腊往来频。
今宵纵有秋云片，未必长教蔽月轮。

高苍晓还莱阳　乙亥

二载温凊肯暂离，双挥别泪向亲辞。
到家早寄平安字，养志常营伏腊资。
好理朱丝齐孟案，更栽蓝玉长诜枝。
明年有会传汤饼，白发萧萧亦点颐。

送友入关　乙亥

犯雪冲寒一骑还，玉门咫尺五云间。
于今那有田文客，莫待鸡鸣始放关。

戏柬鹿侍御 乙亥

月光争似雪光明，只有寒宵酒易倾。
我已懵腾思就枕，隔墙犹送读书声。

卫尔西中丞自黑龙江召还四首 乙亥

葵心恋恋紫宸班，诏取蒲轮进玉关。
我已逆知当特起，公翻不信得生还。
洛中人欲观司马，海外名逾重泰山。
一片秋笳凄入耳，班荆何幸此承颜。

白鹿鹅湖理学俦，高山仰止跂前修。
临歧尚讲参同契，百炼非如绕指柔。
清影梦回天外鹤，闲心盟共水中鸥。
履屯蒙难闻先训，道力原从死里求。

巉岩历历尽顽阴，开辟蚕丛始自今。
总为幅员勤远略，尝教宵旰廑天心。
不毛近已能艰食，空谷何曾少足音。
梦赉有时烦燮理，先从此地沐甘霖。

匹马归程按古边，来时能苦去仍怜。
不因远戍忘双阙，幸是投荒只一年。
鸟为高飞惊曲木，蝇无矫翼附连钱。
向隅泣欲歌将母，谁与排阍叩九天？

偕室人郑氏出塞于今三年矣，作此慰之四首 乙亥

一枝浓艳本娇生，束素从戎塞外行。
我为在三甘远窜，汝殉不二得完名。
每逢饮馔眉齐案，早下盐豉手絮羹。
最是冰天呼应绝，食租衣税惨经营。

去国匆匆强据鞍，背人私下各辛酸。
倚门望断肠俱裂，陟岵心伤泪暗弹。
远看愁眉如锁黛，微闻竟体觉芳兰。
他年莫抱黄泉恨，好堕天边两玉棺。

谋生妄想学陶朱，谁料翻成燕石愚①。
斑管数行资旅食，葱尖十指佐香酤。
啄残红豆星星血，冰裂桃花寸寸肤。
颦笑有心皆不苟，闭门镇日自长吁。

临难相随岁月深，寒威渐近莫灰心。
可怜雪面迎风穴，翻令香肌拥铁衾。
儿女灯前开笑口，弹丸梦里怯虚禽。
玉关双入长生愿，稳卧花湾引钓针。

---

① 原注："时以资斧托友经营，后被讼，闻禁狱中，仅得布车数辆而已。"

代赠中丞二首　乙亥

爱国何曾暂去怀，肯将文字寓俳谐。
诗因咏桧君能亮，集号尊尧意本佳。
遗想东山惟赤写，谢恩北阙尚芒鞋。
一诚可格终求旧，愿见赓歌乐泰阶。

屈指来回整两春，无端相聚此萍身。
去思久已添离泪，同患谁能步后尘。
历岁晚犹成老干，醉人心似饮芳醇。
他时若过哀鸿宅，不待旁人说苦辛。

哭马森公　乙亥

自别河桥早断肠，泉台有路亦茫茫。
无端党祸如元祐，忽结心期在沈阳。
定省塞垣千古孝，绸缪牖户一身忙。
可怜白发归家日，又洒西湖泪几行。

偕友访孙氏园亭留饮，次文水韵五排　乙亥

此中有丘壑，特地约相过。
信手拈繁朵，贪眠藉浅莎。
蕊抽交叶暗，果缀小枝多。
篱下穿蝴蝶，墙阴挂薜萝。
腻红微雨润，流翠远山拖。

玳瑁飞花盏，胭脂落日坡。
宾朋宽礼数，天气喜晴和。
忍撇名园去，频将老眼摩。
履痕犹历历，衫袖已娑娑。
最爱少陵句，山庄记姓何。

望雪弹琴四首　乙亥

耳边谡谡起松风，相赏都从爨下桐。
有梦欲寻光孝寺，寰瀛即在此图中。

貌得风流颊上毫，山间落叶满吟袍。
休将一曲南飞鹤，惊破天风与海涛。

声声秋思出中徽，古调于今和者稀。
独有慧心银鹿在，点头知是操将归。

千仞高冈万里流，振衣濯足气横秋。
广陵散亦人间有，不解先生万斛愁。

又次西渠韵

偕友访孙氏园亭留饮。　乙亥

成蹊桃李夹篱旁，罂粟花开间洛阳。
映日丛丛如锦幔，迎风岸岸送红香。
偶来便为开三径，此会何辞尽百觞。
但得清泉长共饮，诸君莫笑老生狂。

北征二十首　丙子

声教风行遍八荒，雕题凿齿尽来王。
安攘犹自烦宵旰，肯使车书滞一方。

何事穷边一井蛙，烽烟如瘴接龙沙。
运筹只在深宫里，有诏陈师出白麻。

羽书五路共征丁，天讨先申薄伐名。
莫道夜郎王自大，朝廷有道得专征。

韎韐临戎总六师，云屯八百蔽旌麾。
倚天长剑横磨得，誓斩楼兰克月支。

汉家何岁不开边，几见秋风贺凯旋。
决策兴师三月里，兵行神速贵机先。

羽帐牙旗剑戟攒，青油幕外立千官。
内中一骑传呼出，簇仗齐飞拥八鸾。

飞刍挽粟出关中，不费民间一粒红。
今日军兴虽旁午，绣壤如错力耕同。

亲将禁旅伐羌浑，挟纩投胶夙有恩。
此日军中思一战，肯教釜底纵游魂。

休言木土性顽冥，天子从来护百灵。
况是一诚神可格，水泉如沸草根青。

荒乡秣饲鲜青刍，汉马调多禁疾驱。
步伐分明甘苦共，至尊先已舍车徒。

嬴粮千里景从难，与卒分甘为减餐。
不比滹沱河麦饭，君臣犹自困泥蟠。

蜂屯鱼丽阵云高，首尾连衡按六韬。
预伏西师知彼己，阴平谁料有追逃。

百万貔貅压朔庭，前山昨夜落妖星。
边尘已净狼烟灭，立马横戈看勒铭。

暗泣蛟螭摄鬼神，投鞭一夜塞河津。
果然灭此方朝食，奏凯还朝未八旬。

黑水黄云白日还，前军已报过呼韩。
八公草木惊心胆，燕雀何知计苟安。

迅扫欃枪漠北空[①]，笑谈马上细论功。
从今不待三城筑，积甲封尸一炬中。

属国降王列服班，也教稽颡识天颜。

① 编者按："欃枪"原讹作"搀抢"，径改。

望尘罗拜呼嵩毕，齐捧鸾舆入汉关。

临雍讲艺即投戈，养就成周一太和。
从此六鳌真永奠，黄河清澈海无波。

三月从征六月归，太平深喜际垂衣。
不因负弩先驱去，那得瞻云近紫薇。

西池十里泛红蕖，宫殿风微化日舒。
闻道铙歌争献曲，田间也得庆华胥。

纪哀二十首

丙子二月入关，闻先太夫人凶问作。

周晬悲失怙，麻衣裹襁褓。
相聚六十年，事母日非少。
如何临难时，始悔养不早。
始终两大丧，无一事能了。
积谷弗救饥，养儿弗送老。
乌雏尚反哺，人竟不如鸟。

羔羊受乳时，两足抱母跪。
至性即无文，礼必求其是。
何以寝膳间，草草失问视。
姑息日习成，母怒亦为喜。
不念母恩宽，反谓骄可恃。
世间不才儿，往往皆坐此。

母生华胄门，食精不茹糗。
母有博士风，工书不刺绣。
一自啮冰雪，诸艰俱辐辏。
盐齑终其身，骨立如柴瘦。
衣破还自缝，历历皆孔窦。
清夜儿自思，能疚乎勿疚。

忆昔外塾归，怀中尚有橘。
共姊舞灯前，彩衣常绕膝。
孝衰妻子问，人言宁弗恤。
犹冀博亲欢，禄养未为失。
谁料通籍初，祸胎从此得。
今有爱日心，知之已无及。

我父赍志殁，遗书存手泽。
我母课子勤，画灰留字迹。
偏是一第艰，五十褐始释。
所以在三谊，拳拳此肝膈。
愤激忘其亲，一死同浪掷。
异哉聂政身，孝义两俱获。

大孝弗辱亲，守身在名节。
不塞涓涓流，江河势成决。
肤体父母遗，无端被缧绁。
纵有覆盆冤，一污不可雪。
细思贾祸由，吞声泪自咽。

君子贵怀刑，慎勿蹈吾辙。

锒铛将上车，再拜还泣告。
如奉母同行，愿乞母写照。
母以泪和墨，比拟十分肖。
负之出塞垣，朝昏供堂奥。
母颜犹可追，儿力无可效。
从此归茫茫，一梦不复觉。

圣朝弘孝治，独子许留养。
承恩五十年，牵土无一枉。
胡为独向隅，勿令沾浩荡。
去去莫回顾，人臣义当往。
皇天实闻斯，情辞俱慨慷。
今日肆赦归，天心元自广。

我行次天津，茆店举一子。
星夜达邮筒，冀博高堂喜。
转念老年儿，失养尚尔尔。
何况孙枝行，痛痒能有几。
眼前我虽欢，膝下母何倚。
一顾一回思，含情涕不已。

世有青云客，力致五鼎烹。
世有田间子，鸡豚竭其诚。
不贵复不贱，孝养误一生。
况我藐孤子，上下无弟兄。

此身既远去，孰察冷暖情。
为语后来者，无事耽浮名。

忆作诸生日，力足致篚筐。
六十与七十，皆为母称觞。
侥幸升斗禄，扳舆迎高堂。
一朝戍边塞，雀罗门可张。
人生几耄耋，堪对此凄凉。
母口虽不语，母心得无伤。

阿相中副车，非母意所属。
覆巢卵无完，那得更蒙福。
美衣患人指，美色患人瞩。
但守庸庸姿，浮沉混时局。
此言真良规，思之已烂熟。
愿汝铭座隅，尝觉祖在目。

人言死别苦，未必胜生离。
生离犹可会，死别更无期。
讵知五年内，一身兼有之。
偏我入关信，恨不早一时。
使母得闻此，此病或可支。
哀哀茕独子，命薄更尤谁。

霜雪转阳和，雷霆变雨露。
造化本无心，随时令自布。
虞廷有赎刑，流宥亦得与。

茕茕无告人，风烛年可惧。
亲串醵金捐，总亦为母故。
何期子生还，母反归泉路。

祝发殉棺后，长斋绣佛身。
有心穷内典，早岁悟前因。
所以忧患至，了不见怒嗔。
一朝蝉脱去，视肉骨如尘。
似此撒手力，宁非上乘人。
但令为子者，终天恨未申。

终身嚼菜根，受病脾与胃。
忽闻母患此，心胆俱欲碎。
焚香夜告天，母病儿可代。
去秋得书云，服药已调治。
但苦目昏花，老人非所忌。
那知精气衰，奄奄遂不讳。

我家高王母，十九称未亡。
百龄少三岁，华表曾旌扬。
迄今节孝传，郡邑名章章。
母节既相埒，母寿亦可方。
但恨儿不肖，不得在身旁。
想见泉台下，伤心泪万行。

王师方吉讨，输挽无凶人。
虽许子代役，名字犹官身。

母死未即葬，行者为酸辛。
所望凯还早，谋归及秋旻。
取泉和血泪，捧土益坟茔。
只此附棺者，视吾力所营。

才入玉门关，预作归耕策。
诛茅盖数楹，有水亦有石。
啜菽且烹泉，随母意所适。
朝出而暮归，负米在咫尺。
吁嗟画饼成，吾归复何益。
但得一抔土①，长依母魂魄。

天地亦大矣，容我独不宽。
刀砧才跳脱，苦块又蹒跚。
何时归故土，一恸抚玉棺。
新泪方欲竭，旧泪犹未干。
徘徊顾阶下，壁宇皆凋残。
唯有庭闱北，香遗手植兰。

次儿栋代运北征四首　丙子

天子方自将，临边极西域。
一挥百万师，灭此而朝食。
转饷出关中，士不苦饥色。
我沐浩荡恩，愿竭疆场力。

---

① 编者按：原作“坏”，土丘也，与词义不协，当作“抔”。

马革可裹尸，行行何所怵。
忽闻先慈讣，一恸气欲塞。
四体软如绵，性命在呼吸。
官符火速催，同伴相促逼。
有儿立身旁，垂头但哭泣。
长跪前致词，此行是儿职。
巾帼且从军，须眉宁弗及。
结束弃儒冠，弓刀亲自执。
跃马去无踪，路旁心恻恻。
望眼远莫穷，吞声独归宅。

生儿廿岁余，教养无一善。
既失阿母欢，父亦罕见面。
寒不曾暖衣，饥不曾饱饭。
虽负读书名，谁与给笔砚。
所生尚如此，何况疏与远。
儿命本来穷，父又遭谪遣。
徒步出长城，三载忘其倦。
方喜共生还，谁料复征战。
禾黍或不登，萬稗时亦荐。
乃知秋实成，不在种贵贱。

一龄父见背，无知人所怜。
如何白头子，有母抱终天。
六旬顾复恩，尽付东流川。
堂虚不敢登，衣敝不敢牵。
苟知母已死，思归亦徒然。

哀哉欲重见，非梦即黄泉。
养儿空令老，何如早弃捐。
栋也代父行，匹马走燕然。
忘躯冒矢石，一往更无前。
惭愧我为子，反不如汝贤。

我居辽东西，三月冰尚涸。
况涉漠北庭，草木萌未吐。
千里拥流沙，马嘶不敢渡。
朔风昼悲号，黄尘蔽欲暮。
所仗童仆亲，苦与乐相顾。
小心事长官，莫更逢其怒。
汝当少壮年，风霜非所虑。
所虑情性疏，未必谙世故。
出门尽荆榛，有罪孰肯恕。
岂乏老成人，药石语无误。
志不图封侯，图此骨肉聚。
安得柴桑翁，归来及早赋。

诸同年会祭先慈，哀感赋谢四首　丙子

画宫受吊列郊筵，知死知生两义全。
同谱尚能敦古道，不才焉足辱名贤。
何当妙笔褒潜德，且放高声读大篇。
帷殡敢劳齐执绋，藉他宾从慰重泉。

自惭形秽老髡钳，意气虽真亦避嫌。

世味酸盐尝欲遍，友生胶漆性成粘。
敢希文正扁舟麦，为受王丹一匹缣。
最是镌心镂骨处，不随世俗作凉炎。

所至非关冰蘗声，乘车戴笠恃交情。
生前未获回班宠，身后还邀会葬荣。
但使盈门皆白鹤，几曾吊客必青蝇。
同时泣把山花奠，多谢朝簪一倍诚。

生刍如玉借余光，消受诸公一瓣香。
庾衮义无轻拜母，范卿言必践登堂。
于今信足传空谷，此举从来不滥觞。
降节枉劳成礼退，敢将白眼傲人狂。

祖　德　诗（有目无诗）

奉访表妹丈陈勿斋侍御新居　丙子

绘图购宅费营求，新得西斋近市头。
岂必司阍常直挺，却教中贵尽泥楼。
迎凉草舍兼醒醉，含笑花枝并疗愁。
百卉阶前消受处，一团初试午间瓯。

上林全树借鄞安，谁道霜台非热官。
怕过高门逢驷马，喜从密室接芳兰。
手谈落子闲心听，家诫书屏隔座看。

羡杀桃笙能滑泽，可容摊饭觅浓团。

晓日昽昽恰罢朝，雨余帘卷绝纤嚣。
亲于内外当兼属，欢若平生得久要。
鲙拟郎官分玉缕，酒名南史试金蕉。
关心忽忆年时事，万里销魂在别桥。

相逢不用避头衔，物外萧然一老馋。
我甚贪为河朔饮，君犹默坐退思岩。
榴花映日明纨扇，槐树生风透葛衫。
偏是今朝闻燕喜，闹人檐底语诂諵。

入关值复斋学士初度留饮三首　丙子

忆别学士时，五年指易捻。
岁甲戌之夏，览揆得大衍。
南北怅各天，寸心未由展。
今我入关来，榴花赤如焰。
有客介蒲觞，招予走鱼茧。
喜极舞傲傲，一醉岂能免。
所叹在积薪，官资久未转。
非无终南山，可以致通显。
而不因人热，独醒甘淹蹇。
世间肉食人，从旁恣褒贬。
独有塞上翁，一视等夷险。
似此连城姿，淄尘岂能点。
赖以底狂澜，大贤真不忝。

昔登广柳车，送者鲜接踵。
亲串五六人，殷勤别田垄。
一恸君独悲，泪落比泉涌。
听者皆酸辛，道旁叉手拱。
去去几星霜，尺素高于冢。
拨火煮龙团，料绵开蒻笼。
足以涤烦襟，足以御寒总。
凡兹百虑周，何一非君宠。
新令广赎锾，纡筹力倍勇。
拔之出重渊，轩渠腹磨捧。
痛定还又思，含情各种种。
君味道已深，我蒙难益恐。
贵贱两忘形，胸怀豁如洞。
从此岁月长，相期乐颜孔。

人生名教中，仰事甚俯育。
养志窥于微，有力苦不足。
烂熳任天游，谁得似我叔。
矍铄古稀年，齿坚尚决肉。
所乐在林泉，不复问凉燠。
有时步晴岩，任意岸高屋。
侍立数青衣，颇擅丝与竹。
按板节歌珠，回头屡顾曲。
我归入竹林，微风动纤縠。
看画展鹅溪，焚囊赌玉局。
忽闻板舆来，花间庆老福。

孝哉为子心，承欢极其欲。
安得世上亲，人人蹑芳躅。

桐城大宗伯六十寿四首　丁丑

日直蓬莱最上层，咚咚朝鼓起矜陵。
去因雀噪占风脚，归任骢蹄踏月棱。
履正位兼三独坐，望清衔称一条冰。
受知花甲年刚半，雨露何人得并承。

禁中颇牧地中仙，草制方终又讲筵。
果是琼瑶能瑞世，更烦羽翼佐冲天。
问温室树全无答，赋柏梁诗早共传。
莫道君恩难久恃，一诚相格自拳拳。

权尊内相宠殊惊，三十年来稽古荣。
秘阁有书传令子，臣门如水是真清。
博通经术训明问，追挽文风律后生。
盛世赓飏公等在，不劳江总擅才名。

延年诀本赤松经，曳履尚书发未星。
举案联吟成老友，回班答拜俨明庭。
查梨孰胜荣君问，椿桂齐芳信德馨。
愿绘出关图一幅，藤笺小叠寄冰厅。

曹廉让芝岩叠翠石索题六首　丁丑

曹家积石作书仓，搜得云根一点光。

华箧缇巾重十袭，百年清秘好收藏。

本从天宝劈灵根，耸壑昂霄气可吞。
镇日相看终不语，可人一个对幽轩。

层层肌理蹙波纹，妙品奇章甲乙分。
昨夜床头肤寸合，飞来画栋也生云。

张如帆影矗如楼，设遇生公亦点头。
三刖莫嫌无识者，陵阳到底得封侯。

借问支矶亦偶然，转疑温润出蓝田。
望尘更合深深拜，不数当年老米颠。

扁舟谁向郁林来，载得如拳玉一堆。
见说须弥藏世界，此中丘壑自天开。

重阳后一日祝康饴初度八首　丁丑

痛饮鹅黄擘蟹黄，今朝还是小重阳。
龙山会上逢南极，侧帽簪花半庙廊。

敢将葭茁比兰芽，魏伯阳曾养外家。
记得儿时争啖枣，而今枣又大于瓜。

大母丁年花甲周，含饴此日恰添筹。
果然簪笏承先泽，清白家声第一流。

跻堂介寿各欢然，锦帐珠灯色色鲜。
我自玉关生入后，分明两世弟兄缘。

一门觞政肃如军，折取花枝记罚分。
老去颓唐浑不省，久无理乱耳边闻。

乌衣颜巷几朱轮，堂构依然棹楔新。
愧我不能成宅相，借他门阀也生春。

每逢胜事暗欷歔，何处追寻花里车。
独尔北堂萱草茂，皤皤老福有谁如。

王氏兰阶赛桂林，亭亭如玉出仙岑。
须知门第高堪畏，座右勤书马援铭。

送王文在赴任酆都十首　丁丑

一行作吏入巴东，此去先经草阁中。
不信诗成能泣鬼，携尊试问浣花翁。

一关入鬼只几希，不用虚参个里机。
铁面刚肠真面目，笑他世俗枉脂韦。

谁道幽明隔两尘，无欺屋漏即神君。
灵台一点澄如镜，不数燃犀温太真。

五官并用本长才，疑狱全凭听断来。
天赐重生包孝肃，昼升厅事夜乌台。

愁绝尝思著广骚，汨罗沉恨最难消①。
九天若果魂能牒，宋玉文章底用招。

酆都闻说是仙都，神术还能缩地无。
早晚候君消息到，凤楼高处看双凫。

盈虚消息甚平平，志怪搜神强立名。
他日若逢宣室问，莫贪舌辩误苍生。

蜀才偏我系思频，可怪文人骨相屯。
儋耳夜郎公案在，烦君参勘是何因。

谁从唐举取讥诃，宦绩千秋贵不磨。
上柱国原吾自有，人生几见活阎罗。

郎官得得绾新符，结束行装出帝都。
自顾囊中羞涩甚②，不愁鬼物有揶揄。

文在有诗留别，即次元韵奉答四首　丁丑

绾符西去及秋时，努力为官莫自疑。

---

① 编者按：“难”原误作“鸡”，径改。
② 编者按：“羞”原讹作“差”，径改。

我辈于人无可合，君才何地不相宜。
阳台有梦经年别，杜宇伤春若个知。
独爱浣花溪上客，一尊好与细论诗。

宦途原不计千年，底是愁他蜀道邅。
贫乏立锥非是病，吏能免俗即为仙。
何妨无鬼存兹论，岂有通神亦使钱。
遥想讼庭清暇处，五经弹罢一炉烟。

不与终南斗要津，料无热客往来频。
既称福地何嫌僻，尚有诗囊未是贫。
人到相知青眼少，交因弥淡白头新。
多君密订金兰簿，投分偏于物外身。

醇醪恋恋日三升，醉后挥毫力倍胜。
但使风流名藉甚，何忧殿最事无凭。
影衾不愧吾能信，魑魅争光尔亦憎。
自分烟波踪迹渺，双鱼那觅寄心朋。

挽马子握　丁丑

回首西湖一梦萦，珠盘玉敦定交情。
非无达识观成败，最是伤心判死生。
箧里检存三岁字，眼中辜负百年盟。
白杨历历新阡在，权把山花奠几楹。

金悚存中丞七十赐环二首　丁丑

天教赤舄老东山，杖国高年恰赐环。
清节何妨传塞外，盛名已不朽人间。
于臣桑梓恩逾渥，从此林泉意自闲。
仍到京华陪杖履，啸歌容我独痴顽。

每忆春来祝大千，传觞献颂自年年。
方欣南雁飞成伴，又恐归云影各天。
海鹤精神真岳岳，凤雏毛羽更翩翩。
西湖但记梅花候，折取新枝寄日边。

查声山庶常《写经图》四首

时居太夫人忧。　丁丑

画图风度本翩翩，申纸书毫更俨然。
不是有心酬罔极，法华那得法书传。

非关乘兴偶临池，注目含毫属有思。
一字一思还一泪，愁他书罢鬓成丝。

细楷蝇头最苦辛，三年憔悴写经人。
从今欲识恩勤意，即在当前古佛身。

想见虔心结撰精，千秋龙藏得奇赢，
属毛离里谁无母，愿借临摹报所生。

陈大年侍御五十　丁丑

笑谈追忆少年场，转眼交亲各老苍。
对客襟怀非夏日，居官面目带秋霜。
生还正喜逢初度，短别翻嫌欠一觞。
愿祝嵩高无可寄，强吟诗句索枯肠。

渭阳门婿果风流，金马青骢尽贵游。
乌府今宵倾美酝，冰天几载感温裘。
喜他偕老眉齐案，眼看生儿气食牛。
剩得残躯重聚首，围炉剪烛话从头。

送马义甫西曹回陪京官署二首　丁丑

乍别何如远别难，河桥新柳恰春残。
似君游宦心犹怯，纵我归农卧未安。
尽道斗勺从北转，有时塞雁向南看。
钱江辽海双鱼阻，清梦常通只寸丹。

青帘红杏绕行旌，遥指珊鞭出帝城。
欲别故人先洒泪，为辞老母几吞声。
未青塞草春寥落，不断溪山日送迎。
皂帽相逢烦寄语，从来天道有虚盈。

卷　四

寓聊城，适同年彭恪庵罢归林下走笔戏赠二首

失马谁非塞上翁，每从痛定怯伤弓。
已知块垒原成幻，其奈风波出便逢。
屈指行藏差不异，计程南北亦相同。
而今结伴随缘去，有尔为邻道未穷。

生来傲骨合休休，堪笑功名总缪悠。
守正群呼为异物，洁身谁许独清流。
且教得共寒号过，底用常怀谢豹羞。
此地相逢真意外，一壶村酒话从头。

怪松二首　丁丑

云影涛声画里看，支离老叟号苍官。
昂然壁立真吾友①，愿共盟心保岁寒。

① 编者按："壁"原作"壁"，殆为"壁"之讹，径改。

灵根想是产双林，漏月含星十亩阴。
安得玄圭神妙手，移来窗下作龙吟。

奉访任月生年伯暨次公渭飞留饮，兼怀瓮安令君二首　丁丑

十载重逢鬓未苍，摄衣亲拜五知堂。
治分老谱行黔地，庭亚新枝接窦香。
赖有青眸存古道，得从乌巷借余光。
可怜生入关门后，绕树孤飞尚异乡。

芝兰一室本同芳，把臂元将又仲将。
灯下谈深来旧雨，醉中技痒索枯肠。
寒暄历尽交情见，聚散经多意味长。
料是曲江春宴后，双凫相会在明光。

同年韩公燮自经十年矣，并尊堂嫂夫人三棺在堂，诗以哭之　丁丑

絮酒生刍尚未迟，伤心往事叹芝焚。
刺仇不欲为严武，埋骨须教傍伯奇。
无可片言申母恨，即轻一死博谁知。
分明孤愤成愚孝，千古何从判此疑。

经冬庭树已全凋，昼掩晴轩锁寂寥。
两世玉棺成品字，终年鬼火暗清宵。
尚留宿草容吾哭，可有游魂待客招。

为恨汨罗遗迹似，至今沉恨未曾消。

邓中翰骞之、思五昆玉招饮二首　丁丑

倾盖何当折柬呼，春风尽日饮醍醐。
到门方辨东西陆，入国先闻大小苏。
痴客午余贪对弈，舍人花下爱投壶。
酒船茗碗无停手，最是君情未可辜。

瞥见芝兰长特苗，红尘到此也应消。
谁言北道来无主，早是西园辱见招。
鲭合五侯鳊缩项，饼蒸十字米长腰。
相逢拼得如泥醉，临去殷勤又十蕉。

再饮邓中翰书屋二首　丁丑

何缘投分遇髯参，入室芝兰味自谙。
下酒有书消白昼，移床就客爱清谈。
绿槐覆地阴初合，红药翻阶蕊半含。
洗尽五年尘土胃，不须更唱望江南。

棐几明犀净辟尘，百年清赏在儒珍。
坐当风口非轮扇，步入花阴或岸巾。
独出心胸评往事，别开手眼对陈人。
文章朋友吾生事，愿结茅檐为买邻。

谢邓中翰惠米面酒炭二首　丁丑

问遗何事到酸儒，贫巷喧阗负担夫。
饷米不因颜氏帖，漉巾又费步兵厨。
试霏玉屑桄榔树，重拨寒灰榾柮炉。
果腹看看佳节近，蓬门且免辟愁符。

珍重琼瑶慎启缄，感君心版已镌劖。
授餐肯望王孙报，辨味还分从事衔。
宁以作炊须预炼，岂知画地不克馋。
莼鲈虽美家何在，莫拟秋风便挂帆。

高鹿岩民部有诗见怀，即次元韵奉答，乘兴叠至八首　丁丑

白头远谪去仍还，虎豹从今遁九关。
有子得如三凤足，乘梯直上五云间。
浮沉世事甘肥遁，醇谨家风鲜后艰。
我亦挂帆思故里，钱唐江上看涛山。

天道何尝不好还，福兮祸倚一机关。
殊乡谙尽冰霜苦，异姓亲如伯仲间。
老至读书终寡过，贫来力穑渐知艰。
人能止足方无辱，说与儿孙合住山。

千里音书共往还，喜无心挂利名关。

一生居处抬头少，末世交游反掌间。
诗格弥高求和寡，文思偏涩苦吟艰。
他时欲访烟霞客，只在蓬莱阁上山。

一身如寄利轻还，从此埋名闭舌关。
允矣道无可道者，处于材与不材间。
丝纶自是王言大，跼蹐何曾国步艰。
喜得碧天云已净，眼中历历总冰山。

轩渠一笑贺新还，万事于心总莫关。
种秫荒田无十亩，藏书矮屋得三间。
酒余狂态方为美，文到聱牙始是艰。
讲学康成无恙否，一心常在不其山。

王师闻奏凯歌还，六郡良家并进关。
实粟免教输塞下，荷锄保得老田间。
瑞符且缓千官请，诏旨先赒万姓艰。
何幸为农干羽世，稻堆处处屋如山。

半是生还半死还，玉门关即鬼门关。
敢希异数荣身后，犹得清名在世间。
顾尔妻孥谁可托，欲完衣食计尝艰。
坟前宿草连天白，有泪何从洒福山①。

破甑非同赵璧还，一生惭愧闯儒关。

① 原注：“芝岩已作古。”

愿偕尔作巢由辈，敢谓臣居廉让间。
风月有时供泣笑，渔佃为业足鲜艰。
中原处处皆安土，何必从人乞买山。

喜闻朝城令张松友行取之信二首　丁丑

几载张华系我思，风流相爱帛缠髭。
但闻人说官员好，直使名教草木知。
辨取精诚期建白，绘成疾苦待周咨。
埋轮自属君家事，恰遇求言莫更疑。

偶因守冻滞清河，咫尺花村策蹇过。
到此不愁无地主，相逢犹恐是南柯。
两人心共灯前说，七字诗从醉里哦。
君去九霄天路近，春风容易落田禾。

赴同年张松友之约，再至朝署，喜晤汉乘、逸群　丁丑

策马商郊岁两回，不辞夙约触炎埃。
方从春酒沉酣去，又为秋花特地来。
入室襟怀照冰雪，当筵吐纳起风雷。
凤毛更有难兄弟，较胜曹家十倍才。

累尔猪肝亦主臣，盘餐况为设兼珍。
看除阶草逢新雨，早拂尘床待故人。
谷有芝兰香自远，言如菽粟味逾真。

郑公乡里风淳朴，可许诛茅共结邻。

汉乘见惠佳什，即次其韵答之三首　丁丑

亭亭玉树发春丛，眼见翔鸿未可笼。
七步即成吟独绝，五官并用叩无穷。
方乘锐气如朝日，已办衰年拜下风。
每到夜深谈欲罢，呼童重剪蜡灯红。

败絮偏行枳棘丛，孤飞才似鸟离笼。
藉他朋友差藏拙，笑我文章不送穷。
转眼又逢牛渚月，无衣最怕鲤鱼风。
惊心节物萧条甚，岁稔空欢粟朽红。

小山人去桂花丛，零落残枝宿雾笼。
雨滴乡心眠不稳，虫鸣秋夜听何穷。
此生梦断槐街路，有愿归寻柳絮风。
临别更申重九约，肯教辜负鹤翎红。

徐誉招、吴恭若，中表兄弟也，同在武阳幕中，即席口占　丁丑

东西治事共萧斋，晨夕相依坐卧偕。
应阮有才皆记室，潘杨之睦胜同怀。
薰炉香别青螺甲，种菊根分玉篆牌。
赖是闲心谈客况，一时清课兴偏佳。

与逸群对弈二首　丁丑

壁垒旌旗意气扬，偶然游戏此逢场。
臣今老矣君方壮，胜固欣然败亦常。
数合周天抛劫险，机当临阵取先强。
非因赌墅贪鏖战，借此还消白日长。

个中煞自有机关，动静方圆见一班。
须识盈虚同幻泡，便教得丧亦循环。
全盘顺逆风牛马，小角纷争类触蛮。
莫道烂柯无妙理，还分黑白在人间。

读汉乘制艺兼有所感，即次原韵二首　丁丑

高柳清蝉噪夕晖，寻君原在古商畿。
文章甘苦从心别，世事乘除与愿违。
岂有数奇如李广，终教战胜属刘几。
春风咫尺长安路，看遍名花始卜归。

消尽雄心入老年，手中一卷马蹄篇。
常防欹器盈将覆，不信残灰死复燃。
赤壁咸阳皆爝火，蝇头蜗角亦腥膻。
五湖只有烟波客，掉臂曾无世网牵。

过张秋访史敬修别驾，兼怀柘城令弟二首　丁丑

再佐名藩亦快哉，从容山水白公才。

登楼纵览凌风舸，把酒闲临挂剑台。
错落万家环雉堞，劈空一水剪城隈。
放衙晨鹊无端噪，料是门前旧雨来。

曾经一叶访桃花，才过平泉即尔家。
征逐不因贪酒食，往来亦喜话桑麻。
弟兄都为苍生出，樱笋无如故国嘉。
他日午桥庄畔叟，碧鳞绣尾许同叉。

史别驾小照

据榻观三美人折莲。　丁丑

小榻闲窥玉女窗，秦韩虢国孰心降。
莲花一朵开三面，并蒂看来总是双。

兖郡遇同年孙子未检讨，兼谢厚饷二首　丁丑

无端凭吊鲁共宫，禾黍离离古堞中。
泛梗飘蓬谁是伴，素车白马此相逢。
君犹有泪倾遗砚①，我更吞声泣断葱。
读到趋庭东郡句，伤心同处敢从同。

霜叶黄干恰小春，僦居茅室傍城闉。
天涯岂料为嘉会，鸡黍翻劳饷故人。
折节儒生谦抑抑，纵论文字味津津。

---

① 原注："子未以承重居忧。"

公超所在真成市，未易龙门抗俗尘。

东郡有感，兼谢嵫阳方衍泗明府　丁丑

朱门谁不曳长裾，偏我途穷赋子虚。
明是李斯逐客令，翻疑钟会效人书。
羞羞谢豹啼何已，阁阁官蛙怒未摅。
赖有贤侯勤拂拭，早寻归路返巾车。

寄费邑惠沛苍年友二首　丁丑

风雅何殊荀令君，坐中三日尚浓薰。
争传宴序中联句，爱写名流数幅裙。
纵壑游鱼方泼泼，向春枯木渐欣欣。
他时车笠相逢楫，一笑休惊面有文。

蒙山佳处胜河阳，栽得名花满县香。
粉署遍题安笔格，石泉亲煮辨茶枪。
长驱紫塞三千里，别忆金陵十一霜。
今日钓竿归故里，何人为办橐中装。

平原昂扶上明府初度二首　丁丑

如冈如阜亦如川，也愿跻堂祝二天。
莫道阳回才一线，却逢岳降得齐年。
风淳俗茂仁能寿，政简刑清吏即仙。
若论汉庭推上考，似无人敢占君先。

属垣有耳听鸣琴，总出吾师桃李阴。
杖履亲陪承教切，弦歌叹绝受知深。
何难密迩传衣钵，尝觉提撕在影衾。
早晚柏台看脚迹，不为舟楫即为霖①。

访林邑戴仲升年友　丁丑

百里何劳屈大贤，偶然小试借烹鲜。
鸣琴此地多奇绩，攀桂同时独妙年。
龙跃近行三尺雨，鹏飞高逼九重天。
他年若遇求官日，最苦生民是播迁。

怀同年张昆诒出宰临朐　丁丑

灵山仙吏试烹鱼，游刃恢恢乐有余。
古庙千秋祠后稷，孤城三里号朱虚。
望门投止疑滋甚，弹铗归来恐突如。
凭藉霜鸿勤问讯，梦中握手小生疏。

抵都得表弟翁逸仲凶问二首　丁丑

忽闻埋玉树，终夜独欷歔。
别尚从京国，春犹接手书。
操心人易老，涉世迹非疏。
追忆儿童日，为欢孰得如。

① 原注：“公同出董座师门下。”

白首潘杨睦，外家风宛然。
悲秋逢客绪，伤逝值衰年。
岁月流如驶，弟兄随及肩。
一朝存殁异，洒泪向天边。

表甥张缵思一日之内接其祖母暨令堂哀讣，仓卒出都，特寄薄奠，作此奉慰二首　丁丑

白马素车茵，栾栾一棘人。
鸡豚亲不逮，风木痛无申。
孑影谁依傍，长途更苦辛。
吾生有恨事，相对各沾巾。

凶问同时至，孱躯一恸危。
宾筵空袖橘，魂梦想含饴。
养志斯云大，爱身以有为。
灵椿尚未老，努力两埙篪。

饮思睿盆桂下四首　丁丑

闯入桂花丛，分明是月宫。
暗飘金菊外，簇立玉堂中。
烛影三条白，颜羞一点红。
感君多美意，清宴及衰翁。

珍重处芸晖，金钗列妓围。
无风尝扑鼻，乍暖欲熏衣。

浓郁偏宜洁，婆娑不厌肥。
看看玉兔上，贪坐已忘归。

翠幄异香稠，无花可匹休。
分曹为博戏，记罚错觥筹。
粒粒金如粟，团团绣作球。
嫦娥即此在，不用觅琼楼。

岂必苍松干，凌冬始不衰。
影尝悬宝镜，枝已入宫词。
索醉将无数，寻芳尚未迟。
有居盈十笏，情愿作花师。

谢峄亭以盆桂见贻四首　丁丑

焰焰紫干云，清芬迥不群。
齐檐飘更远，入夜静还闻。
爱此一枝好，知从五桂分。
亵君居矮巷，三沐又三熏。

亭亭复袅袅，护惜早垂帘。
不与椒同烈，方之蕙更甜。
晓妆临绣阁，新沐立风檐。
似此倾城色，何心博矫廉。

森挺植燕山，非同桃李颜。
缔交皆贵士，占籍在仙班。

都作天涯客，曾经月殿攀。
相逢如故友，莫笑我驽顽。

招隐孰相寻，名葩出邓林。
肯嫌环堵陋，忽自广寒临。
卷幔迎花气，移床就树阴。
蕊珠纷欲堕，短发不胜簪。

峄亭惠鲜枣一榼四首　丁丑

先生贻硕果，异产出家林。
贵不因无核，投皆以赤心。
榴红看觉淡，柿火较还深。
犹忆花时节，曾经到树阴。

不学西王母，蟠桃赠七枚。
悬枝看纂纂，射榼是来来。
种此年非久，闻君手所栽。
何当笾食馈，宝玩拟琼瑰。

爱此东邻种，张梨未足夸。
只求甜似蜜，何用大于瓜。
千户衔相称，十年饱复嘉。
床前小儿女，啼笑一时哗。

挺立小亭中，离离映日红。
象形应九列，望气必三公。

正值黄柑候，相陪紫桂丛。
田家方剥击，高兴读豳风。

馀庆堂观桂赠峄亭二首

中秋前三日。　丁丑

月里分奇种，扶疏照九环。
记曾亲手植，好待后人攀。
宝树夸多子，诜枝露一斑。
蟾宫此预宴，不醉不教还。

渐近仙槎候，花须着意黄。
独能承土色，谁与斗天香。
秋老偏呈秀，根深亦傲霜。
栽培非一日，珍重在东堂。

中秋遇雨　丁丑

客邸遇中秋，高歌屋打头。
已能供醉饱，全是仗交游。
风雨来何骤，儿曹闹不休。
枉劳苏学士，切切念琼楼。

黯淡天如墨，今宵独不宜。
羞将团扇曲，吟向影娥池。
剪纸邀难下，梯云取已迟。
恍然齐物论，自古有成亏。

朱克典招看菊花二首　丁丑

此中无俗士，结契在书巢。
性以贞宜寿，情于淡可交。
倚阑攒叶影，齐案出花梢。
风雨重阳近，秋光莫浪抛。

当户垂帘押，沙盆雁字排。
记名分玉篆，簇立胜金钗。
最与幽人惬，全凭晚节佳。
敲棋兼对酒，宾主已忘骸。

九月七日刘禹石孝廉初度二首[①]　丁丑

龙山佳会近，来访地行仙。
大衍余三岁，重阳早二天。
称觞宁避醉，对弈敢争先[②]。
莫道秋容淡，黄花晚更妍。

此间谁独步，好友得元刘。
月桂当年折，蟠桃几度偷。
文章声价重，气谊古人俦。
结客豪无敌，方营百尺楼。

---

① 编者按：此题目录作七月七日，考上文有《中秋遇雨》诗，故此诗应为九月七日之作。

② 编者按：“弈”，原误作“奕”，径改。本书此字同此，不再出注。

历城遇同年李芳厓，时令齐河三首　丁丑

十载金兰契，无心遇历城。
云泥此日事，车笠古人情。
谁足知吾意，尝思就尔评。
别来多少话，容易此班荆。

适闻良友至，岐路漫咨嗟。
胶合何分漆，蓬生赖有麻。
买山资不易，沽醉望非奢。
检点怀中刺，河阳咫尺花。

托根虽有界，结契本同岑。
不比朱门叩，难忘白首吟。
琴书烧短烛，风雪拥孤衾。
清梦曾无隔，相期作傅霖。

寄夏津宋鹤岑明府二首　丁丑

道旁手板揖轻肥，流品谁为辨等威。
我辈于人终枘凿，先生所性异脂韦。
清谈岂必妨公务，善政无过顺化机。
饮酒栽花忙里得，从来仙令属儒衣。

吏治三年去刻深，如君岂易有知音。
逢迎似懒偏趋士，案牍虽烦不废吟。

入世敢为人负语，愿君长守岁寒心。
可怜一面缘都浅，梦里神交芥与针。

邓思睿舍人座上听郭有弼弹筝，送高二苍晓归里二首　丁丑

启帘听手语，哀响遏行云。
铁拨经三弄，琴音得二分。
酒酣频顾曲，肠断为离群。
他日居山约，相期只五君。

围炉贪夜坐，有客善秦筝。
岂不思归切，难为送远情。
悠然存大雅，凄绝是长清。
愿借莲花漏，今宵报六更。

偕峄亭、思五、苍晓饮振宜斋　丁丑

十笏容环堵，分明儒者居。
竹中方岸帻，门外有巾车。
箬叶盈樽酒，牙签满驾书。
闲时即造访，坐隐日无虚。

平原夫子招游即园，用少陵《何氏山林》韵十首　丁丑

果是南楼好，奇观胜午桥。
雄蹲疑峙岳，轩举欲昂霄。

泉石岂终老，弓旌不易招。
庄周多喻意，第一赋逍遥。

野马飞难到，花阴一径清。
穿枝深见蝶，隔坞远闻莺。
竹影书成个，泉声沸似羹。
山阴岩壑美，不异此中行。

信宿探幽僻，斯游乐不支。
回廊斜受月，小阁半临池。
枕石颓然醉，挥弦静者知。
典坟耽更癖，那得手停披。

莫放春光去，金铃护好花。
芦湾鸣谷犬，粉壁引秋蛇。
绿野何年辟，青山底事赊。
茅檐三五处，淳朴老农家。

青畦如卦画①，遥望荻菲开。
夏浅忙收麦，风高不做梅。
喜无残客到，时驾小舆来。
屐印纷纷碎，红茵补绿苔。

何缘陪杖履，咳吐泻言泉。
刻烛诗权握，迎风酒力绵。

① 编者按：“卦画”，当为“挂画”，悬挂之画也。

榴房红齿齿，荷叶绿钱钱。
结撰非恒径，教人忆辋川。

侧帽群芳队，风连笑语香。
只愁疲应接，岂暇叙炎凉。
波静绫纹细，峰危蚓路长。
愿携冰雪句，搔首问穹苍。

垂杨临古道，知是刁家池。
牧犊喧铃铎，村妪覆幕罱。
昼眠医树客，春闹引弓儿。
到处搜诗料，奚囊银鹿随。

葵心原向日，贞干复凌云。
对此皆生意，于今未丧文。
园林公独乐，风月我平分。
许割鸿沟半，敲诗为解纷。

雅负苍生望，其如谢墅何。
会心宁在远，馀论或相多。
刻意常伤别，临行一作歌。
笼禽已得放，乘兴不难过。

重游即园用少陵韵五首　丁丑

司马闲居日，殷勤不绝书。
小春逢岳降，两度访林庐。

山笛惊栖鸟，桅灯骇伏鱼。
耳边仙乐奏，一派出楼居。

鼓楫传觞斝，俄看星斗移。
回波呈小部，按板节红儿。
岂为贪乌府，能无恋渼陂。
鸡鸣与犬吠，点缀此杉篱。

一幅西园景，名家李伯时。
楼台天际水，丘壑画中诗。
玉箸粘苔脯，银刀切鲙丝。
主人情款洽，不敢说归期。

桂桨冲波出，霜林引兴长。
书签分甲乙，茶格辨旗枪。
爱坐芝兰室，忘营雁鹜粱。
年时多胜赏，最好是东皇。

乍来是梦觉，再至已冬年。
一手提幽谷，归心在冷泉。
有山堪戢影，无意更求田。
茅屋三间愿，鼾雷小自然。

和裕庵师叔《问讯春涨》次原韵二首 戊寅

华池几曲抱如城，岂与支流涓滴争。
桥脚渐低新水长，石坡微啮旧痕平。

陪迎不肯留余兴，对此何容着俗情。
莫道操舟无妙理，狂澜一力赖孤撑。

雨后风生浪亦生，今朝准备乞春晴。
消停洞口舣舟待，指点篙师任意行。
不用榆钱来买醉，才舒柳眼即含情。
楼头花萼多酬唱，雪碗冰瓯句共清。

送善长入学，赐以古砚一、冻刻一，上镌“诗书滋味长”五字，喜而足成近体四章以勉之　丁丑

七龄应就塾，付与尔青箱。
孝弟人伦首，诗书滋味长。
慎毋违面命，愿及见眉扬。
学殖严基始，雍容夫子堂。

古人皆可造，凿壁与萤囊。
温饱规模隘，诗书滋味长。
莫功亏一篑，如日出扶桑。
临老叮咛意，相期在庙廊。

骅骝能汗血，驹齿已腾骧。
志气儿童立，诗书滋味长。
丹成看火候，麦熟自头昂。
温故知新矣，工夫贵不忘。

砚田经五世，不比破天荒。
清白家声旧，诗书滋味长。
何难为柱石，休别问津梁。
幽谷芳兰秀，生来自国香。

省斋世兄选拔明经，夫子有诗志喜，次韵奉贺　丁丑

乌衣群从好，更喜白眉清。
拨雾难藏豹，乘风欲控鲸。
一如周选士，非复鲁诸生。
终贾年方少，才堪副盛名。

和孙松坪庶常《移寓》，即次元韵四首　丁丑

矮担席户半蛛尘，委巷偏宜大隐身。
信步蹒跚迷曲径，沿门剥啄访比邻。
喜从谈辨消清夏，怕是生平见要人。
鬼物揶揄休咄咄①，家贫幸不是才贫。

岂真肥遁老颜坏，快读闲居赋几回。
熟客不冠乘便见，新醅得月即时开。
瓶花欲换经多选，炉炭频添忌浅栽。
最是清闲人迹少，竹帘才下鸟声来。

① 编者按：“揶揄”，原文误作“椰榆”，径改。此词本书均误，后亦径改，不再出注。

拨灰书闷掩松关，悔不从前早入山。
每忆羁囚如束湿，倍增欢笑在新还。
天边任是飞三匝，世上何曾厦万间。
莫羡城都桑八百，老来落得一身闲。

出门时驾独轮车，摆脱风尘愧不如。
赖有羊昙从乞墅，爱他银鹿早知书。
同林忽判升沉鸟，纵壑何分大小鱼。
我自故园归去好，长镵一把种南蔬。

过刘孝廉手谈兼送北上二首　丁丑

敌手相遭便击攻，输君雅量却从容。
既无胜负形于色，岂有炎凉界此中。
坐拥书城风自别，谈深兰室味元同。
不因鏖战文场去，愿割鸿沟决一雄。

珊鞭随路有豪吟，直拟看花到上林。
才欲一蜚成异羽，必从百炼得祥金。
才名耳热休嫌晚，古处心期贵及今。
烂醉不知更漏尽，此生肝胆已全倾。

《美人浣臂》次南季韵　丁丑

横支雪藕静垂帘，膏沐从头到凤尖。
洗不退痕红缕缕，半犹沉水玉纤纤。
疑曾三折偷灵药，料是双湾弄彩蟾。

容易倾城交臂失，写生斑管倩谁拈。

《美人吃烟》叠前韵　丁丑

桃花红晕隔珠帘，一点无明透舌尖。
劫火成灰真顷刻，晴丝结缕只毫纤。
微含醉态香筒劝，细篆香云八字蟾。
若许口脂沾溉我，逡巡骰子手中拈。

王一致年伯招饮，即次胡茨村观察壁间韵　丁丑

绕郭东流水，幽居更水东。
山从屋后见，路转柳阴通。
曼倩趋朝隐，淳于玩世雄。
桃源寻可得，竟日大王风。

同年王尺二庄居　丁丑

恰恰田塍受小舆，到门知是故人居。
霁林久附忘年好，蒋径欢承握手初。
雨后隔邻催布谷，晚来临水看叉鱼。
桑麻鸡犬仙家景，可许诛茅此结庐。

胡茨村观察以《随园》诗索和，即次元韵六章

个　个　轩　丁丑

抠衣上玉堂，如入春风座。

绿野辟何年，经营匠心作。
岂无苍生忧，偃仰恣高卧。
客至启湘帘，弹琴拂衣褶。
须臾发明问，珠玑落咳吐。
送难质所疑，不敢分半座。
墙东高柳阴，黄鹂三两个。
百啭绕流泉，丝与竹相播。
桃笙展北窗，跂足成懒惰。
丘壑苟可娱，羲皇何以过。
抬头见琅玕，弄影苍苔破。
其实风所食，高冈鸣寡和。
上与云霄干，下绝尘土涴。
扫径纳微凉，芟枝列清课。
数竿已足多，千亩未云大。
对之免俗氛，聊以慰寒饿。
当其劲挺时，往往克负荷。
霜雪或时凌，无乃偶顿挫。
脂韦日习成，丈夫耻柔愞。
所以失马翁，庸讵不为贺。

宜有亭 丁丑

交道慎渊源，心期宁勿久。
譬之玉石间，贵贱不同糅。
先生豁达胸，落落寡侪偶。
拥书敌百城，筑室盈十亩。
左携玉奴弦，右挟曹纲手。
意气颇自豪，风流肯居后。

兴来即高歌，运笔如运帚。
学古去町畦，论诗辟户牖。
世间肉食人，讵足当所取。
只今芝兰居，幽芳绝尘垢。
侧耳听洪钟，忘身入谈薮。
回思王谢流，孰与出其右。
此亭故三宜，此名胜顿有。
孔子昔曾言，无病亦自灸。
后乐与先忧，二者非虚受。
亭前凿小池，一泓蓄清浏。
园以出水蕖，覆以参天柳。
宾朋日夕佳，曾不惮猎酒。
有时咏五君，不然寻十友。
视弃一官归，无异释重负。
厉志在名山，相期事不朽。
著述等身高，历历分四部。
似兹物外游，谁复得掣肘。
贱子欲担簦，能许乎抑否？

层霞书屋　丁丑

双槐相国第，五柳野人家。
壁立城阴直，路回之字斜。
即此会心处，吾生岂有涯。
繁红开续续，次第及秋花。
灌溉资人力，儿童吸井华。
低垂园果结，小摘野蔬嘉。
位置天然好，标题分外夸。

其中多古干，引胜在幽遐。
仿佛桃源洞，寻踪一径赊。
每因烘日艳，不比傲霜葩。
屈曲檐牙拄，扶疏屋角遮。
三春方烂熳，光映绮寮纱。
想见虬枝亚，微潮晕脸霞。
方之锦步障，所欲得非奢。
自笑真寒乞，狂言四座哗。
和诗惭笠泽，咏物避刘叉。
不遇通门友，谁怜末路嗟。
青蝇才一点，白壁已蒙瑕。
安得羲和驭，乘风速反车。
一枝聊可托，免作暮啼鸦。

可　亭 丁丑

揖我自西阶，华筵早虚左。
白石甃灵泉，红蕖帘外朵。
图史及鼎彝，左右陈列夥。
从此任徜徉，杜门足双裹。
明月共清风，周旋我与我。
一亭巍然存，安顿极其妥。
于世复何求，傲骨近亦颇。
为语少年场，扬鞭驰射垛。
意气薄青云，多怪而少可。
名教乐有余，无为贵哆哆。
有张茂先车，有米海岳舸。
放诞迹离奇，风流态袅娜。

至今谪仙诗，犹自嘲饭颗。
涤砚小童青，浇花众女婀。
玩好苟在前，入山宁弗果。
不见褦襶子，徒仳仳琐琐。
颓唐醉索扶，二豪若蜾蠃①。
感愤发浩歌，有泪不敢堕。
富贵直浮云，痛饮吾岂那。
和峤千丈松，节目多磊砢。
以兹齐物情，无异观爝火。
前覆后所惩，历历败车辗。
何如此园中，绿垂红更亸。
杂遝慎苔茵，花时昼长锁。

香　雪　斋 丁丑

由可亭而北，有屋殊幽绝。
中以竹编篱，各不相窥窃。
匝地布牵牛，缘阶纷贯节。
爱此千户侯，何时离畛畷。
恨不遇花开，共赏梁园雪。
罗浮伯仲间，差足免讥切。
桃李美人颜，左右仰提挈。
堂堂岁月流，倏忽去如瞥。
卢生赋病梨，谁与子成悦。
惟有青城山，消此心内热。
信步访蓬莱，特为我佳设。

① 编者按：“蜾蠃”原文作“蜾羸”，误。“蜾蠃”，寄生蜂的一种，古人误以为是能收养幼虫之蜂。

珍羞杂然陈，星罗而宿列。
异味才一尝，不觉亡其舌。
潎帚拭匡床，主人雅好洁。
形迹虽弃捐，语言鲜私亵。
客醉日渐昏，未免过饕餮。
饮已进酪奴，百瓯亦可啜。
归途遇老农，月出耕未辍。
时物易惊心，春秋感䴘𫛞。
安得藉芳华，揽衣随手撷。

秋怡阁

最是秋光好，朗朗此襟期。
垂帘憩小阁，习静心神怡。
推窗纳朝爽，坐卧恒于兹。
檐前碧瓦合，栉比龙鳞差。
一雨旋复霁，青山来逶迤。
倚阑望眼极，忽动江乡思。
白云空冉冉，有书更谁贻。
我生遭坎壈，冷暖只自知。
如何处裈虱，跼蹐无一宜。
徘徊泣歧路，不敢寄人篱。
岂无干霄松，岂无倾阳葵。
于世固已矣，肯负冰雪姿。
山中雾隐豹，一管焉能窥。
是以古达士，五月裘尚披。
途穷道逾困，但不废吟诗。
诗以言素心，非徒学画脂。

顾我处污潦，视公在天池。
丝纶方继起，星汉亦潜移。
胡为久郁郁，亦作商声悲。
吁嗟天龠鼓，万有不同吹。

胡茨村观察招饮兼惠佳刻，即次《闲居》诗元韵四首 丁丑

扫门投谒遇殊乡，容接殷勤迥不常。
世好于今非一辈，行踪为问自何方。
居闲手订文章谱，岁稔时赢雁鹜粱。
好是谢公山水癖，兴来得句在西堂。

吹竹弹丝愿未违，每言今是昨犹非。
游鱼纵寯何知乐，好鸟归山岂倦飞。
爱与古人晨夕共，眼看热客往来稀。
此间不减南中趣，春水桃花鳜更肥。

清谈娓娓听无哗，手捉文犀坐碧纱。
床上图书高并屋，案间彝鼎眩生花。
罚依金谷吟镌蜡，醉草兰亭字画沙。
欲过雷门惭布鼓，乌丝一幅愧涂鸦。

宫样吟笺约等身，客中对此不愁贫。
锦身绣口金华语，雪碗冰瓯紫府人。
有笔如椽扛鼎力，以诗为画白描神。
脍吞炙嚼饥能疗，即是当前有脚春。

邢台杨涉庵明府四首　丁丑

耳边清誉噪如雷，别后天教老汝才。
不觉寻踪经巨鹿，还疑重梦入天台。
讼庭昼锁闲眠得，春瓮新篘旧雨来。
谈谑一时忘主客，好怀能有几回开。

偶值军兴岁失丰，亲行垄亩散陈红。
栽花自是风流令，咒虎全凭保障功。
有课定教居上上，厥田初不及中中。
欢呼碑记传人口，喜煞旁观塞上翁。

机衡古道有谁如，生死交情迹未疏。
入室秘传杨子易，荐贤珍重孔融书。
可怜白首犹弹铗，每到穷途自跨驴。
检点金兰邀夙契，春风何事别吹嘘。

父书犹在自相师，争说臣清畏不知。
节击喜看花萼集，涕零怕读砚山碑。
非无咫尺先民矩，岂是寻常故国思。
绕树孤飞飞已倦，鹪鹩底用借多枝。

朝城署中晤徐誉昭二首　丁丑

何处名流不挽推，应徐都自幕中来。
文心似锦翻新样，律法通经属健才。

光气难埋丰狱剑，涛声还噪禹门雷。
十年块垒无穷恨，但对心知拨尽开。

一片心胸雪与冰，乌衣群从本师承。
门高惯是遭时忌，才大偏能抑气矜。
镇日清言消茗碗，读书彻夜障莲灯。
芝兰谱牒由来旧，更得君为耐久朋。

闻平原夫子复还大中丞职志喜四首 丁丑

葵诚原向日，宠至亦堪惊。
国事全担荷，天心念老成。
莫教虚异秩，须令福苍生。
清节安时论，蒲轮及早迎。

大贤今柄用，吾道庆弹冠。
秉直恶居下，乘时喜食酸。
人宗真壁立，物望岂泥蟠。
只愿居高位，留心爨下残。

别后诗多少，终年卧柳村。
移床逃肉鄙，对语接春温。
律己持风岸，耽书味义根。
后堂勤问字，酣饮必留髡。

自别皋比去，于心茅塞多。
时怀投笔叹，梦想遏云歌。

贫遇揶揄鬼，愁生烦恼魔。
有师关痛痒，刻刻念沉疴。

吊郓城黄烈妇　丁丑

大块何茫茫，皆一气所积。
善养吾浩然，天地亦可塞。
所以仲尼徒，慎重此名节。
人寿无百年，明者贵自决。
取义与成仁，一死安足惜。
嗤彼食肉流，富贵心内热。
欲贪须臾生，那复分皂白。
草头露易干，身名两弗获。
回视石火光，闪闪亦何益。
我闻黄氏姝，结褵才三十。
生儿已早殇，所天又短折。
一恸肠欲摧[①]，血泪为之竭。
自分伉俪情，宁忍永离别。
夫去犹复追，泉台路咫尺。
上堂告舅姑，捐躯早同穴。
劝阻虽百端，此志誓无易。
一命付红罗，今夕是何夕。
人以死为苦，汝以死为悦。
英英石上霜，皎皎水中月。
试与比精魂，应不减其洁。

---

① 编者按：“摧”，原文作“催”，与诗意不合，当为“摧”之误，径改。

哀哉须眉儿，曾不如巾帼。

代　作

吊郓城黄烈妇。　丁丑

贞松不入万花场，铁干凌冬犯雪霜。
白璧千年无改色，青山一片可埋香。
合教气骨归脂粉，枉使须眉立庙廊。
落落心胸凭酒盏，几回醉后抚鱼肠。

又代作

吊郓城黄烈妇。　丁丑

君不见，齐时王蠋唐甄济，布衣守节明大义。
对贼从容伏剑亡，头颅触树麻绳系。
为人臣者无二心，岂必策名皆委贽。
女子从夫道亦然，柏舟渐台即此志。
济阳之北古高鱼，高鱼相传冉子居。
遗风流韵先贤泽，况是孔门掌上珠。
孔门有女闲且静，许字黄生主烹饪。
二十于归伉俪情，花前月下无殊影。
生儿不满周晬亡①，丈夫一病心忧伤。
绿绮纤纤调未久，镜中拆散双鸾皇。
抚棺一恸血泪竭，染就红罗帕三尺。
所天已丧敢独生，上告舅姑从此诀。
悄归香阁剔银灯，老婢垂头呼不应。

① 编者按：“周晬”，小儿周岁也。原诗“晬”作“睟”，不通，径改。

急解红罗绾作结，哀哉玉质化青磷。
我闻荀粲有女死绝伦，大书粉壁尸还阴，
阴字未成尸横陈。
又闻韩凭冢上交枝生，枝间翡翠互悲鸣。
古人已矣今人作，千秋万载同铮铮。

偕禹石、峄亭、思五、克典饮朱合璧庶常斋头二首　丁丑

特赴傅生会，屏开画蜡烧。
金闺无近玩，玉局共清宵。
对尔差强意，论诗故自超。
有心拚一醉，临别又三蕉。

先生鳌禁客，折节顾蓬麻。
暖律逢邹衍，华筵觅孟嘉。
谁能形彩笔，不敢献椒花。
赌墅闻相约，重来大阮家。

聊城度岁八首　丁丑

聊摄多奇士，今来一酒民。
半程归去路，两度客中春。
有友能分宅，安心与结邻。
岁时烦问讯，密意胜周亲。

不敢求如愿，何常自讳穷。
一生皆苦境，四海此乡风。

爆竹声声续，辛盘户户同。
夜深搔短发，惭愧少年丛。

年时穷措大，不直一文钱。
青眼谁知己，朱门枉乞怜。
只因贫到骨，翻得昼长眠。
诗债浑无了，相酬设醴筵。

静里忘机客，韶光似电挥。
晚年滋味短，贫巷应酬稀。
岂必吟能瘦，也知义可肥。
王戎徒骨立，何处恋慈帏。

二子从军去，频年直践更。
非因贪爵赏，只望早归耕。
筑室临芦荻，充饥煮蔓菁。
如何些子愿，也不易经营。

糊口愁无路，何言伏腊资。
辛勤中馈妇，顽劣暮年儿。
药石难医俗，文章不救饥。
轮蹄徒逐逐，终岁卖呆痴。

无端惊节物，尘俗等蜉蝣。
恶梦今才觉，残躯喜自由。
人皆呼异物，世尚有清流。
欲别情难割，因循为邓侯。

饷客无他馔，葫芦惯烂蒸。
青云知路断，白发怕年增。
多难伤弓鸟，浮名过耳蝇。
眼中看历历，不觉涕垂膺。

元旦即事四首　丁丑

风脚占东北，光辉烂熳晴。
岁从此日始，春自去年生。
滚滚成今古，劳劳枉送迎。
家贫差免俗，一室有余清。

蒲团端坐处，不着六根尘。
古佛看无二，慈颜笑似真。
紫茸香可挹，玉版菜能珍。
菽水空图画，皋鱼痛莫申①。

甜乡堪送老，睡起日三竿。
岁序愁中改，人情静里看。
居家唯淡泊，举足尚轻安。
饭饱围炉坐，闲尝苍玉团。

富贵非吾有，忙忙笔墨缘。
搜肠得一句，趁手写新笺。

① 原注："奉先母遗像。"

瓮里犹馀酒，床头已乏钱。
乘除千古事，今日且陶然。

挽傅孟采尊堂王夫人八首　并序

王夫人者，癸丑进士中翰公讳予润之元配也。其子孟采选拔贡生，因邻友事误触聊令，被揭抚军参革，夫人闻信一恸而亡，偶作此以记其事。　戊寅

毕命逢元旦，捶胸一恸亡。
相夫荣未享，养子命多殃。
礼以知生吊，物于同类伤。
千秋存此论，触忌亦何妨。

一死真成枉，何人为叫阍。
眼前不见子，膝下未生孙。
依依行离狱，哀哀哭到门。
泉台知听否，空自想招魂。

楚囚闻丧母，哀毁更栾栾。
桎梏行如鬼，银珰一抚棺。
顾之堪发指，闻此亦心寒。
欲救惭无力，惟余笔舌端。

无端触罗网，死别共生离。
有母贻忧大，怜君受祸奇。
沉冤终不瞑，厉鬼岂难为。
天道循环耳，何曾枉报施。

莫言尺蠖短，一屈可求伸。
倡义思排难，捐躯反辱亲。
虚公局外论，悲愤路旁人。
寄语朱轮客，谁非父母身。

我思先哲训，孝子慎临渊。
缧绁非其罪，仇雠不共天。
画宫虚受吊，纳橐有馀饘。
总为遭无妄，能教众目怜。

生来肠易热，惯作不平鸣。
直者宜先祸，冤哉请就烹。
殃鱼人岂料，从井事非轻。
尔我伤同病，于今悔始萌。

飞霜六月事，亦何代无之。
入国诛鸣犊，临河返仲尼。
回甘思谏果，转败算围棋。
一眚非为累，劬劳报未迟。

喜田青臣、丁厚庵自南来四首　戊寅

寂寞蓬蒿径，欣逢二仲过。
足音空谷喜，乡思积年多。
感物天中节，伤心齐右歌。
世情无一可，不醉欲如何。

居奇宁得已，湖海借逃名。
出外知求友，为儒急治生。
人心看冷暖，天道递盈虚。
莫羡春华好，良言寄馆甥①。

尔雅疑文弱，风流我辈人。
非贪游汗漫，敢惮路艰辛。
刀笔怀奇气，砚田供老亲。
飘零同病者，相对泣穷鳞。

十载风涛客，息机学灌畦。
梦萦于岳墓，望断白苏堤。
名岂关金马，心全养木鸡。
圣湖风月谱，随便达诗奚。

留别平原夫子四首 戊寅

头童齿豁发苍苍，老矣无闻枉负墙。
恍惚入关如一梦，往来问字又三霜。
饮之不尽青田核，到即相延绿野堂。
知弟莫如师更切，肯将礼数束诗狂。

小径泥融屐印苔，柳条未放出楼台。
翻因为客居相近，不惮担囊岁几回。
一水潆洄随路转，百花次第斗春开。

① 原注："有札复孙婿沈尚宾。"

南楼信宿寻游遍，竹杖芒鞋忝后陪。

何尝屈曲困泥蟠，十亩闲闲尽足欢。
春暖池头生白小，日斜檐角系黄团。
明知此别期无远，却怪临歧意各酸。
有句宠行勤嘱咐，久要香味合椒兰。

景星威凤睹争先，未必容公枕石眠。
风度谁云非鼎鼐，精神不似老林泉。
有心提诲曾无倦，到处吹嘘为作缘。
国士恩深难报答，只除毛发少雕镌。

夏塘与邓峄亭话别 戊寅

半生求友几心知，频唱骊驹不忍辞。
蓬底联床凡再宿，河干执手又移时。
殷勤为我筹归计，指画从君订后期。
料得相逢春酒熟，梅花更放一枝枝。

卷　五

登太白楼　戊寅

自从皂帽返辽阳，脱却征鞍上野航。
忽见高楼临大道，颇思豪举醉千觞。
有才若果遭明主，薄谪何辞去夜郎。
笑我骨屯真濩落，一生不得几回狂。

观分水处　戊寅

画水平分似画杯，河流一线忽双开。
谁教南北从中判，都向乾坤无始来。
自失本源成独往，各寻去路已忘回。
可怜相背不相顾，砥柱何人共挽颓。

中秋舟次枣林　戊寅

舳舻衔尾接河滑，凭仗长年省问津。
镜月点云辜令节，麻衣如雪怅归人。
雨蓑烟笠闲看好，水驿山村换眼新。

对弈灯前兼索句，中秋同是客中身。

叠前韵答鹤书　戊寅

一望溟蒙滞水滣，舵楼诗话却津津。
岂知风雨同今夕，愿共江湖作散人。
愁里青尊消易得，老来白发怪能新。
堂封马鬣千秋事，未敢摧残负土身。

阻风再叠前韵二首　戊寅

无端阻绝蓼花滣，不比飞狐白马津。
似守禅关成老衲，尽多诗料助文人。
风涛卷去天边没，山翠摘来雨后新。
苍狗浮云原是幻，底须长计百年身。

镇日停桡恋一滣，漫夸双剑会延津。
长风不借穷途客，积雨谁怜失意人。
归路霜螯擘正美，到家香稻食方新。
故园莫话团圞乐，总是悲秋逆旅身。

中秋夜舟次忆善长儿　戊寅

节物惊新换，何心对酒杯。
别儿才八日，入梦已三回。
月到中秋满，帆从半夜开。
晓鸦啼不住，只傍舵楼催。

旅舍微酣走笔寄善长儿　戊寅

杜甫如泥醉，全凭骥子扶。
可怜离我久，亦解忆亲无。
好是诗书种，未完嫁娶图。
买山如有计，同返圣明湖。

将抵樗李陡思善长儿　戊寅

南北迢迢路，年时并苦饥。
家乡全在目，儿女半无归。
书已一冬断，泪从两地挥。
范张千古义，寄托未为非。

生善庆儿得信寄示善长　戊寅

年当小学候，眉目喜清扬。
已有为兄理，须知事母方。
游鳞多萃处，健翮必双翔。
莫负庭前训，黄花晚节香。

次淮浦访陈傅岩巡道、谈震方吏部，兼留为别二首　戊寅

并是济川才，遭逢亦怪哉。
宦游如弈局，天意故权锤。

自有千秋在，何曾百折回。
河清方拟颂，转眼到三台。

前驱无小大，两载事龙堆。
公等年犹富，臣今志已灰。
此行萍梗似，明发布帆开。
一饭恩何易，长歌抚钓台。

闻特诏起郭华野都宪总制两湖四首 戊寅

两耳如雷灌，轰传起直臣。
颓波赖一挽，铦颖脱何神。
荆楚苍生福，乾坤正气申。
任贤根本计，愿作太平民。

帝简人惟旧，蒲轮沛玉音。
毅然成独断，此举快人心。
日午乘刚气，风和散积阴。
南巡才两月，锐意别官箴。

山居凡九载，形影亦深韬。
众怒不能杀，一官谁足挠。
节因盘错见，名在史书褒。
莫谓保全易，君恩天并高。

我爱连城璧，青蝇未足瑕。
寸诚终格主，一出早忘家。

桂性老逾辣，梅林冷欲花。
辽东华表鹤，有梦尚天涯。

重九次淮上怀峄亭兄弟　戊寅

为问登高处，依稀入路真。
仍然黄菊会，渺矣白衣人。
此别动经岁，今归亦聚萍。
霜高秋渐老，愁绝是游鳞。

记张运清制府扈驾四异绩四首　戊寅

玩物非君志，逢迎术转工。
一心攻者众，天下苦为笼。
花石南朝事，梨园天宝中。
曲江金鉴录，饶有大臣风。

刘宠非公匹，人犹选一钱。
货财无以礼，左右不皆贤。
独行传空谷，真心却盗泉。
孤忠谁共鉴，只有圣明怜。

六代繁华地，于今尽返淳。
君王勤问俗，士女耻怀春。
纳牖心何切，回銮语更谆。
虚怀闻止辇，绝不畏批鳞。

封疆膺重寄，不屑赋凌云。
政事先经术，儒生次艺文。
岂无才滚滚，争欲禅云云。
致主惟尧舜，何夸七十君。

闻诏总宪于振甲治河授以方略四首　戊寅

廿载黄淮使，金钱掷浪涛。
柳堤增不已，河底厚无挑。
减水归邻壑，屯田久驿骚。
何人排众议，一怒斥邪蒿。

从来疏浚筑，底事只培堤。
湖面皆沙涨，城闉与岸齐。
鱼龙终欲窟，燕雀暂安栖。
泄水归支派，开渠计不迷。

禹奠山川后，海为百谷王。
谁言高出地，不令决归洋。
铁限淤虽久，梯云开有方。
刷泥宣去水①，胜似塞宣房。

不饮河源水，公真到骨清。
治人虽已得，画策未全行。
赖作中流砥，凭将八柱擎。

① 编者按：“宣去水”，殆为“宜去水”之讹。

庙堂休掣肘，慎选在虞衡。

尚书汤潜庵令孙获隽二首　戊寅

梧桐青玉干，百尺长孙枝。
直节干霄汉，名材并鼎彝。
儒宗欣有述，家学别无师。
莫负书屏诫，通途鲜两歧。

蜚鸣才一试，始进立身难。
古调今无比，前人迹可观。
已能辞蠖曲，不患滞鹏抟。
述祖新承泽，西斋砚未干。

闻浙抚赵疏请乡试广额二首　己卯

善政难枚举，清时盛作人。
梧高无弱羽，海阔有沉鳞。
信是贤才薮，多储廊庙珍。
事君持大体，不愧古名臣。

宾兴逢此地，岂一网能罗。
妍丑谁逃镜，膏腴善养禾。
苦心求广额，独力挽颓波。
寄语寒窗客，今年慎揣摩。

题《张子风木图》四首　己卯

菽水承欢事力耕，视无形处听无声。
劬劳未报身先死，五鼎三牲枉博名。

一树椿萱分外青，愿为松柏莫为蓂。
墓门木叶萧萧下，回首空山涕欲零。

半生孺慕付黄泉，岵屺伤心剧可怜。
算到百年仍日短，南陔终古孝心传。

不逢春露即秋霜，四序相催总断肠。
我亦服膺张孝子，披图号泣问苍苍。

峄亭昆玉约至吴门不果　己卯

一水分天堑，如登蜀道难。
依刘行不惯，访戴兴先阑。
闻说修车马，忽经易暑寒。
浪游吾亦倦，相约把渔竿。

将抵故里接峄亭手书，不知寄者姓氏，怅然有作　己卯

客自远方至，云呈良友书。
未曾留姓氏，那复问兴居。

还里已冬尽，束装得夏初。
遥思相见日，执手一轩渠。

高两诗北行，寄讯峄亭、思五近状　己卯

聊拜有奇士，此心共岁寒。
一行言未尽，八口累何安。
莫惜怀中刺，暂辞马上鞍。
嘤鸣原不乏，好共结芝兰。

宁观斋太史邀余与怀九舍弟访瓣香居士病中次韵　己卯

菰中高士费招呼，树影参差塔影孤。
榻有异书堪枕籍，囊余破砚尽支吾。
文章世上真知少，轩冕门前绝迹无。
独有宁俞欣一见，病余强起倩人扶。

送谢维贤广文还山三首　己卯

浮名不作絮泥沾，蕨笋家园味故甜。
但可苜盘留郑老，那能五斗系陶潜。

拂衣一夕便还山，自有臣居廉让间。
名可得闻人不见，空凭诗句寄花湾。

孙绰天台绝妙词，属君高弟亦栖迟。

不知其人视其友，添我神交一段痴①。

忆同高二苍晓会饮徐庆集雅堂中，别去半载，久无音问，漫赋　己卯

日日启宾筵，埙篪得二贤。
清歌明月夜，烂醉晚秋天。
白发羞危坐，红裙昵少年。
别离刚一载，何处问高骈。

遇同年宁观斋太史檇李，有诗见赠，次韵奉答二首　己卯

谁鼓雍门瑟，商声壮益悲。
青鞋成放浪，白发苦支离。
赠有蒲葵扇，珍同黄绢碑。
相逢欣对酒，莫负此芳时。

故人情最重，代我作秋悲。
会此非容易，从头叙别离。
清词堪掷地，妙楷待镌碑。
更约西湖去，荷风正及时。

和同年宋栎翁太史旅舍次韵四首　己卯

为访同心友，呼余共野航。

① 原注："因孙啸父索题应之，非与广文有旧也。"

语无涉世故，饭不厌家尝。
岂易同清赏，何缘附未光。
谢君多错爱，有句必称长。

珍重怀中扇，风生满座春。
英英露爽气，咄咄逼时人。
所遇都无偶，将离更怆神。
他年烦问讯，江畔有垂纶。

一生居矮屋，昂首觉天低。
曲径城之北，明湖郭以西。
衰年成懒惰，斯世合痴迷。
十载风涛里，潜心养木鸡。

客中无一事，拥榻自伊吾。
触景搜诗料，忘机味道腴。
蓬麻根有托，兰蕙臭非孤。
世态浮云耳，狂来笑灌夫。

午日南湖次观斋韵二首　己卯

节物惊心辄感时，披裘五月动人疑。
平津报道开东阁，脱粟筵中几故知。

才思奔腾下水船，联吟篷底恣高眠。
我来欲解相如渴，恨不南湖作酿泉。

松陵顾樵水高士画《瓣香阁图》二首　己卯

沧洲生面此重开，称意为山间绿苔。
抱膝孤吟楼上坐，更无人影过桥来。

草阁周遭薜荔墙，松涛成韵杂风篁。
欲寻高士藏名处，须认门题字瓣香。

喜还湖上，读月田十八弟与查客、雪楼倡和之作，次韵四首　己卯

拂水长条更短条，乡思一缕梦魂遥。
赖他妙染从诗得，牢系春光递六桥。

五载边城幸放还，探幽选胜肯教闲。
晴湖两地情难割，朝踏吴山暮越山。

击钵分曹事若何，雷门容易一经过。
爱夸小弟池塘句，高适王维和更多。

短蓑自刺木兰船，一曲沧浪忆惘然。
添个老兵成酒伴，料无风月界中边。

风　筝

世网撄情一纸穿，小童叉角放风鸢。

借他手内回天力，也算青云快着鞭。

乘风轻举到天涯，百尺晴丝似彩霞。
只恐半途强弩末，不知飘落在谁家。

途遇丁枢臣邀归行素堂，酒后索书二首　己卯

堂构依然儒者宫，水边林下少尘容。
看花微倦还看史，课子稍闲更课农。
池面风荷香细细，墙阴稚竹影重重。
烟霞未必能高卧，十八年前忆梦松。

沦落田间鬓已华，何缘玉树托兼葭①。
两人乘月寻归路，一棹沿溪到浣花。
往事纵谈呼圣酒，深宵久坐试官茶。
殷勤更出澄心纸，醉墨初成似老鸦。

过吴閶访故人，出《种园小照》索题，奉赠三首　己卯

放逐六七年，尘土满胸胃。
归与渡金焦，举目江山丽。
秀色实可餐，别具一风味。
吴閶有故人，高卧烟霞际。
开园寄清赏，深檐落空翠。

① 编者按：“兼葭”，殆为“蒹葭”之讹。

一花与一石，各得所位置。
岂容俗物来，以之败人意。
饮我并怡堂，携我展图绘。
一见识君颜，莞尔无崖异。
轩冕已忘情，办作躬耕计。
昔闻於陵子，灌园勤种治。
更忆青门瓜，五色肉甘脆。
抱瓮不设机，锄金且掷地。
古来贤达流，斯道良足贵。
咄咄画中人，相看期远志。

我笑范至能，所嗜故有癖。
不处菰芦中，即隐竹林侧。
芦生锥自铦，竹生节自直。
锥令处囊中，宁弗脱颖出。
欲试须及锋，模棱亦所疾。
节若凌雪霜，可折不可屈。
为之疏其根，生机自洋溢。
哀哉肉食人，脂韦染成习。
甘为软美容，巧作逢迎术。
先生具刚风，入朝易见嫉。
今日放田间，凛凛犹正色。
昔有指佞草，孤芳挺劲质。
又有向阳葵，丹诚如皎日。

我居梅东桥，君居梅东里。
衡宇屹相望，盈盈隔一水。

君发才覆眉，万言立可俟。
自负相如才，临流弹绿绮。
有客貌奇姿，坐君画中矣。
索我作长歌，纵笔不辞俚。
荏苒二十春，玷君怀袖里。
名宦登圣朝，余光被贱子。
曷为脱朝簪，相逢在吴市。
凿石已疏泉，香蘅杂芳芷。
抚事感华年，一瞬去若驶。
何当卷幅间，添我雪中屦。
逝将从君游，毕生事覃耜。

李墨公葡萄二首 己卯

三偷谁见到蓬莱，妙手虚描似活栽。
料是骊龙刚睡熟，生生颔下摘将来。

璎珞垂垂一画图，此中色相本来无。
石家金菊休夸艳，更有倾城赛绿珠。

石　榴 己卯

崔徽一夕遇红裳，性本宜男百宝妆。
莫道石家名阿醋，造成金屋赛阿房。

仲夏奉谒杨玉符夫子，留饮鸿藻堂，读所著《留都志》兼《无题》诸咏，即次《见怀》原韵，叠成四章　己卯

芦湾深处即渔庄，茶灶经签并笔床。
倦羽思归勤选树，沉鳞初纵爱浮阳。
晋唐书法锋锋秀，温李宫词字字香。
见猎喜生馀习在，步趋能否到词场。

生成陆氏一荒庄，偏许来分上士床。
桐木半焦怜爨尾，葵心一点喜倾阳。
漫调石鼎煎红蟹，频举金蕉试碧香。
回首冰天谈往事，非关游戏作逢场。

谁过师门拂几尘，性殊俗嗜共酸辛。
得从北面看标准，愿学东家觉主臣。
籍注酒民宁弗贵，腹成经笥未为贫。
最怜寂寞空山候，瞥见花枝笑似人。

辣手文章高绝尘，譬如姜桂老逾辛。
曾行辽海称逋客，不碍湘潭署逐臣。
富有年华贪作史，丰于宾馔讳言贫。
蒲轮只恐行催迫，第一官需第一人。

谢杨夫子赐葛四首　己卯

纵横千缕代天工，价重龙绡赐一通。

野卉最宜居士服，良言深愧古人风。
喜当夜坐荷香落，怕见霜高木叶空。
锦绣文章衣被久，未须深语夏时虫。

岂同萧艾意丰茸，称体裁来即可缝。
衣不新兮何自故，被其服者耻无容。
勤知累累成方寸，贫异粗粗着两重。
素质肯教朱紫染，人师千古最难逢。

冰纨雾縠一般轻①，投赠珍于翠织成。
笑是一生衣褐见，免教五月被裘行。
惠分裴相缣非少，爱比胡威绢更清。
跂足北窗尘不染，凉风透骨解朝酲。

同袍念切独蒙绨，蕙带荷裳我所思。
可是浣衣还曷否，即非摇扇亦凄其。
记曾有愿完初服，誓不从今挂寸丝。
待到秋来藏什袭，此生冷暖藉心知。

奉答杨葆真世兄即次元韵二首　己卯

杞梓楂梨各盛名，读书论世肯平平。
诗才入眼知家学，坐辄留香少俗情。
榴火燃时蜂欲上，桐阴落处犬曾迎。
洗杯更酌邀明月，竹叶桃花细细评。

---

① 编者按："縠"，原作"谷（縠）"，殆误，径改。

霜华一盏涤烦襟，喜共清谈就绿阴。
怜我尚同萍梗迹，感君相约岁寒心。
细流分派俱归海，蔓草丛生亦寄林。
雪碗冰瓯今日句，碧纱何处托知音。

题朱翠庭中翰《载菊图》四首　己卯

秋老敷荣最傲霜，寻芳踏遍午桥庄。
千枝万朵文人笔，不数栽花黄四娘。

性爱名花独不廉，金铃玉篆护晴檐。
米家书画陶家瓮，无限风情尔得兼。

云布星罗似锦堆，晚香亭畔尽诗材。
黄花较似桃花好，赚得刘郎日几回。

题为寿客图非幻，比作佳朋语更真。
一笑回头招共济，如兰今喜得三人。

同年徐雨雯孝廉二首　己卯

老谙世味尽甘酸，放逐三年指一弹。
相见何曾分冷暖，每来必为设盘餐。
读书有种田经寸，视舌犹存砚不干。
欲为素交勤劝驾，王阳贡禹侈弹冠。

入室芝兰竟体芳，陈雷胶漆共肝肠。

宁人相负吾毋负，任世无常君有常。
寄傲不妨元亮酒，守贞独据管宁床。
挂帆最怕明朝别，两地清光照屋梁。

赠雨雯令坦罗受兹二首　己卯

乐广才名冰雪清，昔年攀桂喜同行。
有心妙选乘龙客，于古何如坦腹生。
乌巷燕犹思旧垒，玉环雀自忆前盟。
班荆此地方投契，便拜绨袍一段情。

罗含宅里百花场，珠作帘栊玉作堂。
通德乡称人市义，鸣珂里与日争光。
忘年之友衡融辈，知我如君管鲍行。
白水青松堪把臂，相逢车笠亦无妨。

访罗颐斋二首　己卯

春秋方富恰中年，努力耕耘此寸田。
醇谨家风符万石，祯祥预兆卜三鳣。
清门有范真堪仰，高义于心最可镌。
忠孝相承瓜瓞永，日吟诗句祝绵绵。

雍雍伯仲共篪埙，朝隐何如市隐尊。
环水人家多竹径，隔城风景记花村。
看来举室成春令，信是虚衷猎善言。
膝下有儿能养志，好容驷马作高门。

访知外舅郑君祥凶问四首　己卯

访君消息过专诸，物化经年宿草除。
烟灭灰飞形影断，纸钱一陌暗欷歔。

送女曾经出玉关，昨年有信报生还。
如何咫尺江乡路，不及重逢邓尉山。

市门寄迹最怜才，一诺千金玉镜台。
只恨此身无报答，北邙风雨自徘徊。

年时株守苦恒饥，死后生妻亦去帷。
愿得诸孤勤保抱，九皋有耳亦闻知。

寄慰细君四首　己卯

尔我结三生，皆造化所弄。
双入玉门关，哀哀风木痛。

生男违晨昏，生女失甘旨。
当其初生时，俱不料及此。

大孝与节均，雄哉一巾帼。
负土事早图，坟前种松柏。

霜雪苦盈颠，向平志未了。

方以此相烦，千金躯自保。

亡友徐子大令郎在济宁州署为张齐仲赍短札问讯二首　己卯

七载流离逐浪涛，归来何处访同袍。
生还紫塞我犹健，赴召玉楼天更高。
香有返魂求未得，草名黝忿索徒劳。
传经不少佳公子，共此班荆气尚豪。

相依莲幕几冰霜，太白楼头醉百觞。
客舍肯教嫌布被，门阑全赖有东床。
曹家书记推徐阮，汉代贫交属范张。
敢自浮沉良友札，一帆秋水定行藏。

奉访济宁州牧吴绪思二首　己卯

君是延陵乡曲英，一生求友喜同声。
郄诜丹桂根枝老，乐广层冰中外清。
旧雨几经悬榻待，粗材亦许下阶迎。
年时珍重怀中刺，肝胆逢人不易倾。

出门谁是膝投胶①，弹铗歌鱼漫解嘲。
借映书灯桑梓谊，流连文酒记群交。

---

① 编者按：此句用“如胶似漆”之典，喻情深难舍，据此“膝”字当为“漆”之误。

和风惠日连旁郡，甘雨祥云布四郊。
可叹羁禽惊曲木，孤飞犹欠一枝巢。

触热策蹇定陶，访同年赵文饶茂宰二首　己卯

昔年攀桂共清尊，誓闯儒关守义根。
已分微躯酬友谊，仍将晚节报君恩。
不羁自可牛同皂，任达何妨虱处裈。
直得青云成一梦，乘风八翼到天门。

京华相聚尚攒眉，祸有胚胎福有基。
楚国亡猿差近似，塞翁失马莫深悲。
从前风浪随缘去，向后功名用意为。
独有孤豚仍海畔，无心更乞寄人篱。

又赠文饶二首　己卯

分符百里敢追攀，天道茫茫最好还。
触热相寻非热客，饮冰一切等冰山。
交情岂必初终异，名节休居清浊间。
得藉故人馀照在，负蓑稳卧蓼花湾。

飘蓬泛梗尚天涯，咫尺花封亦可夸。
舆论尽称臣似水，君才不愧吏而华。
误冲头踏知能恕，买醉村醪愿弗奢。
莫笑田夫身极贱，晨昏也放两蜂衙。

寄玄城旧令俞大文二首　己卯

判袂玄城又二年，苦求消息隔南天。
非因瘈犬群相吠，岂有寒灰不复燃。
入世浮云成转盼，还吾故物即登仙。
人情自是趋炎热，何用愁无乞帖钱。

好凭一纸报平安，门外新添鸂鶒滩。
爱弟多才方采藻，老亲双白更加餐。
喜从倾盖遭明眼，愿及强年到大官。
独是故人迂拙甚，生平食性嗜梅酸。

七月七日渡河喜与峄亭、思五相晤咫尺　己卯

一程风送客，转眼渡黄河。
纵使双星合，何如二妙过。
此生甘戴笠，不日抵鸣珂。
若设平安酒，前徒已倒戈。

再登太白楼　己卯

一年再渡总悲秋，最可人怀太白楼。
不少山河供眺望，但经诗酒即风流。
往来贾舶多于织，高下春畴碧似油。
无限离情难解释，此生只合老云游。

与许公子功占相遇聊城，出其尊大人侍御《绣衣衲子歌》及令姊丈陈椒峰舍人《寿言》一册见示，于其归也诗以送之四首　己卯

来时梅正雪，别去麦方秋。
总为肥甘计，非耽汗漫游。
炎蒸憎豹脚，潮落想槎头。
何日中泠侧，同君碧玉瓯。

谏草当年事，高踪寄碧岑。
谈经雄马队，得句售鸡林。
篱有陶潜菊，橐无陆贾金。
家尊名藉甚，所遇必知音。

无限林泉乐，宁须鹓鹭班。
机锋苏玉局，禅悦白香山。
雨后门方启，花时手自删。
功名五十载，强半卧田间。

乘龙桓氏客，花底设春筵。
阆苑诗能好，秋河赋并传。
风流前辈格，欢会大罗仙。
别业临江渚，交柯树色连。

送东长、君石诸秀才秋试　己卯

都是蟾宫会上仙，天香飘处月初圆。
窦家异种攀全得，郄氏高枝占孰先。
见猎喜生馀习在，操觚技痒壮心偏。
待他战胜叨参乘，也著珊瑚和凯还。

下榻芙蓉馆　己卯

芙蓉高馆会群英，镜下曾传及第声。
最爱佳名成预兆，偏容胜地着闲情。
东涂西抹惭先达，年富力强畏后生。
春月秋花无限景，鹿鸣赋罢又朱樱。

东长应试适逢初度，口占奉祝　己卯

闲行喜附载书车，烂熳秋光枣似瓜。
妙手拓开弓样月，慧心吐出笔尖花。
凤成五彩生丹穴，名在三台护碧纱。
努力珊鞭云路稳，一程送尔到东华。

历亭遇沈吴诠试院道旁二首　己卯

忆别春明十五霜，那堪老眼遇他乡。
陈琳记室才无敌，王粲登楼意倍伤。
早应月中攀桂去，如何壁上看人忙。

济南自古多名士，且共旗亭醉一觞。

客味曾谙剧可怜，忘家知为主人贤。
偷闲片刻寻幽境，访旧今生得胜缘。
面面青山争绕廓，家家绿树暗流泉。
历亭风景江南似，乘兴联吟到百篇。

中秋夜诸秀才试毕同饮花下 己卯

才离棘院喜津津，席帽而今不着身。
月影满看三五夜，笔锋横扫七千人。
近攀桂子枝枝粟，幻出龙鳞片片银。
最是文人多变化，归程风雨洗埃尘。

历下喜遇高鹿岩农部令郎令侄秋试，兼讯安远茂宰、苍晓国博四首 己卯

别经三五载，握手大明湖。
才岂诸兄后，行将两侄俱。
秋风摩健翮，碧汉插高梧。
月窟天香近，银桥事不诬。

老友知犹健，闲情一倍加。
觅花潘令署，索醉二郎家。
田妇输芒蟹，邻童借钓车。
饮馀吟兴发，信步到三叉。

忆共难兄饮，秋光喜正中。
歌头翻昔昔，花谱记红红。
别句知多少，贫交得始终。
归时烦问讯，屈指又盲风。

何心来热地，妙剂得冰丸。
闲杀田间叟，欣从壁上观。
岂无关胜负，曾亦耐咸酸。
努力泥金字，教他白发欢。

泥美人四首

李鉴湖秀才赴省乡试，思校书兰若不置，设此以待。并序。己卯

韩潮苏海之才，夙鏖文战；宋艳班香之技，雅擅风情。欲别频啼，渡口桃花非无金屋；寻春到此，蟾宫桂子尚有银桥。挑司马之五弦，当垆活现；露徐妃之半面，满座魂飞。若非幻药点成，定是机关做就。费尽五铢之钞，千呼总不出来；买空十斛之珠，一笑真堪绝倒。芙蓉帐底，挼可能团；玛瑙床边，睡犹未足。却合欢之扇，月下疑真；比解语之花，意中差似。青眼既劳留盼①，朱衣那不点头。但恐泥金帖去，喜开香阁之眉；将无织锦文回，倒着犊牛之麈。聊歌短句，用博轩渠。

粉妆玉琢迥尘寰，偷下蟾宫一刻闲。
满袖天香亲送与，高枝未许别人攀。

① 编者按："盼"（"看"之意）原作"眄"（怒视也），考此句语意无"怒"之含义，故"眄"必为"盼"之误，径改。

自别巫山未二旬，楚云随我去寻春。
广寒咫尺天教合，现出如花看较真。

若非西子亦王嫱，早晚虔诚一瓣香。
借尔锦心兼绣口，做成花样在文章。

大登科并小登科，新得佳人马上驮。
只恐香闺添恨事，影儿一个也嫌多。

春　雨

寓历城。　己卯

为霖一出系苍生，酝酿恩膏古帝城。
润物无声滋土厚，入溪暗长觉波平。
余阴渐散晴占雀，小霁初开往听莺。
圣世不须愁破块，老来乐土舌犹耕。

春　花　己卯

羯鼓休夸倾刻开，天公作意厚栽培。
赤城霞起明于锦，金菊妆多艳若堆。
旖旎临风疲应接，菩蕾烘日小迟徊①。
移春槛外香初括，好聚红茵待客来。

---

① 编者按：“菩蕾”，殆为“蓓蕾”之讹。

春　草 己卯

一望青畴色渐新，凌波微步不沾尘。
明公有意留书带，下士何缘接醉茵。
试卜丰年谁早吐，可知生意此方申。
王孙游倦珊鞭掉，藉尔芊芊入梦神。

春　燕 己卯

经营故垒室翘翘，寻觅乌衣暮复朝。
长短司分觇所掌，去来逢社孰先招。
岂同倦羽惊三匝，曾伴雕笼傍九霄。
寄语飞云轩内客，满筵彤管振词条。

春　行 己卯

第一官须第一人，青旗布令四郊新。
报功反始缘祈谷，问俗观风不记巡。
出驾高车迎献岁，听歌连臂踏康尘。
道旁垂荫千千柳，底用羁愁赋逐贫。

春　山 己卯

晴峰四照卧堪游，画里蛾眉岂缪悠。
排闼送来青不断，染衣欲滴翠还流。
巨然云树枝枝润，北苑烟岚点点浮。

草色郁蒸愁作雨，一春多事是啼鸠。

春　　径　己卯

蒙茸盈野翠绵芊，放犬呼鹰竞夺先。
腰袅攒蹄矜一跃，乌弓饮羽妙三连。
春风讲武吹哀角，彩笔题诗奋舞筵。
千里旬宣勤大阅，盘游岁岁纪渔畋。

春　　岸　己卯

岂必苏堤与白堤，蛰虫启户万花齐。
夹来雨水拖裙带，界出方田画卦畦。
解佩江皋携手至，骑驴灞岸苦吟低。
百年陵谷多迁变，长共闲行桃李蹊。

春　　农　己卯

鬻蚕献种逐西畴，正遇流觞禊事修。
绿战红酣喧社鼓，钿稀粉薄闹行辀。
桑麻处处青留眼，父老村村话聚头。
乘暇劝农勤税驾，婴儿风起尚飔飔。

范州马龙章茂宰　己卯

侨遇射书台，一缘逼亥市。
异政出邻封，马侯声密迩。

侯治古秦亭，烹鲜独专美。
牧羊去败群，判牍无停晷。
闻昔有惠人，戒以水济水。
听断贵平衡，非者无偏是。
乃知即墨贤，岂在誉言至。
东昌十八州，能者惟侯尔。
太守廉且明，一张复一弛。
戮力共贤劳，上下臂指使。
我本旁观清，善善同所喜。
嗤彼叶公好，画龙取形似。
即日游上都，感叹中夜起。
虽有说项心，谁能信蓬藁。
伸纸直摅胸，愿学杜陵史。

次安平遇袁州郡丞马允文，招饮旅舍，出红妆侑酒三首 己卯

方外名司马，相逢挂剑台。
夜寒销短烛，年老怯深杯。
小曲调莺舌，南烹荐豹胎。
赏心无限事，准备作诗材。

此地成倾盖，新知胜旧知。
红裙呼欲出，乌帽去嫌迟。
好饮嵇中散，伤春杜牧之。
青衫浑湿尽，惜别又移时。

一见真如故，忘形礼不繁。
觞行疑畏蜀，客散独留髡。
啸咏豪情得，谈谐古道存。
醉乡贪就枕，去去莫追奔。

青青二首　己卯

陶家门外翠为屏，三起三眠杜若汀。
金缕斜抛谁代织，黄鹂轻弄暗藏形。
愁眉未展春将半，啼眼方舒涕欲零。
不是逢人长送别，万花谷里最青青。

香山歌管谢安庭，飞絮沾泥水上萍。
倚槛风来吹不乱，入秋霜老苦难经。
栽成官道愁攀折，写入宫词挟宠灵。
侥幸隋堤维锦缆，枝头千古尚青青。

金　　兰　己卯

藏春坞里拥端端，剪烛传杯夜未阑。
仙子有缘留玉杵，香闺自昔比金兰。
卿真有意凭眉语，我岂虚声借耳看。
纵使痴情能十倍，恐教人说带儒酸。

雪夜再饮马郡丞别业，观盆梅戏赠诸公二首　己卯

倾国倾城事可夸，东山裙屐大方家。

何缘恰恰连肩坐，底用纤纤举扇遮。
两颊凝脂疑衬雪，一灯照面宛如花。
只题字样成三口，惭愧诗人手八叉。

问渡桃源簇锦茵，须知行乐及芳春。
闯来金谷疲于应，老入花丛看不真。
欲别空教言外想，相看谁是意中人。
满筵客欲频催酒，尔我情关齿与唇。

叠青字再赠二首　己卯

不共杨家斗肉屏，凌波罗袜步云汀。
染将竟体芝兰味，描就无边风月形。
愿与松贞盟岁晚，谁言蒲弱望秋零。
红颜薄命何尝准，千古钟情说小青。

岂是□□挟两端，昵人眼色递雕阑。
闲思问渡章台柳，醉欲消魂秦弱兰。
假意传杯浑不语，沉吟刻烛且贪看。
温柔乡里风颠惯，何事青梅一点酸。

答韩秀才东瞻，时在史倅幕中次韵　己卯

多君追念平生语，称父之执曰诸父。
历数同时金石交，晨星落落无常聚。
一经传子志四方，记室雄才观所主。
桐木韩家此白眉，景星威凤争先睹。

良友虽亡家学存，坟头宿草南山锢。
玄豹文章自泽深，七日不下藏紫雾。
北溟鲲可化为鹏，扶摇九万登云路。
老朽桑榆过隙驹，一枝宁勿怀乡土。
可怜肝胆向谁投，眼底纷纷何足取。
东瞻俯仰藉笔耕，哀哀行路空怀岵。
莫嫌甘蔗倒餐佳，须知谏草先尝苦。
咄哉尔我同迍邅，鼯鼠有技穷于五。
从来通塞本循环，谢庭封殖凭佳树。
凤凰鸣矣据高梧，肯容众鸟争嘲诉。
张俭莲非蛮府鱼，同心友谊成胶固。
卓卓名贤史水东，果然貌古心亦古。

唐伯虎《牧牛图》 己卯

耕烟喘月五花蹄，丫角儿童雨一犁。
春社晚行人后策，逆风牵挽鼻偏提。
山歌不断如相引，荷笠归来为指迷。
画虎画龙兼画马，此图何似戴嵩题。

呈大中丞王昊庐先生上封事四首 庚辰

圣代虽无阙，尝怀补衮忠。
仁人之利溥，今日所言公。
凤哕传空谷，鸡群立下风。
大臣须謇谔，不敢作佯聋。

虞廷有吁咈，言路岂今开。
为惜国家体，斯真宰相才。
寸心如皎日，一手挽颓波①。
天道仁为质，温纶自上裁。

从来风宪地，兴革待旴衡。
主圣臣斯直，坐言立可行。
从容居殿陛，剀切中民生。
信是垂天翼，惊人只一鸣。

曾闻医国手，切忌养痈疽。
古有此遗直，人无愧读书。
公诚爱社稷，吾自乐樵渔。
独是相关处，存心属太虚。

奉访朱太守，留尝家酿四首　庚辰

拥炉思卯饮，那得第三人。
花下宜于昼，瓮中都是春。
谈心先已醉，递盏迭为宾。
化日容羁旅，萧然一酒民。

别具一风味，玄玄并太羹。
清非同鲁薄，浓不减周醇。
岂为穆生设，特教南董评。

---

① 编者按："波"字不协韵，未知何故。

如渑虽可美，户小慎持盈。

善饮徒虚表，深惭李万回。
屠苏缘近节，婪尾不停杯。
底用追亡令，胜于急板催。
酒泉贤太守，有客去还来。

廉让源头出，一泓异俗浑。
凝脂尝有味，浇雪看无痕。
能解羌之渴，谁云舌不扪。
相看俱酩酊，何事更留髡。

上元夜观灯呈朱太守四首 庚辰

金吾全放夜，同庆太平春。
乐土知佳节，康衢有醉人。
鱼龙呈百戏，丝竹闹比邻。
瞥眼香车过，遗钿堕玉尘。

正值传柑会，良辰罕匹休。
里无官烛累，人在月宫游。
士女成行队，宾朋互劝酬。
鳌山灯一片，乐事胜中秋。

几曾严火禁，卧治屡逢年。
德布春生脚，刑清蜡照天。
城连隋苑彩，树笼汉宫烟。

召杜重来此，弦歌沸日边。

草木欣欣向，仁风合奉扬。
烛宁愁见跋，壁喜得分光。
何往非今夕，真拼醉百觞。
馋灯知已免，勤学晚年强。

邓思五招游朱园观海棠，出红裙佐觞，四十韵 庚辰

选胜东郊去，摇鞭各跨骡。
黄金文踏蹬，紫玉骤鸣珂。
林木方葱蒨，牛羊或寝吪。
不辞游子屐，渐近硕人薖。
小筑临平野，高楼瞰大河。
帆樯纷列戟，庭树近交柯。
地主朱公叔，园丁郭橐驼。
云根眠草径，晴槛倚山坡。
一榻风初透，名园地不颇。
霞绡经燕剪，柳线掷莺梭。
池角吟蝼蝈，墙阴挂薜萝。
窗凹粘蝶粉，檐隙缀蜂窠。
况复逢奇艳，将无赛影娥。
晓妆初睡足，薄醉嫩颜酡。
姚魏全含妒，秦韩枉用诃。
许为端伯友，恨乏少陵哦。
对此倾城丽，能无载酒过。

羡君饶韵事，到处有行窝。
细品惊霜荚，频斟漫卷荷。
野蔬兼竹鼠，异味得桑鹅。
不料山厨食，无非海错罗。
佐觞携窈窕，妙舞似阳阿。
送意凭眉语，撩人作眼波。
双湾肤似雪，一笑颊生窝。
乌鬓簪银凤，青山点黛螺。
老翁原木偶，名士半风魔。
暗以觥筹渡，嗔将花片挼。
含情方脉脉，未醉已傞傞。
密约逢春坞，随缘坐碧莎。
佯狂徒舌战，着意与肩摩。
苔藓双尖印，潇湘六幅拖。
诸公须强勉，好事莫蹉跎。
自顾真秦赘，偏思散楚歌。
饱非贪不托，倦即觅无何。
有足闻空谷，斯游胜永和。
乃兄何后至，如仲孰云多。
试卜占风雀，愁无返日戈。
垄耕犹未辍，亭长漫相呵。
薄暮应归矣，明朝再至么。
武陵如不隔，决意溷渔蓑。

饮耿泽九书斋　庚辰

连云冠盖里，风范更谁如。

门内相师友，堂前盛起居。
坐无乘热客，架有读残书。
洗尽轻肥习，教人忆古初。

百泉长啸客，偏爱独弦琴。
文字称同调，交游恃素心。
三间红柿叶，一院绿槐阴。
好是君兄弟，衔杯不厌深。

时俗欣桃李，古人念岁寒。
肤清嗤肉鄙，骨重脱儒酸。
刻意求三益，闲情并四难。
半规新月上，分外照情澜。

相知知有几，寻乐孔颜徒。
水乳心源合，薰莸世味殊。
风流梁苑客，吟咏浣花图。
老不如人矣，焉能负驽躯。

耿泽九见示和章，叠前韵奉谢四首 庚辰

谬托知音语，能无愧突如。
谈谐搜往事，臭味畅群居。
贫不工为句，老犹勤写书。
出门遭坎壈，叹息我生初。

莫笑阮千里，逢人为鼓琴。

五言诗见志，一夕话输心。
独树撑檐隙，残晖恋壁阴。
海鸥随我狎，总不堕机深。

四月披裘出，解嘲避麦寒。
壮心消已半，生气达于酸。
才向暮年尽，人逢大敌难。
吟坛推毂久，一柱倚回澜。

泾舟资其楫①，印友利蒸徒。
赖是先民则，方之俗学殊。
感幽甄女赋，遗恨汉宫图。
声价国门在，中原孰并躯。

奉和耿二泽九见怀原韵二首　庚辰

得失事何常，一梦凭蕉鹿。
知往不知来，无为笑乾鹊。
皂帽返故山，举世好高屋。
明月堕澄江，空令两手掬。
所以贤达流，慎勿丹吾毂。
长铗虽可弹，画蛇忌添足。
归欤访素心，适报平安竹。

---

① 编者按："泾舟"，当为"泛舟"之讹。因"泾"为古水名，在本诗句中词义不通。

随地拾诗才，奚囊付银鹿。
苟遇同调人，未失为刻鹄。
君读万卷书，撑肠塞破屋。
岂比贫里儿，数米盈升掬。
贱子拜下风，久矣甘推毂。
忽报鹊噪檐，节节复足足。
客来恣高吟，恍闻丝与竹。

答朱庶常见赠原韵二首　庚辰

高唱真无匹，知音挈老残。
五言冰雪句，不带孟郊寒。
我爱运斤者，斫鼻夸垩漫。
愿得千回读，宵阑兴未阑。

土木形骸耳，馀生虎口残。
冰蚕与火鼠，性各耐暄寒。
所以挝鼓吏，半刺字漶漫。
珍重怀人什，装成百宝阑。

过河间宿白衣庵四首　庚辰

触热寻初地，柴关日已斜。
出城无一里，比屋恰三家。
林薄喧归鸟，风过扫落花。
宦游人到此，应不恋东华。

萧散一僧居，可耕亦可渔。
壁留名士句，架插古人书。
世味捐都尽，禅门习亦除。
有心求信宿，清梦想华胥。

竹帘才卷起，清磬发崇朝。
岂有纤埃入，顿令炎暑销。
篱边锄隙地，雨后长疏苗。
荷笠人归矣，听歌识负樵。

日日辇朱轮，何人不问津。
坦途行有误，冷眼看俱真。
笑我经曾惯，与君话转亲。
绳床聊借用，四大即长春。

次瀛署《庭前开莲花一朵有感》四首　庚辰

孤芳聊自赏，相对亦前因。
岂是尘能染，须知德有邻。
何心临热地，但觉轶群伦。
飘泊吾生事，休贪聚落茵。

恍如鸾凤侣，娇娇睹争先。
不少吾同调，宁从人作缘。
露凝红粉堕，雨滴夜珠圆。
安得写生手，鹅溪一幅传。

亭亭池上立，异种产冰壶。
君子曾无愧，浊流未可污。
枝迎风不折，影与月同孤。
薄醉潮生颊，朝醒莫用扶。

面面九疑峰，穷途孰适从。
菱梢防刺足，荇梗并行踪。
虽不后时叹，尚为悦己容。
描君心上事，珍重寄词峰。

寄故人某四首　庚辰

三十年名士，如何未贡身。
趋时羞软美，落笔恶尖新。
早共芝兰秀，老余姜桂辛。
平生负志气，不过任天真。

莫道炉无火，终燃未死灰。
世能藏我拙，天亦妒君才。
拨闷惟书卷，浇愁岂酒杯。
文星夜夜现，北望正三台。

才闻来日下，良友共琴尊。
山水因缘好，文章声价存。
客途看咫尺，诗句代寒温。
迟暮知茶味，烹泉洗睡昏。

俭府莲花客，清词赛建安。
世人交以醴，君子食于酸。
声气由来旧，主宾相得欢。
乘车他日过，知不负鸡坛。

壬午立秋日，偕夏重、西厓会饮萝轩邸舍分赋各二首，即以立秋两字为韵　庚辰

查君八斗才，五十尚龙蛰。
相逢歧路间，数年手一执。
长安十万家，一米一珠粒。
天亦悯穷途，滂沱欲涕泣。
泥泞不少干，羁愁如束湿。
所赖诸故人，殷勤践车笠。
往来一榻悬，幸不至雨立。
昨宵斗指西，凉飔动衣褶。
晨兴诣南邻，良友稍稍集。
积阴荡无垠，清谈消结习。

风高日西陆，万物成于秋。
气肃筋骨坚，岂必爱春柔。
黄门与列宿，皆属骚雅流。
丈夫苟得志，肯为家室谋。
眼中人老矣，望此鸾凤俦。
嗟予亦不贱，终老醉乡侯。
鼹鼠腹易饱，陶然更何求。
怪哉宋大夫，握管徒啾啾。

闰三月三日戏友人纳姬　庚辰

朝来相访且停骖，料是温柔梦正酣。
倾国岂能人有两，留春又见日重三。
灯前亲为施云髻，枕畔微闻堕玉簪。
从此永和添故事，年年须记种宜男。

孙松坪太史主试三晋，挈予同游偶纪，用王云岗《移居》韵六首　壬午

风景分明旧井庐，山河举目古初如。
无端想作答宾戏，岂是才多行秘书。
惘惘一生尝陆处，闲闲清昼爱楼居。
相依佛火回残梦，猛可名心顿辟除。

于野于郊约聚庐，年时萍梗欲安如。
羞看白发仍游屐，喜对青云又简书。
奎宿有光临冀分，文风反古化鹑居。
锄经事业方农业，积习而今力粪除。

卉衣只合卧匡庐，忽伴金闺彦突如。
冀北空群遭伯乐，秋风鹗荐盛贤书。
那堪见猎犹心喜，何似行吟在里居。
自分五穷无可送，独于文字债蠲除。

高临雉尾象穹庐，小五台山气豁如。
饮菊酒酣谁落帽，题糕诗就我慵书。
叨尝蓬鲙陪仙侣，恍奏钧天逼帝居。

霜叶半黄纷欲坠，借他风力扫庭除。

丹台石室道家庐，咫尺无缘盖阙如。
立像空传襄子庙，卧碑犹拓太宗书①。
雁臣信有丘能瘗，风伯难凭穴可居。
不是玉堂人吊古，山前蔓草未应除。

老放颠狂耐剥庐，此行底用叹屯如。
素心晨夕非歧路，好句吟哦得异书。
关切何曾分冷暖，谈谐不觉过诸居。
归时只恐经寒沍，短后衣添制半除。

次太原张虞轩至自潼关，预祝其六十诞辰　壬午

老人星适自何来，数合蓍英不用猜。
宦绩浮云留太华，梦游旧路记天台。
寒威减尽龙惊蛰，春意萌初草孕荄。
寿酒正浓兼岁酒，相逢一定让先杯。

除夕观许有介墨迹二首　壬午

拂水岩前事不群，早于名句想征君。
但书甲子陶元亮，兼擅丹青郑广文。
清到冰壶尘俗净，气含芝草善良熏。
从来名下无虚士，正使人云我亦云。

遗迹珍藏辟蠹芸，一回展卷一殷勤。

① 编者按："拓"，原作"塌"，当为"拓（即搨）"之讹，径改。

相思岂必曾相识，所见终于逮所闻。
除夕有怀经历历，客途清赏意欣欣。
奇观最称平生愿，直得椒觞博一醺。

集雅堂观海棠值主人诞日　癸未

花中仙子赛花王，殿尽春风锦绣场。
最爱杨妃眠未足，不劳楚客恨无香。
曾经手植梅东里，喜得心知集雅堂。
逼近瑶池桃又熟，何妨十日醉霞觞。

题邓峄亭国博《泛宅图》　并序　癸未

此亡友邓峄亭小照也。峄亭名□，官国博，不乐仕进，恬然退休，写图于庚午。又七年，始与予交。其生平以朋友① 为性命，自言所遇无可与订杵臼者，于莱芜得高二苍晓外，独见予诗古文词有嗜痂之癖，曰："余安得制临风舸，与君渡金蕉，访西子，泛具区，汗漫江湖间，以毕吾生乎?"计共君衔杯酒接殷勤者凡五易寒暑，而君已物化矣，宿草未除，泪河欲竭。一日振宜送峄亭遗像来观，神气虽未全肖，亦可得五六分许，对之恍如晤语，吾乃今而知峄亭乘槎之愿，盖有素矣，其殆张志和、米元章一流人欤? 惜予无长康之技，为添颊上三毫，然犹知为诗，信笔题七言古体一章，使后之瞻像者，知峄亭坐侧，俨然有一顾子，而读诗者觉予毫端直欲呼峄亭出也。古人云："视此虽近，邈若山河。"殆不其然?

张融牵船着岸边，既非水居亦非陆。

---

① 编者按："朋"原作"[illegible]"，字书无此字，鉴于与"朋"相似，词义亦通，径改。

茫茫万顷钓烟波，茶灶笔床帆一幅。
人生得志思济川，青史功名几上肉。
五湖何处不安身，放眼乾坤少拘束。
或时破浪跨鲸鱼，明月团团手可掬。
不然拍浮了此生，满贮兰陵酒百斛。
知章骑马似乘船，桑田宁弗为陵谷。
山水文章朋友缘，醉翁意不徒糟麹。
我友生当齐鲁乡，鞭镫交驰车击毂。
偏爱黄头擢野航，米家诗画多奇蓄。
避暑潜来柳下藏，随风吹向芦中宿。
山丘华屋总须臾，丹青千古留高躅。
恨未同为李郭游，登仙一举如鸿鹄。
援毫赠尔三百言，莫愁形影长孤独。

三月朔为邓思五初度，招饮与吉瑞公谈相 癸未

青鞋踏青三月三，握兰采艾祈先蚕。
长安丽人方禊饮，桃花着面疑微酣。
南阳公子纷裘马，招客流觞开绿野。
云是悬弧两日前，嵩高之句争传写。
龙钟老叟舞傞傞，耸肩松下私吟哦。
须臾掷笔眼倒视，一生汗漫游无何。
富贵吾生所自有，愿从唐举问黄耇。
从今学易至百龄，日日甜乡日红友。
蒲帆十幅返西湖，有酒则酾无则沽。
蓬莱三山在人世，往来不少长房壶。

留别邓思五亲家　癸未

离合事之常，悲欢意徒乱。
达者得丧齐，一切放枯淡。
我辈情所钟，忍作抟沙散。
忆入玉门关，萍踪若鼠窜。
寂寂田间人，与世殊冰炭。
独遇君弟昆，金石义可贯。
齐大许通婚，牵丝隔帷幔。
难割此殷勤，六年倏羁绊。
其如生计疏，糊口游汗漫。
一旦岭南行，欲语先愁叹。
去去有时回，难于顷刻判。
况闻采薪忧，疥癣及双骭。
已别又复还，握手至再三。
叮咛问归期，饮以酒无算。
丈夫意气真，咽泪肠几断。
离绪渺无涯，幽情托柔翰。
一泻二百言，寄呈青玉案。
置之怀袖中，出入供把玩。
非能慰相思，亦解饥渴半。
更语谢庭兰，学殖务溉灌。

留别邓东长　癸未

良友虽弃捐，有子曰钟岳。

弱冠能文章，而不烦绳削。
云自高曾来，青箱世其学。
一目下十行，古人尽糟粕。
所以轮扁徒，技精释椎凿。
我无运斤才，七旬老于斫。
胡为问偏盲，使备他山错。
相须忘夕晨，干将敛其锷。
六翮养已齐，矫矫鸡群鹤。
君才既不凡，立身复斟酌。
孝友天性成，俯仰两无怍。
读礼慎厥终，守身如履薄。
霜露感焄蒿，思其嗜与乐。
甘蔗本同根，荆枝忍分斫。
须知家督尊，绸缪主画诺。
况有竹林贤，一气贯脉络。
皤皤白发翁，萍踪借栖泊。
隆以父事行，寸心勤且恪。
忽然语别离，那不数日恶。
拭目待梯云，九原庶可作。

送五女出阁，途次遇雪口占　癸未

春冰才泮跃双鱼，又见同云布太虚。
额点梅花描样好，手拈柳絮试吟初。
笑吾卖犬风犹古，卜尔乘龙愿得如。
宜室宜家勤嘱咐，夭桃新暖日方舒。

卷　六

渡黄河二百里二首　癸未

河清亦可俟，酒浊岂能吞。
雾合乾坤暗，涛翻昼夜喧。
涨连平岸阔，流带白沙浑。
似此滔滔者，空令岁月奔。

二百程非远，轻帆踞上游。
势随崩浪下，力借逆风留。
缆短偏牵恨，船空只载愁。
悠然思纵壑，长伴钓鱼钩。

哭盛诚斋夫子十首　癸未

龙蛇逢此岁，痛绝泰山颓。
鹤去空千载，诗成补八哀。
人情随逝水，世事等浮埃。
执友为予述，相看泪满腮。

一生穷二酉，腹笥是经函。
议礼春卿秩，藏书柱史衔。
味浓蜂酿蜜，香退麝投岩。
自古论交者，伤心七不堪。

士林推毂久，争欲就平章。
所至从如市，于居别署乡。
黄泉无宿草，白发守心丧。
敬学尊师术，南宫一瓣香。

全豹斑斑古，管中不易窥。
侠肠为友卖，叹息去官迟。
饮水知寒暖，临歧别险夷。
六州铁铸错，同病更谁知。

可怜真意气，辜负不平鸣。
腹剑由来暗，泪河从此倾。
相依无几载，一别竟他生。
安得寝门哭，挽歌一再行。

得失塞翁事，狂来怪独醒。
覆蕉惊鹿毙，触增羡鸿冥。
不愧文中谥，谁为有道铭。
百年留手泽，诗礼报趋庭。

才大翻为累，敢云青出蓝。
谤馀书一箧，悔不口三缄。

胜负看蛮触，存亡例楚凡。
早知沉宦海，何似疾回帆。

相逢成水乳，举世恶清流。
文字知非偶，风波命不犹。
并延林木祸，各抱杞人忧。
黑白淆棋局，心仪古弈秋。

诗律坚于壁，偏师孰敢攻。
何缘亲立雪，独许共嘲风。
玉局手能语，亢仓目代聪。
胸罗十万卷，不碍杜微聋。

文光弥宇宙，焉用赋招魂。
洒泣崇虚位，居庐愧圣门。
图书欣有托，松菊记犹存。
一出遭罗网，空怀国士恩。

八月十七夜钱唐江上乘潮二首　癸未

莫道沧桑改，流年等掷梭。
一军飞渡去，万马截流过。
铁弩回天力，鲁阳逐日戈。
冯夷能主宰，一手障银河。

欲习昆明战，樯乌等劫灰。
眼前千丈雪，脚底一声雷。

直欲浮天尽，曾经浴日来。
须臾穿鲁缟，便觉玉山颓。

惶恐滩次康饴韵　癸未

惶恐名儿似未安，篙师指点下篙难。
中分百道纡青涨，宛转如环下碧湍。
有路到家成别梦，无风此水亦生澜。
名流多少增惆怅，习坎初经第一滩。

樟树潭次沧岩夫子韵　癸未

干云蔽日岂纤微，川岳钟灵傍帝晖。
得遇钱镠真特达，更逢冯异一瞻依。
似同桃实三千岁，料定霜皮四十围。
笑我不才偏寿考，白头门下尚儒衣。

《咏花》次沧岩夫子韵十六首　癸未

树　兰

同出谢家庭，芝兰并玉树。
当门幸勿锄，援琴起遐慕。

铁　树

铁树一尺高，无花亦无子。
黄杨厄闰年，犹未足方此。

鱼子兰

夫人号花蕊，珠盘璎珞子。
香风作意吹，午梦甜无已。

素馨

琢玉镂冰手，遗簪百宝穿。
不信齐宫里，偏钟冯小怜。

红球

谁将并蒂花，细结同心带。
宛转红氍毹，一色殊狡狯。

扶桑

碧树数千丈，根蟠大海东。
朱颜终不谢，岁岁此相同。

抹丽

爱惜金铃护，花时不计钱。
锦帆风一片，直送到钧天。

剑兰

我闻王者香，佩玉亦佩剑。
偶贪萧艾荣，感时涕欲泫。

佛手

虽非一指禅，亦有馋餡气。

为问未生时，何处寻瓜蒂。

密　罗

色是中央土，含葩味道腴。
胡甘来异域，花液可能如。

橄　榄

君子席可登，蹇涩非所讳。
卒成谏果名，回思有余味。

槟　榔

渍纸作涛笺，大书供飞白。
金拌献高堂，更足豪此客。

荔　枝

湘文并绀理，绛雪岂轻尝。
狼藉长生殿，犹传一曲香。

龙　眼

累累明月珠，莫以瓦砾掷。
不遇波斯胡，那得登仙籍。

香　树

种香事亦奇，了不伤蠹饱。
婆律异闻思，氤氲能却老。

蒲　葵

可扇亦可冠，台笠埒章甫。

五万顷刻余，令人慕稽古。

李次山《牛背图》　癸未

右军真妙手，误点牸犹传。
夜喘憎吴月，春耕破垄烟。
愿为丞相麈，肯羡祖生鞭。
短笛横吹倦，鼾鼾背上眠。

题马怡庵《粤游草》，次沧岩夫子韵　癸未

敲诗金石响，亹亹对兰缸。
楚伯一手举，秦王绝脰扛。
先声不战屈，大敌望锋降。
陪棹珠江去，舟行磨九泷。

《广州》用新城韵六首　癸未

一年四纪总春浓，蛋雨蛮风杨柳中。
眼底花船梭似掷，珠娘纤手起推篷。

银涛如卷骤回波，雾縠蝉纱赛越罗。
莫道沙墟皆海舶，梦中唤醒懊侬歌。

南枝开尽北枝开，小律春回羯鼓催。
丹桂红桃争艳发，不须先寄岭头梅。

秋宵明月转修廊，橘绿橙黄绣被墙。
更有海南生熟结，偷闲料检女儿香。

辇才屋瓦闪金鸦，编次如鳞整复斜。
妓馆明灯千片锦，银丝照耀结霜花。

海珠环抱玉为阑，吞取冰蚕织素纨。
待得木棉花发后，羊城如火不知寒。

《登阁》和沧岩夫子韵　癸未

飞甍在野垌，日对翠微屏。
一线当窗碧，七山排闼青。
贤豪占聚井，文字丽繁星。
顾盼风云起，鲲鱼化北溟。

《阁上远眺》次马怡庵进士　癸未

去天无尺五，衰老怯先登。
雨豁青山叠，云开碧树层。
葭苍愁越客，枫冷忆吴兴。
勉强随吟伴，诗人愧薛能。

题奉常马淡真先生《褒忠录》后，次沧岩夫子韵二首　癸未

挺击成疑案，纷纷南北司。

纲常争去就，口舌系安危。
博望谗何已，伯奇事可悲。
乃知宫壶内，四皓是人师。

执法存公道，人言汹外廷。
流离无死所，英爽在天灵。
信史春秋笔，哀歌长短亭。
一朝遗恨事，图画想丹青。

《初食龙眼》次沧岩夫子韵　癸未

累累如贯珠，繁生值烧夏。
骊龙不得眠，多目争注射。
两车流琼浆，啖之不能罢。
何论三百颗，快意且倾泻。
肥瘠各自妍，名实岂虚借。
谓为荔之奴，蔽贤求其罅。
纵非姊妹行，何至负荆谢。
婢也逼夫人，或者箫管亚。
苏公品廉州，犹饮酒新醉。
移根上林中，并植亦无咤。
吾师论定真，自觉难为下。
悠然饱食余，忘却晴雨乍。

《羚羊峡》次王新城韵　癸未

峡势东江口，端石多虚中。

落日笼薄雾，烟雨空冥蒙。
岂必协风至，斗柄始欲东。
南方秉离火，泥不待春融。
所以稼穑事，早得一溉功。
仰观九魁象，俯察冯夷宫。
秀气之所聚，灵岩论佥同。
铣荡费千指，焉用斫鼻功。
欣赏别蕉白，书之座一通。
意气颇自豪，不患东野穷。
玻璃以为匣，挥毫拟太忡。

《七星岩石室》次新城韵 癸未

女娲补天手，运此落星石。
虎豹排九关，直上藐姑射。
圆屋象七星，峰峰张莲帟。
其窍皆中空，陆处而浮宅。
崧台百尺高，可容广坐客。
井灶几杖间，森束列剑戟。
玲珑千万堆，春阴养花魄。
容我叫帝阍，一阖复一辟。
怪哉汉武皇，梦见大人迹。
击撞闻鼓钟，置身于香积。
可望不可登，无乃云梦泽。
翩翻思奋飞，秋风鸣策策。
归帆在几时，无暇暖孔席。

《楼上望七星岩》次沧岩夫子韵　癸未

我欲测苍旻，累累星棋布。
举头见斗杓，云中得三素。
方之八阵图，按指少一数。
仙人爱楼居，岂乏济胜具。
遥遥北海书，漫灭读已误。
所以算阴阳，纵横合参互。
术士空劳神，思作五里雾。
让路此终身，料不枉百步。

读坡公《儋耳寄子由》诗有感，即踵原韵　癸未

贾生作赋吊沅湘，不刓为圆宁为方。
古人已矣名未泯，细观天道何微茫。
二苏同时谪瘴疠，一门海外留行藏。
可知大块真有意，赋诗才子心雄长。
我生五百余年后，凭空海内思闻望。
无端去去逢紫塞，堕指裂肤身未亡。
风雪盈颠走衣食，依人万里来炎荒。
读罢长歌增感慨，梦魂相遇水云乡。

题沧岩夫子《采芝图》，即次原韵　癸未

琼田秀草黄云穗，荷锄斫药神仙类。
贾循负土玉芝生，由来孝感称人瑞。

吾师至性绝代无，早读父书鲜失坠。
肘后悬方三折肱，第五科名天所赐。
砂郎涧底有真传，术赛青囊非讲肄。
善历兼精海角书，星占一一符缠次。
眼见才多为世忙，济人利物市高义。
博古还留摩诘名，游戏丹青纸尤费。
大隐于朝现宰官，与物无争少崖异。
立言立德兼立功，名教中原饶乐地。
赤松一脉本来同，铁冠道者农马智。
倚伏循环理自然，可知言出则身弃。
辟谷还精不死方，往来屑屑形骸累。
草衣木食轻王侯，自古人生偶一寄。
欲貌灵台颊上毛，烟岚高旷谈何易。
醉后挥成没骨图，沈家老痴粗晓事。
日南方伯绘画工，林泉补写差强意。
泼墨淋漓渲染高，春枝应手天机至。
独行山谷摘倾筐，可以疗饥惟紫翠。
杖策骑驴愿筑宫，立雪龙门曾拥篲。
若许担簦负笈从，日侍经楼亲睹记。

雷州除夕　癸未

商陆炉中火，高烧促漏更。
岁从今夜改，春向隔年生。
射覆倾婪尾，整冠待质明。
欢雷顷刻事，新旧不须争。

元　　旦　甲申

元旦屠苏酒，相期指玉衡。
终朝含宿雾，何处赏春晴。
料是天犹醉，偏于泉独清。
主人有真味，胜是雪中烹。

《将渡琼州》次坡公韵赠康饴　甲申

消息有代谢，旭日岂再中。
机械遍荆棘，入林惊伤弓。
转眼百年事，胡不谈空空。
俯仰无一可，鼯鼠五技穷。
幼长舅氏家，梨枣分诸翁。
健者成梁栋，摇笔吐长雄。
衡文来百粤，快哉大王风。
挈之渡琼海，知音牙与钟。
丈夫重意气，知始尤知终。
道逢安期生，绿眼鬓方瞳。
撇将筇竹杖，指点化为龙。
贱子已枯槁，岂羡桃李容。
所喜太平久，举世无射工。
归欤老渔竿，儒者一亩宫。

《偶作》用子瞻韵　甲申

虎头燕颔飞食肉①，贫者无锥榆屑粥。
鼷鼠天教五技穷，乘风添翼变蝙蝠。
人生遭际会有时，抗尘何必不殊俗。
南走扬粤北走胡，匹夫何罪罪怀玉。
斜封墨敕一告身，拜爵西园争入粟。
相去开元几百年，令人犹识宜春鹿。
高尚王侯隐者尊，未闻巢许称臣仆。
但愿知来不知往，一身轻举如乾鹊。

《对弈》用子瞻《止酒》诗韵　甲申

乘流则欲逝，遇坎则欲止。
唯有世外人，日夕金樽里。
渊明述祖诗，责己兼责子。
放意老糟丘，了不见愠喜。
我亦思懵腾，索酒中夜起。
田荒无可锄，发髡无可理。
消此一局棋，何必怨胜己。
黑白两茫然，逢场戏耳矣。
大海忽当前，一望无涯涘。
愿学古之人，陶乎吾所祀。

---

① 编者按："燕颔"，原误作"燕额"，据《东观汉纪》改正。

和《粟泉亭》原韵二首

外曾祖湛原公守郡时所建，今萝轩重新之。甲申

名贤胜地昔流觞，遗爱千秋乐未央。
最是一经传可久，几曾家法作于凉。
香泉粒粒浮金粟，苾祀芬芬奠桂浆。
赖有文孙重拂拭，相携渡海问沧浪。

一生遭际尽离觞，蜂蝶相寻岂有央。
迁客自来多瘴疠，行踪独我极炎凉。
才人海外开天泽，骚客诗中感义浆。
头白弥男惭宅相，椰瓢呼酒听淋浪。

吊莱公祠二首　甲申

澶渊孤注足心寒，明主猜疑忽徙官。
大厦将倾非一木，中流谁砥使回澜。
海山千里诗成谶，鼎鼐千秋论阖棺。
归葬西京凭友梦，森森枯竹植公安。

贤奸黑白岂茫茫，天道盈虚有意偿。
参政拂须羞指佞，厓州诏草证无将。
蒸羊一逆平恩怨，瘴海相逢孰短长。
寄语上书福建子，生时早已注彭亡。

观李纲《徙万州事》　甲申

金人反覆旧盟寒，岁币何曾口血干。

南渡议颁哀痛诏，上书力辨主和奸。
建言落职甘心去，剩骨还乡放眼宽。
他日观文看起草，陈东地下亦心欢。

晤广陵樊潜庵新令临高　甲申

竹西倾盖布衣交，烂醉杨州廿四桥。
歌断云行石塔寺，夜深月上木兰桡。
挥毫对客呼才子，射覆挑灯拥阿娇。
别后云泥天渺渺，年时鱼雁影迢迢。
银符绾得新浮海，皂帽归来怯度辽。
岂料白头逢此地，好揩老眼看干霄。
小黄自合先增秩，靖节何须苦折腰。
神骏一鞭原逐日，春莺三月正迁乔。
新词多读忘疲倦，旧雨重过信久要。
官署那堪归梦促，旗亭难免客魂消。
买愁村舍花田闹，浮粟泉亭茗碗浇。
但是名贤留胜迹，濠梁不用苦相招。

苏长公遇颍滨于雷　甲申

天乎想亦忌雄才，酬唱穷途赋七哀。
元祐党人都一网，眉山爱弟亦迁雷。
分司僦屋凭明券，丞相论科重弃灰。
为法到头终自弊，营营不信自何来。

秦少游贬雷阳　甲申

诗才直与二苏齐，贬谪新编牧老羝。
但有梦归嘶石马，更无缘遇赦金鸡。
早知仕宦沉愁海，悔用文章作祸梯。
百廿八人皆上宿，石工姓氏怕镌题。

初春徐闻道中　甲申

岂是严霜怯晓征，纡徐竹境最移情。
空山鸟语如相和，满路花香不辨名。
化日舒长逢岁首，光风淡荡赏春晴。
水苗一尺瓜蒌熟，布谷何劳苦劝耕。

廉州道中　甲申

沙墟才过又蒲汀，已到天涯海角亭。
山列画屏堆紫翠，人行仙岛入丹青。
小桥树暗溪流咽，曲径花深野骑停。
尽道产珠川自媚，却无逸兴访柴扃。

《陆公泉小憩》用长公韵　甲申

平岗筑小室，幽然成岩栖。
山葩当户艳，白燕巢其楣。
门外一泓水，有珠澄清泥。

小憩尝日铸，耻为孔稚圭。
擎雷气蒸热，空翠含青霓。
夕阳挂城角，笋舆难久稽。
武陵古蛮地，其下接五溪。
桃花已烂熳，何人为指迷。

《文公庙》次沧岩夫子韵 甲申

自来五羊城，一年周复始。
陆处半在山，舟居半在水。
地当乞热方，岁寒想冰氏。
儒行席所珍，正人国之纪。
昌黎贬潮阳，轰雷灌其耳。
佛骨表千言，功足翼四子。
悠悠绕指柔，谁容直如砥。
昔出山海关，曾谒公故里。
堂高自远帘，冠敝弗苴屦。
身入瘴疠乡，唯余十九齿。
爵禄岂足膻，嗤彼肉食鄙。
举世既微尰，无术治疮痏。
相去千余年，不得奉音旨。
苟非卫道功，滔滔何所底。
穷达随遇安，宁以彼易此。
三耳或兼听，两目岂独视。
传言此邦人，欢欣迎玉趾。
纸贵写弹文，绳牵正脉理。
乘流戒逝波，习坎识行止。

寥寥董仲舒，异代堪比美。
待彼朱程兴，赖公一人耳。
同时有赵生，行文极摹拟。
排异障东川，两美多溢喜。
海滨邹鲁乡，文风曷其已。
遗像留空岩，大名识英伟。
岂不感豚鱼，浊流化清泚。
从来学道人，朝闻夕可死。
不然明月光，孰得相秽滓。

《谢海神庙诗》次东坡韵　甲申

朝愿南风暮北风，陶梭雷剑化为龙。
职司祸福位上公，得天之气刚而中。
直吞云梦抒心胸，佛法六通神五通。
王臣蹇蹇曰匪躬，百谷朝宗显遂忠。
李纲苏轼皆人雄，报答灵爽将无同。

纪　异　甲申

我闻槃瓠妻帝之少女，驷马难追一言许。
天留西旅佐明王，冠盖之伦亦楚楚。
又闻鹄苍衔卵付徐君，收养宫中比席珍。
长大崭然露头角，满身九九成龙鳞。
岭南吠雪蜀吠日，白望青曹岂群匹。
雷阳出猎事更奇，九耳桃花人不识。
震惊百里宣骄阳，金蛇银线无停光。

谢仙火车发雷种，有文在手司一方。
正直聪明兼惠鲜，功德于民光祀典。
后梁南汉宋元明，敕赐英才列轩冕。
神乎庙食千千年，求者必得心诚虔。
但愿一钱贤太守，猖猖永息郡安眠。

飓　母　风　甲申

王者之世五日风，风不鸣条年谷丰。
二十四番花信准，婴儿少女何雌雄。
保章善察天地气，大块噫之吹万同。
金縢感召偃禾起，舜弹五弦称化工。
汉高歌思沛父老，关尹望气其犹龙。
或时乘之破万里，不然跂脚羲皇中。
一自石尤打头浪，六鹢退飞宋离宫。
广川鸟兽避灾患，爰居止鲁知变通。
羊角扶摇从穴出，大荒有山多崆峒。
虽然挠物犹鼓荡，不至怒号如破篷。
其始阴阳相驳击，螮蛛截嵲吐长虹。
扬沙拔木昼全晦，飕飗⿺风利颲声摩空。
楼车走舸纷败叶，恶焦鳌极相撞舂。
舟楫为舆海为道，几乎赤壁遭火攻。
摧枯拉朽雷霆下，焦头烂额馀疲癃。
少年闻此亦胆落，何况鸡肋一孱翁。
怪哉宋玉言甚诞，欲上扶桑试挂弓。
秦皇武肃皆人耳，射潮鞭石言发蒙。
智者驱愚愚者入，人生孰得逃牢笼。

《合江楼远眺》用坡公韵三首① 甲申

纵目高楼甚快哉，双江可合亦可开。
偶为好山乘兴至，喜无俗物败人来。
凭城百尺此专美，闲鸥野鹭冲波起。
披襟三面受凉风，尘心洗尽明于水。
乾坤日月斩然新，一囊封草真闲人。
回头试问阿婆梦，何似羊裘钓富春。

气压曹刘亦壮哉，诸公得句自天开。
高楼日月看无际，太守风流挽不来。
滕王景物兼四美，有其举之谁继起。
坡公此乐胜前贤，何难吸尽西江水。
广南骚雅耻尖新，梁陈屈子皆古人。
我来犹及见题壁，恨不同醉罗浮春。

举步登楼矍铄哉，楼头一览心眼开。
苏公死后楼已闭，更无人许上楼来。
合江尘埋掩其美，不是才人呼不起。
相逢其上最高头，茫茫一片皆烟水。
古人非古今非新，有才不遇总陈人。
千秋会合贵知己，人生行乐须及春。

---

① 编者按：该诗诗题，目录作“二首”，正文无此二字，按该诗实为三首，故径改。

午日大风雨，康饴学使并舟对叠，次原韵二首 甲申

天宝年中粉团粽，小角湾弓射者众①。
未能免俗泛蒲觞，五丝彩笔微拈弄。
文字原称玉籍仙，前身足满藏书瓮。
诗成示我读未终，字挟风云势飞动。
婆心指点无倦容，有疑可质难可送。
怜才之念性所生，江山慰此饥渴梦。

检点囊中益智粽，双拳可敌十万众。
指挥如意两军分，四郊不敢潢池弄。
寒士从来愿不奢，床头三百黄齑瓮。
天亦张威助我雄，汉家壮士风雷动。
生死穷达会有期，行者如赍居者送。
幻云顷刻布山头，胜负尽成蕉鹿梦。

又沧岩夫子以病未与，次日补诗，再叠前韵奉和

故乡此日争传粽，醒眼笑看醉眼众。
沉渊投汨吊湘灵，钱江射潮潮可弄。
汉阴丈人为灌畦，力多功寡苦抱瓮。
先生病已笔生风，智者娓娓相时动。
商山本是采芝流，汉祖当年曾目送。
钧天广乐异繁弦，寰瀛我亦思同梦。

---

① 编者按：“湾弓”，当为“弯弓”之讹。

奉祝中丞石绹庵先生百韵　甲申

泰阶咸一德，圣代贺明良。
气欲凌霄汉，人争睹凤凰。
夔龙宜黼黻，尧舜合赓飏。
系出徂徕种，族由渤海昌。
全军封乐郡，散骑晋安阳。
丰沛鸣珂里，枌榆产帝乡。
蝉联齐卫霍，簪笏并金张。
位秩居侯伯，官箴自激昂。
两仪尊主器，四望纳重光。
东汉阎何邓，西京窦许王。
皇姻连甲观，国戚是椒房。
辇毂承恩久，宫壶拜赐芳。
百英云母粉，七宝御炉香。
兰殿倾脂泽，乌衣堕绩筐。
母仪鸣佩玉，女则重躬桑。
早预风云会，恒依日月旁。
微时求故剑，即日带双璜。
弱冠身乘鹄，出门手射獐。
仁言多利赖，和气致休祥。
奋击先雕鹗，肥坚赛骕骦。
明眸分黑白，健翮薄青苍。
痛痒关肥瘠，爬搔在庙廊。
臣遴遭特达，中外任回翔。
为善无穷乐，其锋不可当。

题舆迎长史，别榻倅吴阊。
手板全参校，纱笼识令望。
锄奸首近习，肃礼振颓纲。
一自典潮郡，几曾办越装。
民生资擘画，议论极精详。
但使禾同颖，焉知豆屑糠。
怀砖纯摘发，疑狱务斟量。
少壮年方富，春秋力正刚。
再麾经董泽，补刺遇娲皇。
所至熊随轼，行看鹤架梁。
游龙列车骑，良马忽腾襄。
半岁登藩镇，三迁抚百羌。
官僚皆济济，度量直汪汪。
余靖兼恩信，王珪擅激扬。
减漕为国计，复额广科场。
腰绾苏君印，齿持蔡泽梁。
春时风淡荡，化国日舒长。
念此邻瑶壮①，经年苦雪霜。
可怜逢乳虎，几令败群羊。
菜色忧饥溺，鹑衣半孔疮。
得公移绣斧，却喜值金穰。
见说来交广，非同仕乐浪。
下车才匝月，判牍已盈箱。
凫雁驱浮食，舆台慎滥觞。

① 编者按：“瑶壮”，原作“猺獞”，系旧时对我国个别少数民族侮辱性称谓，径改。

培塿益捧土，行旅不齑粮。
乘令均寒燠，恒时顺雨旸。
花朝方插柳，寒食已分秧。
农事真闲暇，力耕敢怠遑。
民天资保障，吏治待平章。
崔郾能知变，徐公独有常。
口碑传道路，舆论少提防。
不肯为鹰隼，隐然若桂姜。
近郊鲜壁垒，积粟满囷仓。
军士感乌布，弹文启皂囊。
威名及草木，流品护冠裳。
每事精思密，谁云作法凉。
只求为召杜，而勿事申商。
井里宁鸡犬，门庭破斧斨。
省心先省事，知暗亦知彰。
岂是求吾欲，从来得不偿。
股肱卫畿辅，锁钥控炎荒。
湔洗臻怀葛，薰陶别莠稂。
冰渊试苜蓿，风教始胶庠。
大海横鳞甲，丈夫跃剑铓。
妖氛消瘴疠，兵气静欃枪。
珠履前迎客，金钗后列行。
何心饰簠簋，底事用桁杨。
岭表均沾德，儒生喜欲狂。
属员同一视，贤路岂相妨。
好士悬绳榻，知心解佩纕。
韶华犹未艾，富贵此方将。

恩宠如元老，登庸入赞襄。
家风师万石，古俗迈陶唐。
我叩黄槐里，欣登绿野堂。
翻阶纷芍药，触目总琳琅。
献岁樽尝满，上元月未央。
鳌山期达曙，火树艳浓妆。
剪彩争迎胜，观灯若堵墙。
李謩偷擪笛，公瑾误呼郎。
童叟扶携至，闾阎奔走忙。
屋栖红绣燕，笼唤雪衣娘。
丝竹喧歌妓，伶优属教坊。
养生视鸟息，吐故实桃康。
妙得还丹诀，犹余却老方。
清虚吞沆瀣，服食尽芝菖。
曲士守株兔，达人笑画疆。
势荣卑赵孟，年寿等彭殇。
一切暄妍态，付之冰炭肠。
有无际杳冥，呼吸互更相。
修炼钻槐火，延真饮桂浆。
撇开生死路，看透利名缰。
采药联刘阮，摊书读老庄。
苦工磨铁杵，大冶泄针芒。
拔宅思冲举，斋居已坐忘。
一时夸健羡，吾意亦差强。
况是逢樱笋，称觥报吉庆。

吴次章参军六十　甲申

猎火高林照，寻梅渡石桥。
访君皆岁蛰，此日遇松乔。
嵇吕轻千里，陈雷匪一朝。
羚羊峡口路，双桨趁风潮。

幕府参军职，浮沉寄宦情。
置身官守外，入座笑谈倾。
手泽犹馀慕，心田已熟耕。
新来规格好，高胜旧时闳。

使相真儒者，门庭六月冰。
守兹怀璧诫，分得读书灯。
槐简逃名客，绿衫录事称。
种瓜留隙地，真欲学东陵。

辇毂一云别，相逢豪未除。
生平多坎壈，少壮误居诸。
蓑笠吾曾惯，糟丘计不疏。
他时归故里，留意访樵渔。

仲秋月夜，偕诸同人奉陪萝轩学使重游李氏山庄，用少陵韵　乙酉

重入天台境，依稀认石桥。

仙源穷末路，枯卉借凌霄。
偶为寻芳至，非关折简招。
前村有犬吠，人影隔林遥。
别业谁家第，乌衣一径清。
画梁惊语燕，夜火乱雏莺。
宾从喧成市，门庭沸若羹。
已忘轩冕贵，秉烛恣游行。
位置明于昼，欢迎畅四支。
据梧登杰阁，爱月弄清池。
山僻心逾寂，花繁名不知。
潮鸡鸣最早，日出海云披。
天工有巧手，酝酿满园花。
画壁金盆鸽，松根绿骨蛇。
沧桑谁共语，风月我先赊。
茅屋三间外，渔湾即是家。
春意三分候，木绵已半开。
燕山宅里桂，元献圃中梅。
但许清流共，肯容俗物来。
昔年中使到，分得夜明苔。
忽有会心处，悠然忆冷泉。
细看全洗刷，临去转缠绵。
留客五千字，买邻百万钱。
罗浮缘未断，疑即葛洪川。
片席未云暖，坐留三日香。
美轮为可继，作法不于凉。
手泽羹墙在，名山事业藏。
兰阶纷玉立，矫首奋青苍。

何妨成酩酊，日日习家池。
才撇黄绵袄，还欹白接篱。
赏心增韵事，得句付歌儿。
踏遍天涯路，奚囊到处随。
那得常无事，来看垄上云。
伤心南浦别，增价北山文。
刻烛迟应罚，联诗韵不分。
李顾与姚合，酬倡各纷纷。
欲作还家计，归云奈尔何。
生涯随地有，传舍阅人多。
莫笑巴渝舞，如闻子夜歌。
天长与地老，拈指百年过。

喜康饴初得孙女二首　乙酉

行年未六十，满眼望孙枝。
蓍策先归妹，寿壶试洗儿。
娇同左氏女，稳续谢庭诗。
即此门楣喜，衔杯亦捧颐。

日出在扶桑，仙桃并桂浆。
秤来天下士，比赛女中王。
雌鹤来清梦，夜珠照满床。
含饴慰膝下，汤饼且先尝。

癸未、甲申随侍沧岩夫子于萝轩署中，适遇悬弧，一旦赋别，率尔奉送四首　乙酉

洒扫头须白，欣逢指使年。

功名积寸上，孝友一身先。
有女乘龙腹，生儿集凤肩。
家庭绕乐事，历历在尊前。

岂料如灰冷，从新乞热方。
残骸归塞北，老骨耐炎方。
世味诗书好，客途日月长。
山河凭吊处，风雨夜联床。

相依官舍里，早晚听鸣鼍。
甘苦文章得，酸辛聚散多。
学诗尊薛汉，授易愧田何。
请业吾生乐，流年奈掷梭。

欲别匆匆语，归哉又早秋。
计程方屈指，扶病强登舟。
问字心徒切，成身德未酬。
皋亭犹浅土，指点待行驺。

萝轩举长孙二首

长庆生儿岁，今君已抱孙。
沙堤看后代，乌巷羡名门。
开口程评事，良箴汉马援。
诗书承世泽，流洁本清源。

眼电头如玉，坡公句独传。

含饴真乐事，着膝未华颠。
阴骘绵书种，菑畬积寸田。
怜才非细故，食报此蝉联。

阅江楼眺望二首　乙酉

杰阁凌霄汉，登临日可扳。
山河终古是，冠盖几人闲。
耽误花前酒，摧颓镜里颜。
萧然游物外，破尽利名关。

目穷千里外，身接白云隈。
画壁四山拱，浈江一面开。
形如地上井，声起脚跟雷。
偏是滕王阁，天教擅赋才。

登玉皇阁绝顶二首　乙酉

飞身百仞上，真欲断灵鳌。
径滑松针厚，路迂岩穴韬。
云随风脚转，树系石根牢。
藉草贪眠客，何心对酒豪。

云根搜剔尽，随手倚蒲团。
高下龙蛇伏，参差剑戟攒。
僧扶聊借力，渴饮不留残。
陡落平皋地，飞鸢仰面看。

广署朱德怀太守画壁，次韵三首

素壁忽作江上峰，烟云咫尺第三重。
纵有飓风卷不去，延宾执手谈青松。
主人啸傲忘衫履，北窗箕踞头蓬鬆①。
坐中姚髯称健者，相依俭府看芙蓉。
长篇短篇骤风雨，含宫嚼徵尤春容。
苟非此主无此客，诸侯之剑士为锋。
堂前悬溜高千尺，倒崩巨石流淙淙。
是时观者尽堵立，孰敢挟槊摧坚墉。
独有吾师与吾友，欲归不归诗兴浓。
八叉七步争雄长，单刀直入李横冲。
或时乘醉昵春色，花花草草吐纤茸。
诸公之侧宁有我，妄希八斗追高踪。
呜呼古道不可作，朱公洋洋神仪丰。
烹羊炰羔行乐耳，生逢尧舜犹不逢。
爱君才大感君意，交臂失之将焉从。
赋罢昏昏天已瞑，酒乎浇此抑塞胸。

大篇突兀如孤峰，峰回路转青重重。
凌空布作千丈势，下手直扫石上松。
广南太守好事者，沧洲满壁多鬔鬆。

---

① 编者按：“鬆”现已简化为“松”，但简化后与上一联“青松”之“松”已为相同之字，而这一点为古诗之所忌，故此字未予简化。基于此，本诗之二、之三中的此字亦均保留。

驾岩凿谷臻异境，对之面面开芙蓉。
以此聊供耳目玩，庶走俗状抗尘容。
神工鬼斧不可迹，敛锷孰敢撄其锋。
就中无多许栖遁，愚公漫叟争南淙。
不然跂足北窗下，环以万雉乘高墉。
波涛滚滚倏风雨，羲皇一枕真酣浓。
昔闻孔明图八阵，横戈侧剑天前冲。
仙灵窟宅皆春令，剪烟吐碧花茸茸。
垂头欲卧看云起，悠然绝壁寻幽踪。
双鬟毛女来洞里，俟我于巷子之丰。
十洲三岛世所有，举眼抬头谁不逢。
诸公摹写各已尽，徜徉徙倚吾适从。
画中有诗诗中画，百万甲兵交于胸。

夏间之云多奇峰，山花稠叠烟水重。
太守清闲喜卧治，泠泠仙乐风入松。
解衣磅礴鲜拘束，脱略礼法何轻鬆。
搁笔沉吟忽有会，长啸起舞刬芙蓉。
展卷读之不忍释，有才若此当改容。
坐上诗名谁最好，高谈雄辨矜词锋。
一泻千里莫可遏，仰视直倾大壑淙。
□□□□□□□，□□□□□□墉。
□□□□□□□，□□□□□□浓。
我欲袖手壁上观，枕席之间皆折冲。
经营惨淡匠者意，春草雉媒猎五茸。
始皇鞭石驾大海，安能远蹑三皇踪。
朱公神采真焕发，击碎唾壶貂狐丰。

此画问是何年作，泼墨渲染由淤逢。
揭示千载不易朽，庶民卿士来相从。
置身其侧天亦小，二十八宿罗心胸。

王介山招饮临江别业二首 乙酉

草屋新成筑，背城第几湾。
沙墟喧蛋妇，网罟集鱼蛮。
风月帘栊外，江山几案间。
眼前无俗客，小鸟任关关。

邻家有抱瓮，连日让先杯。
云影赊还得，花阴借不来。
一天分咫尺，移步换楼台。
待到春消息，墙根送竹胎。

吴次章、西蟠乔梓招同蔡焕如参谋、马怡庵进士、李次山贡生、赵五瑞、吴来言同学，奉陪学使翁萝轩、思敏表弟、亮武、越岑、司直诸表侄、沈圣玉表甥，游七星岩之作二首 乙酉

为访宦游人，山花次第春。
芝兰几世好，桑梓异乡亲。
赴约寻泉石，相看孰主宾。
白头犹浪迹，酒户我嫌贫。

理罢星岩屐，友朋喜共斟。
负暄当洞口，移席就亭阴。
觞政严于律，二毛亦被擒。
坐中轩冕客，脱略解朝簪。

赋得“十月先开岭上梅”　乙酉

暗香疏影数枝斜，岭上谁非处士家。
本着精神魁万紫，故施伎俩殿秋花。
风吹律暖移时令，火速春知换物华。
曾向海南亲折赠，隋宫剪彩未须夸。

送思敏三表弟还里　乙酉

渭阳手植三株树，梁栋名材廊庙具。
阿兄豹变已成文，小弟尚隐山中雾。
田荆姜被古所难，并瞻同心羞尺布。
海滨邹鲁礼义乡，饮水造士非浮慕。
拔十得五未为奇，青衿百结皆寒素。
哲匠宗工不易称，公明两字真铁铸。
伯氏吹埙仲氏篪，此中夹辅疑神助。
功成理棹束归装，萧然始释持金误。
守身立敬两无亏，三十才名同法护。
即今劝驾赴宾兴，骏马终逢伯乐顾。
我是君家寿骨亲，无端遭遇汉党锢。
皂帽生还入玉门，白发向人肝胆露。
临财临难不敢苟，晚节谁怜处末路。

女为悦己饰容颜，让畔何曾枉百步。
丈夫爱少事或然，愿过当湖慰幼孺。

越岑、子毅还里秋试　乙酉

人中杞梓室中兰，仿佛京师桐木韩。
此去尽舒扳桂手，何妨齐下钓鳌竿。
郊祁名次谁先得，轼辙文章喜并刊。
两字泥金重叠至，从头一一为传看。

司直赴浙省试　乙酉

行箧相随记事珠，一门群从尽瑶瑜。
不书官纸成清白，钟爱名驹出友于。
乌榜才离中宿峡，天香已落圣明湖。
赠诗欲拟黄山谷，外氏风流未觉殊。

子毅为沧岩夫子爱婿，于其归也，寄讯诸遗孤　乙酉

分手韶阳叹绝麟，我曾北面尔懿亲。
赖他奇表乘龙客，愧我心丧庐墓人。
负郭有田粗啜菽，高堂教子慎迁邻。
可怜怀抱三珠树，容易他年聘席珍。

寄祝刘以德尊堂八十　乙酉

虎门将种腹藏兵，只为高堂笑辍耕。

爱日有馀勤菽粟，锄园终岁种芜菁。
非关世少黄巾贼，谁识人中白马生。
八十年来思鞠育，学成文武却逃名。

赠李若华孝廉次君山韵　乙酉

昔年曾忆奉清尘，倾盖谁知在海滨。
此地有缘逢二妙，同心许我结三人。
不因筋骨能为礼，信是文章可救贫。
声应气求吾辈事，忘宾忘主满船春。

与老友徐丽天话羊城署中，次其元韵二首　乙酉

相怜老丑发星星，悔为浮名谪朔庭。
得失算来终塞马，朝昏瞬息等焦冥。
酒冲愁阵千场少，诗领心兵一战经。
旧雨岭南谈往事，弯弓曾下海东青。

年少才夸手摘星，同时王谢旧门庭。
永和胜事因修禊，洗马清言渐入冥。
可叹吟坛成鞠草，那堪白首尚穷经。
听君一席增酸鼻，底用夸张取紫青。

寄吴县王孝先茂宰二首　乙酉

鸡陂鹤市旧吴门，冰上人行吏镜中。
健令不愁烦剧地，下车正值翠华东。

引舟代挽三农逸，决计如神两听聪。
举世几曾逢召杜，姓名愿得碧纱笼。

休言梁木已先萎①，衣钵千秋风范垂。
岂独经传明系赞，还于治谱学规随。
甘棠久矣挥遗泪，碣石巍然表去思。
立雪程门能有几，此中全不计官资。

胡子树观察招饮署中，仍用杜韵　乙酉

杜牧风流并，恍游廿四桥。
清谈能屑玉，胜气直笼霄。
此会成豪举，虚怀戒满招。
一时争下士，折节事非遥。

坐镇雄千里，肤清神更清。
笙簧求野鹿，鼓吹借春莺。
欲试酴醾酒，新调骨董羹。
邯郸忘故步，老丑让先行。

臣年已迟暮，筋骨强撑支。
俭府莲花客，谢庭春草池。
霓裳天外落，暖玉手中知。
早起春寒紧，两公鹤氅披。

---

① 原注："时为其座主汤潜庵先生建坊。"

坐卧随人意，休教踏落花。
榕阴宵唳鹤，竹径密藏蛇。
山水缘都有，诗文债不赊。
葫芦依样画，见笑大方家。

奇章有怪石，欣赏阁初开。
袅袅随丝柳，青青小豆梅。
虽因乘兴至，不是突如来。
太傅东山癖，阶前屐印苔。

爱写殷勤意，非关思涌泉。
诗城高自筑，笔力弱如绵。
药圃疑仙岛，珍庭出俸钱。
潮阳十万户，一手障东川。

炎方产异鸟，两翼爱收香。
四壁图书满，微风笑语凉。
民生知有赖，蟿泽岂能藏。
世事盈虚理，宾筵半老苍。

右军勤洗墨，得意一临池。
徙倚横纨簟，颓唐倒接篱。
朝廷真耳目，造化等婴儿。
自有旋乾手，连肩琴鹤随。

汉兴绛灌列，富贵倏浮云。
家传碑难读，战功史阙文。

子孙贤且达，继述事微分。
清玩间山屋，焚香却世纷。

座中有蓝叟，雄健敢谁何。
气概老逾壮，才华百不多。
留髡挑画蜡，送薛发商歌。
旌节羊城道，后车待尔过。

春杪归舟三至李园，主人留饮，用杜《重过何氏》韵　乙酉

寿山堂最古，斗大擘窠书。
接树留馀圃，回峦抱小庐。
井干牵玉虎，门钥启金鱼。
规画先朝式，非同儒者居。

已隔皇初代，淳风未改移。
园中锄菜叟，坡上牧羊儿。
忽忽三春候，汪汪千顷陂。
柴桑真石隐，早晚卧东篱。

盘车分涧水，力作及农时。
圣主尤勤驾，文臣亦采诗。
晓霞犹片片，纤雨渐丝丝。
火速催征棹，看花莫失期。

感慨分今昔，衔杯引兴长。

世途防腹剑，谈谑畏唇枪。
莫化虫沙种，常余雁鹜粱。
桃源已入晋，犹说避秦皇。

临别烦持赠，殷勤各问年。
沉泥留作佩，日铸待烹泉。
禴祭思营室，豚蹄欲穰田。
子孙贤可守，十亩亦依然。

谢石义山公子赐鞋四首　乙酉

平原门下感恩光，结绣缘珠并七襄。
黄石受书劳梦想，东篱伸足太颠狂。
阶前跪取应成礼，户外言闻始上堂。
他日硕肤尊赤舄，吐哺握发佐岩廊。

欲学邯郸失故行，廿年枉自羡登瀛。
老人最是编棕稳，公子何当倒屣迎。
九节菖蒲便服食，三章樛木颂绥成。
偶然造访莲花幕，侧耳微闻橐橐声。

桃花三尺织成文，丹豹朱蠙迥不群。
不是指尖同濯锦，那能足下忽生云。
山人相业他年卜，居士清名空谷闻。
自笑一生能几两，得邀宠赐愿浓熏。

爱杀名园屐印苔，贫怜孤影袜生埃。

原思踵决无苴补，东郭行歌踏雪来。
量度缕丝烦织作，权衡方寸待穿裁。
从今换得规模好，试步天街造化该。

送采臣渡海还家　乙酉

冯夷孤剑跨长鲸，顷刻乘风万里行。
方竹几竿馋守癖，郁林一片去帆轻。
水浮天际沙鸥似，日出波心午夜明。
蛟室蜃楼多见惯，好将客梦付寰瀛。

奉酬同学李赤符赠诗原韵四首　乙酉

忽跃珊鞭出帝京，山亭水宿遍题名。
叶分小草思高寄，矢号忘归利晚成。
门下担簦闻李固，经生稽古羡桓荣。
可怜去国飘零客，几失当筵乡曲英。

一片归心折大刀，三春细雨网琴高。
溪流可枕惊啼鸟，午睡初酣觉素涛。
山豹有文犹隐雾，苍鹰欲击尚羁绦。
酸咸世味都谙尽，珍重名场汗马劳。

晓日朦胧出海隅，北窗高跂即方壶。
庄周宦达飞蝴蝶，郑谷吟编舞鹧鸪。
霜稻最宜披锦雀，盲风又送细鳞鲈。
江乡到处堪垂钓，不在西湖即太湖。

去后何烦苦见思，春江冷暖两心知。
都将生计酬耕砚，赖有闲情种水芝。
畏友张华曾识剑，故人鲍照最能诗①。
太平盛世朝朝醉，须认狂徒荷锸随。

题黄尊古画　乙酉

浮岚暖翠似黄坚，家学渊源一脉传。
试比蝉清吟晓露，不因人热饮狂泉。
行过塞水经穷髮，相遇南天岂俗缘。
昨夜西园多乐事，笑予辜负竹林贤。

一种孤标异若曹，酒酣泼墨兴尤豪。
朱门亦叩抽身早，画院无名立志高。
几案间珍非近玩，风尘外物不须绦。
自称闲圃方知幻，读古人书粕与糟。

老友蓝公漪招同姚君山、黄我占、尊古、吴天祥、沈禹诜、圣育、赵五瑞、陆韶九、吴苍白、陈霞起、僧唯哉奉陪萝轩学使宴集，即席次君山《风幡堂》韵三首　乙酉

北海西园胜事同，故人谈谑酒尊中。

① 原注："谓夹庭。"

麈毛落尽炊凋冷，珍馔贪饕放箸空。
金石有声偷记曲，丝桐流响入归风。
烂柯妙理兼三绝，流品何分文者东。

一军转斗判降幡，监史从来肯食言。
草木皆兵闻破胆，樵苏不爨暗惊魂。
轩然奇客争连榻，独出新裁少刻痕。
醉眼看天吟未了，阆仙何事独遭髡。

谁家得句在西堂，敢擅蓍英一日长。
铁塔尚留南汉迹，娑罗时觉雨花凉。
名流合有名山业，选士何如选佛场。
多少兴亡增感慨，兴酣莫笑老夫狂。

望海螺岩礼澹公塔二首　乙酉

东瀛历劫几桑田，一木何支借古禅。
天命已移难叩马，义羲之后但书年。
尚于文字留些子，不著须眉断俗缘。
今日得成无上果，瓣香许到法王前。

儒生结局更逃空，岂有完人碍六通。
一代开山称祖席，五丁凿石赖神工。
儿孙罗列群峰伏，长老昂藏宝殿雄。
闻道曹溪多法派，而今南北共家风。

萝轩学使校士之暇，王芥山携尊试馆观小苏演剧，同人轰饮达曙，偶记　乙酉

试馆萧萧集暮鸦，芳樽移就主人家。
数声肠断迷魂曲，再顾倾城解语花。
对垒眼看多胜算，追亡肯令一军哗。
当关纵有鸡鸣客，莫遣山楼发晓笳。

企贤侄相遇粤城又一年矣，和其留别原韵　乙酉

老来热地亦冰天，不比花枝火欲燃。
岭表相逢非异姓，客中小别动经年。
难将山水供饥腹，若有桑麻即力田。
贫到不堪同是病，白头黄日各情牵。

浪迹江湖一散人，才华爱尔绝埃尘。
冥鸿自具垂天翼，杯水难容横海鳞。
另眼文章须避俗，放怀风月肯嫌贫。
他乡守岁看看近，不得灯前笑语亲。

遇蓝公漪即席赋赠　乙酉

与君相遇五羊城，孤剑奚囊客馆清。
倾盖一时常恨晚，萍踪到处即留名。
但将酩酊谐时局，不设机关对俗情。
嘻笑文章兼怒骂，自分清白在双睛。

寄宜武表弟问候高堂，兼闻有买妾岭南之语，并嘲之　乙酉

花田群从共登临，偏是君家恋旧林。
视听无形先意旨，晨昏不懈怯高深。
须知有后名原正，莫爱时妆远去寻。
纵使珠娘真绝丽，专房也会白头吟。

题郭公子《行乐图》

制府三令郎。　乙酉

绝壁千仞高，置身入霄汉。
俯视尽培塿，五岳才及半。
令公家学尊，读书窥道岸。
甘苦味自知，如农故有畔。
岂不贵奋飞，良金良冶锻。
已工益求工，水乃石之钻。
模范鲤庭趋，风节宁弗惮。
捧土何足资，游夏未能赞。
爱弟儒者珍，非耳目近玩。
咳吐落珠玑，气局凌蓬观。
识君恨无缘，画图谋一面。

临别赠赵五瑞　乙酉

上医医国次医人，三折九折其术神。

赵子方书悬肘后，手穿橘井隐华亭。
萝轩视学岭南地，量才全藉双眸明。
视虱观毫辨咫尺，播糠决眦凭盱衡。
两目烂烂岩下电，一泓清可鉴如冰。
即今洞彻胜观火，妍媸孰得逃其形。
为国荐贤能者手，巫咸扁鹊功非轻。
愿子相从调鼎鼐，良医良相两俱成。

粤东喜遇马白生令孙振公昆玉，精于琢砚　乙酉

端溪之石甲天下，山辉川媚连城价。
抱璞何言劂者谁，马生铁笔无其亚。
举重若轻信手拈，五丁绝技百不借。
识君大父三十年，文章气欲凌曹谢。
醉心风字与凤咮，钳锤如拓乌号柘。
范乔遗砚授文孙，独走羚羊笼奇货。
攻之错之妙琢成，女娲烹炼开天罅。
有弟相随岭海间，布被荆枝差慰谢。
无端执手水云乡，炎风毒雾逢烧夏。
五日十日醉中过，老拳我亦退三舍。

送李次山还梅里二首　乙酉

花萼文章并擅名，我于小李最心倾。
非因人热成疏懒，却患才多孰抗衡。
每到算棋先一着，不辞豪饮赌千分。
隔篱便是终南径，难得君心似水清。

生怕年年白发侵，银灯高馆藉知音。
果然绣虎雕龙技，相对光风霁月心。
梅里人归争执手，花田酒散苦分衿。
南阳耆旧欣无恙，子舍虚悬泪不禁。

《朝云墓》踵坡公《悼亡》原韵二首　乙酉

莫生中土莫生天，一落尘寰即染玄。
临难已知原命薄，到头只合借枯禅。
最难消受多情种，何处重寻未了缘。
慧业文人千古少，风流叹绝是苏仙。

可是壶中别有天，灵心渺渺叩重玄。
红尘枉结三生梦，黄土终归一指禅。
西子珠光添别泪，丰湖塔影作良缘。
玉门生入偕梁案，敢拟前身谪籍仙。

《朝云墓有感》次君山韵四首　乙酉

爱身才子爱清流，临难相随不苟留。
一自青山埋骨后，炎州错认作杭州。

西湖生长识珠光，千载香名记白杨。
累累杜鹃蜂蝶绕，可怜长夜恨无央。

岂必江沱与汝坟，六如亭畔即慈云。

菩提隔断三生梦，不比钱唐苏小坟。

岩谷春深花事幽，伤心汗漫岭南游。
百年相守犹嫌短，忍付寰瀛竹叶舟。

登白鹤峰访坡公故居，即用《夜过翟秀才》原韵二首　乙酉

城对清江九折湾，昔贤曾此掩柴关。
幸教天设神仙府，得使公居廉让间。
登跳不辞亡齿屐[1]，吟哦时耸侧肩山。
卜邻赖有同心侣，倦鸟归云自去还。

紫雁衔芦欲避矰，百年人事似风灯。
醢鸡自笑终居瓮，火鼠何知共语冰。
迁谪几番缄口鸟，飘零无定在家僧。
苏公祸本由文字，可有诗才和未曾。

次君山韵，述表弟翁萝轩视学粤东嘉绩八首　乙酉

因时通介善为谋，羞与人间斗蜃楼。
自昔交游凭举火，恃君道义若安流。
吟当风月闲敲字，豪尽尊罍记下筹。
潘阮情怀同寝处，三年曾宿老鸦洲。

① 编者按：“登跳”，据本诗语言环境当作“登眺”。

彻夜银灯似举烽，文同菽粟不伤农。
才华宁独今时盛，寒畯争为悦己容。
士尽激昂思豹变，人逢光被颂尧封。
挽回风气擎天力，漫拟南公石上松。

丽句清词竹管斑，新镌小篆字高闲。
煮茶上品能分水，拄笏微行为看山。
廊庙奇姿经济手，林泉素志雪霜颜。
海南珍异无他载，只有桃溪玉笋班①。

岭表殊方气候偏，敢于老丑尚争妍。
知人冷暖全春令，似海汪洋纳万川。
小辟日帆悬客榻，毕罗香味佐华筵。
可怜弹铗歌无主，郑驿公孙自我先。

不换鹅群即换羊，学书学画是家常。
让梨敢说难为弟，推毂于今何但郎。
此日萧骚怜白发，儿时欢笑比青棠。
西州再过应收泪，故里从新辟井疆。

未满周天六十身，少年历历备艰辛。
愿教举世无寒士，不在当权据要津。
代有诗书能继美，田存方寸岂忧贫。
多君作达来清誉，看起庭前六六鳞。

---

① 原注：“有航海而归者，公附载英石数片，曰：‘此吾宦囊也。’”

才能赫赫著朝端，名动公卿尽识韩。
南北司衡收国士，春秋两省称都官。
立身有道刚肠在，与世无争眼界宽。
莫信乾坤成代谢，送寒时节本迎寒。

青青壁立少扳援，冰蘖声名到日边。
极盛未知谁与继，流传今已目空前。
珠虽不胫终能走，玉果无瑕定见怜。
非是应徐贪谀美，外家殊觉子孙贤。

森峤涛声　乙酉

鼓浪云窥地，松门夹小亭。
华阳有逸者，侧耳个中听。

人渡金盘

野火隔河滩，截河不敢渡。
桃花片片飞，为指渔人路。

湄亭柳色

彭泽门前种，青青映酒旗。
高低声不断，枝上有黄鹂。

塔影标云

缥缈笔如峰，词源锦绣胸。

聚厅分草处，不愧谢超宗。

月漾临池

清碧起秋波，分明是影娥。
关山浑不改，一半在烟萝。

霞明赤石

天台疑咫尺，一片赤城霞。
举步前村去，东陵看种瓜。

梅环松梦

丁固生前梦，悠悠十八年。
如何酒肆里，又续暗香缘。

松溪涨雨

风雨隔溪喧，人归杨柳门。
春来如骤长，不见石桥痕。

题蓝采饮古木、春草、山鹊各一绝 乙酉

曾闻妙手挟双茎，半写枯枝半写生。
此老精神全不似，偏于冷处著闲情。

春意初萌看却无，芳菲踏遍总模糊。
裙腰一道香山句，梦里还寻西子湖。

山林投契即深交，无地能容共结茅。
最是失时看鹊起，凌云细审为安巢。

又 三 首 乙酉

乔木萧萧近古初，横空老干甚粗疏。
细看尚有含生意，只待春风便发舒。

日对东篱醉兀然，绿莎如毯紫茸毡。
太平何地非朱草，一任游人自在眠。

知往知来事可夸，迎风灵鸟惯喳喳。
若过白社烦相问，果在家时即出家。

吴天祥《三教图》 乙酉

闻道西方有圣人，又曾官礼问缘因。
吾师岂少神通力，不向虚无说化身。

翻经学士紫衣客，本性无多总陈迹。
文人千变比鱼龙，散作东坡形影百。

蜘 蛛 乙酉

悬空结撰锦江山，到处弥缝踞险艰。

罗网高张藏祸本，经纶密布设机关。
雄当一面三方拱，坐镇中原四海环。
以逸待劳诚胜算，霸图蚕食喜身闲。

卷　七

九月十三日恭祝启翁王大中丞悬弧之辰　丙戌

青毡门第巷乌衣，开府鸣鼍拥淑旗。
冬日较亲人耐久，秋潭彻底镜同辉。
直诚自足酬君父，远迩何曾异瘠肥。
玉笛一枝江上起，是谁高唱鹤南飞。

山棚藉草敞襟期，放鸽添筹总溢词。
接踵名贤真召杜，立朝正色古皋夔。
家常检点无他嗜，睡梦清安只勿欺。
霖雨独私三浙水，口碑传处即生祠。

枣糕薏酒闹龙山，逼近千秋未得闲。
南极见无征战扰，福星高并斗牛间。
澄江碧汉难为濯，古柏苍松孰与攀。
十一郡州时十二，转轮何事不情关。

秋色初分雁阵南，蓼汀菊浦映潭潭。
忧劳总为民生计，恬淡焉知富贵酣。

花甲子周犹少二，小重阳后恰过三。
宾筵风月闲挥麈，底用青州味熟谙①。

龙钟老丑百创瘢，土木形骸坐井观。
一足支床形跖鳌，哀年倚仗步蹩跚。
得臻仁寿游仙似，愿祝冈陵磐石安。
眼见维桑成乐土，春风嘘吸起癃残。

景星威凤睹争先，忽枉青眸戴二天。
慈母哺雏施欲遍，神君决狱法无偏。
明公锐意行仁政，圣世推恩重引年。
从此南荣欣曝背，感深肺腑亦雕镌。

重九后二日为康饴六十寿，望之不至，因赋四首 丙戌

日帆话别小春天，回首羊城又隔年。
每度清歌来月下，常拚烂醉闹花前。
忘形主客风犹古，过隙居诸雪满颠。
相约重阳倾玉醴，画桡底事尚迁延。

三豆明尊味正酣，宦情绝少已回甘。
早知蜂酿成崖蜜，其奈丝缠困茧蚕。
自洗竹根临晚菊，闲溲茗碗对晴岚。
天长地老无拘束，偷得浮生共手谈。

① 原注："公不善饮。"

珠江蛮语并鸡林，只字争夸正始音。
得主斯文完我愿，从来舆论胜朝簪。
掀天巨浪终归壑，出岫浮云暂憩岑。
他日苍生望霖雨，相期长守岁寒心。

谋归百计总粗疏，愿及生存赋遂初。
马鬣匆匆先负土，鸡埘草草更移居。
上宾无福能消受，趧者于人总不如。
叹息颓唐兼潦倒，矮檐惟喜读残书。

《移居松风港》次旧园主陆九年兄韵二首　丙戌

何缘卜宅武陵溪，我住东头君住西。
放眼绿杨遮杰阁，隔篱玉笋护方堤。
为搜俭腹眉常皱，欲耸吟肩手共携。
百万买邻千古话，甘心终老此幽栖。

频年谋隐立锥无，只有青山不负吾。
一径城闉临北斗，数声渔唱接东湖。
爱他子建凌云笔，谱入徐熙没骨图。
最是连宵多雨露，清泉濯濯洗春芜。

陈与石枉过，次其见赠原韵　丙戌

莫认蓬门作玉堂，高轩枉过叙炎凉。
沉鱼水底差游泳，小鸟枝头自颉颃。

赖是赏心来胜友，非于数子有微长。
浓煎班马君身骨，花气新添锦绣香。

园课五十首[①]

浚　池

谁道开渠易，如农力倍多。
艰难忧习坎，咫尺待盈科。
小港环堤抱，清流穿石过。
鱼梁看历历，水面出新荷。

护　竹

璧立此君志，青霄若可干。
有心防剪伐，每日报平安。
凤尾形差近，龙牙密似攒。
渭川无过望，门外足千竿。

删　花

我爱移春槛，枝枝锦绣丛。
千层迷雪苑，万卉活秦宫。
赖有金铃护，还凭轮斲功。
晓妆新沐后，璎珞髻玲珑。

栽　桑

沃若墙阴际，俨然箕宿精。

① 编者按：此组诗，目录谓“五十首”，正文无，但细核查实为四十九首。

未逢沧海变，那许附枝生。
新郑杨公课，成都诸葛营。
老人差不贱，千户亦垂名。

插　柳

摇曳灵和殿，风流对紫薇。
攀条临客路，取汁染郎衣。
汉苑方三起，金城倏十围。
柴桑高下插，随手任天机。

锄　菜

老圃终年计，灌畦与世违。
咬根担大任，食叶保生机。
野摘充贫馔，晚飧胜肉肥。
一柈兼一榼，风味果然希。

结　篱

诛茅非有意，锄地恶榛荆。
编竹密于织，植榆固若城。
果蓏全可护，鸡犬远闻声。
规划山村景，桑麻点缀成。

刈　草

蒙茸除欲尽，斩刈费经营。
野烧曾无迹，春苗不辨名。
恐伤南浦别，亦爱谢庭荣。
不比铜驼陌，香轮碾更生。

削　　瓜

种自戊辰日，主分织女星。
东陵五色美，缑氏百钱灵。
化鹤堪征孝，挥蝇亦厌腥。
不烦刀剖削，千古饐瓜亭。

采　　菱

抵死争头角，翻鸡得美名。
坡公收倍息，太守募馀赢。
入夏常充馔，客居可代粳。
此中真韫玉，彻底镜澄清。

剥　　豆

南山无半顷，牵引似枯藤。
入釜何须泣，留宾亦待蒸。
结棚闲共话，剥实喜盈升。
力竭贪为腐，淮南术可称。

煨　　芋

蹲鸱大如斗，此味更津津。
生计岷山野，烹调石鼎珍。
懒残煨亦饱，锦里种非贫。
决肉衰年苦，龙涎利齿龂。

烹　　葵

殊色名多变，相看木槿强。

智犹能卫足，心只爱倾阳。
浓郁如丛锦，妖娆变道妆。
秋来犹可口，剥枣入诗肠。

植　兰

朝来簪两鬓，士女买花忙。
如与善人处，自能空谷芳。
谢庭佳子弟，楚畹旧家乡。
众草羞为伍，新移上玉堂。

听　松

闻说陶弘景，窗前千丈峰。
岁寒君子节，秩显大夫封。
音韵过丝竹，涛声胜鼓钟。
夜来风雨骤，枕畔起蛟龙。

受　风

一榻披襟坐，徐徐纳早凉。
偶然逢少女，便欲傲羲皇。
起自青蘋末，俄看石燕翔。
快哉当穴口，挥汗已相忘。

观　雨

昨夜月离毕，滂沱望濯枝。
垫留巾一角，帘密水千丝。
檐溜川成决，云蒸山可移。
轰雷与掣电，未许管中窥。

扫　雪

莫笑贫穿屦，梁园授简曾。
烹茶胜乳酪，扫径接宾朋。
天地浑忘晓，峰峦削去棱。
梅梨霜月字，欧体不须矜。

邀　月

倚杯思独酌，明镜对山扉。
望影吴牛喘，绕枝乌鹊飞。
置之怀袖里，载得满船归。
何处来清啸，曾闻采石矶。

步　苔

雨后穿春笋，纷纷屐齿稠。
垣衣缘土润，石髪带波流。
浓绿描新样，残红买旧愁。
青钱随地布，偶尔踏西畴。

摊　书

猎精资论辨，当午下晶帘。
安得枕中秘，常登卷末衔。
墨庄排玉轴，腹笥列牙签。
一榻萦周梦，燃松枉自嫌。

煮　茶

苕溪有顾渚，小摘备诗材。

消渴清人树，除烦瑞草魁。
竹中亲扫雪，涧底欲乘雷。
水厄浑无虑，龙团三百杯。

临　帖

学书开秘阁，六体草行真。
爱向腹中画，能传壁上神。
临摹须变古，嗜好比兼珍。
岂必元和脚，临池字样新。

鼓　棹

乌榜竹编篷，浮家泛宅同。
芙蓉朱槛外，鹦鹉绿杨中。
茶灶笔床具，书签画卷充。
何时偕李郭，千里共乘风。

对　棋

手谈胜咳唾，坐隐罢登临。
当局谢安石，旁观支道林。
争先夸一着，落子更沉吟。
决赌销长夏，覆图见苦心。

拥　炉

空羡豪家子，涂金兽炭红。
博山填七宝，睡鸭立双童。
火宿蒙头暖，衾寒屈足烘。
谁怜巅种种，僵卧雪窗中。

剪　蜡

漏转奴排立，微红透纸窗。
官衙堆烛泪，贫女代油缸。
纺绩光穿隙，旌旗影缀双。
对棋方彻夜，频剪未心降。

钓　鱼

陶朱能致富，水蓄术堪夸。
试与脍残较，何如丙穴嘉。
社交因缩项，白小胜吹沙。
池面行千里，垂竿信手叉。

断　蟹

输芒逢物候，却值有匡时。
占月尝多验，望潮不失期。
每因口腹累，翻动甲兵疑。
汤火甘心赴，休夸龙断为。

笼　鹅

羲之思用笔，宛颈法书传。
兴庆池边斗，房公沙上眠。
白毛临绿漪，红掌踏清泉。
我亦有殊爱，雪霜色更妍。

放　鸭

放舟泥滓尽，游泳烂天真。

细竹编为笼，浮萍聚作茵。
涟漪随出没，喧杂恼比邻。
百十纷成队，花文浴更新。

乞　猫

正午眼如线，狸奴意不伦。
坡公讨有檄，山谷乞于邻。
喂使鱼餐饱，威行虎乙蹲。
愿教勤捕鼠，书卷胜苍囷。

爇　香

参军心酷爱，日拣鹧鸪斑。
涓滴蔷薇水，氤氲旖旎山。
龙涎无力贮，鸡舌又缘悭。
帘押侵晨下，微熏静掩关。

猎　蝇

青云不可上，附骥亦骎骎。
门者冤遭杖，谗人枉铄金。
赦书烦预报，吊客偶相临。
便面涂饧遍，常思记室心。

征　萤

鬼火沿林木，飘零若聚萍。
辉辉明夜雨，点点杂春星。
入手何知热，沾衣却有形。
馋灯添懒惰，偏照读书厅。

择　　虱

爬搔晋处士，不耐一官笼。
抵掌谈何易，解衣气更雄。
有时缘鬓际，最苦处裈中。
甲胄生无已，还须用火攻。

式　　蛙

阁阁池塘内，聒人两耳哗。
釜中常不爨，井底未须夸。
尹铎民无叛，楚王敬有加。
清风明月夜，鼓吹遍村家。

辟　　蠹

谷狗名谁赐，衣书最可怜。
粉身干欲死，食字饱成仙。
避湿层层入，镂空曲曲镌。
周官除剪字，芸阁贮飞烟。

闻　　蝉

一枝鸣最盛，穷巷乐箪瓢。
五德从天备，八名取义超。
清高曹植赋，贵盛侍中貂。
静夜随风噪，庭前树不摇。

涤　　砚

我有结邻愿，来临洗墨池。

取材铜雀质，选用玉堂资。
九锡封侯贵，三灾白望嗤。
日呵水一石，坐卧不相离。

叉　画

通灵真妙手，楚纸并吴绫。
春日张庭庑，山居共寝兴。
封题时一检，寒具苦相惩。
满壁沧洲趣，清于万壑冰。

援　琴

久无廊庙志，海水最移情。
曲拟拘幽操，歌分长短清。
恍闻三叠奏，喜是四难并。
愿得渊明趣，操弦不在声。

焙　药

神农尝百草，医者意为之。
燥湿温凉备，君臣佐使宜。
兼收储玉札，待用得青芝。
活鹿闲中觅，曾教刘儘知。

曝　衣

松火碧烟团，微温日几竿。
芰荷儒者制，薜荔隐居安。
浣补休忘本，剪裁得细看。
一生逢掖贵，窃莫笑儒酸。

蓄　水

清浊原无二，洋洋可乐饥。
淄渑分世味，廉让苦相依。
抚掌呼之出，中泠辨更微。
黄梅连日雨，多蓄胜蔷薇。

拈　髭

灌花晨课毕，窗影射琅玕。
险韵闲吟涩，枯肠力索难。
数茎拈欲断，一字押求安。
击钵逢诗将，八叉胆亦寒。

养　菊

问说东篱种，三时不害耕。
可方君子德，尚有故人情。
青女霜同洁，白衣酒细倾。
茱萸栽已遍，晚节更争荣。

抚　掌

笑者虽难测，轩渠快意无。
已教人绝倒，况复鬼揶揄。
小陆狂成疾，孙登笑不拘。
虎溪分手处，捧腹话胡卢。

分　蜂

摘兰粘翅底，喧聚贡黄花。

分族春三月，应潮日两衙。
趁人倚蜡器，寻伴宿山崖。
崖蜜房房满，营巢事可夸。

访侍御陆稼书先生故居　丙戌

富贵于身一粒轻，先生真个铁铮铮。
繁缨叹后曾遗稿，封禅书成不署名。
马队谈经吾舌在，角巾归里小童迎。
扫门自恨归来晚，两耳争传冰蘖名。

和陶书岩见赠原韵　丙戌

西园东观正需才，玉树亭亭不染埃。
读史聪明荀仲誉，吟诗长短贺方回。
呕哑枕畔山歌起，剥啄花间旧雨来。
他日得成桃李径，刘郎前度手曾栽。

和沈南季太史《落花》诗四首　丙戌

顷刻能开顷刻销，一番豪兴转无聊。
飘零剩粉千层雪，撩乱残红万点娇。
喜是苔痕添补缀，几曾客路暗萧条。
启关莫使人轻踏，珍重天公好手雕。

流年似水共深沉，满径霏霏谢故林。
眼底宦沉金马客，阁中愁老白头吟。

须知盛满难为继，最是摧残痛不禁。
识透先机甘寂寞，感怀常寄落花深。

雨雨风风郭外村，一抔黄土葬香魂。
才思吐气遭时蹇，正欲舒眉遇险屯。
解语有时同物化，倾城千古恨长门。
情缘万种移春槛，都是前生未了根。

红酣绿战枉劳劳，闻说花林羯鼓高。
自笑散材偏寿考，每嗔好物不坚牢。
销沉繁艳同朝露，惆怅芳菲卷暮涛。
天道好还成代谢，莫轻发泄待春膏。

中秋天雨，沈锺文携尊松风令甥陆松涧有诗见赠，奉答二首　丁亥

避世墙东结友生，爱君关切渭阳情。
吴中之秀难为舅，日下无双有此甥。
坐隐偶先非战胜，诗才愈阔信长城。
竹间小径迎三益，日扫蓬门种杜蘅。

闲修玩事坐秋屏，吹竹弹丝出幔亭。
邀向月宫人已倦，移登天柱酒初醒。
滂沱正好留嘉客，沾足欣逢聚德星。
褦襶不知佳节至，巴山夜雨最堪听。

五月祝陈自曾尊堂徐节母六十　丁亥

殉亡何似抚孤难，甘旨兼承子舍欢。
三世名流连客榻，一生竭力佐珍餐。
枝头榴火迎炎夏，岭上松风历岁寒。
花甲正逢长命缕，冰台雪槛眼中看。

陈鉴铭八十寿并正与石昆季二首　丁亥

太丘道广客盈庭，炊饭成糜二子听。
爱日愿长兄力富，一门勤学弟年青。
每将花萼迎欢笑，肯折荆枝损德馨。
面似桃花人似玉，防城守口爱书屏。

朱颜华发赛耆英，馔设常珍若保婴。
赖有不凡传父业，敢劳北面受师名。
神交愿托忘年好，高致尝思命驾行。
莫待安车迎绮季，隔年丹桂已移情。

赠平湖某邑宰二首　丁亥

汉室醇儒岂改柯，风移俗易暗渐摩。
群无败类瓶成乳，政不苛行虎渡河。
肯为茧丝忘保障，每因抚字罢催科。
平湖百里观秋稼，养就成周一太和。

治当大邑似烹鲜，报政方成未二年。
不忍欺民真父母，去其已甚好官员。
生刍累俗宁斋马，口渴留心忍盗泉。
本为神君寻乐土，飘摇风雨望矜怜。

读侄倩盛虎文戏和某西席诗，即次原韵[①] 丁亥

花影参差竹影重，午余摊饭睡初浓。
检看书帙愁生蠹，乍卷胥涛想化龙。
束罢琴囊离越峤，吹来渔唱遍吴侬。
年时见猎心犹喜，敲火思燃石上松。

敢将羽猎拟相如，欲解穷愁且著书。
问礼不知谁许我，反骚何事惯招予。
咿唔到老心逾怯，懒惰逢人迹更疏。
同学少年争命达，芸窗无侣独踌躇。

题侄倩盛虎文画 丁亥

大块无私意，寒江独钓来。
鱼龙从此化，方信济川才。
最爱溪山好，清辉映水明。
高低浑不辨，小艇任游行。

---

① 编者按：此诗题中的“倩”非衍文，旧称女婿为倩，则“侄倩”当指侄女婿。

题俞洁存《安溪归隐图》二首　丁亥

白小红英色味佳，野航村酒胜天街。
我来欲访同心友，悔不安溪置一蜗。

西子湖边点缀繁，赵家曾住古临安。
如何身际升平日，翻意冥鸿侧目看。

戏题侄倩盛虎文山水册二首　丁亥

泼墨淋漓变落茄，房山摹仿董源多。
烟岚高旷风埃外，脱略时溪洗旧窠。

不是雕虫擅白描，文人游戏亦潇潇。
神工运处天机到，应手生春雪里蕉。

题画和韵　丁亥

毛女新裁薜荔衣，唐虞不作欲何归。
怀中拾取琼田草，侧目冥鸿天际飞。

周陈侯三缄斋对菊，和朱竹垞韵　丁亥

炼石休夸手补天，益州新样斗春妍。
霜林晚节孤斟好，不羡金茎赐日边。

暮林归鸟　丁亥

四海为家奋羽仪，冥鸿一举欲何之。
惊心曲木高飞去，底事关心恋故枝。

为地师郑义远作二首　丁亥

龙耳牛眠识者稀，玉函金篆泄天机。
秘传近得青湖诀，肯数人间赖布衣。

画地为图术更奇，空空妙旨寄于斯。
为寻竹策求衣钵，不是金精不拜师。

夜半闻雪和侄倩盛虎文韵　丁亥

梦醒微闻洒纸窗，梅花点点不成双。
铁衾孤拥犹嫌冷，况是推篷夜渡江。

石阡陈太守投诗瓣香庵主，一见出迎，欢然道故，次原韵　丁亥

蓬蒿满径小园春，多少乌纱忆紫莼。
认得年时三折笔，胸中陡记宦游人。

孙啸父旅榇归自贵州四首　丁亥

才子悲无命，伤心哭巨源。

阛棺殉旧草，落叶送孤魂。
好友偏离索，而今孰讨论。
可怜新麦谶，生死隔昆仑。

廿载胶投漆，相逢正度辽。
艰难虽绝域，觞咏必连宵。
鼎足吾先怯①，鸿沟尔独骁。
三人歧路别，健者独云霄。

出门寻古处，鼓枻到平湖。
颜巷箪瓢乐，苏门谈笑俱。
何妨尝脱粟，每忆饮醇醹。
挥泪从兹诀，倏先狗马徂。

北辙南园异，鸣珂借一椽。
寄书从八部，订晤许三年。
岂料鱼符下，忽乘箕尾还。
土中埋玉树②，千古艳重泉。

沈南季太史五十征《菊花》诗，以五律六首寄祝 丁亥

种　菊

甘谷长生水，神仙服食调。

① 原注：“时玉符夫子有三人唱和诗。”
② 编者按：“玉树”，原作“王树”，殆误，径改。

降霜才吐蕊，寒食早分苗。
辛苦山农力，高闲石隐招。
东篱同志者，携手问松乔。

灌　菊

早夜孜孜作，全凭一溉功。
惊心防失水，护节不伤虫。
混迹渔樵辈，抽身富贵丛。
相看真耐久，风雨九秋中。

访　菊

百卉俱凋落，晚荣爱索居。
恍逢箕颍客，快读老庄书。
名盛难于副，价高应不虚。
访求遗世质，金谷贮何如。

栽　菊

我具五湖兴，扁舟泛若耶。
幽闲贞女操，冷淡野人家。
桑落酒堪醉，郁林石并夸。
满船谁与载，清梦约梅花。

对　菊

枝头排玉篆，序立小窗南。
誓不因人热，喜无污耳谈。
形骸疏处好，机趣静中参。
妙手从君倩，鹅溪墨更酣。

采　菊

欲觅南山蕨，阶前菊较肥。
采芝能不老，辟谷渐忘机。
自合寻黄石，何妨进白衣。
天边来寿客，樗栎敢相依。

赠彭学台校士二十韵　丁亥

天上文章耀斗府，象列三台兼四辅。
只今哲匠谁最贤，两浙持衡无与伍。
彭公粹质产大梁，扶舆琬琰图书祖。
鳌禁蓬瀛官样新，治世之音必规矩。
眼底纷纷总滥觞，誓挽狂澜作柱础。
姜颜文靳近来贤，清任和名君独取。
历试经过十一州，崇雅黜浮力鼓舞。
珊瑚网拔鲜遗珠，能使孤寒气尽吐。
冷暖浮云举世同，先生貌古心亦古。
自笑生成一楚囚，缊袍狐貉原龃龉。
蓬蒿四壁尽萧然①，风雨数椽新易主。
钟鸣鼎食耳边闻，口血啼干离故土。
谁云贫者士之常，偏我迍邅备荼苦。
膝下尚有两三人，但识梨栗三与五。
空遇孙阳掉首回，不才何足当燕许。
蹒跚老病及古稀，旦夕沟中成臭腐。

① 编者按："四壁"，原讹作"四壁"，径改。

百年难得见真清，愿君世作斯文主。
况有名驹气食牛，凝眸便挟吴刚斧。
从来食报理非虚，操券待之如决努①。
戴笠乘车两不妨，相期莫负金兰谱。

除夜与刘立山年侄对饮　丁亥

垂老赤穷身，甘居寂寞滨。
谁家吹律暖，空饱隔年陈。
倒屣迎佳士，开函忆故人。
盐齑同守岁，惭愧设兼珍。

戊子元旦赠刘立山　戊子

此日躔营室，椒花正履端。
颇思倾岁盏，无计佐春盘。
避世偏宜冷，为儒喜食酸。
纪群交不薄，得句好传看。

寄讯东昌太守黄学山，兼候其尊人公祖二首　戊子

话别银幡候，将之聊摄东。
射书看古迹，怀旧寄黄公。
卧治推乔梓，居官喜介通。

---

① 编者按：“决努”，意不可解，当为“决弩”之讹。

迢迢南北路，恨不坐春风。

去思犹未远，遗爱古南湖。
诗酒无虚日，谈谐许并驱。
欲成高士传，常学老僧趺。
贤守千秋业，瓣香名不孤。

移尊墨慰轩同、坚仲、东溟、山樵、舍弟怀九即事　戊子

贪访柴桑日叩门，南湖接踵继西园。
饱尝最爱黎祁味，始信淮南道术尊。

谢彭学台兼慰其丧子　戊子

去年阳生初，与公语移日。
转眼逾岁朝，两试倏已毕。
有子愧白眉，滥竽邀物色。
文阵岂骁雄，一笑起沉疾。
只此举念仁，阴功迈师德。
天道胡茫茫，如醉亦如漆。
犬豕执于牢，凤鸾折其翼。
邓攸感逝多，卜商丧明泣。
先生视若夷，不为造化惑。
鱼恶水太清，矢患弦太急。
君子慎所终，千虑鲜一失。
又闻顾逋翁，暮年子抱膝。

云即非熊身，转生在顷刻。
幽明理或然，楚亡楚人得。
况兹东箭才，森森皆竹立。
十世报非嬴，何事沾襟臆。

南湖即事二首　戊子

南湖谁道逊西湖，移得灯船补画图。
疑过行春看串月，妆成不夜赛明珠。
声从夹岸喧喧出，影入澄波点点无。
竞渡星桥空胜会，一尊烟雨布帆孤。

推却篷窗眼界殊，浮家泛宅尽堪娱。
漫夸伯业争吴越，且学风流拟白苏。
咫尺瓣香闻鼓钹，迷离村舍认菰芦。
湾环深处疑难测，只有豚鱼信可孚。

李若予七十　戊子

同是古稀客，相呼各卯君。
避喧思甪里，结伴老湖滨。
书画推三绝，胸襟鲜一尘。
蒹葭倚玉树，惭愧说朱陈。

几世名山业，风流爱弟昆。
年高凭杖履，客至佐鸡豚。
冠佩尊儒术，鼎彝出宦门。

太平无事日，歌啸傲乾坤。

再游南湖遇风雨有作二首　戊子

时逢初夏雨零淋，每日滂沱苦滞霪。
岂是风云思际会，偶乘雷火散幽沉。
笑看儿辈灯如舞，爱与诸君酒共斟。
自古济川须有具，他乡不改故乡心[①]。

不闻城柝夜茫茫，挟橹乘波细自量。
欲听风声占雨脚，已无灯影映湖光。
未移蓑笠归心急，赖有牙签诗兴强。
去去武夷寻胜事，此行非为陆生装。

乌石山庄落成，昼山招同武曹、廷相、书岩纳凉，漫成八首　戊子

羊肠鸟道费穿裁，曲径逶迤窄窄开。
小筑乍迷浮石洞，旧游说是读书台。
一湾水绕明于镜，四面山围翠作堆。
日午祥光冲碧落，此身疑已到蓬莱。

蓝舆乘兴入林霏，济胜犹然览德辉。
不为补天思炼石，偶因渡海问支机。
野花傍晚明幽砌，新雨生凉敞北扉。

① 原注："怀五儿东昌。"

见说玉堂才思敏，龙蛇扫壁补垣衣。

昔年归路晚红稠，乞向山林借箸筹。
云雾漫天藏豹采，风雷震地起鳌头。
新安笔格吟佳句，添设藤床接胜流。
呼吸果能通帝座，引将春梦赴皇州。

一片崚嶒气欲吞，非名地骨即云根。
鞭驱试作阴晴卜，纡折全凭釜凿痕①。
仙客品难分甲乙，米颠拜不间晨昏。
郁林载取吾嫌少，唾手旋乾又转坤。

昌黎著述本奇文，东野为龙我化云。
诸葛八门开阵势，初平一叱变羊群。
试登绝顶穷千里，愿绘同游作五君。
独守儒关天险踞，肯将风月与平分。

此地曾经九折湾，云容雾鬓绿烟鬟。
分明早辟华阳馆，其奈人思玉笋班。
蜀道五丁争下坂，愚公一夕已移山。
点头莫听生公法，吾教从来有订顽。

雕锼削出碧玲珑，占尽宽闲一亩宫。
风范崚崚成壁立，淡宗娓娓得刚中。
快人心目无过此，赖有文章不送穷。

① 编者按：“釜凿”，当为“斧凿”之讹。

磊砢英奇真国宝，谷城山下指翔鸿。

雪槛风亭胜结棚，回廊斜绕独支撑。
万安渡口看潮起，九叠峰前待月生。
任意科头寻石乳，或时席地展桃笙。
焦先鲍靓青泥饭，何似阳春有脚锴。

孟参军董葺鳌峰书院，次吴象真进士韵　戊子

不日成之事事经，竹头木屑载辎軿。
诸生市地邻张宅，录事留衔署孟亭。
君子临时依绿水，故人别去隔秋屏。
鹅湖鹿洞看前辈，扶植才贤地自灵。

赠同年杨介庵督学八闽　戊子

动摇山岳铁铮铮，瘦挺孤棱入骨清。
台阁风标倾四座，文章声价重连城。
好持尺寸量多士，早摘星辰赴盛名。
圣主贤臣欣遇合，愿为鸾凤佐升平。

临流书札任浮沉，独坐汾亭自鼓琴。
手执直绳弹曲木，炉从百炼得祥金。
重门洞豁皆知己，清节流传异刻深。
千古鳣堂留胜迹，与君相赏岁寒心。

蔬水箪瓢乐自均，仁民爱物首亲亲。

气分沆瀣师门重，臭合芝兰友谊真。
敝盖不忘埋毙马，恩波有意起沉鳞。
读书谈道遗糟粕，巨眼偏怜老斲轮。

兀兀穷途日抵年，身如山茧吐丝缠。
炎威未敢因人热，灰冷何曾遇火燃。
客舍并无脱粟饭，去时谁送办装钱。
弘农高谊嫌云薄，白雪肝肠少俗牵。

登道山亭挽范忠贞少保四首　戊子

郎当系颈肘桁杨，昼夜微吟欲断肠。
蒙难以身尝百苦①，诸艰历试佐三纲。
肯教河朔遭涂炭，愿共鸱夷入海洋。
乌石山前增怅望，几回洒泪代椒浆。

血染闽江遍毒逋，孤臣失陷矢捐躯。
悔将心腹轻输贼②，恨泄机关反被俘。
结义五人同毕命③，系囚三载少完肤。
可怜藁葬空陈迹，日日山头听鹧鸪。

白马陈师欲乞灵，相逢挥涕饮新亭。
见危致命无旋踵，视死如归乐就刑。

① 原注：“先生在狱作《百苦》诗。”
② 原注：“为贼臣刘秉政所卖。”
③ 原注：“幕客嵇留山、林能任、王幼誉、沈天成等五人。”

自信素丝曾未染，遂令臣节有余馨。
零丁大义谁知己，昨夜三山看落星。

威名草木已先知，其奈残疆一木支。
身后褒忠原首录，生前堕泪想遗碑。
钟情不少勾留处①，绝命今成男子奇。
于岳坟头添石友，归求大道有馀师。

詹峨士以所著《易经提要》、《兼山草》赐教，赋谢二首② 戊子

手不忘书卷，壮哉此老翁。
孔颜同一乐，邹鲁想遗风。
地气从而北，羲经已渐东。
河图有妙理，提要发群蒙。

足迹周方域，归营安乐窝。
兼山踞地胜，历岁纪游多。
细楷千文帖，连篇七字哦。
盛名倾八座，折节礼为罗。

读林又僩《香草》诗，并祝其尊公滐村先生古稀华诞

静展香草诗，朗朗千回读。

---

① 原注：“公抚浙时题‘勾留处’三字于湖心亭。”
② 编者按：“峨士”，目录作“莪士”，未知孰是，待考。

一字一珠玑，倾心愿推毂。
闻昔产莆中，发源九州牧。
瓜瓞永绵延，子孙蒙其福。
簪缨十数传，俱是凤凰族。
较之流辈贤，俯视若臣仆。
由晋讫于明，诏诰百廿轴。
壬午癸未间，蕊榜挺名宿。
大物忽迁移，举世变陵谷。
南都偶偏安，绝鲜秦庭哭。
君祖令吴江，支撑非一木。
欲为文文山，残躯留报国。
父子遵海滨，采薇手盈掬①。
无端遘祸胎，一命归幽独。
慷慨赴厓门，天胡夺之速。
扶柩返孤魂，忠孝两芬馥。
只今七十年，恪守遂初服。
家世埒荀陈，声华过潘陆。
新语并拾遗，校对往而复。
新城王尚书，文章雄海岳。
执手有同心，词坛伯与叔。
前哲景高山，生儿藏韫椟。
雕刻胜冰纨，浓华赛雾縠。
著作等身高，才大舟万斛。
侧耳细聆音，恍奏柯庭竹。
我来游三山，散步自扪腹。

① 编者按：“掬”原作“⿰扌菊”，查无此字，当为“掬”之讹，径改。

儒贵藿食谋，肯恋庙堂肉。
村酒亦可娱，承欢只半菽。
许订杵臼交，一言代华祝。
君子意味长，春兰秋杞菊。

过增城伯故居瞻其遗像（有目无诗）

追挽陈少宰秋涛先生（有目无诗）

飞来寺夜泊（有目无诗）

登观音岩（有目无诗）

寄祝武先七叔六十（有目无诗）

度庾岭探梅无信（有目无诗）

寄同年张唯存太守问圣湖无恙否（有目无诗）

观汉武帝立思子宫有感（有目无诗）

闻善长儿下帷僧舍甚喜（有目无诗）

两至粤东不及一登罗浮诸胜怅然有作（有目无诗）

老年跋涉藉同行友时含章扶持之力居多（有目无诗）

抵南安老仆力疾远来得平安家问（有目无诗）

卷　八

过韶阳望挂榜山（有目无诗）

索郭定庵法书（有目无诗）

和《厓山吊古》次新会令迂客舍弟元韵

城郭人民几改移，沧桑回首感当时。
殉亡社稷词何正，死节君臣两不疑。
海岛尚留天子迹，蜃楼常见义军旗。
累累碑碣厓山道，泪洒西风鬓欲丝。

与曲江李梧冈明府相遇羊城　戊子

清风亮节汉三君，藉有毛锥尚鬻文。
纵使青蝇能点壁，终教苍狗化为云。
泽毛本欲藏岩雾，铩羽谁知堕楚氛。
得祸廿年同一辙，伤心狐兔不堪闻。

松柏羞为桃李颜，况经束发守贤关。
江河渐下人争险，寒暑如环理好还。
负痛终天均涕泪，谁怜被谤谪尘寰。
蓼莪三复因君废，频泣西风望故山。

喜遇幼铁五兄　戊子

途穷仍意气，扶杖喜随肩。
客况凋双鬓，诗才压少年。
萍踪忘岁月，屐齿遍山川。
孤馆清宵恨，偏无红友缘。
四姓江南望，源流支派长。
宗盟推大雅，家学重文康。
袖里书三载，天边雁一行。
感君急难意，洒泪寄殊乡。
素心真慷慨，雄辩四筵惊。
执手翻疑梦，回头似隔生。
珠江欣具尔，花萼敢争衡。
十九年前事，烦兄一细评。

题五兄小照　戊子

几笔倪高士，悠然独会心。
白云烘树断，乌雀结巢深。
抵掌谈空谷，倾肝利断金。
乾坤留浩气，长往托微吟。

坐绿屏书屋，喜对圭峰、玉台诸胜，次日尽登临之兴，次迁客弟韵　戊子

晴岩拄笏快幽寻，坐看云衣落翠襟。
厅事昼垂帘押影，南荣静理风丝心。
倦依老树贪山色，步入修篁听鸟音。
不是讼庭清暇日，那移宾从此闲临。

卧游梦想最高台，忽到山椒老眼开。
花映绮寮明几案，草生石砌夹莓苔。
厓门帝子空凭吊，大海风涛自去来。
咫尺扶桑看日出，望中应不隔温台。

《苏氏林亭》次迁客韵　戊子

苏氏好园亭，耳目供玩赏。
绝壁插青云，扶筇不敢上。
老树托孤根，仄径少榛莽。
轩槛对晴峦，位置无一爽。
乾坤容我身，无路蒙蛛网。
笑傲轻王侯，酒河争一掌①。
为问主人翁，得毋心怳恍②。
娓娓听清谈，齿颊有馀响。

---

① 编者按："酒"，原作"酒"，字书无此字，殆为不规范之"酒"字，径改。

② 编者按："毋"原作"母"，殆为不规范之"毋"字，径改。

如游大海中，悠然荡双桨。
少选入无何，闲情绝凡想。

和《秋霁观瀑》次迂客韵 戊子

玉露堕晴岩，秋花烂羲昊。
帘泉密如丝，绝涧盘涡好。
扶杖步南山，皤皤迎四皓。
揖我问何来，相逢值岁杪。
回思黄菊开，时或恣幽眺。
日午荡微风，青摘窗前草。
况闻瀑布声，入壑深且窅。
恍遇素心人，潺湲落空杳。
万古此常存，汩汩无昏晓。

和《雨后行菜》次迂客韵 戊子

种植勤四时，园蔬戒助长。
灌溉任桔槔，底事烦篙桨。
土膏有瘠肥，赋则咸三壤。
忘情或失时，贫室将安仰。
天雨忽滋培，足慰盘餐想。
岁晚届春阳，聚物思索飨。
一朝欣负暄，所得同爵赏。
手摘已盈筐，其应捷如响。
批根至味存，获报在反掌。
物理虽甚微，可以方子养。

题韩敬一观察尊人《永思录》 戊子

梁山禹甸乐，韩土泌泌水，
周原真朊朊。
战国三家分晋封，形势当时堪用武。
淮阴初出井陉关，帝佐功勋盟册府。
稚圭捧日登太行，云呈五色擎天柱。
族望声名冠斗牛，瓜瓞绵绵从此始。
前明弘治三君子，手劾宦官擢发数。
刘瑾伏诛大义明，至今忠节争夸诩。
高门后裔总名流，历世巍巍盛簪组。
我遇监司西子湖，雄谈辟易肝肠吐。
手持尺素索题诗，为表封公好仪矩。
爱惜荆枝同气亲，肯使奸徒幻云雨。
况嗣徽音有太君，姑死军中欲奔讣。
巾帼从戎入贼营，手提簿籍还资斧。
尽归伯氏毫无私，大义千秋胜章甫。
梦怀玉燕果然投，产得名驹绳祖武。
福山初令试烹鲜，循吏传中鲜失伍。
御座亲填姓氏香，红陈粟朽西江主。
往来冠盖日纷纷，好贤下士钦房杜。
挂帆相值出羚羊，侠气豪情欢欲舞。
酒罢珠江击棹吟，惭愧雷门思布鼓。
经年诗债此时偿，追挽名贤胜吊古。
眼前珠玉已成林，笑予妄拟鸡林贾。

代题《永思录》九言古体　戊子

孝子不死其亲之至情，则曰游有常而习有业。
若登高临深而苟笑訾，不如啜菽饮水欢犹洽。
古人显亲扬名次弗辱，即与让善于君同一辙。
韩君天性自幼发于诚，终身孺慕犹恐失其职。
视无形兮听不必有声，纤毫弘巨常变不敢饰。
太公太母盛德名最彰，里党之门可以树六阙。
推梨让枣取少弗取多，同居共爨百忍以为则。
须眉巾帼相较谁最贤，女子出入军容鲜失色。
谗言喋喋何处问天伦，肯使连理同枝生荆棘。
只今洪洞人才千百群，大历十子之名谁不识。
果然是父是母生是儿，养志成名直走江南北。
敕赐荣封极品过于身，加无可加四十有余级。
芝生泉涌虎豹亦踞庐，感格苍苍具有擎天力。
世上英贤多少逊于君，读至蓼莪诗句徒太息。

题姚二曾小照

有书数卷，酒一瓢。戊子

天问沉沉欲赴湘，底须独醒引愁肠。
麯生风味差堪恋，晨夕难抛顾建康。

散发何烦引二驺，漉巾堕帻自悠悠。
酒家南董生前愿，藉尔经营了此丘。

五车四库甚汪洋，争似懵腾入醉乡。
下酒不劳看汉史，吾家痴绝是燃糠。

堪笑扬雄著反骚，酒人沾被亦残膏。
但教瓮底常伸足，图画犹然粕与糟。

大中丞范自牧世台先生　戊子

日出扶桑好挂弓，峄阳威凤倚孤桐。
耻为身计敦臣节，清畏人知凛父风。
进不苟容名自正，俭无逼下道惟中。
龙图物望千秋续，力挽珠江障使东。

阖门忠孝事争先，弱冠沉雄志益坚。
剸刃啖仇肉易尽，断头生祭血犹鲜。
乾坤有恨霜前草，日月常新墓上田。
却喜羊城颂锁钥，恩波海阔自年年。

黄文华臬司　戊子

系出春申楚相才，明刑弼教掌兰台。
片言易折无疑狱，善气相迎异迅雷。
岂有笑谈容宿物，几曾胸胃着纤埃。
踏门珠履重游客，不藉旁人为解推。

粮驿道陈荀少少参　戊子

舟楫盐梅宰相霖，相携群从入瑶林。

联花萼集随兄后，赌紫罗囊爱侄深。
两地参谋皆玉节，一方行部肃官箴。
高车大盖扬清海，五岭雄关剑戟森。

盐道贾海瞻鹾司 戊子

门阙新刊棠棣碑，天南琴鹤久相随。
香留衣袂经三载，报乏琼琚愧一词。
风雅几曾妨国赋，崇高原不计官资。
办装莫更权榆荚，愿借名流绘荔枝。

答姚君山友兄元韵八首 戊子

诗人酒伴道相谋，豪踞元龙百尺楼。
肯恃才高生眊矂，时于醉后见风流。
多情爱我增千倍，每事逢君逊一筹。
闻说姚髯尚留滞，何缘重晤话沧洲。

不敢分曹戏举烽，乘时力穑即良农。
芝兰臭味真知己，冰雪心胸合改容。
人入终南争捷径，朝非女主亦斜封。
徉狂玩世谁青眼，只有陶潜菊与松。

艳丽文章竹管斑，砚田力作尽宽闲。
书城出自腹中笥，笔冢高于屋后山。
无那霜风凋素鬓，岂同桃李斗朱颜。
纷纷玉笋留清誉，不羡当时供奉班。

王道何常党与偏，亭亭玉立赏孤妍。
秋风迅扫林间叶，夜雨奔腾岳里川。
忆向西斋留别句，记曾东阁洒离筵。
苦吟三岁偿诗债，声价何人敢占先。

都尉功名一烂羊，反于门阀视平常。
门容驷马崔卢第，巷署乌衣王谢郎。
可解愁烦惟白堕，欲蠲悲愤试青棠。
局中黑白难分别，愿与先生画此疆。

世事捐除物外身，一生疏懒似迂辛。
珠称不夜终还浦，剑化双龙必跃津。
尚有遗经能卫道，即无环堵讳言贫。
官山煮海成游戏，暂救儒生涸辙鳞。

一冬将尽又更端，客舍年丰孔乐韩。
好友每思勤解佩，读书底事定求官。
撇开荆棘襟怀阔，历尽崎岖眼界宽。
纵有绨袍怜范叔，海南和暖不知寒。

心如枯木且随缘，岂料乘槎近日边。
好士不闻虚席左，修名谁肯揖王前。
喜随佳客称同调，多谢清流独见怜。
何日南湖悬一榻，待君沽尽酒中贤。

题海宁令殉节事　戊子

折槛埋轮柱史星，教人胆落小朝廷。
乾坤拨乱非孤掌，君父蒙尘贵反经。
事不可为争一死，气当申处即常醒。
一隅可有忠魂到，长伴胥涛入海宁。

元旦寿丁学田观察（有目无诗）

元旦丁观察尊堂刘太夫人八十寿[1]（有目无诗）

番禺令姚齐州招饮　己丑

怀中漶刺谒天涯，文笔如椽羡作家。
百轴自随胸贮锦，五官并用笔生花。
友分至味均兰蕙，旬有余香剩齿牙。
听断闲闲无个事，黄绸被里放晨衙。

才大如君不患多，曾于瓜上缀金梭。
韩裴互辟倾名士，李杜齐声厄制科。
披卷偶寻先圣语，栽花懒对俗人哦。
飞谈卷雾珠玑落，去尽陈言脱臼窠。

---

① 编者按：此诗当即后面《己丑元夕观察丁学田尊堂刘太夫人八秩》一诗。

江在湄前辈还桐城　己丑

三十年前前辈风，识韩偏在海隅东。
人敦古处留淳朴，诗较唐音界盛中。
阅世秋云成幻梦，笑予南浦送归鸿。
出门不觉星霜改，决计还山理桂丛。

桑落洲边大小山，笔花生处锦斓斑。
年登大耋书瓶守，性爱乔松学石顽。
每痛人琴思子敬，好持门户抚任环。
天机活泼吾生乐，静掩柴门事不关。

江在湄先生粤游有感，次其见赠元韵　己丑

淮阴一饭古人求，堪叹车鱼又麦秋。
市上博徒思任侠，坐中故友耻从游。
持筹濬冲心何窄，脱粟孙弘度未优。
相送珠江帆已远，望洋兀自小迟留。

整冠辜负沐新弹，谁识良材爨下残。
已作马牛甘伏枥，肯随鸡鹜共争餐。
此生自傲千秋骨，清誉何贪一片肝。
愿得后来居上者，维风只手挽颓澜。

周捷三都巡　己丑

罗警勾稽异冷官，未谋一面得芝兰。

职司都检来西蜀，盗畏桑公去永安。
最爱名流多赠句，每思题壁怯骚坛。
行台十笏容鼾卧，小憩林泉借笔端。

赠毛充有世兄，追忆其尊公大千老师　己丑

鲤也趋庭诗礼传，相随门下比彭宣。
琢磨成器恩难报，陶淑因材义可镌。
善读父书堂构在，恪遵家训子孙贤。
桂枝高折三槐望，豚犬曾邀割半毡①。

又赠李骏诒　己丑

圣贤冈下读书人，廊庙殊姿席上珍。
太白诗名凌沈宋，易安词学驾苏辛。
山门古径栖鸣凤，海月西岩起蛰鳞。
遥望帝城几万里，送君踏遍软红尘。

离筵故旧并朝英，年少鸡坛肯负盟。
午夜琴声尝达曙，桃花潭水较多情。
金台骐骥争求骨，铁网珊瑚孰旦评。
世好通门原一脉，欣欣草木向春荣。

叶戴山同年　己丑

百里雷封异茧丝，印何若若绶累累。

① 原注：“与小儿相癸酉同谱。”

小山丛桂同时折，庾岭寒梅握手迟。
三仕烹鲜均惠爱，一蜚冲汉莫惊疑。
霜台梧掖开言路，从此功名勒鼎彝。

邓嘉又年侄　己丑

坐破绳床似管宁，捧盈执玉久谈经。
每从周庙观欹器，退省汾亭感负苓。
人尚才华尊理学，士先识力达时宜。
羽毛丰满乘风起，堂构依然重鼎铭。

邓李又年侄董茸宗祠　己丑

为访贤关到宝安，故人诸子尽琅玕。
父书善读心何壮，寝庙重新墨未干。
和协天伦均式好，恪遵遗命焕斯干。
衣冠世胄由来旧，百世争弹进德冠。

邓李又令郎　己丑

凤雏驹齿待翱翔，执礼深惭大父行。
留砚范乔看欲泣，聚书周颉味尤长。
巾车花外寻珂里，扶杖林中觅草堂。
咫尺风涛过万叠，海天一色岂茫茫。

闻贵抚陈实斋中丞移镇湖北（有目无诗）

新安金庸斋明府 己丑

岩城一面傍山隈，环绕青山厅事槐。
猛以济宽须健令，仁能化暴藉雄才。
不将耳目烦他寄，独出心思见主裁。
清昼垂帘常默坐，炉香焚罢理书堆。

名作如林四壁题，火云飞渡出墙低。
眼中白鹭时时过，耳底黄鹂恰恰啼。
置榻喜逢游钓侣，款宾立办韭萍齑。
栽花潘令清谈好，咳吐纷纷辟暑犀。

年友邓豹生为其爱女立嗣始末 己丑

故人有女早乘龙，谁料胶弦西复东。
嗣子尚生三岁后，命名已判外家翁。
若敖未馁宗支衍，无忌重宣翼赞功。
祀产千秋欣可托，义门从此日隆隆。

访新安温上汲孝廉 己丑

家徒壁立感萧晨，为访蓬莱到海滨。
马队不谈尘外事，皋比如对卷中人。
更无鸡犬喧贫巷，但与渔樵结四邻。
已荐贤书甘寂寞，长留姓字表儒珍。

汪洋一水抱孤村，南面谈经道自尊。
已分桑麻容圣世，何妨沟壑老衡门。
洁身直拟蝉鸣树，溷俗常防虱处裈。
纵有贤侯勤适馆，此心蚤断利名根。

寓官富司行台　己丑

禅房思信宿，佛火照绳床。
柳色连山黛，松风隔水篁。
晨昏劳鼓钹，魂梦怯沧桑。
赖有周都检，弓刀肆蹶张。

书剑飘零地，题诗敢自矜。
壁间留雪咏，字里挟风棱。
爱结登坛客，相依旧院僧。
明朝携襆被，又醉夕阳亭。

谢李骏诒惠新凿荔烧　己丑

长腰见饷并吴兴，日籴何烦过五升。
就食陶诗烦再举，拙生颜帖记吾曾。
前人韵事随缘续，古处风期遍地称。
此去长安须苦索，陈陈红朽价无腾。

五月生春贡六清，色香味可赛澄明。
王孙直欲倾家酿，风味而今辨麯生。
得遇醇醪甘窟室，不辞豪饮似川鲸。

受君南董操觚政，尚有酴醾解夙酲。

赠叶广文御六　己丑

砚珠点易碧窗寒，书卷风清苜蓿盘。
花萼联吟携爱弟，荆枝忍折耐微官。
醍醐饮客筵中味，柏麝留香室里兰。
棠棣碑成方二贾，声名驰骤未为难。

周澹宁世兄里居　己丑

何必扬雄著广骚，王公队里惯逋逃。
征书不起浔阳逸，翼赞何人甪里高。
五老园诗真惜墨，七旬叟夜尚焚膏。
子孙爱护窗前草，长使青青似锦袍。

题《珠江送远图》　己丑

三年同宦异升沉，只有文章结素心。
读罢骊驹添别泪，桃花潭水未为深。

玉版新词字字香，蒲帆如箭渺归航。
长河不少悲秋者，有恨同君吊楚湘。

秋晓珠江柳一枝，凝眸南浦送君时。
展图忽接清凉界，消尽炎蒸总不知。

臣心如水与鸥盟，指点邮签算去程。
独有周南留滞客，梦中随尔到寰瀛。

史胄司宫端奉诏祭波罗江，事竣言旋，为太夫人七十称觞，赋此请正　己丑

前辈风流记昔年，蓬山视草思如泉。
上卿旌节迎牲币，南海燔萧慎吉蠲。
五献蒸禋看浴日，八驺呵殿俨登仙。
归朝羸得珠江集①，牛渚清辉载满船。

投金濑水姓名扬，系出春秋君子乡。
代有闻人夸后劲，眼看学士总平章。
弟兄对掌花砖上，父子齐名紫闼傍。
前席待贤添盛事，玉蜗宫锦一门强。

皤皤鲁国太夫人，拥笏垂鱼禄养申。
整肃衣冠严答拜，教先诗礼择交邻。
生阶尽是芝兰种，着膝无非廊庙珍。
采菊佩茱斟薏酒，满筵朱紫庆长春。

抡才玉尺浙西东，雁序龙文入彀中。
并侍师门方薛董，每逢宴饮别宣崇。
班荆尚念贫时友，肉食谁怜塞上翁。
相遇花田欣执手，蔼然招我坐春风。

① 编者按："羸"，当作"赢"。

胡厚存见访　己丑

晋陵名族海陵风，柳柳州曾记武功。
绢出俸余犹细审，书辞官纸肯嫌穷。
何妨侍奉哦松下，不用辛勤冀瑟工。
喜有佳儿成父志，霜鹰未许寄絛笼。

姚齐州令君夫人寿　己丑

年少列朝簪，刑家清白箴。
和柔原一体，黾勉更同心。
门内严冠履，闺中静瑟琴。
花时勤击钵，相赏有知音。

才过天中节，榴花似火明。
已增长命缕，恰值伯劳鸣。
内助兼肥国，官方注美评。
番君社稷器，不愧唤卿卿。

邓然明世好　己丑

燕越渊源族谱长，标题积厚自流光。
宋时尚主推名阀，明代抡才具国香。
祠对绿屏山叠叠，门横蓝涧水泱泱。
洛城殿里推高第，兄弟同居君子乡。

朱振子招饮并见其六子，即席赋赠　己丑

隔坐关关小鸟声，幽居曲槛最移情。
尊彝尽是商周器，花木犹传海岛名。
宋艳班香胸贮锦，王池董室墨为兵。
临行尚欲留髡饮，大笑峨冠已绝缨。

诸郎玉立已胜冠，王者香生竟体兰。
酥酪醍醐兼醴酝，瑶环瑜珥续琅玕。
鹧鸪斑暖芬牙后，鹦鹉杯衔触鼻端。
剪韭论心名士会，高轩赋罢罄交欢。

柬同学王芥山索饮　己丑

一棹珠江旧雨来，参横月落忆残梅。
小苏人散歌犹绕，试馆宾空雁亦猜。
文运兴衰争顷刻，官场冷暖等浮埃。
当年履舄看谁在，迟尔三春待举杯。

重游羊城赠李骏诒明府　己丑

明经治事异凡材，剑气珠光物色来。
岂有曹刘烦摸索，肯教班马溷尘埃。
栽花试展三春雨，制锦将分百里才。
文字相知千古少，敢夸罗网石生媒。

和友人游西樵十二截　己丑

烟霞锢癖爱山行，渐入云深俨赤城。
呵殿不闻人影少，棕鞋桐帽一身轻。

南浦生春障绿波，布帆斜刺等闲过。
蛮烟瘴雨云如墨，卧听船头蛋妇歌。

独坐篮舆到海涯，疏篱茅屋两三家。
山椒一片红如锦，不数香闺豆蔻花。

江风吹浪月溶溶，三径黄花五鬣松。
此日踏青逢上巳，水边士女结钱龙。

唱罢山歌弃短桡，新晴并力插良苗。
闲来僧舍凭栏望，口渴思将茗碗浇。

俗尚羲皇比屋封，日斜云暗影重重。
嫩黄紫碧分诸相，梦里微吟记数峰。

十二层楼并五城，碧岩香愿结三生。
读书谈道西樵麓，空谷犹传议礼声。

双岐八茧一齐收，携酒来听黄栗留。
浴日台边人渐杳，长竿月出钓槎头。

白云洞里养灵根，漫说旋乾更转坤。
一粒须弥藏世界，海中日月气能吞。

此生无酒便攒眉，辜负长城五字诗。
闻说故人探胜去，三春行乐在乘时。

白发丹颜渐返童，有才合住瀼西东。
从今欲傍仙灵窟，朝愿南风暮北风。

仰首青云接紫烟，安期挥手此朝天。
灵洲自有衣冠气，遥映台星二室巅。

樊昆来命其三子出见，赋此赠之　己丑

门高可畏语须参，课子诗书味饱谙。
添植窦家丹桂二，已分马氏白眉三。
忠清每忆元晖训①，韶令思谐濬冲谈。
多谢学生劳侍立，临行欲别又停骖。

王谢阶前玉树姿，席珍待聘异凡儿。
少年有志非温饱，努力耽书惜岁时。
已见才华齐轼辙，伫看科第并郊祁。
侧生掌上胭脂颗，都是田荆连理枝。

---

① 编者按：“忠”，原字不清晰，据残笔当为“忠”。

新宁齐峻谷明府画灯 己丑

劲节幽香儒者风，偶然写出此心同。
借他一点光明火，透出琴堂化日中。

己丑元夕观察丁学田尊堂刘太夫人八秩

凤辇鳌山柱，平添两夜灯。
醉人占瑞世，秤士得奇征。
京国传柑会，良辰设帨增。
生春呼圣酒，莱舞及云仍。

元正一岁首，华渚贯三才。
浮磬非凡子，祥川毓圣胎。
辛盘迎凤历，幡胜拂春台。
城阙明于火，还凭玉匙开。

农祥从此始，难老已忘年。
四乳征奇表，五云集左肩。
养堂尊母德，遗鲊感亲贤。
老福银花字，皤皤云满巅。

高门看绰楔，清节凛冰霜。
锉荐垂家诫，鸣机佐义方。
梧桐生翠岫，葵藿向青阳。
百岁筹添日，重来进兕觞。

二月望前一日寿粮储陈荀少参[1]　己丑

赐出黄罗好酿柑，桑弧蓬矢日之南。
花朝屈指刚过二，月望当头又洗三。
甘谷绕篱思采采，侯门傍晓望潭潭。
春时不尽长生酒，绿放红稠富贵酣。

新安金明府寿　己丑

二月莺花春正酣，女桑初长浴原蚕。
开冰上巳钻槐火，扑蝶华林驾筱骖。
思向蓬池沾禊饮，遥看弧矢挂天南。
他时八座称难老，分得长生蕉叶三。

挽诰封夫人黄母王太君　己丑

江夏垂家范，鸣机颂女师。
衣冠门内肃，琴瑟室中宜。
为嫂情均属，宁姑器鲜私。
胶弦不易续，那得此兼资。

夫子人中杰，还凭内助贤。
平反严出入，谳决破拘牵。
执烛言频劝，酬庸岁几迁。

① 编者按："陈荀少参"，前文作"陈荀少少参"，未知孰是，俟考。

于张徐杜后，母德可移天。

坤道原柔顺，宜家列素屏。
燕居勤昧旦，答拜俨明延。
不异金兰友，相须日月形。
一朝蝉脱去，悲感涕先零。

贤名型四国，积厚喜多男。
黄里诗无咏，白头吟未谙。
诸郎忘异乳，一味必分甘。
默护繁桃李，千秋生意含。

朱母八十寿　己丑

义重朱公叔，升堂奉太君。
礼仪虔拜母，进退俨成文。
几阅葭灰节，难抛布缌裙。
履端逢百岁，旨酒已熏熏。

所天齐孟案，中道忽先摧。
锉荐思留客，丸熊苦教儿。
星回刚大耋，岁首又新支。
花甲年年会，琼瑶王母池。

讲武迎冬索，皤皤老福年。
华堂添绣袜，献岁掷金钱。
凤历延长命，椒花颂肆筵。

愿随子姓后，桃实祝三千。

元旦寿丁学田观察 己丑

诸儒尊汉传，夺席自丁鸿。
岁首钟于旦，官资直到公。
绿鸡悬户上，玉燕启天中。
恰喜青幡候，满街放鸽笼。

风物真闲美，家家庆履端。
椒花簪彩胜，柏酒佐辛盘。
月吉始和布，农祥晨正宽。
外台分五节，一路得人官。

送史宫端还朝[①]（有目无诗）

彭艾庵观察招陪史宫端设饯海幢（有目无诗）

怀南安太守陈子文先生（有目无诗）

郭九世兄送十一令弟就姻越秀，兼询其尊大人制府金安（有目无诗）

① 编者按：此诗殆即下卷《留别二十四首·宫端史胄司祭告还朝》。

卷　九

留别二十四首

大中丞范自牧世台先生

玉节牙幢剑佩摩，中丞家学尚渐磨。
民风所喜趋平易，王道无偏却细苛。
宥过必三情可恕，求贤若渴礼为罗。
布帆一幅冬归候，回首珠江尚绿波。

宫端史胄司祭告还朝

海幢小立望旌麾，使毕还朝未满期。
但愿片帆归去疾，不将一物土中宜。
家门经过因将母，道路咨诹遍采诗。
惜别故人情最重，为怜失路独迟迟。

怀桐城江在湄前辈

苦向寒炉拨冷灰，杜门终日鼓枵雷。
贪泉也索枯鱼肆，庾岭虚夸止渴梅。
岂愿交多投滥刺，只愁才尽耻空罍。
绨袍张禄谁优句，不是江郎赋不来。

樊学使昆来

怀中滤刺我非狂，慷慨悲歌字挟霜。
风为马牛分顺逆，头因黍麦辨低昂。
范张一诺言犹耳，管鲍分金取不伤。
易理深微先悔吝，补牢未晚鉴亡羊。

闻达穷愁总一般，每因世态泪潸潸。
曾看一死轻于羽，肯视千金重若山。
叹息荣华同幻影，权衡义利认儒关。
故人不为流言惑，离合天心反掌间。

广州叶南田太守

鳌禁神仙共晏娱，曾从末座识夷吾。
佐州屡赐绯鱼袋，入粤新膺铜虎符。
骚雅文人镌屐齿，清廉太守濯冰壶。
诗中有画维摩诘，莫吝珠江送别图。

姚番禺、顾新会两邑侯

邑宰诗才谁最强，每称姚合与长康。
番君大将人人得，吴下孤军面面当。
赖有苦吟针俗耳，借他余事补贫囊。
梅东归去心声远，风雅微□出五羊①。

---

① 编者按：“微”后之字，原作“權”，字书无此字，疑为“榷”（即权）之讹，未知是否，姑存疑，以□代之。

忆新安明府尊公金长源先生

三山方伯拥鸣驺，部署东南领八州。
治谱已经传令子，邻封谁不识贤侯。
连疆闽越恩威远，接踵公孙仕学优。
偶到海隅寻乐土，柴桑深处有巢由[①]。

王琼山、樊临高两令君

曾过海外赏奇文，一见今知胜百闻。
贬谪才人成独步，搜求古迹得浓薰。
花香鸟语奚囊满，月榭风帘仙吏分。
水上一军成壁垒，各张旗鼓立诗勋。

抵韶关

河海汪洋乐就深，相逢谁耐岁寒心。
曲针那得通磁石，利斧空携入邓林。
诗料尽多装不去，月光虽满载难沉。
韶关使者掀髯笑，贤令人情直一金[②]。

饮保昌李澄园署中忆东莞

西秦二李尽仙才，辞却函关度岭来。
香国沾衣经半月，花阴满路赛官梅。
湾湾水石清于齿，叠叠山峰翠作堆。
早晚金茎分赐出，兄酬弟唱让先杯。

---

① 原注："谓汲孝廉隐居之地。"

② 原注："曲江送过关口。"

晤保昌令公兼怀钱子华大令

湘灵才子宦游情，赏雪龙门歌妓迎。
求友昔年思北道，得朋此地识西京。
同时自合芝兰味，一见能将肝胆倾。
执手方殷忘欲别，何须酸楚作愁声。

居停朱众孚参军

绿水芙蓉俭府才，相公嫡派属云来。
凤鸾有种原孤立，鸡鹜成群反见猜。
良酝三升人可恋，春风一室昼常开。
绳床特为吾家设，欲别还留日几回。

原曲江李梧冈明府

解人何用不平鸣，甄破浑忘宠辱惊。
傀儡功名原是幻，风霜字句颇非轻。
已知衾影能无愧，须信天机睹未萌。
千古是非公论在，果然臣罪坐真清。

方葆羽、姚君山两世执

俱是桐山席上珍，王家叔侄谢家昆。
姚髯气谊原同调，方令才华亦可人。
败絮荆榛行自苦，满怀风月坐生春。
建康风味醍醐似，何不清谈就饮醇。

姚二曾、汉英两表弟

珠海经年话苦辛，相看须鬓各如银。

热肠惯是浓时误，侠气偏于冷处真。
老去渐知文字贵，客中唯觉弟兄亲。
飘飘风笛吹离别，滕阁先容慰问津。

君是诗豪亦酒豪，才名不肯逐时髦。
崄巇世路人情幻，倔强生成野战鏖。
小谢善书常左右，大苏钟爱惯嘲嘈。
归来欲访孤山鹤，只向南高与北高。

彭子载、赵绣翎同学，兼怀幼铁家兄[1]

易堂耆旧古人心，此地相逢有嗣音。
萍梗敢忘倾盖友，笛声长忆倚楼吟。
时从家孟公奇赏，但到良辰即共斟。
有日南湖寻唱和，柴门启处认花阴。

周澹宁、邓然明二姓世好

书剑年年汗漫游，谁知失路困炎州。
尉佗余习仍蛮俗，南汉遗音半狎优。
接引名材先古学，挽回风气尚清流。
伯苗冥契浔阳老，不为江山亦小留。

忆　家

才返江乡又别离，出门惘惘欲何之。
一家老少饥驱出，同患妻孥痛定思。
已识世无弹铗客，那从人乞买山资。
鬻文自笑非常策，鲁相公仪杠拔葵。

---

① 编者按："绣翎"，目录原作"绣嶙"，未知孰是。

寄善长儿

我向南行尔北看，邮签万里各心酸。
尔归醉里春犹半，我滞章江岁又残。
可笑客途多彳亍，全凭家问报平安。
囊空羞涩无他寄，小传新诗一例刊。

将之楚

一路炎荒听鹧鸪，逍遥托足尽欢娱。
风花满眼逢场戏，山水随缘过隙驹。
快意逢人谈娓娓，闷时对酒泣乌乌。
今朝撇却罗浮梦，又渡湘江访小姑。

思归

昔年老友结营巢，秋雪临轩坐槛凹。
着意读书贪客问，闭门索句怕僧敲。
天光云影清闲局，雨笠烟蓑冷淡交。
只有钓徒三两个，不分投膝与投胶。

到处荆榛设尉罗，侧闻行不得哥哥。
也知名利原为饵，又况居诸似掷梭。
杨柳烟中闻铁笛，菰芦滩上起渔歌。
新巢口血干犹未，营得香泥燕一窠。

寄谢蒋子蕴写照

游艺文人色色精，岂徒词赋擅西京。

朱阳馆主倪高士，黄鹤山樵王叔明。
於越地灵钟秀骨，炎州瑞霭毓香名。
为开生面留青眼，双管拈来洗俗尘。

曲江令张燮亭同年

曲江声价古名儒，家学渊源好步趋。
风度昔年名独擅，宦游此日政相符。
河阳潘岳寻花至，蜀道相如负弩驱。
拄笏西山看不厌，放衙岂为急征输。

同是天家折桂生，君栽桃李我芜菁。
民生疾苦除其甚，治忽机关视所行。
年少有心齐结绶，海隅何幸此班荆。
升沉异路关情最，戴笠乘车自古盟。

世执李东莞奉召入都，喜并舟十八滩中，即次见赠原韵

棹歌声里唤黄头，人羡登仙李郭游。
鱼鸟易邀羁客玩，江山肯为宰官留。
郁林稳载全无石，竹叶轻装并引舟。
万里王程驰驿去，愿登台辅量休休。

一回谈罢一低头，华岳莲花想胜游。
搔首问天谁比拟，搜肠索句敢停留。
罚依金谷宁辞酒，风送滕王少滞舟。

他日西湖访世好，吟坛到老不甘休。

谒赣州杨人庵将军

雄开幕府礼游岩，嗜好终身不食盐。
熟识机宜烦御扎，留心疾苦重民岩。
雅歌对酒谈三略，甲帐裁书得百函。
下士登堂勤倒屣，一程相送别风帆。

过南安吊陈香泉太守

门阀崔巍羡贵游，兰亭孰与古人优①。
波分三折精神敛，笔用双钩点画遒。
酒社几曾忘老卒，吟坛不敢僭先筹。
南安署里寻遗稿，犹自朝朝踏户求。

答陈与勖武举

班荆话旧五羊城，日暮途穷肯倒行。
辛苦风霜七十叟，飘零湖海六千程。
世人冷暖心何窄，天道盈虚理甚平。
孝友百年门第盛，相期努力振家声。

悯仆

本是青衣厮养徒，车前马后尽传呼。
相依颖士忘其苦，不及方回所以奴。

---

① 编者按："孰"，原误作"熟"，径改。

洒扫几曾清垢面，纪纲时亦恃长须。
一身况瘁捐殊域，送尔归魂慰发肤。

寄南赣杨人庵将军

开仓发粟散陈红，招集流移第一功。
筹画有方民食重，指挥如意笑谈中。
兴师阃外将军令，坐论行间儒者风。
文事自来兼武备，万邦为宪古今同。

帅府今为有脚春，我来何幸谒清尘。
流传翰墨才无敌，散落珠玑语逼人。
篱角尽收岩下电①，山厨拟作席间珍。
吐哺握发开贤路，四海归心柱石臣。

南赣将军公子又东

翩翩翙羽已成文，刷翅能空百鸟群。
立扫千军唐四杰，高悬一榻汉三君。
相逢自笑来何暮，临别翻愁袂欲分。
检得鹧鸪香片片，愿为班马作炉熏②。

青云万里即官梯，咫尺扶摇近紫泥。
岂有名材非杞梓，果然圣果属楂梨。

---

① 原注：“拙稿一览无遗，且采陈言送友。”
② 原注：“奉寄女儿香。”

坐无酒史监双斗①，背有诗囊立小奚。
南浦布帆留半日，多情端为主人稽。

泊舟章门喜遇同年沈南季太史，招我同登滕阁观日落处

夹来两水似明湖，杰阁凌空一面孤。
倒影金盆看落日，卷帘沙渚乱飞凫。
词臣独踞江山胜，坐客平司书画厨。
千古文章兰蕙味，滕王蛱蝶有还无。

直上层巅未可攀，清尘追步愧痴顽。
王杨卢骆三君逊，晋宋齐梁八咏闲。
历历晴川楼外鹤，悠悠画槛雨中山。
品题不是才人笔，胜地难分伯仲间。

上江西郎紫衡大中丞

千顷汪洋绿泼油，恃公雅量若安流。
洪都赖有长城险，江左全无南顾忧。
理乱丝如抽绪茧，欲操刀不见全牛。
十三郡务车轮转，一日肠应一万周。

锁钥西江领豫章，百花洲上集帆樯。
此盈彼缩权通籴，旧泽新恩肯画疆。

① 原注："酌以大斗，幸酒政不苛。"

喷雪飞来光似玉，落霞看去锦为裳。
春风大地无私拂，柳色成阴覆隔墙。

高焕然将军招饮

龙骧麟振古元戎，百万精兵贮腹中。
岂以行军忘俎豆，早于极北奏肤公。
黄骀昔日原飞将，白面书生愿下风。
且喜太平无一事，吹笙鼓瑟拜彤弓。

瀛台旧识醉华筵，此日牙幢剑倚天。
偶到西江欣执手，相逢滕阁敢随肩。
经过庾岭探梅使，梦想柴桑对菊钱。
门外故人留漶刺，八驺遥望似登仙。

南昌太守王梅侣先生

前称广汉后文康，千古名贤谢与王。
莫竭东南真召杜，不求温饱胜龚黄。
清谈自合超尘表，家诫何心办越装。
江左夷吾人尽识，得观全豹许斟量。

琼林瑶树冠当时，器度能容寸管窥。
挥麈敢邀濬冲赏①，盗牛莫使彦方知。

① 编者按："濬冲"，原作濬仲。考濬冲即晋代"竹林七贤"中王戎之字，可见"仲"系"冲"之讹，据改。

临书早脱腹中稿，入夜还摩道左碑。
世守青箱家学盛，三槐从此位台司。

承沈南季同年赠诗，即次原韵

舟居无水陆无区，天地何心作灶炉。
铁网已曾经一拔，绦笼焉用苦相拘。
毕生愿化桐花鸟，有志羞为伏枥驹。
明日别君西楚去，鄱阳湖接洞庭湖。

岂是浮沉夷惠间，忙中草草惯偷闲。
何妨出入由于窦，自有乾坤即此山。
榻为故人悬不解，门因俗客设常关。
他时若过南湖畔，里巷镌名记姓颜。

闻同年张雪书掌坊奉命督学粤东，却寄

红笺名纸记当年，便隔金泥敢并肩。
玉尺抡才江左盛[1]，冰壶校士岭南专。
元和声价留清秘，承旨谈经近御筵。
老友叮咛无别语，求贤若渴慎临渊。

谁言前事后之师，欲起声名在此时。
大海狂澜容易挽，荒田芜秽不难治。
立身自信夷兼惠，处世休过亢与卑。

---

① 原注：“前典试江南。”

圣世怜才情最切，青云一蹷到台司。

访南康司马蒋萝村

半刺青牛骥足先，匡庐记德口碑传。
昔年治谱看藩岳，此日廉声并颍川。
山水从容闲啸咏，友朋欢晏是因缘。
定西家世原勾乘，梓里千秋事可镌①。

太平别驾仇学周为同年沧柱阁学令侄，奉督抚命买米江右，喜遇于此

日月湖西西子湖，曾随大阮跃天衢。
通门两世闻高躅，半刺三山异俗儒。
喜见龙文成末契，每思石友已中枢。
帆樯一幅逢倾盖，白发萧萧拨冷炉。

袁凤揽以诗见投，和韵答之

自惭俭腹噪空雷，山水因缘风月陪。
名士关心欣一面，好诗多读约千回。
天寒爱就南荣日，岁晚愁萦娄尾杯。
书罢名笺思侧里，那从人觅夜明苔。

燕石何堪比日华，临江不敢赋怀沙。

① 原注："令祖原籍浙江诸暨人。"

入关南去寻芳草，乘兴西来看落霞。
寂漠生涯甘剩炙，徘徊泽国式鸣蛙。
如君意气高千丈，肯斗人间锦上花。

奉新庄省堂明府

簪笏相传物望尊，清于三峡泻词源。
盛朝富庶过天宝，巨手文章溯漆园。
作吏严明如谷响，对人谈笑得春温。
兰陵美酒盈千斛，许向驺前共竹根。

谒故人董特瀛先生督学西江

（一）

昔年仙吏去仍回，金石丝桐作赋才。
委羽山前天姥洞，闻琴桥下伯牙台。
宦游所至凭歌啸，政事余闲待剪裁。
此日采将名胜地，好供水镜细敲推。

（二）

官评物望借铨衡，方驾裴王量不盈。
风月坐谈无可间，尘埃满榻抑何清。
五云昼见琼林宴，一夕传来玉笋名。
圣主得人经两试，凤鸾接翅尽门生。

（三）

丹诏新衔自玉堂，衡文江右矢冰霜。

雷声腾出千人口，文焰高于万仞冈。
取士先须求结绿，抡才何必限骊黄。
从来妙手逢青眼，破壁飞如颖处囊。

（四）

忆别春明廿载零，出逢歧路发星星。
谪居塞外仍重足，归卧山中只半丁。
恃有鸡坛相揖语，敢邀兰谱两忘形。
老年最苦无锥立，大海浮沉一叶萍。

奉访世执杨威远先生

爰作逍遥物外游，风期俊迈四君俦。
驰声辇毂人争识，退迹江湖志自求。
缓急扣门谁可恃，有无一诺孰为筹①。
曹刘沈谢从头摸，千古贤豪水乳投。

君之昆仲我之师，休戚何分通塞时。
得失一官如敝屣，门徒相戒守藩篱。
杨津侍坐辞先饭，子柳班贫鲜立锥。
近得五茸消息未，可能常寄草堂资。

叠凤揽韵赠潘雨苍四哥

凌云可许附陈雷，狂态如臣忝作陪。

① 编者按："孰"，原误作"熟"，径改。

珠海相逢谈未竟，玉台一别驾先回。
非因弹铗留残岁，无限伤心付此杯。
闻有专房如络秀，待趋汤饼踏莓苔。

少年豪兴喜繁华，一旦闲鸥卧浅沙。
裁句工时惭锦绣，入山深处觅烟霞。
客居愿饱榆糜粥，草阁愁听鼓吹蛙。
待到陌头杨柳色，春来无处不飞花。

又叠韵赠尹靖公同学兄

官场羞说禹门雷，玉趾临轩伴食陪。
早是贤关看不透，未经百折已思回。
心伤世事同棋局，恨塞胸堂借酒杯。
愿得素心谈往事，隔篱为尔破苍苔。

年来无事叹荏华，欲长蓬蒿不聚沙。
盖世功名终辟谷，半生经济学餐霞。
何须知往求乾鹊，堪笑今人尽井蛙。
独有先生明出处，眼前朱紫等菱花。

寄别杨人庵将军

贤豪知遇事非轻，烛影高悬引旆旌。
丹石寸心倾斗府，青云万里骤王城。
渴呼鹿血醍醐味，手拓弓弦霹雳声。
夕脱羊裘朝佩玉，腰间金印大如罂。

羞杀崔家百万铜，出关谁识弃繻翁。
宠邀锡命封王父，日觐天颜侍泽宫。
忠孝于今难比拟，班资到此极尊荣。
高车驷马看谁在，独有钱愚弗与通。

大戟毛锥武与文，为霖为阃两平分。
牧颇在禁均元老，平勃交欢代北军。
儒将怜才香共惜，元戎爱士马空群。
萧萧两鬓摧颓甚，犹向人前作齿芬。

西江写不尽瘢痍，退迹江湖誓守雌。
知己片言诚可感，有文百轴自相随。
春冰欲泮谈何娓，秋月相依人更宜。
他日八驺能见访，南湖一曲稳栖迟。

世执段百维先生初莅西江驿盐道

连辖东湖事出群，源清流洁溯绫纹。
名均日月波源阔①，水号炎凉意不分②。
欲泛剡溪违画楫③，恰从南浦傍卿云。
扫门便倒迎宾屣，顾借馀光仰德熏。

---

① 原注："四明章门有两东湖，两日月湖。"
② 原注："冷暖二泉，同出一水。"
③ 原注："公宦浙时不及奉访。"

曲盖朱幢翠羽旄，襜帷不蔽有谁挠。
权衡盐策输商困[①]，对勘铜符省驿骚。
万里青云年尚少，一围玉带位逾高。
飞谈胜气连朝雾，凤翮抟风上九霄。

杨又东公子元娶王麓台阁学令爱，今续配即其女侄，合卺之夕，为赋却扇诗

遴选名材赋析薪，孰如扬亿摘星辰。
高门坦腹逢双璧，有女乘龙并一人。
大小姨夫非亚婿，后先仆射属良姻。
二乔往事休夸美，欧九分明再现身。

欲续琴声第一弦，八蚕抽茧绪绵绵。
闺联朋友金兰似，调叶君臣鱼水缘。
对影灯前亲旖旎，合欢扇底露婵娟。
算来恰值中秋会，稳卜宜男耀鬓蝉。

题董友《烧丹图》

服食丹砂总学仙，庐山深处结人缘。
何如卖药多栽杏，董奉家风有嫡传。

友人毛虎臣于幕中纳宠，诗以嘲之

新年犹未入耆英，聘得佳人正烂盈。

① 编者按："商"，殆为"商"之讹，径改。

十载鳏鱼谁过问，枕边微听唤卿卿。

幕府莲花恰并头，鸳鸯池上荡轻舟①。
双茎红白交相映，解语从来爱胜流。

香闺兰友喜同斟，灯下重调绿绮琴。
昨夜茂陵新却扇，更无人唱白头吟。

手裁口答岂才穷，游戏文人造化功。
不为榴房贪结子，口脂一滴愈头风。

读李节母九十考终事，不胜艳羡，特为赋此

见说文孙孝感虔，那能读竟蓼莪篇。
一身仰事承三代，百岁将登见六传。
里巷口碑如沸鼎，门庭掉楔已冲天②。
只今节寿流芳躅，千古人称母德贤。

题吕振宗《散花图》

袈裟露顶一瞿昙，佛法无多仔细参。
不现如来金色友，几乎错认普明龛。

谁辨前身与后身，真中疑假假疑真。
紫衣禅客今生果，红粉佳人未了因。

---

① 编者按："鸯"原作"央"，据诗意应为"鸯"之讹，径改。

② 编者按："掉楔"，当即"绰楔"之讹，"绰楔"指古时竖于正门两边，用以表彰孝义的木柱，与本诗诗义正相吻合。

寄老友邵柯亭失官昌邑

贫贱交情耐久朋，每于别后想东陵。
不因人热情非矫，间亦书空泪满膺。
蔡琰品弦分燥湿，易牙辨味别淄渑。
百年自许心期久，只有寒号可语冰。

菜根滋味续书香，最羡高门著义方。
沉默浑深名自顾，瑶环瑜珥意差强。
早思结绶同标榜，其那离群各老苍。
千里素心凭一纸，何时重会话江乡。

乐山乃殿先长君也，相遇灌城①

故人之子遇滕王，话旧班荆各异乡。
塞外春秋凭草木，归与湖海托津梁。
已知得失同春梦，犹自飞鸣痛故疮。
闻说谢庭多玉树，管中触目见琳琅。

自古文人器识先，出山无异在山泉。
圭璋比德光难掩，机杼成章志倍坚。
官纸不书真令子，老成难得是青年。
相传家学源流远，椿桂声名即力田。

---

① 编者按："殿先"，目录作"柯亭"，未知孰是，或"殿先"即"柯亭"，俟考。

题雪樵侄画尹靖公灯上兰竹

谁道无人谷自芳，偶乘浓艳热中肠。
燕侄久叶青青梦，试与庭阶斗国香。
仙姿九畹碧丛丛，一到深秋色渐红。
罗绮宫中争买得，不盛磁斗却纱笼。
白描好手胜雕镌①，潇碧堂前早署衔。
留得渭川真影在，饱看画栋也生馋。
肃疏过过似便娟，爱与清流结胜缘。
冒雪停霜空色相，不劳钻火亦能燃。

答袁凤览《采茶歌》②

袁山之名何所始，高士袁京曾辟此。
峰回路转着屐登，太守来兹五年矣。
俭府莲花应阮才，终朝握管对庭梅。
不爱狂花□水厄③，一朝贾客呈惊雷。
仙掌龙团随地产，郢复襄唐齐入选。
比君阳羡造更佳，绿脚云垂方蟹眼。
作歌歌出金石声，老痴论难锋相生。
介桥一出世无价，硕渚春前敢抗衡。
我闻太守家日铸，园亭亦种清人树。
卢仝七碗腋生风，陆羽三篇手自注。

---

① 原注：“企贤侄留心金石篆籀之学。”
② 编者按：“凤览”，前文作“凤揽”，未知孰是，俟考。
③ 编者按：“□”原字不规范，作“甘”，殆为“甘”字。

吁嗟乎，榷茶使者号茶纲，
中盐输帛备饥荒。
年年驿递诛求尽，何似多栽陌上桑。

赠九江府太守朱敬威

名胜从来少俗吏，清风明月差强意。
箕颖高怀独往还，绝口不谈当世事。
腰折五斗耻为官，太守焉能折简致。
王弘载酒托故人，追随微服游山寺。
情投意合两相忘，九日篱边白衣至。
丈夫肝胆岂易倾，□① 为心知拼烂醉。
千秋佳话世所传，岂料南阳复遇此。
尚书之侄恒屡空，布囊敝簧豆两器。
羊肠马瘠老浔阳，二十年来称卧治。
讼庭闲暇朗吟诗，廊庙常怀山水志。
何家残客孰敢干，一榻空悬待徐穉。
西陵有客倦于游，快然堂上逢刺史。
一言投洽蔼生春，戛石敲金成鼓吹。
明朝襆被又何之，喜得匡庐东道主。
嗟嗟王弘朱博互相辉，可怜世上无栗里。

尹靖公连举二子，诗以贺之

一样宜男不少偏，宁馨家种略分先。

① 编者按：此字原本漫漶，故以□代之。

征兰叶梦多奇骨，有鹤从空并集肩。
岂必珠玑生老蚌，自来瑜耳产蓝田。
眼看谟颉成名士，门户方知络秀贤。

君是天边南极星，偶来尘世主山灵。
回思乃祖科名谱，况守家尊忠孝铭。
慷慨一生成季诺，逍遥六甲历尧蓂。
江皋解佩逢仙女，小弄神通送二铃。

题企贤侄《乘槎图》

海上星槎一叶多，张骞乘此犯天河。
济川本是男儿事，只手能回万里波。

置身沆漭渺难俦，浴日包天水积浮。
习坎乘虚行有止，金汤恃尔作安流。

陈廷求以《月夜闻笛》诗见示，依韵答之

七言长似五言城，描写梅花入骨清。
慈母山前吹断续，天津桥上听分明。
倚楼欲唤离人枕，乘月能移逆旅情。
贾客不须频怅望，鱼龙喷跃夜涛鸣。

嘲袁凤览腰痛

才高莫怨命坚顽，因病今朝翻得闲。

折臂尚符黄阁谶，曲钩应有紫泥颁。
发肤小损犹生痛，肩臂相连那不关。
梦想香粳同缩项，午余摊饭小欢颜。

四枝欲举不胜衣，僵卧藤床怕指挥。
料是苦吟移带孔，岂因清饿减金围。
木犹有理从绳直，俗不能医羡义肥。
借得神针刚一服，霍然病已喜投机。

企贤侄以《点笔轩印谱》索题

莫谓雕虫壮不为，金标玉版兴淋漓。
周宣大篆风斯古，程邈方书学者规。
大帝雨珠防粟贵，深宵鬼哭□机危。
文人游艺先依据，次第工夫似累丝。

附录

顾永年

顾永年，字九恒，号桐村，仁和人，钱塘籍。康熙乙丑进士，官华亭知县，有《长庆堂集》、《梅东草堂集》……年十二补诸生，名誉日起，成进士后，作吏西陲，以吾乡漕运事为言者所中，编管奉天。康熙丙子，仁庙自将征噶尔丹，诏戍者运粮军前赎罪。桐村遣其子栋代行，遂得释……自后奔走南北，以觅衣食，家固无负郭一亩也。

（据吴颢《国朝杭郡诗辑》卷四移录）

顾永年

顾永年，字九恒，号桐村，浙江钱塘人。丁澎之婿。康熙二十四年进士。三十年授甘肃华亭知县，还未来得及赴任，恰值漕运总督董讷被给事中何楷弹劾失势，而永年曾为董讷幕僚，受此案牵连，于三十一年被遣戍奉天。在戍所与杨瑄父子交谊尤深。自谓“逐客尚多妻子累，一身苦为稻粱谋”（《初至留都访友》），“可怜雪面迎风穴，翻令香肌拥铁衾”（《偕室人郑氏出塞于今三年矣作此慰之》），可见其生活的窘境。

先是，准噶尔部噶尔丹以追击喀尔喀部蒙古为名举兵叛乱，康熙帝曾经三次亲征。为了加速消灭叛乱势力，康熙三十五年，清廷曾颁布捐粟赎罪令。顾永年闻讯，为了获释回归，就命次子顾栋往前线运送粮草。

顾栋，字工抡，“性纯孝”，当其父遣戍时，曾“请以身代”，未获清廷允准。这时听说颁发捐粟赎罪例，慨然前往。临行时，顾永年曾赋《次儿栋代运北征》四首诗。其四云：

> 我居辽东西，三月冰尚涸。
> 况涉漠北庭，草木萌未吐。
> 千里拥流沙，马嘶不敢渡。
> 朔风昼悲号，黄尘蔽欲暮……

这是顾永年对其子北征途中艰苦环境的设想与描绘，最后则指出此举“志不图封侯，图此骨肉聚”，写得很是动人。

顾栋“备尝险阻，挽运至三十六台，督运者奇之”①。于是顾氏全家得以释归。此后顾永年“奔走南北，以觅衣食，家固无负郭一亩也”②。数年之后，永年病卒，顾栋“哀号不已，呕血数升而卒”③。

顾永年先刻有《长庆堂集》，已佚，今传《梅东草堂诗》7卷。

（据李兴盛《增订东北流人史》第321—322页移录）

顾　栋

顾栋，字工抡，仁和人。《浙人诗存》：先生性纯孝，父戍奉天，请以身代。时征噶尔丹，例得运饷纳赎。先生备尝险阻，挽

---

① 《两浙輶轩续录》卷三。
② 《两浙輶轩续录》卷三。
③ 《国朝杭郡诗辑》卷四。

运至三十六台，督运者奇之。旋里数年，父殁，哀号不已，呕血数升而卒……墓在钱塘万松岭。

（据《两浙辅轩续录》卷三移录）

《梅东草堂诗》七卷

顾永年，字桐村，钱唐人，康熙二十四年进士，官平凉华亭知县，先是董讷官漕运总督。永年在幕中。傅拉腊为明珠报仇，以讷与郭琇党比，欲借永年以撼讷，永年以一身任之。壬申康熙三十一年发遣奉天。居五年，援噶尔旦军前运粮草例，始得释还，自后以文字游四方，先刻《长庆堂集》已佚，乃辑戊午康熙十七年后诗为《梅东草堂诗》七卷，以《纪哀诗》二十首见称于姜宸英，谓为汉魏之音。余多学白苏，不免率易，然有气局。永年少从陈祚明学，长受知于王士禛，游粤时，罄囊资以刻祚明《古诗选》、士禛《居易录》，为人所难。

（据邓之诚《清诗纪事初编》卷七移录）

《梅东草堂诗》九卷　康熙间澡雪轩刻本

顾永年撰。永年字九恒，号桐村，浙江仁和人。受知于王士禛。康熙二十四年进士，官陕西华亭知县。居董讷漕运总督幕，坐事发戍奉天五年。康熙三十五年，征噶尔丹，诏戍者运粮军前赎罪，永年遣其子栋代行，遂得释。晚奔走燕鲁、闽粤，以谋衣食，四十七年，归里。是集自辑，为康熙十七年至四十八年诗，有翁嵩年、孙致弥、张英序。张序称永年四十余始成进士，生年当在明清之交。读《漕幕即事》、《北征》、《纪哀二十首》、《次儿栋代运北征》诸篇，谪戍与释还经过，已略可知。为诗沉郁顿挫。《题王叔明画》八首、《题吕纪鹌鹑图》、《题黄尊古画》、《题查声山庶常写经图》、《送汤西崖游粤西》，笔端有豪特之气。咏北京、济南、广州诸胜，《登济宁太白楼》、《羚羊峡》、《七星岩》、《渡琼州》等篇，亦有高韵。归里后，老而渐颓。卷九酬俗，无足采。翁序称其诗“未尝规橅唐宋，率性而行。是任才使气，方为佳耳”。《送洪昉思游大梁》云：“津亭握手共离觞，匹马长征犯晓霜。衰草连天风飒飒，冻云垂野日荒荒。频年作客凋双鬓，到处题诗挂一囊。岁晚兔园霏雪满，多才司马正游梁。”盖洪昇、翁嵩年均为永年中表兄弟也。

（据袁行云《清人诗集叙录》卷十三移录）

《梅东草堂集》

顾永年撰。永年生于崇祯十二年（1639），卒年不详。字九恒，号桐村，浙江钱塘人。丁澎婿。康熙二十四年进士，官华亭知县。尝入漕运总督董讷幕，以董讷事为傅拉腊所中伤，于康熙三十一年发遣奉天，三十五年助征噶尔丹，以戍者运粮军前赎罪获释。所著先有《长庆堂集》，佚而不存。后辑为《梅东草堂诗集》，共九卷，康熙四十七年澡雪轩刻，中国国家图书馆藏。自谓此编“戊午（康熙十七年）至庚午（二十九年）数年来诗十之三，辛未（三十年）以后出关入关十六年中诗十之七，皆悔吝忧虞、淋漓感慨、穷困愁苦之句居多”。首列张英、盛远、翁嵩年及孙致弥序，序多作于康熙四十七年。诗编年，止于康熙四十八年。最后一年之诗及末卷留别二十四首乃续刻。永年晚以觅食奔走南北，诗多纪实有情之作。张英称其诗“风格浑厚，旨远词新”。翁嵩年则谓其诗“有沉郁顿挫之致，亦有尽态极妍之姿”。《李若予七十》诗作于戊子，云“同是古稀客，相呼名卯君”，康熙四十八年则年已七十有一。

（据柯愈春《清人诗文集总目提要》卷十移录）

《梅东草堂诗集》盛远序原稿

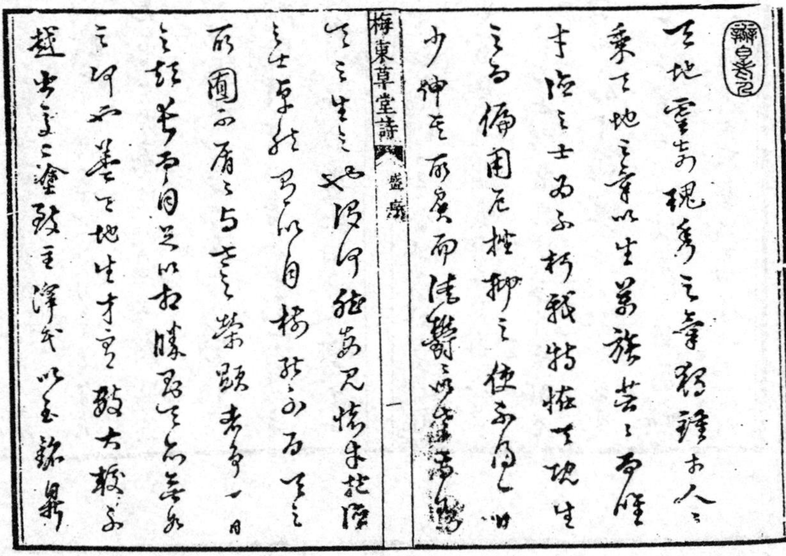

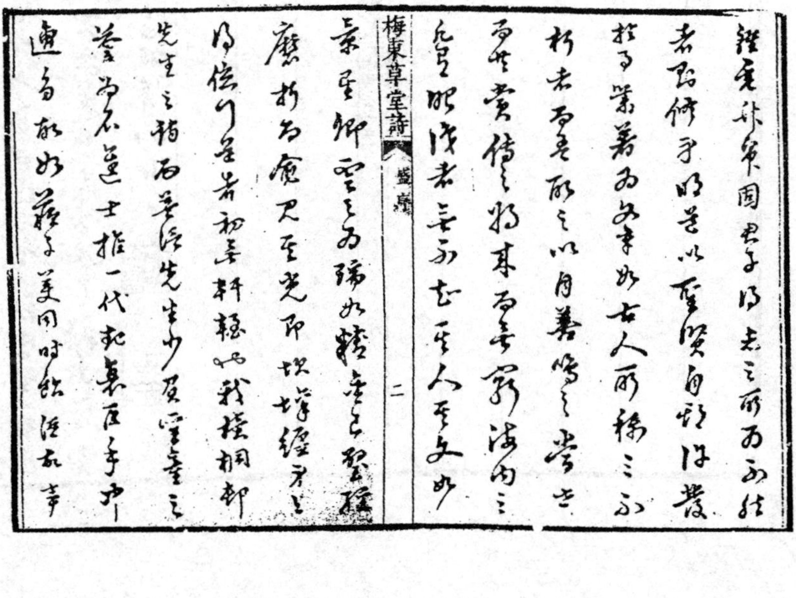

意不在子虚而子美先以称其居
悲慨致身诗善沉郁其言多亢
以作傀儡七步无情以后思亲情哀
可哀而陈之乎无不数之于诗我等
素耕先生平所著不下数万言
皆选录一编于举世时多人穷生不

梅東草堂詩 盛京 三

海记性能之详了了观止之深矣以视
人古之富贵而泯没者何能胜其能居者
生于一时而不能居先生于千古能居
先生以舒任之通塞而不能危先生
以荣名厚实而已然诗文之自所谓
情和抱负之士能卓然自树者亦不多也

之可知也易曰困而亨知其亨者乃
亨　素耕莫逆先生勉之辞未庭东
生书时年八十

梅東草堂詩 盛京 四

柳边纪略

(清)杨宾　著

自 序

中原土地之入郡县者，其山川、方域、建置、物产、风俗、灾祥之类，皆有文以书之。书而不能尽与所不及书者，则征之逸民、遗老，所谓献者是也。文献备而郡县之志成。若乃不入郡县之地，虽声教已通，而地土不毛，人民稀少，中原之人偶一至焉，皆出九死一生，呻吟愁苦之余，谁复留一字以传？若冷山之《松漠纪闻》，五国城之《南烬纪闻》，英宗北狩之《革书》，亦绝无而仅有之作耳。然《南烬》所载道里、方域，与《金史》不同，又极诋朱后，前辈多言其伪。而《松漠》、《革书》之所记，亦甚寥寥，不足比于郡县之志者，何也？无文献以助之也。

宁古塔在五国城、冷山之间，明时隶奴儿干都司，所谓不入郡县之地也。今虽与盛京唇齿，如丰沛之于竹芒，然耕者绝少，弥望无庐舍，常行数日不见一人，与前代等。康熙初，先子坐张、魏之狱，徙于此，倡满汉人耕与贾，而教之以礼义，若无所苦者。然九死余生，加以国破家亡之感，愤懑抑郁，发为诗歌，往往惊其座人，不以为怪，则以为不祥，于是投笔焚砚，不复有所书。余年十三，离先子，奉先王母于江浙间，丧葬讫，年已四十矣，然后出塞。居未数月，又以事遣归。当其出塞也，日有白云亲舍之思，而又阴风朔霰，皲瘃其肌肤，耳鼻手指一触辄堕地。入阿稽则万木蔽天，山魈怪鸟叫嗥应答，丧人胆。断冰古雪胶树石，不受马蹄。马蹶而仆者再，触石破颅，血流数升而死，死半日乃复苏，苏久之，犹不知在人世间。方是时，辽阳、松、杏、大小凌河诸战场，南北关、木叶、老边、混同、呼里改诸厄塞，皆跋涉于呻吟愁苦之中。

及其至也，喜极而悲，日侍两亲，供三十年子职于数月之间，尚何心求宁古塔之文献而书之哉。迨后先子即世，归葬于中原，回念耳目之所闻见，有宜书者：卫所之设虽自成、宣、英三朝，然中原无往者，传闻多不详。如长白山在宁古塔南，旧图皆画于其北，山半一潭，周三十里弱，而《大明一统志》则云八十里，如此舛谬者甚多，更有求其舛谬而不可得者，一宜书。先子谪居久，变其国俗，不异于管宁、王烈之居〔辽〕东，宁古塔〔人〕至今悲思之，二宜书。边内郡县既有志矣，边以外不设郡县，无志，又无他所记载如《松漠纪闻》者，而余适过之，三宜书。文字虽无，而余所遇老兵宿将，其言有可采者；又先子至其地在三十年前，所见三十年前之老兵宿将，是即其地之献也，而余亦得闻其言于先子，四宜书。泉甘土肥，物产如参、貂，非中国有；楛矢自孔子后，谁复能辨之？地又在辽东三卫外，可城郭非他羁縻者比，五宜书。夫地在异国，虽不宜书，好事者犹将书之，况有此五宜书，余又安敢不书？此《柳边纪略》之所以作也。

柳边者，插柳条为边，犹古之种榆为塞。而以之名其书者，以柳边为宁古塔境也。若黑龙江则附宁古塔者也，亦得书。奉天则补其志之缺者也，亦牵连书之，而省觐之诗附焉。虽其山川、建置、风俗、灾祥，率多未备，不敢比于中原郡县之志，或以其出于呻吟愁苦之余，而附于洪忠宣《松漠纪闻》之后，斯幸矣。

卷　一*

自古边塞种榆，故曰“榆塞”。今辽东皆插柳条为边，高者三四尺，低者一二尺，若中土之竹篱，而掘壕于其外，人呼为“柳条边”，又曰“条子边”。

〔条子边〕西自长城起，东至船厂止，北自威远堡门起，南至凤凰山止[①]，设边门二十一座：曰凤凰城门，曰爱哈门，曰兴京边门，曰加木禅门，曰英额门，曰威远堡门，曰发库门，曰彰武台门，曰白土厂门，曰清河门，曰九官台门，曰松岭子门，曰长岭山门，曰新台门，曰黑山口门，曰高台堡门，曰平川营门，曰布儿德库苏把儿汉门，曰黑儿苏门，曰易屯门，曰发忒哈门，此《盛京志》所载者也。而《会典》则又称，西自长城起，东至喇林山止，设边门十四座：曰名水堂门，曰宽邦门，曰碾盘沟门，曰新台门，曰松岭门，曰九官台门，曰清河门，曰白土厂门，曰章古台门，曰法库门，曰布尔都库苏巴尔汉门，曰黑尔苏门，曰衣屯门，曰法忒汉门。北自威远门堡起：曰威远门，曰英额口门，曰因登门，曰碱厂门，曰叆阳门，曰凤凰城门，凡六门，共二十门，(较之《京志》)〔较《志》〕则少门一，而不同者九。盖《志》

---

* 编者按：铁岭杨霈慰农编，武进吴保徵、津门姚承丰校刊，津门史乐善、葛毓琦参校。卷二、三、四同。另，《塞外草》亦同此。

又按：本书之整理系以筠石钞本为底本，校以《杨宾集》本（实自定本)、《仰视》本，凡方括号内校文未标明之版本，均为《杨宾集》本，《仰视》本则另外标明。

纂于康熙初，而《会典》成于康熙二十六年，是《会典》在后矣，当以《会典》为正[2]。每门设苏喇章京一员，笔帖式一员，披甲十名。

盛京城，周九里三百三十二步，明洪武二十一年，指挥闵忠因旧址筑四门。大清天聪五年，增高一丈，拓大三百步，周共十里二百七十二步。康熙十九年，筑关墙，周围三十二里四十八步，高七尺五寸。门改为八：〔大〕东曰抚近，小东曰内治，大南曰德盛，小南曰天祐，大西曰怀远，小西曰外攘，大北曰福胜，小北曰地载，外书满文，内书汉文，不似今之满汉左右书也。城中有钟、鼓二楼，百货集其下。

皇城在南门内，规模虽小，金碧亦可观。中宫曰清宁宫，东宫曰关雎宫，西宫曰麟趾宫，次东宫曰衍庆宫，次西宫曰永福宫。楼曰翔凤，阁曰飞龙，正殿曰崇政殿，大门曰大清门，东曰东翊门，西曰西翊门，大殿曰笃恭殿，东坊曰文德，西坊曰武功[3]。城左有圆殿一，正中脊高二丈，基高尺许，大如高之半。左右小圆殿各五，基与地等，脊高丈许，大亦半之，太祖率诸贝勒受朝贺处也。

盛京西六十里有土墙基，号曰老边，疑即明朝失辽阳后边墙。

东北柳条边内外设将军三：曰盛京将军，曰宁古塔将军，曰爱浑将军[4]。府尹一，曰奉天府尹。盛京将军、奉天府尹所属：东至兴京，西至山海关永平府界，南至海，北至发忒（哈）〔汉〕门柳条边，东北至威远堡门。设京二：曰兴京[5]、曰盛京[6]；府二：曰奉天府[7]，曰锦州府[8]；州三：曰辽阳州[9]，曰宁远州[10]，曰金州[11]；县七：曰承德[12]，曰海城[13]，曰盖平[14]，曰开原[15]，曰铁岭[16]，曰锦[17]，曰广宁[18]；城一：曰凤凰[19]。以上皆入版图。宁古塔将军所属：东至东海，东南至希喀塔山海界，东北至飞牙喀海界，西至威远堡盛京界，南至土门江朝鲜界，北至发忒哈边。爱浑将军所属：东至海，西至你不楮阿罗斯界，南至宁古塔界，北至海。

以上不设郡县，无版图，羁縻之国居多焉。

明时，辽镇建敌台一千三百三十三座[20]，路台二百二十八座[21]。当初建时，量地冲缓，缓者五里一台，冲者二三里一台。而所谓路台者，高三丈五尺，周围四十丈，体圆，以大砖为之，上置铺楼、垛口。每台设守军五名，专纳行旅、居民之遇敌者也。今自山海关至宁远州，依然星罗棋布，完好若新。自宁远州至奉天府，或五里一台，或十余里一台[22]。自奉天至威远堡柳条边，则数十里一台，而又残毁过半。土人云：天聪间增城奉天，取材于此故也。

山海关，唐太宗时筑城五，所谓五花城是也。元时为迁民镇。明洪武十四年，大将军徐公达建山海关城堡一座，周九里，高三丈五尺。又建山海卫，领所八，设指挥十三员，千户十九员，百户二十三员，镇抚二员，经历一员。宣德九年，置守关兵部分司，设主事一员。嘉靖四年，设巡关御史一员，隆庆二年裁革。三年建山海关营，属蓟镇，设参将一员，领中军一员，千把总五员，额兵一千四百一名，尖哨三十名，夜不收三十名，额马骡二百四头。关外即属辽镇，设二十五卫[23]，分屯重兵[24]，则此关固东北一咽喉也，额曰“天下第一关”，有自来矣。今则设和敦大一员，佐领八员，骁骑八员，兵三百六十四名，移永平府通判一员，讥过客，搜参貂而已[25]。

凡出关者，旗人须本旗固山额真送牌子至兵部起满文票；汉人则呈请兵部，或随便印官衙门起汉文票。至关，旗人赴和敦大北衙记档验放；汉人赴通判南衙记档验放。或有汉人附满洲起票者，冒苦独力等辈，至北衙亦放行矣。进关者，如出时记有档案，搜检参貂之后，查销放进。否则汉人赴附关衙门起票，从南衙验进。旗人赴北衙记档即进。盖自外入关，旗人便于他时，销档而出，不必更起部票也。至于人参，唯朝廷及王公岁额得入，余皆不得入，入者死。是以参贾不敢公行，向赂守者，或夜逾城入，或昼压草车、粮车诈入。康熙己巳、庚午间，天子屡责守关吏，或死或徙，赂不行，乃从他口入，亦有泛海自天津、登州来者矣。而关口之搜检愈严，虽裈中不免。貂禁稍宽，然恐其携一等貂来[26]，过必查阅，少而丑则已，多且佳必解部，拔一等者送内务府，余则官卖，价给主。

长城东尽处曰大龙头，西尽处曰大龙尾，皆有石碑，刻大字嵌城上。大龙头，土人呼为老龙头，上有望海楼，或有游宴其中者。楼前有石碑，大书“一勺之多”四字。

山海关外三里曰凄惶岭，又曰欢喜岭，盖东行者至此凄惶，而西还者至此则欢喜也。又五里曰毛家山，南即望夫石，贞女祠在其上。余骤马观之，像一妇木龛中，作凄恻状，乃所谓许氏孟姜者也。有联云：“秦王安在哉？万里长城筑怨；姜女未亡也，千秋片石铭贞。”祠南里许，为姜女坟，或曰坟在海中，不可即。

松山、杏山城，皆大清踏毁。杏山城外有古壕三道，同行老满洲曰：“此我辈围城时所掘也。”按明崇祯十四年[27]，锦州、松、杏，皆被掘壕围困[28]，今他处无迹，而杏山独存，何耶？

十三山在锦县境内，医巫闾山南，去大凌河三十里，（直）〔置〕十三站，辽显州地也[29]。山不高大，而峰十有三，锋棱若削，离立如人。《扈从东巡日录》所谓若研山〔者〕也。上有潭，下有洞，可避兵。金太常蔡珪诗云：“闾山尽处十三山，溪曲人家画幅间。”高供奉士奇康熙壬戌四月壬寅扈从过此，犹见山下人家，但无溪水，今则并无人迹矣。

古咸州应在开原站、威远堡之间。按《松漠纪闻》，咸州至沈州二百十里，今自奉天记里至开原站，得二百五里，虽古今道里未能尽合，然大要不甚相远也。

黄龙府《盛京志》作开原县，按《金史·地理志》：天眷三年改黄龙府为济州，而《娄室墓碑》载，室葬于济州之东南奥吉里。今其墓在船厂西二百里之薄屯山，则当日黄龙府治应在今石头河、双阳河之间。又《松漠纪闻》：“黄龙府南百余里曰宾州，州近混同江。”其说亦合。若开原则去混同江六百余里，金太祖安能一渡江即据有之耶？

也合老城在驿路旁，新城亦可望见，俱无人迹。余同行镶白旗摆牙喇常明，新城贝勒后也，谓余曰：“我国因兄弟不睦，各据一城，自相残杀，又政由妇女，以致灭亡。”常明之父白二格，年八十余，少时为太宗臂鹰，今以罪流宁古塔，犹能言旧日事，惜老病，又不通汉语，不能详问之也。或曰前大学士明公珠，老城贝勒后云。

船厂即小吴喇，南临混同江，东西北三面，旧有木城。北二百八十九步，东西各二百五十步，东西北各一门。城外凿池，池外筑土墙，周七里一百八十步，东西门各一，北门二[30]，今皆圮，唯东西北三木楼在耳。康熙十五年春，移宁古塔将军镇之。中土流人千余家。西（关）〔门〕百货凑集，旗亭戏馆，无一不有，亦边外一都会也。

船厂设于顺治十八年，昂邦章京萨儿吴代造船于此，所以征俄罗斯也。而鄞县万季野以为即明永乐间船厂[31]，余初未以为然，既而至宁古塔，闻前省中陈敬尹曰：“吾初至小吴喇，尚无造船之命，而穿井辄得败船板，及锈铁钉，又井水或铁臭。”季野之言乃信。

吴喇国旧城[32]，周十五里，四门，内有小城，周二里，东西各一门，中有土台。城临江，江边有庵曰保宁。

长白山[33]在乌喇南千三百余里，高二百里，横亘五之。无树木，惟生丛草，草多白花。山半有石台，可四望。山巅积雪皑皑，五峰环峙。南一峰稍下如门。中有潭，周二十五里[34]。峰顶至潭二百五十丈[35]。潭水南流入海者三：曰土门江，曰鸭绿江，曰佟家江。北流者五：曰赛因讷因河，曰额黑讷因河，曰昂邦土拉库河，曰娘木娘库河，曰阿脊革土拉库河，而总汇于混同江[36]。金大定十二年即山北建庙，册为兴国灵应王。明昌四年册为开天弘圣帝。今康熙十六年遣官确勘[37]，十七年己未，遣官致祭，照明初封五岳例[38]，册为长白山之神。初于宁古塔西南九里温德恒山致祭，今改于船厂城外。春秋仲月初旬，宁古塔将军主祭，盛京礼部遣官读祝文赞礼[39]。

冷山，宋洪忠宣公皓所居也。余于必儿汉必拉北望，相去约数十里，见其积素凝寒，高出众山之上，土人呼为白山，以其无冬夏皆雪也[40]。《松漠纪闻》：“冷山去燕山三千里，去金所都二百余里[41]，去宁江州百七十里。”《扈从东巡日录》：“曷木逖逻[42]东北二百余里为冷山。”余虽未至其下，然以古今道里合之，其为冷山也无疑。

尚阳堡在开原县东四十里，安置罪人，始于天聪七年八月[43]，后以为例。自顺治末改发宁古塔。康熙初又增船厂、黑龙江、席北、白登讷，即有仍照旧例发尚阳堡者，亦止居于奉天府城，而尚阳堡为墟矣。

宁古塔，周曰肃慎氏，汉曰挹娄，六朝属勿吉，在白山、拂涅二部之间[44]。唐初属黑水靺鞨，后属渤海。宋曰生女真[45]。金曰鹘里改路。元曰呼里改万户府，属合兰府水达达路[46]。明属奴儿干都司。宁古塔之名不知始于何时。宁古者，汉言六，塔者，汉言个。相传有老者生六子，遂以之名其地。有指为六祖发祥之地者非[47]。

混同江，一名粟末江，又名速末江，又名宋瓦江，又名松花哩乌喇。松花哩者，汉言天，乌喇者，汉言河，言其大若天河也。混同江之名，改于辽圣宗四年。其源发于长白，北流绕船厂城东南，出边受诺尼江，东注，北受黑龙江，南受乌苏里江，曲折流入大东海。其在船厂东南者，阔三十丈[48]。余去时为己巳十月二十一日，江已冰，乘车过。是日晴和，冰少融见土，余疑为江底，土人曰，江深二丈余，冰上积土，土上复冰，今所融者土上冰耳。

归时为庚午二月二十一日，流澌蔽江，锋甚利，舟不肯渡，余策马从亦拉江径涉。亦拉者，汉言三也。盖尼失哈站下流两沙洲，分江水为三，故以此名。水仅没马腹，余所乘高丽马则没颈，因念金太祖乘赭白马径涉，水及马腹，平平耳，何神异之有[49]。尼失哈站南山上有潭，产小鱼，鱼皆逆鳞，人不敢食。尼失哈者，汉言小鱼，盖地以物名者也。

辽河套在开原西北，旧显州城下，水甘土厚，平地不下万顷。明宣德以前皆属边内，自毕恭立边墙后，遂置境外。嘉、隆间渐为福馀卫头目所据。天命四年，太祖既擒介赛[50]贝勒，喀尔喀[51]举部北徙，此地遂成瓯脱，惜乎不置边内，以之屯种也。

辽东，金州、旅顺口，距山东登、莱甚近，顺风扬帆，一日夜可达。明时运粮运货，往往由此，若永乐、宣德间，海运则自旅顺口径达开原城西老米湾。旧迹犹存，可得而考也。

古宁江州应在今厄黑木站，《扈从东巡日录》指为大吴喇者非是。按《松漠纪闻》：来流河去混同江百十里，而来流城即在宁江州西。《金太祖纪》，十月朔，克宁江州城，次来流城可证。今去混同江东百十里者，正厄黑木站，（第）〔特〕不知何水为来流河故迹，若大吴喇则在混同江边，何百十里之相去耶？

边外多山，戴沙土者曰岭，如欢喜岭、盘头岭之类。戴石者曰拉，亦作（磖）〔今作砬〕，如拉伐、必儿汉必拉之类。平地有树木者曰林，如恶林、王家林之类。山间多树木者曰窝稽，亦曰阿机，《盛京志》作窝集，《实录》作兀集，《秋笳集》作乌稽。如那木窝稽、色出窝稽、朔尔贺绰窝稽之类。瀑布曰发库。平地曰甸子，亦作佃子，如宽甸子，张其哈喇佃子之类。坡陀曰阿懒。山之锐者曰哈达[52]，如山阴哈达之类。

席百，一作西北，又作席北，在船厂边外西南五百余里。土著自言与满洲同祖，而役属于蒙古[53]之科尔沁[54]。凡自船厂往墨儿根、爱浑、黑龙江者由此。按天聪八年十一月，霸奇兰等征黑龙江，命由科尔沁国舅吴克善[55]所属之席北绰尔门地方经过，则为东北冲途也久矣。特以地属外藩，公行劫夺而莫能禁，行旅每视为畏途耳。

黑龙江[56]爱浑城[57]，在船厂东北，后魏时曰黑水部[58]，属勿吉；唐曰黑水靺鞨，置黑水府；金曰合懒路，元曰合兰府水达达路[59]；明曰黑龙江忽黑平寨。大清天命元年八月，太祖命达尔汉、顺科落巴图鲁征之[60]，后朝贡为羁縻国。康熙十三年始筑城。二十二年设将军一员，梅勒章京三员[61]，满洲披甲千人，索伦披甲千人，所谓黑龙江新披甲是也[62]。大船四十，花船七十，桨船十七，而以船厂、宁古塔流人为水手、帮儿，各八百二十四人。二十九年，将军统其半，驻墨儿根以卫索伦。索伦者，属国也[63]，产美貂，号索伦皮，与西北阿罗斯为邻[64]。康熙四年乙巳，阿罗斯率八十余人入索伦部，取貂皮而淫其妇女，卧未觉，宁古塔将军巴海轻骑往袭之，尽歼其军，脱者四人耳。于是筑城于雅克萨，为边患者二十余年。康熙二十八年己巳，天子命舅舅公佟国纲、内大臣索额图往谕祸福，乃毁雅克萨城，退地五百里，以尼不楮为界，而索伦貂乃尽贡内府矣。

虎儿哈河即镜泊下流[65]，金呼里改江也。阔二十丈，源出色出窝稽，绕宁古塔西南，东北折入混同江，汇黑龙、乌苏里二江入海。其水色白味甘，在第二泉上，饮之益人精力，或曰参水也，故能然。

宁古塔西八十里有大石曰德林[66]，在万山中，广二十余里，袤百余里，其平若砥，色或青或黑或绀，或若龟文，或若羊肚，又复嵌空玲珑，马蹄冬冬然，若行鼓上。而曲池横沼，《志》所称如井如池，如盆盂者[67]，莫不冻鱼鳖焉。

宁古塔城，旧在觉罗城北五十二里。康熙五年移于觉罗城西南[68]，今梅勒章京所居者，新城也。新城建，旧城遂废，人呼之为旧街上。

宁古塔四面皆山，虎儿哈河绕其前。木城周二里半，东西南各一门。外为土城，土城本周十里，四面有门，今皆圮，唯临河西南面壁立耳。公衙门及梅勒章京居在木城内，余官兵及民，皆散住东西南土城内，合计不过三四百家。屋皆东南向，立破木为墙[69]，覆以莎草，厚二尺许，草根当檐际若斩绹，大索牵其上，更压以木，蔽风雨，出瓦上。开户多东南[70]。土炕高尺五寸，周南西北三面，空其东，就南北炕头作灶，上下男女，各据炕一面[71]，夜卧南为尊，西次之，北为卑。晓起则叠被褥置一隅，覆以毡或青布。客至共坐其中，不相避。西南窗皆如炕大，糊高丽纸，寒闭暑开。两厢为碾房，为仓房[72]，为楼房[73]。四面立木若城[74]，而以栅为门[75]，或编桦枝，或以横木。庐舍规模，无贵贱皆然，惟有力者，大而整耳。

自混同江至宁古塔，窝稽凡二：曰那木窝稽[76]，曰色出窝稽[77]。那木窝稽四十里，色出窝稽六十里，各有岭界其中，万木参天，排比联络，间不容尺。近有好事者，伐山通道，乃漏天一线。而树根盘错，乱石坑呀，秋冬则冰雪凝结，不受马蹄。春夏高处泥淖数尺，低处汇为波涛，或数日或数十日不得达。蚊虻白戟之类，攒嘬人马，马畏之不前，有死者。乃焚青草，聚烟以驱之；夜据木石，燎火自卫。山魈野鬼啸呼，堕人心胆。馁则咽干粮，或射禽兽，烧而食之。粮尽又无所得，久之水不涸则死矣。凡入窝稽者，必挂一物于树，言笑不敢苟，若斋然。否则多蹭蹬，或曰山神为祟云[78]。

自山海关至十三站，连冈复岭，无径寸之木。自十三站至奉天，平壤为多。自奉天至柳条边，山野相错，或断或续。自柳条边至混同江，冈岭似十三站西，而草木则随地皆有。自混同江东尼失哈站至必儿汉必拉，半属窝稽，崎岖阴惨，不类人间。至沙阑则又别有天地，而宁古塔尤佳。惜四山树木，为居人所伐，郁葱佳气，不似昔年耳！

宁古塔西南六十里沙阑，南有旧城址[79]，大与今京城等。内紫禁城，石砌女墙，下犹完好。内外街道隐然，瓦砾遍地，多金碧色，土人呼为东京。而中原之流寓者，皆指为金之上京，是以《盛京志》作金上京会宁府[80]。余按史志，辽、金东京在今辽阳州，土人之言固非，而《盛京志》亦未可尽信。尝考《金史·地理志》：上京东至胡里改六百三十里，西至肇州五百五十里，北至蒲与路七百里，东南至恤品路一千六百里，至曷懒路一千八百里。又洪忠宣路程：上京三十里至会宁头铺，四十五里至第二铺，三十五里至阿萨铺，四十里至来流河，四十里至报打孛廑铺，七十里至宾州[81]，渡混同江，则是金之上京，确在今宁古塔之西，混同江之东，其去混同江仅二百六十里耳。以今之道里度之，应在色出窝稽左右。而色出窝稽岭上土城址尚在，今人指为金时关门者，安知非是？然则沙阑之金碧犹存者，其殆熙宗天眷以后之北京欤？

威伊克阿林，极东北大山也。上无树木，惟生青苔，厚常三四尺。康熙庚午与阿罗斯分国界，天子命镶蓝旗固山额真巴海等，分三道往视，一从亨乌喇入，一从格林必拉入，一从北海绕入，所见皆同[82]，遂立碑于山上。碑刻满洲、阿罗斯、喀尔喀文。

沙阑城内存石塔一，石观音一。康熙初，观音首脱，鼻端微损，新乡张司空坦公[83]，琢而小之，今高九尺，而石座又三尺余。己巳六月，宁古塔蓝旗固山大巴黑塔阿妈病且死，梦石观音至其家，遗命长子吴达哈为屋以盖之。吴达哈出五十金，属西关吉林下观音庙僧净金董其事。净金又募得数十金。冬十二月入窝稽伐木，庚午二月初六日破土，此余所目击者也。又，往时存一紫石碑，康熙初，大兴刘侍御□□命人往观，其人椎而碎之，取一角还，仅十三字，作四行。首行曰“深契”，次曰“圣”，次曰“儒生盛于东观”，次曰“下瞰阙庭”。书类率更令，盖国学碑也。又土人云：城内虽无居人，远望之犹有王气。城北十余里有两石桥，桥九洞，今石虽圮，柱尚在。又将军安珠瑚使人浚井，得朱漆井亭木方尺，颜色甚鲜。

五国城就徽、钦之死断之，似一城而五国其名者。考《辽史·营卫志》，五国俱有国名，曰剖阿里国、曰盆奴里国、曰奥里米国、曰越里笃国、曰越里吉国，则非聚居一城也明矣。至其地或以为在三万卫北一千里，自此而东分为五国[84]；或以为在羌突里噶尚[85]；或以为在朝鲜北境[86]；或以为去燕京三千八百余里，西上黄龙府二千一百里[87]；或以为宁古塔相近抢头街有旧城址五，疑即是，其说纷纷不一。而余以为徽、钦自徙鹘里改路之后，未闻再徙，则五国城自在鹘里改路境内。而鹘里改者，即虎儿哈、胡里改之变书也。抢头街之说，庶几近之。

黑龙江[88]发源塞北，南流而东，混同江发源长白山，北流而东，虽入海处合而为一，而其源则相去甚远。《金史》世纪称：混同江亦号黑龙，大误。又两江之水，手掬之皆白色，唯远望略如柳汁耳。《金志》及《松漠纪闻》称：掬之则色微黑，皆不可信。

注：

①按：明时辽镇边墙，西北自长城蓟镇界铁场堡起，至东北开原之永宁堡止，共六十八堡，边长一千二百四十八里。东北自开原之镇北堡起，至东南凤凰城堡止，共二十六堡，边长五百二十里。而今之兴京、船厂，则皆明时边外地也。

②按：明时辽镇设关十：辽阳城东南百八十里，通〔朝〕鲜者，曰连山关。叆阳城北三里，曰镇朔关。沈阳城东北，抚顺城东二十里建州互市者，曰抚顺关。开原城东六十里，靖安堡地方，曰广顺关。开原城东七十里，夷人互市者，曰镇北关。开原城西六十里，庆云堡地方，曰新安关。广宁城东北七十里，夷人互市者，曰镇远关；广宁城北八里，曰分水岭关。金州城南一百二十里，通海运者，曰旅顺口关。海州城西南七十里，海运船由此入辽河者，曰梁房口关。设沿边冲要堡一百有三：曰铁场、曰永安、曰背阴障、曰三山营、曰平川营、曰瑞昌、曰高台、曰三道沟、曰新兴营、曰锦川营、曰黑庄窠、曰仙灵寺、曰小团山、曰兴水县、曰白塔峪、曰寨儿山、曰灰

山、曰松山寺、曰沙河儿、曰长岭、曰根木冲，曰大兴、曰大福、曰大镇、曰大胜、曰大茂、曰大定、曰大安、曰大康、曰大平、曰大宁、曰大静、曰大清、曰镇夷、曰镇边、曰镇静、曰镇安、曰镇远、曰镇宁、曰镇武、曰西兴、曰西宁、曰平洋桥、曰东昌、曰东胜、曰长静、曰长宁、曰长定、曰长安、曰长胜、曰长勇、曰长营、曰静远、曰平虏营、曰上榆林、曰十方寺、曰丁字泊、曰宋家泊、曰曾迟、曰镇西、曰彭家湾、曰平定、曰定远、曰庆云、曰古城、曰镇夷、曰清阳、曰永宁、曰镇北、曰威远、曰静安、曰松山、曰柴河、曰抚安、曰白家冲、曰三岔儿、曰曾安、曰东州、曰散羊峪、曰马根单、曰一堵墙、曰清河、曰碱场、曰张其哈、曰双堆儿、曰洒马吉、曰叆阳、曰宽佃子、曰长岭、曰散等、曰长佃子、曰刘官寨、曰汤站、曰凤凰城、曰青台峪、曰镇东、曰镇夷、曰甜水站、曰黄骨岛、曰归服堡、曰红嘴、曰望海窝、曰镇远。

③江南道士苗焦冥君稷守之，时年八十余矣。

④即黑龙江将军。

⑤周、秦属肃慎氏。汉、晋属挹娄。隋属高丽。唐初置燕州，后为渤海大彝震所据，改属定理府。辽、金属沈州。明属建州右卫。在边外，名黑图阿喇城，大清发祥地，天聪八年改为天眷兴京。

⑥《禹贡》：属青州。虞营州地。商属肃慎氏。周属朝鲜。秦辽东郡。汉辽东、乐浪、玄菟三郡地，明帝末为乌桓鲜卑所据，献帝初平三年属公孙度辽东郡地，初平末属曹操。晋改辽东郡为国，领县八。后魏仍为辽东郡。隋没于高句丽。唐高宗平高句丽，置安东大都护府；玄宗时属渤海郡王大祚荣渤海郡地；后十二世孙彝震僭号建定、沈二州，属定理府。辽属东京昭德军。金属东京显德军。元初为沈州，后改沈阳路，属辽阳行中书省。明洪武二十年建沈阳中卫。大清天聪八年改为天眷盛京；顺治元年裁卫所，设驻防官兵。

⑦即盛京，顺治十四年设。

⑧《禹贡》：属冀州。虞、夏属幽州。商属孤竹国，周属燕。秦辽西地。汉无虑望平县地，属辽东郡幽州刺史领之。晋慕容氏西乐郡。唐柳城县，属营州。辽、金锦州临海军，隶中京大定府。元省军县名，止称锦州，隶大宁路。明洪武二十六年，建广宁中、左屯卫。大清康熙三年，改锦州为锦县，

康熙四年仍置锦州府。

⑨周朝鲜界。战国燕地。秦、汉属辽东郡。东汉改辽阳县，属玄菟郡。魏属辽东郡。晋属襄平。隋属高句丽。唐辽州，属安东大都护。渤海改属东平郡。辽初建东平郡，号南京，后改为东京辽阳府。金东京。元辽阳行中书省。明洪武四年，置定辽都卫、辽东卫；八年，改定辽都卫为辽东都指挥使司；十年，改辽东卫为定辽后卫，升前千户所为定辽前卫，左千户所为定辽左卫；十七年，建定辽中卫；十九年，建东宁卫；永乐七年，建自在州。大清顺治元年裁诸卫；十年，置辽阳府辽阳县；十四年除辽阳府名；康熙四年，改县为州，属奉天府。

⑩商孤竹国地。周属燕。秦属辽西郡。汉海阳县地，属辽西郡。晋慕容皝置集宁县。唐瑞州。辽隰州海平军，海阳县地，属来州。金海阳、海滨二县地，属瑞州。元瑞州地，属大宁路。明初本广宁卫地；宣德三年，分置宁远卫。大清顺治元年裁卫；康熙三年置宁远州，属锦州府。

⑪周、秦朝鲜界，本辰韩地。汉属玄菟郡。晋属高句丽。唐初置金州统之，后渤海属杉卢郡。辽复州化成县，后改金州，属蓟州安复军。元初属盖州路，后并入辽阳路。明洪武四年，置金州卫，而中左所则在旅顺口。大清顺治元年裁卫所，十年复为金州，属锦州府。

⑫奉天府附郭。

⑬周、秦属朝鲜，本古南沃沮国。汉初属玄菟郡，后改属乐浪都尉。东汉置都尉，仍封沃沮为侯国。魏属平州。晋属高丽。隋属高丽，为沙卑城。唐李勣平高丽，改置盖州以统之。渤海大氏以为南京南海府。辽海州南海军，隶东京。金澄州，隶东京。元属辽阳路。明洪武九年置海州卫。大清顺治元年裁卫，十年置海城县，属奉天府。

⑭周属朝鲜，本辰韩地。秦燕人卫满所据。汉属玄菟郡。魏属平州。晋属高丽。隋盖牟县。唐盖州，属安东都护。渤海大氏改为辰州。辽辰州奉国军，隶东京。金盖州奉国军，隶东京。元初置盖州路，后并入辽阳路。明洪武九年置盖州卫。大清顺治元年裁卫；康熙四年置盖平县，属奉天府。

⑮周、秦肃慎氏地。汉、晋、隋属扶馀国。唐渤海扶馀府。辽属龙州黄龙府，隶东京。金属隆州利涉军，隶上京会宁府。元初设开原、南京二万户，府治黄龙府；至元二十三年改开原路。明洪武十一年建辽海卫；二十二

年建三万卫；永乐七年建安乐州。大清顺治元年裁卫；康熙四年置开原县，属奉天府。

⑯周、秦肃慎氏地。汉、晋挹娄地。隋越喜国地。唐渤海改为富州，属怀远府。辽银州富国军。金新兴县，隶感平府。元省县，隶如故。明洪武二十一年建铁岭卫。大清顺治元年裁卫；康熙四年置铁岭县，属奉天府。

⑰锦州府附郭。

⑱周初朝鲜界，后属燕。秦属辽西郡。汉东南为无虑、望平二县地，属辽东郡；西北彖县地，属辽西郡。东汉属乌桓。晋属平州。隋属高丽。唐置巫闾守尉都护府。辽东南为显州奉先军，属东京；西北为宜州崇义军，属中京。金置广宁府，又义州崇义军。元置广宁府路，义州因之，属大宁路。明洪武二十五年封建辽王，置广宁护卫；二十六年改为广宁卫，又置广宁前屯卫、广宁右屯卫；二十七年又置广宁中护卫；二十八年置广宁左右护卫。永乐中徙封辽王于湖广，改中护卫为广宁中卫，左护卫为广宁左卫，右护卫为广宁右卫。大清顺治元年悉裁卫所；康熙三年置广宁县，属锦州府。

⑲周、秦朝鲜界，本涉地。汉属玄菟郡。晋隶平州。隋属高丽庆州地。唐平高丽，属安东都护，后渤海据为东京龙原府。辽开州镇国军，属东京。金石城县地，属东京。元属东宁路。明初为凤凰城堡；嘉靖三十七年，因巡按李辅条议，移置定辽右卫。大清顺治元年裁卫，仍称凤凰城；康熙二十□年驻满兵一千名，属兴京。

⑳东路马根单等七堡，四十九座；西路长勇等七堡，八十二座；宽佃子等十四堡，七十四座；开原十一堡，一百二十八座；中固〔等〕三城堡，二十九座；铁岭等六城堡，三十五座；汎河等三城堡，一十六座；懿路〔等〕三城堡，二十一座；沈阳〔等〕六城堡，三十九座；静远等（五）〔后文作六〕城堡，六十一座；镇武等五城堡，五十九座；正安等八城堡，七十九座；义州等十二城堡，百二十座；锦州等十一城堡，九十七座；宁远等二十一城堡，一百五十五座。前屯等二十九城堡，一百一十六座；广宁右屯等四城堡，十一座；金州等二十五城堡，九十五座；复州等六城堡，二十九座；盖州等二十七城堡，八座；海州等四城堡，四十四座。

㉑辽阳等十二城堡，二十四座；开原等十一城堡，七座；中固等三城堡，四座；铁岭等六城堡，七座；汎河等三城堡，八座；懿路等三城堡，十

座；沈阳等六城堡，七座；静远等六城堡，五座；镇武等五城堡，二十七座；义州等十二城堡，八座；锦州等十一城堡，一十七座；宁远等二十一城堡，三十二座；前屯等二十九城堡，三十六座；右屯等四城堡，二十四座；海州等四城堡，一十二座。

㉒明启、祯朝，为大清所毁。

㉓曰定辽中卫、曰定辽左卫、曰定辽前卫、曰定辽后卫、曰东宁卫、曰定辽右卫、曰海州卫、曰盖州卫、曰复州卫、曰金州卫、曰广宁卫、曰广宁左卫、曰广宁右卫、曰广宁中卫、曰义州卫、曰广宁左屯卫、曰广宁右屯卫、曰广宁中屯卫、曰广宁前屯卫、曰广宁后屯卫、曰宁远卫、曰沈阳中卫、曰铁岭卫、曰三万卫、曰辽海卫。

㉔明初设兵一十九万二百余名。万历初存操兵八万六千六百，后东事亟，聚松、杏间者，遂至十三万有奇。辽阳、大凌河失后，尚十一万一千一百余名。

㉕明制：参、貂、材木、鱼鲜之类，皆有禁条。

㉖贡貂分三等。

㉗即崇德六年。

㉘锦州困最久，松山七月，杏山两月。

㉙《辽史》世宗置显州以奉显陵。显陵者，东丹人皇之墓也。人皇王性好读书，不喜射猎，购书数万卷，置医巫闾山绝顶，筑堂曰望海，州在山东南。

㉚康熙十二年建造。

㉛永乐间，发匠卒数千造船，将以开边，未几成祖崩，仁祖即位，罢归。宣德时又造，宣宗崩，乃终罢。

㉜人号大吴喇，以今之船厂亦名吴喇故也。

㉝土名歌尔民商坚阿邻。《山海经》作不咸山。《魏书》及《北史》皆曰徒太山。《唐书》作太白山，或又作白山。

㉞《大明一统志》云：周八十里。《盛京志》云：四十里。吴汉槎《长白山赋》自注云："形如豕肾，纵余五里，横八里。"

㉟康熙十六年丁巳，宁古塔副都统萨不苏奉旨丈量，得此数。

㊱康熙三十年辛未，刑部尚书图那奉旨往绘全图。

㊲内大臣觉罗武等谨题：为遵旨看验长白山事。康熙十六年四月十五

日，内大臣觉罗武，一等侍卫兼亲随侍卫首领臣〔费〕耀色、一等侍卫臣塞护（礼）〔札〕、三等侍卫臣索□，奉上谕："长白山系本朝祖宗发祥之地，今乃无确知之人，尔等四人，前赴镇守兀喇地方将军处，选取识路之人，往看明白，以便酌量行礼。"

臣等钦遵上谕，于五月初五日起行，本月十四日至盛京，十六日由盛京起行，本月二十三日至兀喇地方，转宣上谕于将军等。随查兀喇、宁古塔及兀喇猎户所居村庄等处，俱无确知长白山之人，佥云曾远望见。惟都统尼雅汉之宗族（戭）〔载〕穆布鲁，原系采猎之人，今已老退闲居，称"我辈原在额赫讷阴地方居住，我虽不曾跻长白山之巅，曾闻我父云：如往猎于长白山脚获鹿，肩负以归，途中三宿，第四日可至家。以此度之，长白山离额赫讷阴地方〔当〕不甚遥远，我不知其他"等语。因访问虽不曾至长白山，如赴额赫讷阴地方，水路几日可至，陆路几日可至？亦有知额赫讷阴地方陆路之人否？据管猎户噶喇大额黑等口称：如乘马由陆路前赴额赫讷阴地方，十日可至；如乘小舟由水路而往，途中全无阻滞，二十日可至。倘遇水涨阻滞，难计日期。有猎户喀喇者，知赴额赫讷阴地方陆路等语。臣等随议，每人携三月粮而往，又思或三月粮尽，或马匹倒毙，不能归家，亦不可定，随语镇守宁古塔将军巴海，可载一船米于额赫讷阴地方预备，倘我辈米尽，以便于彼处取用。巴海云：大船不能过松阿里河大险处，当即载米十七小船至额赫讷阴地方预备。

臣等即拟于六月初二日起行，又思由水路而往，倘遇水涨阻滞，稽迟时日，不能即至，因与噶喇大额（赫）〔前文作黑〕约：我辈乘此马匹肥壮，速由陆路往看，俟看过长白山，回时再由水路逆流而上，前赴额赫讷阴地方。约定，臣等带领固山大萨布素于六月初二日起行，经过文德痕河、阿虎山、库勒讷林、初尔萨河、滹沱河、沙布尔堪河、纳丹佛勒地方、辉发江、法河、水敦林、巴克塔河、纳尔浑河、敦敦山、卓龙窝河等处。及至讷阴地方江干，不意噶喇大额赫乘小舟而行，半月程途，七日齐至。因语固山大萨布素："我辈乘小舟，由江中逆流前赴额赫讷阴地方，汝带领官兵马匹，由瓦努河逆流而上，由佛多和河顺流而下，前来额（黑）〔赫〕讷阴相会。"约定，遣发去后，臣等于十一日至额（黑）〔赫〕讷阴地方，固山大萨布素等初十日已至。因前至无路，一望林木，臣等与固山大萨布素商议：令萨布素、闲散章京喀达与识路径之喀喇，带领每旗甲士二名前行，伐木开路；并谕如望见长白山，可将行几日方得望见，有几许路程，相度明确来报，我辈住二日，亦即起行矣。随于十二日遣发前行去后，本日据固山大萨布素差人顾素前来报称："我等别大人们行三十里至一山顶上，望见长白山，不甚遥远，似止有一百七八十里"等语。又续差艾喀来报称："先差人来后，又至一高山顶上，望见长白山甚明，约有百余里，山上见有片片白光"等语。

臣等趁未有雨水之时，急往看验长白山，因留噶喇大额黑督捕珠蚌。于十三日起行，十四日与固山大萨布素等会于树林中，揣摩开路前进。十六日黎明闻鹤鸣六七声；十七日云雾迷漫，不见山在何处，因向鹤鸣处寻路而行，适遇路蹊，由此前进，直至长白山脚下。见一处周围林密，中央平地而圆，有草无木，前面有水，其林离住扎处半里方尽。自林尽处有白桦木，宛如栽植。香木丛生，黄花灿烂，臣等随移于彼处住扎。步出林外，远望云雾迷山，毫无所见。臣等近前跪诵纶音，礼拜甫毕，云雾开散，长白山历历分明，臣等不胜骇异。又正值一路可以跻攀，中间有平坦胜地，如筑成台基，遥望山形长阔，近观地势颇圆，所见片片白光，皆冰雪也。山高约有百里。山顶有池，五峰围绕，临水而立；碧水澄清，波纹荡漾，殊为可观。池畔无草木。臣等所立山峰去池水约有五十余丈。地周围宽阔，约有三四十里。池北岸有立熊□，望之甚小。其绕池诸峰，势若倾颓，颇骇瞻视。正南一峰较诸峰稍低，宛然如门。池水不流。山间处处有水，由左流者则为（扣）〔应为松〕阿里兀喇河；由右流者则为大讷阴河、小讷阴河。绕山皆平林，远望诸山皆低。相视毕，礼拜。

下山之际，岸头有鹿一群，他鹿皆奔，独有七鹿如人推状，自山岸陆续滚到山下闲散章京毕杨武里等驻立之处，臣等不胜骇异。因思正在乏食，此殆山灵赐与钦差大人者，随望山叩谢，收其七鹿。臣等上山之时，原有七人也。自得鹿之处退至二十三步，回首瞻望，又忽然云雾迷山。

臣等因清净胜地，不宜久留，于十八日言旋，回见先望见长白山之处，因云雾朦胧，遂不得复见山光矣。二十一日回至二讷阴河合流之处；二十五日回至恰库河，此河乃讷阴东流会合之所。二十八日正行之际，适遇颁到敕旨，臣等不胜欢抃，捧读敕旨，感激靡尽，当经叩头谢恩讫。二十九日因马疲，不堪驰驱，自恰库河水路乘小舟而归，经过色克腾险处、图白黑险处、噶尔汉险处、噶大浑险处、萨满险处、萨克锡险处、德克锡险处、松阿里大验处、多浑险处。乘一叶小舟，历此大江九险，得以无恙而渡者，皆仰赖皇上洪福之所致也。七月初二日回至兀喇地方，又往看宁古塔等处地方。于本月十二日至宁古塔，遍看会宁府等处地方毕。于七月十七日自宁古塔起行，八月二十一日抵京师。

㊳前代封岳皆称帝，明太祖以己起自布衣，不敢妄加封号，因改称某山之神。

㊴按《会典》：陈设帛一，柱香一，酒三爵，牛一，羊一，豕一，登一，笾豆各十，簠簋各二。

㊵《宋史》忠宣本传：冷山地苦寒，四月草生，八月已雪；穴居百家，陈王悟室聚落也。

㊶〔《宋史》〕本传：云中至冷山行六十日，距金主所都仅百里。

㊷即俄莫贺索落站。

㊸按《实录》：黑图阿喇获明盗参人，以其余党发尚阴堡。

㊹按《太平寰宇记》及《北史》，勿吉有七种：其一曰粟末部，与高丽接；二曰（骨）〔汨〕咄部，在粟末北；三曰安车骨部，在汨咄东北；四曰拂涅部，在汨咄东；五曰号室部，在拂涅东；六曰黑水部，在安车骨西北；七曰白山部，在粟末东南。今以古今地势考之，在白山、拂涅之间。

㊺女真本朱里真之讹，后避契丹兴宗名，改为女直。

㊻按〔《元史·地理志》〕：水达达所属军民万户府五：曰桃温，曰胡里改，曰斡朵怜，曰脱斡怜，曰孛苦江，分领混同江南北民。

㊼按：六祖，长曰德世库，次曰刘阐，次曰索长阿，次觉昌安，即景祖也，次曰包郎阿，次曰宝实。德世库居觉尔察，刘阐居阿哈河洛，索长阿居河洛噶善，景祖居祖居黑图阿喇，即今之兴京也，包郎阿居尼麻喇，宝实居章甲。近者相距五里，远者二十里，因号其人曰宁古塔贝勒，与以之名地者不同。

㊽《魏书·勿吉传》：国有大水，阔三里余，名速末水。

㊾冬雪多，则春夏融，流水大，否则小。余适当己巳冬无雪，故可径涉云。

㊿一作宰赛。

51即福馀卫都督后。

㉜“达”读作平声。

㉝蒙古之名始于元。《唐书》作蒙兀部，宋作盲骨子，《契丹事迹》作朦骨国。

㉞一作好儿趁，与察哈尔虎墩兔同祖，住牧东北边外，去建州最近。明万历二十一年癸丑九月，其长瓮阿代贝勒、莽古思贝勒、明安贝勒同叶赫等八国之师犯兴京，败归，后明安贝勒以女进太祖，莽古思贝勒以女进太宗，遂为外藩四十九旗之长。

㉟莽古思贝勒之子。

㊱即萨哈连兀喇，源出塞北。

㊲一作艾虎。

㊳唐开元十六年，以其部落都督赐姓名曰李献诚，授云麾将军，兼黑水经略使。

㊴合兰府设军民万户府五：曰桃温、曰胡里改、曰斡朵怜、曰脱斡怜、曰孛苦江，分领混同江南北之民，钱粮户数共二万九百六。

㊵江水每九月始冰时，流澌忽合若浮梁，遂济，取屯寨十一。

㊶满洲一，水手一，索伦一。

㊷凡强盗窃盗免死者，多给为奴。

㊸按《实录》：天聪八年五月，黑龙江索伦头目巴尔达齐来朝，贡貂皮。十月巴尔达齐又率京古齐、哈拜、孔恰泰、吴都汉、（内）〔讷〕赫彻、特白哈尔塔等朝贡。其未附屯寨，则于崇德四年十一月遣（曹）〔索〕海等，六年七月遣席特库等，会蒙古敖汉、奈曼、吴喇忒、四子诸部，两度征之，乃为属国。

㊹阿罗斯一作俄洛斯，即罗刹，边外呼为老枪。为人深目碧瞳，隆准，黄虬髯，长身多力而好睡，睡辄不即觉。长于步战，善鸟枪，不畏弓矢。矢著身，徐徐拔之，相视笑。自言自开辟至今皇帝之丁卯，共七千九百十有四年。其族卑幼见尊长，去帽俯首，先指左右肩，次指左右膝，或曰先指额，次腹，次右肩，次左肩，西洋所谓反十字也。最奉佛，见必俯伏而哭，或曰非佛也，奉者天主，俯伏而哭者，天主教也。其居室正方，上下四旁皆板。其器精巧类西洋。其帽青顶，缝貂于内，外缀珠宝、珊瑚，或用猩猩毡缝貂。其服方领，小袖袍长褂。贱者著多罗尼；贵者貂银鼠，杂锦蒙其表，缀

珠宝、珊瑚、金刚钻于边，而绝少绸缎。其钱银质，无肉好，大若瓜子，率重一分，阴作交戟或人马形，阳则其国书也，若梵经。一钱必书数十字，不可辨，或曰文字用腊底诺话。腊底诺者西洋诸国之官话也。其纸厚若山西毛头，大减十之三，微脆，中有暗花，若戈戟状，色白。其茎形若萵苣而短，叶若苔，包者白，舒者青。鱼腥臭，食之味淡。其所食多虚糕，如今之西洋糕者，而色纯白软润，经月不硬。其国都相传在正西之北高海中，水陆晓夜行十三阅月，乃至雅克萨城，而《西陲今略》以为在金山西北七日；《出塞纪略》以为汉之坚昆，唐之黠戛斯，又曰纥吃斯；王秋涧《玉堂嘉话》则以为古乌孙，即今斡落丝。予以满音叶之，此音本在乌、斡、孙、丝之间，而无适合之字，译者不得已，以己音之相近者当之。中原译者音随地变，以讹传讹，名称遂异，不知其国固二千年如一日也。予向见《秋笳集》作乌孙，以为非，后从塞外见其国人状貌，皆与颜师古注乌孙者合，因复疑之，今得秋涧语，始恍然矣！至地之方位，路之远近，予不暇辨。

㊅《盛京通志》：宁古塔城西南百里有湖，广五六里，袤七十里，土人呼为必儿（膝）〔滕〕，即镜泊也。中有三山，曰俄莫贺昂阿山、阿克善山、牛录山。阿克善、牛录两山之间有岩，曰白岩。湖之西南，虎尔塔河东流入湖处，有崖曰呼客兔崖。湖水东注，飞瀑蹑空，奔浪雷吼，声闻数十里，土人呼为发库。

㊆《天东小记》作乌黑法喇。

㊇《盛京志》：孔洞大小，不可数计，或圆或方，或六隅八隅，如井如盆如池，或口如盂而中如洞，深或丈许，或数尺，中有泉，或生鱼，或生草木。

㊈去觉罗城八里。

㊉《金志》：以木为墙壁。

㊊《金志》：独开东南一扉。

㊋《金志》：穿土为床，煴火其下，起居饮食其上。

㊌满语曰哈势。

㊍用贮食物。

㊎名曰障子。

㊏《金志》：联木为栅。

㊐一作诺木阿机，又作纳木阿机。明初置纳木河卫。万历三十八年十一

月，大清命额宜都取之。

⑦一作色赤阿机。《盛京志》作色齐窝集。

⑱《扈从东巡日录》云："乌稽中皆乔松及桦、柞树，间有榆、椴。鳞接虬蟠，缨山带涧；蒙密纷纠，白昼晦哼；霜旦叶凋，略见曦月；树根乱石，磥硊错落，疑无道路。"供奉得之传闻，记载虽不甚详，然其大概，略可想见矣。

⑲《天东小记》作火茸城。

⑳按《金史》：上京路，即海古之地，金之旧土也。天眷元年号上京，海陵贞祐二年迁都于燕，削上京之号，止称会宁府。大定十三年七月，复为上京。其山有长白、青岭、马纪岭、完都鲁；水有按出虎水、混同江、来流河、宋瓦江、鸭子河；其宫室有乾元殿、庆元宫、宸居殿、景晖门、敷德殿、延光门、宵衣殿、稽古殿、明德宫、凉殿、延福门、五云楼、重明殿、东华殿、天门殿、混同江行宫、春亭、天元殿、世德殿、永祚宫、光兴宫、云锦亭、临漪亭。

㉑按《金史》：宾州本渤海城，在鸭子、混同二水间。

㉒时方六月，大东海尚冻。

㉓名缙彦。

㉔载《大明一统志》。

㉕吴汉槎曰：自宁古塔东行六百里，名羌突里噶尚，松花、黑龙二江于此合流，有土城焉，疑即是。

㉖《扈从东巡日录》：朝鲜北境近宁古塔者，有安置徽、钦故城在山顶上。

㉗《南烬记闻》言二帝初迁安肃军，又迁云州，又迁西沔州，又迁五国城。其地去燕京三千八百余里，西上黄龙府二千一百里。余按《金史》：徽、钦以金太宗天会三年七月乙巳赴上京，十月徙韩州，七年七月丁卯徙鹘里改路，地名皆不相合，此书之伪无疑。

㉘《元史》作合兰河。

卷 二

自京师至宁古塔，凡二千八百七十八里。京师四十里至通州，二十里至燕郊，二十里至夏店，三十里至三河县[1]，三十里至邦均，二十里至段家岭，三十里至别山，二十里至枯树，三十里至玉田县[2]，四十里至沙流河，四十里至丰润县，二十里至板桥，三十里至榛子镇[3]，三十里至新店堡，二十里至沙河，二十里至野鸡坨，十五里至安和店[4]，二十五里至永平府[5]，三十五里[6]至双望，二十里至芦峰口，十五里至抚宁县，二十里至榆关[7]，二十里至深河，三十里至范家店，三十里至山海关，三里至欢喜岭，五里至八里铺[8]，十二里至老军屯，三十里至高粱站，十八里至前卫，十五里至凉水河，十里至叶家坟，三十里至中后所[9]，十八里至东光站，十二里至望海店，三十里至七里坡，十二里至曹庄，十里至宁远州[10]，十八里至双树铺[11]，十二里至连山，十八里至塔山[12]，十二里至高桥，十八里至杏山[13]，十八里至松山[14]，十八里至小凌河，十里至双阳店，二十里至大凌河[15]，三十里至十三站[16]，四十里至闾阳驿[17]，二十里至壮振堡，十里至兴隆店，十五里至二台子，十里至顾家子，三十里至中安堡，十八里至羊肠河[18]，十五里至小黑山，二十里至胡家窝，三十里至二道井，二十里至一半拉门，三十里至白旗堡[19]，三十里至刘河沟，十里至黄旗堡，八里至小黄旗堡，二十二里至巨流河[20]，十五里至顾家子，二十五里至老边，三十里至大石桥[21]，三十里至奉天府[22]，二十里至大洼，二十里至蒲河[23]，十里至汛沟铺，二十里至懿路站[24]，二十里至范家屯，十里至新铺，三十里至铁岭县[25]，十里至高丽站，五里至平定堡，五里至山头铺，四十里至开原县[26]，十五里至开原站，十五里至柳条边威远堡门，四十里至棉花街，五十里至也合站[27]，五十里至火烧岭，三十里至黑而苏站，三十里至小孤山，四十里至大孤山[28]，三十五里至易屯河[29]，二十五里至一把旦，二十五里至石头河，三十五里至双阳河，六十里至衣儿门[30]，二十里至沙粪[31]，三十里至一拉溪，二十里至搜登[32]，二十里至水哈，三里至小水哈，五十里至船厂，十里过混同江至尼什哈站，三十里至交密峰，四十里至厄黑木站，十里至那木窝稽，三十里至山神庙，五十里至拉筏站，七十里至退屯站[33]，三里至色出窝稽，六十里至朱仑多河，五十里至俄莫贺索落站，一百四十里至必儿汉必拉站，四十里至德林，二十里至沙阑站，四十里至蓝旗沟，四十里至宁古塔[34]。

山海关外，奉天将军所辖二十四站：曰沙河站、东光站、宁远州、高桥站、小凌河站、十三站、广宁驿、旧肃河站、二道井站、白齐铺、巨流河、旧边站、盛京驿、石榴河、东京驿，狼子山、甜水站、连山关、通源堡、雪里站、凤凰城、高丽堡、威远堡、伊鲁站。

宁古塔将军所辖二十二站：曰叶赫站、黑尔苏、阿尔滩额木尔站、一把淡站、苏瓦盐站、依尔门站、叟登站、尼什哈站、额黑木站、额伊虎站、挖伊屯站、鄂木合梭罗站、毕尔汉毕喇站、沙盐站、宁古塔驿、吉林城、锦州、俄佛罗站、发忒哈边界、蒙滚河、孙查包速素舍里村、白都讷村。

黑龙江将军所辖十九站：曰茂欣速素站、古鲁村站、他尔哈池站、多耐站、温托浑池站、忒墨得黑村、布克村、塔哈儿村、宁年池站、喇哈冈（帖）〔站〕、薄儿德村、喀母尼喀俄佛罗站、乙喇喀池站、墨尔根村、科落尔河站、喀尔嗒尔儿河站、库木尔山站、额雨儿站、黑龙江。

康熙十六年丁巳，宁古塔梅勒章京萨不苏[35]，以绳量道里，两庹为丈，百八十丈为里。自宁古塔西关门始，至船厂东关门止，凡九万八千丈，为五百五十里。今分八站，作六百三十余里，然以中国之里较之，直千里之外矣。

盛京户部设满洲侍郎一员，理事官一员，堂主事一员，郎中四员，员外郎七员，主事二员，司库三员。礼部设侍郎一员，理事官一员，堂主事一员，郎中二员，员外郎四员，主事五员，助教二员，读祝官八员，赞礼郎八员，笔帖式十二员。兵部〔设〕侍郎一员，理事官一员，堂主事一员，郎中二员，员外郎八员，主事三员。刑部设侍郎一员，理事官一员，堂主事一员，郎中六员，员外郎十五员，主事二员，笔帖式二十三员。工部设侍郎一员，理事官一员，堂主事一员，郎中二员，员外郎五员，主事二员，司务一员，司库一员，笔帖式十七员，乌林大七员，管匠役官一员，管理修陵汉军四品官一员，五品官一员，管理各项匠役汉军六品官一员，看守笃恭殿汉军六品官一员，分掌百工营作、山泽采捕等事[36]。

三陵[37]各设总管一员，掌关防官一员，副理关防官一员，包衣大一员，布打衣大一员，茶衣大一员，笔帖式二员。妃坟各设看守首领一员。又设噶喇大二员，管壮丁六品官一员，专司阳石木地方供祭牛羊。

奉天将军下设副都统二员，协领八员，佐领六十三员，半个佐领四员，防御三十二员，骁骑校六十三员，笔帖式十一员，放荒正尉一员，副尉二员，马兵二千六百四十名，步兵四百名，看守实胜佛兵八名[38]。牛庄设防御三员，笔帖式一员，兵八十名。盖平设防御三员，笔帖式一员，兵百名。凤凰城设拜他喇布勒哈番三员，笔帖式一员，兵一百五十名。广宁设协领一员，佐领三员，防御三员，骁骑校三员，笔帖式二员，兵二百十四名。兴京设防御三员，笔帖式一员，兵八十名。开原设防御三员，笔帖式二员，兵一百七十二名。锦州府设城守尉一员，佐领十二员，骁骑校十二员，笔帖式二员，兵五百三十名。前锦州设防守尉一员，佐领二员，骁骑校八员，笔帖式二员，马兵一百五十名，步兵五十名，内佐领、骁骑校各一员，兵百名，移驻中后所。易州设城守尉一员，伊尔希大二员，拜他喇布勒哈番一员，拖沙拉哈番一员，佐领六员，骁骑校六员，八品官一员，笔帖式二员，兵九百七十名。山海关至威远堡等八门，每门设守御一员，笔帖式一员，拨什库一名，兵十名。

宁古塔、乌喇等将军下设副都统二员[39]，协领八员[40]，佐领五十八员[41]，防御二十四员[42]，骁骑校五十八员[43]，管船炮水手总管一员，四品官二员，五品官二员，骁骑校四员[44]，督管驿站六品官一员，助教一员，笔帖式十四员，兵三千九百二名，内防宁古塔兵三百五十名。毕勒亨边门设防御四员，兵八十名。

爱浑[45]将军下设副都统二员，协领八员，佐领四十员，防御十六员，骁骑校四十员，助教一员，笔帖式十一员，兵二千名。游牧地方每旗设蒙古总管一员，副总管二员。

关东粮运始于康熙二十二年，按《会典》，于开成、邓子村、易屯门及易屯口等处设仓。每岁农隙之时，运米开成仓内。春秋二季以舟运至邓子村仓，又自邓子村陆运百里至易屯门仓，由易屯河舟运至易屯口，直达混同江，给乌喇兵粮[46]。

宁古塔至黑龙江，设专管修理粮船汉军四品官二员，五品官二员，骁骑校二员，拨什库八名。

盛京、宁古塔、黑龙江驻防官员缺出，该将军、副都统将本处、本旗应升官内拣选一员，咨送兵部及在京本旗固山额真；固山额真又将在京应升应补官内派出数员，一同引见，然外送者恒用十之九。至兵丁亡故、老病退甲之缺，有子嗣者准其顶补。若无子嗣，将军、副都统将伊奴仆顶补。如有承受家产之主在京，情愿取回其仆者，令其撤回，缺另酌补。

凡公务差遣官兵至京，骑本身马者，宁古塔人春冬喂养二十日，夏秋十五日；盛京人春冬十五日，夏秋十日。其自京驻防宁古塔官兵马匹，冬月在盛京歇养一月，春月歇养二十日。兵部发往空马，冬月养二十日，春月十五日，此定例也。然行旅往来，则皆喂四十日而后行。

明时辽镇边外部落，分为二种，在西北者曰三卫[47]，三卫者：泰宁[48]、福馀[49]、朵颜[50]也；在东北者曰女直。女直种三，海西者为海西女直，建州毛怜者为建州女直，极东最远者为野人女直。置都司一，曰奴儿干都司[51]。置卫三百八十一[52]：曰建州卫[53]、建州左卫[54]、建州右卫[55]、兀者卫[56]、兀者左卫[57]、兀者右卫、兀者后卫[58]、失里绵卫、虎儿文卫[59]、撒力卫[60]、赤不罕卫[61]、屯河卫、安河卫[62]、毛怜卫[63]、坚河卫[64]、右城卫[65]、塔山卫[66]、兀也吾卫[67]、嘉河卫、哈密卫、斡难河[68]卫[69]、塔鲁木卫[70]、苏温河卫、阿速江卫、速平江卫[71]、吉河卫[72]、双城卫、撒剌儿卫、亦马剌卫、脱伦卫、卜颜卫[73]、兀兰卫、亦儿古里卫、脱木河卫、福山[74]卫[75]、扎木哈[76]卫[77]、肥河卫[78]、密陈卫、卜剌罕卫[79]、扎童卫[80]、撒儿忽卫、罕答河卫[81]、木鲁罕山卫[82]、兀者前卫[83]、亦罕河卫、纳怜河卫、麦兰河卫、斡兰卫、马英山卫、土鲁亭山卫、木塔里山卫、朵林山卫、哈温河[84]卫[85]、喜乐温河卫、木阳河卫、哈兰城卫、可令河卫、兀的河卫、阿古河卫、撒只剌河卫、依木河卫、亦文山卫、木兰河卫、阿资河卫、甫里河卫[86]、朵儿必河卫[87]、哥吉河卫、野木河卫、纳剌吉河卫、亦里察河卫、答剌河卫[88]、纳木河卫，甫门河卫[89]、阿剌山卫，随满河卫、撒秃河卫、忽兰山卫、古鲁浑山卫[90]、考郎兀卫、亦速里河卫[91]、野定儿河卫、卜鲁丹河卫[92]、喜剌乌河[93]卫[94]、阿里河[95]卫[96]、秃都河卫、实山卫、忽里吉山卫、列门河卫、莫温河卫、阮里河卫、察剌秃山卫、呕罕河卫[97]、弗朵秃河卫、斡兰河卫、薛列河卫、希滩河卫、克默而河卫、阿真河卫、兀里溪山卫、撒叉河[98]卫、阿者迷河卫、木忽剌河卫、钦真河卫[99]、兀鲁罕河卫、塔罕山卫、木兴河[100]卫、益实卫[101]、者帖列山卫、乞忽卫、剌鲁卫、牙鲁卫、友帖卫[102]，乞塔河卫[103]、童宽山卫[104]、葛林卫、把城卫、札肥河卫、忽石门卫、札岭山卫、木里吉卫、忽儿海卫、木束河卫、好屯河卫[105]、伏里其卫[106]、弗提卫[107]、乞勒尼卫[108]、爱和[109]卫、把和卫[110]、阿伦卫[111]、塔麻速卫[112]、失里木卫[113]、河屯吉卫、古里河卫[114]、甫儿河卫、使坊[115]河卫、亦麻河卫[116]、法因河卫、古木河[117]卫、兀应河卫[118]、葛称哥卫[119]，喜申卫[120]、兀列河卫、卜鲁兀河[121]卫[122]、木剌河[123]卫、阿答力河[124]卫[125]、督罕河卫[126]、只儿蛮卫、兀剌卫[127]、顺民卫、囊哈儿卫、古鲁卫、满径卫、哈儿蛮卫、塔亭卫、也孙伦卫、可木[128]卫、弗思木卫[129]、斡朵伦卫[130]、卜忽秃河卫、阿儿温河卫、可河卫[131]、葛可河卫[132]、塔速儿河卫、兀屯河卫、玄城卫、和卜罗[133]卫、老哈河卫、兀列卫、兀剌忽卫、哈尔分卫[134]、失儿兀赤卫[135]、卜鲁兀河卫[136]、忽鲁爱卫、诸冬河卫、扎真卫、兀思哈里卫[137]、吉滩[138]卫[139]、亦马忽山卫[140]、亦东河卫、亦速[141]河卫[142]、阿真同真卫[143]、益实左卫、阿答赤卫、塔山左卫[144]、城讨温卫[145]、可木卫、失里卫、失木鲁河卫、忽鲁木卫、塔马速卫、吉滩卫、和屯卫、和屯吉河卫、亦失卫、亦力克卫、纳木卫、弗纳河卫、忽失木卫、兀也卫、也速伦卫、巴忽鲁卫、兀牙山卫、塔木卫、忽里山卫、罕麻卫、木里吉河卫、引门河卫[146]、亦里察卫、只卜得卫、塔儿河卫、木忽鲁卫、木答山卫、立山卫、可吉河卫、忽失河卫、脱伦兀卫、阿的纳河卫、兀力卫、阿速卫、速温河卫、结剌吉卫、撒剌卫、亦实卫、弗朵脱河卫、亦屯河卫[147]、兀讨温河卫、甫河卫、剌山卫、阿者卫、童山宽卫、替里卫、亦力察河卫、哈里分卫、秃河卫、好屯卫、乞列尼卫、撒里河卫、忽思木卫、兀里河卫、忽鲁山卫、弗儿秀河卫、没脱伦卫，阿鲁必河卫、咬里山卫、亦文卫、写猪洛卫、答里山卫、古木河卫、剌儿卫、兀同河卫、出万山卫、者屯卫、喜辰卫、海河卫、兰河卫、朵州山卫、者亦河卫、纳速吉河卫、把忽儿卫、镇真河卫、也速河卫、者剌秃卫、也鲁河卫、亦鲁河卫、失里兀卫、斡朵里卫、秃屯河卫、者林山卫、波罗河卫、朵儿平河卫、散力卫、密剌秃山卫、甫门卫、细木河卫、没伦河卫、弗秃都河卫、者列帖卫、察扎秃河卫、出万河卫、者帖列卫、兀失卫、忽里河卫、失里绵河卫、兀剌河卫、爱河卫、哈剌察卫、没伦卫、卜鲁卫、以哈阿哈卫、速江平卫、兀山卫、弗力卫、失郎山卫、亦屯卫、木河卫、竹墩卫、河木卫、哈郎卫、岁班卫、失山卫、考郎卫、筑屯卫、黑黑河卫、古城卫、弗河卫、文东河卫、阿古卫、弗山卫、兀答里卫、纳速河卫、失列河卫、朵儿玉卫、兀鲁河卫、弗郎罕河卫、赤卜罕山卫、老河卫、竹里河卫、吉答纳河卫、者不登卫、也速脱卫、阿木河卫、颜亦卫[148]、山答卫、塔哈卫、弗鲁纳河卫、行子卫、兀勒阿城卫、阿失卫、吉真纳河卫、法卫、薄罗卫、塔麻所卫、布儿哈卫、亦思察河卫，失剌卫、卜忽秃卫、撒里卫、你实卫、平河卫、忽里吉山卫、阿乞卫、台郎卫、塞克卫、拜苦卫、所力卫、巴里卫、塔纳卫、木郎卫、额克卫、勒伏卫、式木卫、树哈卫、肥哈答卫、盖干卫、英秃卫、乞忽卫、阿林卫、哈儿速卫、巴答卫、脱木卫、忽把卫、速哈儿卫、马失卫、塔赛卫、劄里卫、者哈卫、恨克卫、哈失卫、交校卫、葛卫、艾答卫、亦蛮卫、哈察卫、革出卫、卜答卫、蜀河卫、秃里赤山卫、赛因卫、忙哈卫[149]。所二十四：曰兀者托温所[150]、可里踢所[151]、兀的罕[152]所[153]、得的河所、奥石河所[154]、哈鲁门山所[155]、敷答河所[156]、兀者揆野木所、兀者稳勉赤所、鱼失所、五年所、兀者已河所、真河所、兀的所、屯河所、哈三所、兀者屯河所、古贲河所、五音所、锁郎哈真河所、兀者揆野人所、兀秃河所、哈鲁门所、兀讨温河所、兀者撒野人所。站七：曰别儿真站、黑龙江地方莽亦帖站、弗朵河站、亦罕河卫忽把希站、忽把希站、弗答林站、古代替站。地面七[157]：曰弗孙河地面、木温河地面、埇坎河地面、撒哈地面、亦马河咬东地面、可木地面、黑龙江地面。寨一，曰黑龙江忽黑平寨[158]。

注：

①县近七渡、鲍邱、临洵三水，故名。

②古无终国，水中白沙可治玉。

③《松漠纪闻》作榛子店。

④店东北十余里有首阳山，山麓有孤竹城、伯夷叔齐庙，庙有清风楼，土人呼为洞山。

⑤古孤竹国，秦汉为右北平。《松漠纪闻》作平州。

⑥《松漠纪闻》作四十里。

⑦或作渝关，又曰临渝，以渝水名。《松漠纪闻》：旧榆关至双望店七十里。

⑧明崇祯初，经略王在晋请城八里铺以卫山海关，旋罢。五年又以山永巡抚杨嗣昌言，设兵五十名。

⑨明崇祯五年设游击一员，统兵一千二百名。

⑩明初置宁远卫，领所七，设指挥二十四员，千户二十五员，百户五十七员，镇抚七员，经历一员，教授、训导各一员。嘉靖二十六年设参将一员，领中军一员，把总九员，主兵三千八百八十八名，客兵家丁二十三名，独轮战车一百辆，马三千三百六十八匹，骡五十头。四十二年设宁前兵备道一员，今悉裁去，唯设知州、吏目、学正、训导各一员。

⑪天聪二年五月，太宗攻宁远不克，回兵驻此。

⑫明宁远卫中左所千户驻此。

⑬明末设游击一员，统兵一千二百名。

⑭明初广宁中屯卫中左所千户驻此，崇祯间设游击一员，统兵一千二百名。

⑮明初广宁左屯卫中左所千户驻此。自辽阳失后，遂为要地，总兵祖大寿等统重兵于此拒守。

⑯即十三山，胡峤《陷北记》云，西南去幽州二千里。

⑰辽乾州广德军奉陵县，金闾阳县。

⑱按《三镇边务总要》：羊肠河在镇远等堡，边外系朵颜卫住牧之所，今为内地。

⑲康熙二十一年三月朔己酉，天子驻跸于此，凿百井以供行营。

⑳即辽河，一名拘柳河，又作句骊河，源出鞑靺北诸山，清初筑小城于河上，名曰开城。

㉑一名永安桥。

㉒《松漠纪闻》作沈州。明洪武二十年建沈阳中卫，领所五，设指挥使三十二员，千户二十一员，百户五十七员，镇抚、经历各一员，教授、训导各一员。嘉靖二十年设游击一员，领中军一员，千把总九员，主兵七千九百八十七名，客兵家丁四十八名，独轮战车二百辆，元戎车一辆，鼓车二辆，马五千三百八十八匹，骡五十头。今改设将军一员，梅勒章京二员，固山大八员，噶喇章京八员，牛录章京□员，代子□□员，笔帖式□员，披甲三十名，（马四）〔马□□匹〕。又设府尹一员，府丞、治中各一员，经历一员，教授、训导各一员，户、礼、兵、刑、工五侍郎各一员，郎中七员，员外十五员，主事六员，知县、典史各一员，教谕、训导各一员。

㉓明时设千户所。

㉔即金挹娄县，明时铁岭卫左右千户所驻此。

㉕明初建铁岭卫，领所七，设指挥二十八员，教授、训导各一员，镇抚二员，经历二员、千户二十六员，百户六十四员。又设备御一员，领把总二员，主兵二千三百八十一名，马五百五十八匹，独轮战车一百辆。今改为县，设知县、典史各一员，教谕、训导各一员。

㉖明初置辽海、三万二卫，领所十七，设指挥五十一员，千户三十二员，百户九十三员，镇抚六员，经历二员，教授、训导各一员，知州、吏目各一员。又设参将一员，领中军一员，千把总十四员，主兵一万五百二十名，独轮战车二百辆，元戎车一辆，鼓军二辆，马二千八百二十五匹，骡五十头，又设兵备道一员。今改为县，设知县、典史各一员，教谕、训导各一员，披甲一千名。

㉗《盛京志》及《太祖实录》皆作叶赫，明时北关也。

㉘《扈从东巡日录》载：康熙二十一年天子去时路程，奉天东北八十里为抚顺旧堡，为琉璃河，为札凯，为嘉祐禅，为曾家寨，为哈达河，为耿家庄柳条边，为鹞鹰坡，为庚格，为库鲁，为三丸山，为夸阑山河，为阿尔滩讷门。阿尔滩讷门者，蒙古语，汉言大孤山也。乃与驿路合。

㉙一作一统河，又作亦屯河，明正统间置卫。

㉚一作引门河，明正统间置卫。

㉛一作萨龙河。

㉜一作苏敦。

㉝一名昂邦多红。昂邦者，大；多红者，渡口也。

㉞《元史·地理志》：胡里改距上都开平四千二百里、大都三千八百里。大都者，燕京也。又《明太祖实录》：洪武十五年二月，故元鲸海千户速哥帖木儿、木答哈千户完者帖木儿、牙兰千户皂花，自女直来归。言辽阳至佛出浑之地三千四百里；自佛出浑至斡朵怜一千里；斡朵怜至讫温万户府一百八十里；讫温至佛思木隘口一百八十里；佛思木至胡里改一百九十里；胡里改至乐浪古隘口百七十里；乐浪古隘口至乞列怜一百九十里。

㉟不苏后为黑龙江将军。

㊱按《会典》：国初设各部承政、参政、启心郎、笔帖式等官，顺治元年裁，并奉天将军管理，康熙中复设今官。

㊲按《实录》：永陵在兴京启运山，葬肇祖、兴祖、景祖、显祖；福陵在奉天府承德县天柱山，葬太祖，寿康太妃在其右；昭陵在奉天府承德县隆业山，葬太宗，懿靖大贵妃坟、淑妃坟，皆在其右。

㊳按《会典》载，每年实胜寺香烛银八十两，茶叶二百斤。

㊴按《实录》及《会典》，宁古塔驻防自天聪十年备御吴巴海始，后掣还。顺治十年设昂邦章京，以镶蓝旗萨儿吴代为之。康熙元年改昂邦章京为将军，十五年移将军及一副都统驻船厂，留一副都统驻宁古塔。副都统本名梅勒章京，十五年改今名。

㊵乌喇六员，宁古塔二员。

㊶乌喇四十六员，宁古塔十二员。

㊷乌喇二十员，宁古塔四员。

㊸乌喇四十九员，宁古塔九员。

㊹在乌喇。

㊺即黑龙江。

㊻辽河运粮船一百只，每船载米六十石，用满兵三名，水手六名。奉天府州县月给工食，每名银一两，免其差徭。易屯河船一百只，每船载米六十石。混同江大粮船八十只，每船载米二百石。乌喇船厂船六十四只，大船七

十只，其水手皆宁古塔将军分派。

㊼按：三卫地，东接海西，西连开平，北抵黑龙江，南连蓟辽。春秋为山戎，秦为辽西郡。北境为奚、契丹所据。东汉驱其酋走松漠间。后魏之先，复居故地，号库莫奚。唐吐谷浑，宋属契丹，名兀哈良。元即奚都，置大宁千户所。明初，故元辽王、惠宁王、朵颜元帅府各遣使来朝，于是即古会州地置大宁都司。洪武十四年封皇子权为宁王以镇之；二十一年置三卫。成祖靖难，患宁王蹑其后，乃阴说三卫兵于宁王郊饯时，一呼皆战，遂拥宁王入松亭关。事平，徙宁王于南昌，尽割大宁以与三卫。

㊽其地西自广宁前屯卫边，东至广宁白云山。明洪武二十一年置卫，以故元辽王阿礼失里为指挥，塔宾帖木儿为指挥同知，岁再贡马。数年之后即纠他部犯边，阳顺阴逆，迄无宁时。明末喀尔喀速把亥等即其后也。

㊾其地西自广宁白云山起，东至开平止。明洪武二十一年置卫，以故元惠宁王海撒男答奚为指挥同知，岁再贡马。正统间同也先入寇，不得利，反为也先所掠，后遂衰。

㊿其地自开平起，至山海关止。明洪武二十一年置卫，以朵颜元帅脱鲁忽察儿为指挥同知，岁再贡马。后乃阳顺阴逆，每导鞑靼入犯。至启、祯间，三十六家之长，哈喇慎部布颜台吉苏布地等，遂为大清外藩。

51按《实录》，永乐二年二月，忽剌温等处女直野人头目把剌答嗒来朝，置奴儿干卫，以把剌答嗒、阿剌孙等四人为指挥同知，古驴等为千户、所镇抚。七年闰四月设奴儿干都司，以东宁卫指挥康旺为都指挥同知，与兵二百护印。千户王肇舟等为都指挥佥事，统其众，岁贡海青、貂皮等物，仍设狗站递送。六月置经历司经历一员。十二年闰九月，命辽东都司益兵三百往护其印，逾二年遣还。宣德三年正月，命都指挥康旺、王肇舟、佟答剌哈往奴儿干之地建立奴儿干都指挥使司，并赐都司银印一、经历司铜印一。六年五月，命都指挥同知佟答剌哈之侄胜袭为都指挥佥事。八年七月佟答剌哈妻王氏来朝，贡马及方物。八月以都指挥使康旺之子康福袭为都指挥同知。闰八月以都指挥同知王肇舟老疾，命其子贵袭为都指挥佥事，食副千户禄。

52合三卫即三百八十四卫矣。

53按《实录》，永乐元年十一月，女直野人头目阿哈出等来朝，设建州卫，以阿哈出为指挥使，余为千、百户、镇抚，赐诰印、冠带、袭衣及钞币有差。四年十一月，木楞古野人头目佟锁鲁阿等四十人来朝，命为建州卫指挥、千、百户等官，赐以冠带及钞币有差。六年三月，忽的河、法胡河、卓尔阿、海剌河等处女直野人头目哈剌等来朝，遂并其地入建州卫，命哈剌等为指挥、千、百户，赐冠带、袭衣及钞币有差。八年八月，以指挥阿哈出及其子释家奴等从征有功，赐阿哈出姓名曰李思诚，释家奴曰李显忠，百户阿剌失曰李从善，可（□）〔《明太宗实录》卷107作捏〕曰郭以诚。升李显忠为都指挥佥事，从善、以诚俱为正千户。十年十一月，辽东都指挥同知巫凯等奏：建州卫都指挥李显忠、指挥孛速赵歹都、刘不颜等，悉挈家就建州居住，岁祲乏食。上命发仓粟赈之。十五年十二月，李显忠奏：颜春地面月儿速哥愿率家属归附，居建州。从之，仍赐赉如例。十六年二月，以李显忠奏，升指挥佥事哈麻忽等为指挥同知，副千户失剌等八人为正千户，百户也儿吉纳等四人，并所镇抚哈答等二人为副千户，俱赐敕褒谕，赏赉有差。十七年三月，以李显忠所举女直也住等二十七人为指挥，千、百户，赐钞币有差。十八年正月，钦真河等处女直野人兀令哥等来朝，命兀令哥为副千户，木郎哈为百户。宣德元年三月，升李显忠子建州指挥李满住为都指挥佥事。四年三月，李满住请入朝充侍卫，赐敕谕止之。五年四月，李满住奏请与朝鲜互市，朝鲜不纳，上复谕止之。六年正月，李显忠妻康氏及指挥佥事金家奴来朝，供马及方物。八年二月，升指挥佥事不颜秃为指挥同知，正千户迭卜为指挥佥事。十一年三月，升指挥使欢赤为都指挥佥事；五月升指挥佥事木答兀为指挥同知。正统元年闰六月，李满住遣男古纳哈等来朝，贡马，并送还东宁卫逃移人四十八名，上嘉之，赐彩币靴帽有差。二年五月，升指挥佥事金家奴为指挥同知，副千户牙失为指挥佥事，所镇抚阿不栾为副千户。三年二月，李满住率众至朝鲜必屯城相仇杀，上谕止之；六月李满住遣指挥赵歹因哈奏：旧住婆诸江，屡被朝鲜抢杀，今移住灶突山东南浑河上。上从之。后满住同董山纠福馀卫鞑靼寇边。景泰中巡抚王翱遣王武等往招，满住等入谢。时诸部以也先之难，多失敕印，无职衔，减宴赏，怨忿而叛。成化三年九月以武靖伯赵辅充总兵，都督王瑛等为副，左都御史李秉，督兵五万，分左军出浑河柴门、越石门、土木河，至分水岭；右军由鸦鹘关、喜昌口，过凤凰城、黑松林、摩天岭，至婆诸江；中军自抚顺经薄刀山、鲇鱼岭，过五岭，渡苏子河至虎城，会朝鲜兵捣巢，获指挥若女等千人，并诛满住。

(54)按《实录》，永乐十年置。十五年二月，建州左卫指挥猛哥帖木儿奏举，以头目卜颜帖木儿、速哥等为指挥、千、百户。宣德元年正月，命指挥佥事猛哥帖木儿为都督佥事，赐冠带。戊午命指挥佥事木答哈为指挥同知，正千户牢若秃为指挥佥事。八年野人阿速江等卫，弗答哈、木答忽、木冬哥、哈当加等，纠合七姓野人，杀都督猛哥帖木儿及其子阿古等，尽取其财。猛哥帖木儿子童仓与其叔凡察，及百户高早花等五百余家，潜住朝鲜镜池地面，又欲至辽东居住，为朝鲜所留。〔正统〕二年十一月，童仓奏请敕谕，上敕朝鲜国王李裪送童仓等家至毛怜卫，转送出境。又命猛哥帖木儿子董山袭为本卫指挥使。五年，童仓随其叔凡察逃往建州，朝鲜虑其与建州都指挥李满住同谋生衅，奏请敕谕，九月上降敕谕之。童仓等又奏开原女直马哈剌等从朝鲜国回，内一百七十余家，为朝鲜所留，土人百户高早花等四十一家被毛怜卫所留，请上敕谕。六年正月，升指挥董山为都督佥事。董山与凡察不和，六月敕辽东总兵官曹义等察之，后结福馀卫鞑靼寇边。景泰中，巡抚王翱遣指挥王武等往招，董山入谢，以宴赏薄，怨叛，潜结朝鲜，朝鲜授董山为正宪大夫、中枢密使。天顺三年，巡抚程信使自在州知州佟成廉得其制书，遣使往问，各上表贡马谢罪。成化（三）〔二〕年，董山纠毛怜、海西入寇。遣都督武忠往谕，山亦悔，走阙下，以语言不逊，羁广宁，寻释还。三年，以武靖伯赵辅充总兵，都督王瑛、封忠为副，左都御史李秉督汉、番、京、边，官军五万讨之。董山降，送京师，放归广宁诛之。六年，以董山子脱罗为指挥使。

(55)按《实录》，宣德七年正月，建州左卫都督佥事猛哥帖木儿，遣其弟指挥佥事凡察等，贡马及方物。三月，凡察以招抚远夷，升都指挥佥事，赐敕劳之。九年二月，凡察援都指挥斐俊斡木河杀贼有功，升为都督佥事，仍掌卫事。四月，凡察奏：去年野人阿速江等卫，木答忽、木冬哥、哈当加等，纠合七姓野人，杀其兄都督猛哥帖木儿，侄阿古等，尽取其财，请发兵问罪。上遣指挥佥事施者颜帖木儿等赍敕，令建州左卫指挥同知扎剌儿往谕木答忽等。十月复谕。凡察与猛哥帖木儿之子童仓等，潜往朝鲜镜池地面，又欲至辽东居住，为朝鲜所留。童仓奏，上敕谕朝鲜送凡察等家至毛怜卫，转送出境。正统三年正月，凡察来朝，贡马。五年九月，凡察自朝鲜逃回，同原叛土军马哈剌等四十家至苏子河，敕谕辽东总兵官曹义等，于三土河及幣诸江迤西古河两界间，令凡察同建州卫都指挥李满住居住。六年二月，朝鲜国王李祹奏，本国逃民童者音波说，凡察、李满住谋于东八站，抢劫朝鲜回国使臣，上敕禁之，且令与董山轮次来朝；又谕建州卫都指挥李满住、兀者卫都指挥使剌嗒、呕罕卫都督佥事乃胯，劝谕凡察，勿复为恶。三月，凡察奏辨，上复敕谕之。凡察与董山不和。先是七姓野人之乱，建州左卫印失，宣德间又颁新印，令凡察掌之，既而董山复得旧印，敕命山与凡察协同署事，缴还旧印，董山不听，复命缴还新印，都指挥李章加等奏保凡察独掌卫事，上令仍缴新印，凡察匿不肯出，乃更分建州左卫置右卫，使董山以旧印领左，凡察以新印领右。传至本朝，肇祖原皇帝都督孟特穆复七姓之仇，至俄朵里城西千五百里萨克苏浒河虎栏哈达山下黑图阿喇居焉。黑图阿喇者，即今之兴京也。

(56)按《实录》，洪武二十年十二月，野人部将西阳哈等百三十四人自辽东来降，赐衣各一袭，寻加赐白金千三百七十两。永乐元年十二月，忽剌温等处女直野人头目西阳哈、锁失哈等来朝，贡马百三十匹，置兀者卫，以西阳哈为指挥使，锁失哈为指挥同知，吉里纳等六人为指挥佥事，余为卫镇抚，千、百户，所镇抚，赐诰印冠带袭衣，及钞币有差。永乐九年十月，命能哥等为指挥同知，兀塔出等为指挥佥事。

(57)按《实录》，永乐二年二月，兀者卫头目脱脱哈等五十三人来朝，别设兀者左卫，以脱脱哈为指挥同知，末合赤吉等为指挥佥事，余为千、百户、镇抚，赐诰印冠带袭衣，及钞币有差。

(58)按《实录》，永乐二年十月，兀者头目那海、叉不扎尼等来朝，设兀者右卫，以那海为指挥同知；设兀者后卫，以叉不扎尼为指挥同知，罗卜滩咩哥毡为指挥佥事，余各授官，赐诰印、冠带及钞币、袭衣有差。永乐十四年七月，命女直野人保童为兀者右卫指挥同知，塔失塔木等二十三人为指挥佥事，兀剌纳等十四人为副千户，忽失塔等二人为卫镇抚，忽失纳等八人为百户，兀桑哈为所镇抚，俱赐诰敕。

(59)按《实录》，永乐三年正月，虎儿文等处女直野人鞑靼头目绰鲁不乃、也儿古尼、往哥赤等来朝，设失里绵、虎儿文二卫，以绰鲁不乃、也儿古尼等六十四人为指挥，千、百户，赐诰印、冠带、袭衣及钞币有差。

(60)按《实录》，永乐三年二月，把兰等处女直野人卯叉等来朝，设撒力

卫，以卯叉为指挥佥事，赐诰印、冠带及袭衣、钞币有差。

(61)按《实录》，永乐三年八月，鞑靼失儿哈达儿等来朝，设赤不罕卫，以失儿哈达儿等为指挥、千、百户，赐诰印、冠带、袭衣及钞币有差。

(62)永乐三年八月，女直野人头目可怜哥、歹颜哈等四十九人来朝，设屯河、安河二卫，以可怜哥等为千、百户，卫、所镇抚，赐诰印、冠带、袭衣及钞币有差。

(63)永乐三年十二月，毛怜等处野人头目把尔逊等六十四人来朝，设毛怜卫，以把尔逊等为指挥，千、百户，赐诰印、冠带、袭衣及钞币有差。九年九月，建州卫都指挥李显忠举其弟建州卫指挥佥事猛哥不花等十八人，命为毛怜等卫指挥使等官。十四年三月，指挥使猛哥不花等率其部，同建州卫都指挥佥事李显忠来朝。赐予如例。正统三年六月，建州卫都指挥李满住奏，故叔猛哥不花任都督同知，曾掌毛怜卫事，其卫印被指挥阿里占藏不与，今猛哥不花男撒满答失里袭职，仍掌卫事，乞给印以便朝贡奏事，其阿里印信，不许行用。上以阿里现在毛怜，部下人众，宜与印信；撒满答失里住建州卫，与满住给与印信文书。

(64)永乐三年置。

(65)按《实录》，永乐四年正月，女直野人头目哈成哈等五十人来朝，设右城卫，以哈成哈为指挥使，余为指挥同知、佥事，千、百户等官，赐诰印、冠带、袭衣及钞币有差。

(66)按《实录》，永乐四年二月，女直野人头目搭剌赤、里伴哥等四十五人来朝，设塔山卫，以搭剌赤等为指挥同知，千、百户、镇抚，赐诰印、冠带、袭衣及钞币有差。

(67)按《实录》，永乐四年二月，女直野人头目倒罗等二十一人来朝，设兀也吾卫，命倒罗为指挥同知，余为千、百户、镇抚，赐诰印、冠带、袭衣及钞币有差。

(68)《四镇三关志》：“斡难河”作斡滩河，《大明会典》作滩纳河。

(69)按《实录》：永乐四年二月，嘉河等处女直野人阿必察等百二十八人来朝，贡马，设嘉河、哈密、斡难河三卫，以阿必察等为指挥，千、百户、镇抚，赐诰印、冠带、袭衣及钞币有差。

(70)《地纬》云：北关住叶黑塞，而故酋祝孔革，授塔鲁木卫都督佥事。

(71)按《实录》，永乐四年二月，女直野人打叶等七十人来朝，设塔〔鲁〕木、苏温河、阿速江、速平江四卫，以打叶等为指挥等官，赐予如例。宣德八年，阿速江等卫头目弗答哈等，杀建州左卫都督猛哥帖木儿，所谓七姓野人者是也。九年十月，因凡察奏，敕弗答哈等还其所掠人马财物。

(72)按《实录》，永乐四年三月，女直野人速鲁董哈等来朝，置吉河卫，以速鲁董哈为指挥同知，余为指挥佥事等官，赐予如例。

(73)永乐四年七月，忽剌温三角等处女直野人吉里纳、者哥难等来朝，置双城等五卫，以吉里纳等为指挥等官，赐予如例。

(74)《大明会典》作福三。

(75)按《实录》，永乐四年八月，兀兰等处女直野人乞剌尼、纽怜等来朝，置兀兰等四卫，以乞剌尼、纽怜等为指挥，余为千、百户，赐予如例。

(76)《四镇三关志》作劄 竹哈。《大明会典》作撒竹篮。

(77)按《实录》，永乐四年八月，不腊哈赤等处野人乃儿不花等来朝，置扎木哈卫，命乃儿不花为指挥同知，赐予如例。

(78)永乐四年九月，秃河、石鲁山门等处女直野人哈合察等六十三人来朝，置肥河卫，命哈合察等为指挥，千、百户，赐予如例。

(79)按《实录》，永乐四年十月，亦答鲁能木里女直野人赵州不花、乞歹不花、忙古纳等来朝，贡马，置密陈、卜剌罕二卫，命赵州不花等为指挥等官，赐予如例。

(80)《四镇三关志》作劄 童卫。

(81)《实录》：永乐四年十一月，扎童、撒儿忽、罕答河等处女直野人颜赤不花等四十人来朝，贡马，置扎童等卫，命颜赤不花等为指挥等官，赐予如例。

(82)《实录》：永乐四年十二月，吾蓝儿等处女直野人失火剌、程哥纳乞等来朝，置木鲁罕山卫于扫邻狗站之地，命失火剌等为指挥等官，赐予如例。

(83)永乐四年置。《国朝典汇》：成化十四年，海西兀者前卫都指挥散赤哈上番书，言开原验贡，勒受珍珠、豹皮。兵部咨抚臣陈钺，征赴广宁勘状。散赤哈率部由抚顺关入，守将以非贡道不纳，散赤哈因纠建州三卫，乘虚掠奉集诸堡。陈钺掩屠近塞僧格十八族殆尽，更以捷闻。

(84)《太明会典》作哈里河。

⑧⑤俱永乐四年置。

⑧⑥《实录》：永乐五年正月，女直野人土成哈等二百二十五人来朝，置喜乐温河等十二卫，命土成哈等为指挥等官，赐予如例。九年二月，女直野人咬纳等三百人来朝，命咬纳等为木兰河卫指挥等官，赐予如例。

⑧⑦《实录》：永乐五年正月，朵儿必河、恨骨河等处女直野人官夫答兰、张秃等八十一人来朝，置朵儿必河卫，命官夫答等为指挥等官，赐予如例。

⑧⑧《实录》：永乐五年二月，女直野人可成哥等九十二人来朝，置哥吉河等五卫，命可成哥等为指挥等官，赐予悉如例。

⑧⑨《实录》：永乐五年正月，纳木里河女直野人白百舍等来朝，置纳木河等卫，命白百舍等为指挥等官，赐予如例。

⑨⓪《实录》：永乐五年二月，女直野人巴思答木咬纳等五十人来朝，置阿剌山等五卫，命巴思答木咬纳等为指挥、佥事等官，赐予如例。

⑨①《实录》：永乐五年三月，黑龙江等处女直野人早哈、虎失忽等百七十人来朝，贡马，置考郎兀、亦速里河二卫，命早哈为指挥使，虎失忽等为指挥佥事等官，赐予如例。《国朝典汇》：成化二年，建州左卫指挥董山，纠毛怜、海西入寇，遣都督武忠往敕考郎兀诸酋，撒哈良等毋党叛，皆顿首谢罪。

⑨②《实录》：永乐五年三月，女直野人贾虎失、帖思哈等四十七人来朝，置野定儿河、卜鲁丹河二卫，命贾虎失等为指挥同知等官。

⑨③《大明会典》作喜速乌河。

⑨④《实录》：永乐五年十二月，喜剌乌之地野人的升哥等来朝，〔置喜剌乌卫〕，命的升哥等为指挥等官。

⑨⑤《大明会典》作阿吉河。

⑨⑥永乐五年置。

⑨⑦《实录》：永乐六年正月，女直野人必缠等百六十人来朝，置秃都河等八卫，命必缠等为指挥等官，赐予如例。九年（□月）〔《明太宗实录》卷120作十月〕，命平住等为指挥佥事等官，赐予有差。

⑨⑧《四镇三关志》作撒察河。

⑨⑨《实录》：永乐六年二月，女直野人贾令哈、火秃等百六十五人来朝，置弗朵秃河等十一卫，赐予如例。八年十月，撒因加等来朝，命为兀里溪山卫指挥等官。撒因加等愿居安乐州，从之。九年十月，命锁令哈为薛列河卫

指挥同知，撒因（哈）〔《明太宗实录》卷120作塔〕等为指挥佥事。

[100]《四镇三关志》作木兴。

[101]一作乙室。

[102]《实录》：永乐六年三月，暖暖阿等处女直野人普速等百二十人来朝，置兀鲁罕河等九卫，命普速等为指挥等官，赐予如例。

[103]《实录》：永乐六年十二月，乞塔河女直野人乍里等来朝，置乞塔河卫，命乍里等为指挥佥事等官，赐予如例。

[104]永乐六年置。

[105]《实录》：永乐七年三月，葛林河等处女直野人秃木里等百一十人来朝，置葛林等九卫，命秃木里等为指挥等官，赐予如例。十三年二月，长亦八等女直野人卜可你等来朝，命为忽石门卫指挥等官，赐予如例。

[106]《实录》：永乐七年四月，奴儿干鞑靼忽剌冬奴等六十五人来朝，置伏里其卫，命忽剌冬奴等为指挥等官，赐予如例。

[107]《实录》：永乐七年五月，瓦剌金河等处野人塔失等来朝，改忽儿海卫为弗提卫，以塔失等为指挥等官，〔赐予如例〕。

[108]永乐七年十月，虎也木等处女直野人撒秃兀等来朝，命为乞勒尼卫指挥等官，赐予如例。

[109]《四镇三关志》作爱河。

[110]《实录》：永乐七年八月，爱和河站女直野人乞塔纳等来朝，设爱和、把和二卫，命乞塔纳等为指挥等官，赐予如例。

[111]《实录》：永乐七年十月，女直野人也力哈等来朝，设阿伦卫，命也力哈为指挥佥事，歹羊哈等为千、百户等官，赐予如例。

[112]《实录》：永乐七年十月，女直野人官音扒等二十一人来朝，设塔麻速卫，命官音扒等为指挥等官，赐予如例。

[113]《实录》：永乐九年，本卫女直野人哈升哥等来朝，命为指挥等官，赐予如例。

[114]永乐七年置。

[115]一作方。

[116]《实录》：永乐八年二月，女直野人那溪等来朝，设甫儿河等三卫，命那溪等十九人为指挥等官，赐予悉如旧例。

(117)一作古木山。

(118)《实录》：永乐八年二月，法因河等处野人秃剌等来朝，设法因河等三卫，命秃剌等为指挥等官，赐予如例。十年兀速麻河等处女直野人把失等十三人来朝，命为法因河卫千、百户等官，赐予如例。

(119)《实录》：永乐八年三月，葛称哥野人斜称哥等来朝，设葛称哥卫，命斜称哥为指挥等官，赐予如例。

(120)《实录》：永乐八年十一月，乞烈速头目干塔奴等来朝，设喜申卫，以干塔奴为指挥佥事，赐予如例。

(121)一作卜鲁兀。

(122)《实录》：永乐八年十二月，女直野人早花等二十人来朝，设兀列河等卫，命早花等为指挥等官，赐予如例。

(123)《大明会典》作木束河。

(124)一作阿答赤河。

(125)《实录》：永乐八年置。

(126)《实录》：永乐九年十二月，督罕提吉儿女直野人马吉你等来朝，置督罕河卫，命马吉你等为指挥等官，赐予如例。

(127)即今大兀剌。

(128)一作可木河。

(129)《明太祖实录》：辽阳至佛出浑三千四百里；佛出浑至弗思木隘口一千三百六十里。又《成祖实录》：永乐十年八月，奴儿干乞列迷、伏里其、兀剌、囊加儿、古鲁、失都哈、兀失奚等处女直野人准土奴、塔失等百七十八人来朝，贡方物，置只儿蛮等十一卫，命准土等为指挥等官，赐予如例。

(130)《明太祖实录》：佛出浑至斡朵怜千里。又《成祖实录》：永乐十一年十月，女直野人脱亦脱等来朝，置斡朵伦卫，命脱亦脱为指挥同知，猛哥、弗儿哥为指挥佥事，兀的哥等为副千户等官，赐予如例。

(131)《实录》：永乐十二年三月，女直野人亦能哥、斡罗失等来朝，设卜忽秃河等三卫，命亦能哥为指挥等官，赐予如例。

(132)《实录》：永乐十三年三月，女直野人广右等来朝，设葛可河卫，命广右等为指挥等官，赐予如例。

(133)一作和十罗。

(134)《实录》：永乐十二年九月，野人阿鲁秃等百十五人来朝，设塔速儿河等八卫，命阿鲁秃等为指挥等官，赐予如例。

(135)《实录》：永乐十二年十二月，女直野人完答、只鲁兀等四十三人来朝。设失儿兀赤卫，命完答等为指挥佥事等官，赐予如例。

(136)永乐十二年置。

(137)《实录》：永乐十三年十月，考郎兀卫指挥同知恼纳等来朝，置忽鲁爱等四卫，升恼纳为忽鲁爱卫指挥使，脱赤为指挥同知，苦出脱斡等四十人为指挥佥事，长家为渚冬河卫指挥同知，吉当哈为扎真卫指挥同知，忽嗒思为兀思哈里卫指挥同知，忽秃等七十一人为千、百户等官，赐予悉如例。

(138)一作吉滩河。

(139)《实录》：永乐十四年八月，弗提卫奏举女直野人牙速等，堪任以职，设吉滩卫，以牙速为指挥同知，亦里当哈等为千、百户，赐予悉如例。

(140)《实录》：永乐十四年八月，诏命女直野人锁奴兀为指挥使，哈散哈为指挥同知，木答兀等七人为指挥佥事等官，赐予如例。

(141)一作迷。

(142)《实录》：永乐十五年二月，安出河等处女直野人嗒剌苦出等来朝，置亦东河、亦速河二卫，命嗒剌苦出、出咩哈为指挥使，保乃剌忽等为副千户，散只木等为百户，索南哥等为所镇抚，赐予悉如例。

(143)《实录》：永乐十五年十二月，女直野人撒里亦答等来朝，置阿真同真卫，授撒里亦答等为指挥同知等官，赐予悉如例。

(144)《大明会典》作塔山前卫。《地纬》云：南关故酋速里忒，授塔山前卫左都督。

(145)以上俱正统间置，寄住毛怜卫内。

(146)即依儿门地面。

(147)一作易屯河，又作一统河，在也合站东北百八十里。

(148)以上正统后置。

(149)以上嘉、万间设。

(150)《元史·地理志》：桃温设军民万户府，属合兰府水达达路，距上都开平四千里。又《明太祖实录》：辽阳至佛出浑之地三千四百里，佛出浑至斡朵怜一千里，斡朵怜至托温万户府一百八十里。又《成祖实录》：永乐二年十月，兀者托温女直野人头目唤弟等来朝，设兀者托温千户所，以唤弟等为千、百户等官，赐诰印、冠带、袭衣、钞币有差。

⑮《实录》：永乐四年正月，女直野人头目八秃卜花等来朝，设可里踢千户所，以八秃卜花等为千、百户等官。

⑯一作兀者罕。

⑰《实录》：永乐四年二月，与嘉河等卫同设。

⑱永乐五年二月，与喜乐温河等一十二卫同设。《会典》无奥石河所。

⑲永乐五年正月，与纳木河等卫同设。

⑳永乐七年四月，与伏里其等卫同设。

㉑《国朝典汇》作地面五十八。

㉒即今爱浑。

卷 三

明末，东北边部落为大清所并者三十有六：海西则有扈伦国之吴喇[①]、哈达[②]、辉发[③]、也赫[④]。建州毛怜则有满洲[⑤]之苏克苏浒河[⑥]、浑河[⑦]、王甲[⑧]、董鄂[⑨]，哲陈[⑩]、苏完[⑪]、鸭喇古[⑫]，长白山之讷殷[⑬]、朱舍里[⑭]、鸭绿江[⑮]。野人则有瓦尔喀之阿库里尼满[⑯]、兀尔格陈[⑰]、绥分[⑱]、雅兰、户野[⑲]、兀尔机、尼黑库伦、诺落、河湾[⑳]、乌尔古辰[㉑]，虎尔哈[㉒]之兀（扎）〔札〕喇[㉓]、绰库禅、能吉尔[㉔]，库尔克[㉕]之喇里阐、铎陈、阿撒津、多金、兀库尔城、挂喇尔、额苏里、额尔兔[㉖]，黑龙江之噶尔达苏[㉗]、萨哈连[㉘]。

东北边部落，举国内附者二十有六：瓦尔喀则有蜚悠[㉙]；虎尔哈则有格（先）〔克〕里[㉚]、石拉忻[㉛]、那堪泰[㉜]、托科落罗[㉝]、努牙喇[㉞]、默尔车勒黑叶[㉟]、马尔遮赖、科尔佛科尔、库萨喀里[㊱]；松阿里则有摆牙喇[㊲]；黑龙江则有戈博尔、塞布奇[㊳]、何黑岱、克殷、吴鲁苏、榆尔根、海轮、固浓、昆都轮、吴蓝[㊴]，精格里河浑泰[㊵]；使犬部则有盖青[㊶]；窝稽[㊷]则有那木[㊸]、都鲁[㊹]。

东北边部落现在贡宁古塔者八，每年自四月至六月，俱以次入贡。自宁古塔东北行四百余里，住虎尔哈河、松花江两岸者，曰挐耶勒[㊺]、曰革依克勒[㊻]、曰枯什喀里[㊼]，此三喀喇[㊽]役属久，其头目皆尚少主。少年精悍者，渐移家内地，编甲入户，或有为侍卫者。初服鱼皮，今则服大清衣冠，所谓窝稽鞑子是也，又名异齐满洲[㊾]。异齐者，汉言新也。其地产貂[㊿]。自宁古塔东行千余里，住乌苏里江两岸者，曰穆连连[51]，俗类窝稽，产貂。又东二百余里，住伊瞒河源者，曰欺牙喀喇，其人黥面，其地产貂，无五谷，夏食鱼，冬食兽，以其皮为衣。自宁古塔东北行千五百里，住松花、黑龙江两岸者，曰剃发黑金，喀喇凡六，俗类窝稽，产貂。以上皆每年入贡。又东北行四五百里，住乌苏里、松花、黑龙三江汇流左右者，曰不剃发黑金，喀喇十数，披发，鼻端贯金环，衣鱼、兽皮，陆行乘舟[52]，驾以狗，御者持木篙立舟上，若水行拦头者然，所谓使犬国也[53]。其语与窝稽异，无文字笔墨，以皮条记事，大小随之，其地产貂。又东北行七八百里，曰飞牙喀，俗产与不剃发黑金同，而赤臀无裤，以皮蔽其前。自宁古塔东北行三千里，曰欺勒尔，滨大东海，俗产与欺牙喀喇同。以上各种皆三年一贡。凡岁贡者，除赐衣冠什器之外，宴一次，固山大以下陪宴；三年一贡者，宴三次，宁古塔梅勒章京陪宴[54]。

东边部落贡盛京者，曰库牙喇，俗与窝稽同，产海豹、江獭皮。其地在土门江北岸，与南岸朝鲜庆远府城相对，去宁古塔五百里，岁一贡[55]。使鹿部大约在使犬诸部之外，按《实录》：崇德元年五月，阿赖达尔汉追毛（明）〔据《清实录》补〕安部下逃人，至使鹿部喀木尼汉地方，获男女二十九来献，至今未通朝贡，无由见其国人，但闻其驾车耕地，使鹿若使牛马而已。

东北部落素产马。宋建隆中，女直尝自其国至（苏）〔蓟〕州，泛海至登州卖马。明女直建州、毛怜、海西等部，共岁贡马一千五百匹。又永乐三年，立开原马市[56]、抚顺马市[57]、广宁马市[58]。成化十四年，立庆云马市[59]，以布帛粟米杂货易之。今柳条边内外，绝不产马，唯朝廷乃有马群[60]，其他皆自山海关西及高丽国来。高丽马大与驴等，《后汉书》、《三国志》所称果下马，《魏书》所称三尺马，朱蒙所乘马种是也，能负重致远，不善驰骋。其良者亦复蹀躞有致，价不甚贵。关西马皆产于蒙古，价每倍于高丽，或遇窝稽人，非十五、六貂，不与一马也。

凤凰城等处官兵人等，往高丽义州市易者，每年二次，春以二月，秋以八月。库尔喀人每二年一次，往高丽庆源地方互市，以八月[61]。

宁古塔人每年一次，往高丽会宁府互市，亦以八月。然命下遣官监视，每年十一月方行[62]。市会宁者，多以羊皮袄、布匹，往易牛、马、纸、布、瓮、盐，而书特贵。康熙初，姚琢之以《明季遗（文）〔闻〕》易牛一头。

柳条边外山野江河产珠[63]、人参、貂、獭、猞猁狲、雕、鹿、狍、鲟鳇鱼诸物。设官督丁，每岁以时采捕，俱有定所、定额，核其多寡而赏罚之，或特遣大人监督，甚重其事[64]。至王公宗室，亦各按旗分地，令其采捕[65]。

辽东人参[66]，四月发芽，五月花。花白色，如韭花丛，大者若碗，小者若钟。六月结子，若小豆而连环，色正红，久之则黄而扁[67]。初生一椏，四五年两椏，十年后三椏，年久者四椏。每椏五叶，叶若芙蓉，一茎直上。《扈从东巡日录》所谓百尺杵也。高者数尺，低者尺余。陶隐居曰：“上党参，形长而黄，多润实而甘。百济形细而坚白，气味薄。辽东形大而虚软。”《紫桃轩杂缀》云：“生上党山谷者最良，辽东次之，高丽、百济又次之。”《异苑》曰：“上党者人形皆具，能作儿啼。”[68]今上党、百济皆枯白无味，而辽以东所产，多黄润甘实，不尽如前所云。而人形略具者，闻亦有之，但不能作儿啼耳。甲子、乙丑已后，乌喇、宁古塔一带，采取已尽，八旗分地，徒有空名。官私走山者，非东行数千里，入黑金阿机界中，或乌苏江外不可得矣。

高丽人作人参赞云：“三椏五叶，背阳向阴，欲来求我，（椴）〔假〕树相寻。”[69]

宗室人参过山海关，皆有定额，额外人参，照例每斤纳税六钱[70]。凡走山者，山东西人居多，大率皆偷采者也。每岁三四月间，趋之若鹜，至九十月间乃尽归，其死于饥寒不得归者，盖不知凡几矣。而走山者日益多，岁不下万余人。凡走山刨参者，率五人而伍，而推一人为长，号曰山头。陆行乘马，水行驾威弧[71]，沿松花江至诺尼江口登岸。覆舟山谷间，乃入山相土。山头坐而指挥，四人者剥树皮为窝棚，又择一人炊，三人樵苏，夜则燎火自卫。晓食已，人携小刀一，火石包一，四尺长木镵一，皮袋一，随山头至岭，受方略，认径路，乃分走丛木中，寻参子及叶[72]，得则跪而刨之。山头者时时立岭上，作声以呼其下，否则迷不能归矣。日暮归窝棚，各出所得交山头，乃洗剔而煮[73]，贯以缕，悬木而干之。日唯晓夜再食，粮尽则五人均分而还。

关东人呼参曰货，又曰根子。肉红而大者曰红根，半皮半肉者曰糙重，空皮曰泡[74]，视泡之多寡，定货之成色[75]。己巳、庚午间，足色者斤[76]十五两，八九色者斤十二三两，六七色者斤九、十两，对冲者六七两，泡三两。若一枝重两以上，则价倍；一枝重斤以上，价十倍；成人形则无价矣。相传康熙二年，得人形者一枝，重二十二两，献于朝，后绝不得。

窝稽人不贵貂鼠，而贵羊皮，凡貂爪褂合缝镶边处，必以黑羊皮一线饰之。《松漠纪闻》云："不贵貂鼠者，以其见日及火，则剥落无色。"余谓此无他，不过厌常喜新耳。今宁古塔梅勒章京以下，皆著猞猁狲、狼皮袄，而服貂者，无一人也。若帽则皆貂矣，岂独不畏剥落耶？貂鼠喜食松子，大抵穴松林中，或土窟，或树孔。捕者以网布穴口，而烟熏之，貂出避，辄入网中。又有纵犬守穴口，伺其出而啮之者，然不贵，恐其损毫毛也。紫黑色毛平而理密者为上，紫黑而理密者次之，紫黑而疏，与毛平而黄者又次之，白斯下矣[77]。康熙初，易一铁锅，必随锅大小，布貂于内，满乃已。今且以一貂易两锅矣[78]。易一马必出数十貂，今不过十貂而已，马良者乃十四五，亦不以上貂易也。上貂皆产鱼皮国[79]，岁至宁古塔交易者二万余，而贡貂不与焉。宁古塔人得之，七八月间，售贩鬻京师者，岁以为常。京师往往贱挹娄而贵索[80]伦，盖以索伦貂毛深而皮大也，然不若挹娄之耐久矣。

貉子皮出鱼皮国者佳，大与狐等，每皮价四五钱，拔枪毛[81]为帽。脊曰钻草，臀曰坐草，腹曰拉草。钻草绀色上也，坐草黄色中也，拉草灰色下也。塞外御寒在貂上。有为被者，若为褥则不拔枪毛。枪毛锐，黄黑色。

鹿皮、狍皮、火石、火绒、锉草、红根草及诸木杆，皆有贡额[82]。满洲旧无文字，有之自太祖始。按明万历二十七年己亥二月，太祖以蒙古字制国语，创立满文，行国中。命额尔德尼榜式[83]、大海榜式[84]立字母十二，名曰十二兀柱头。兀柱头所载，与汉人反切相类[85]，或一语为一字，或数语为一字，意尽则以两点节之。其书左行，与汉反[86]。波撇仿佛汉隶，盖蒙古字本从隶书变出，而满书又从蒙古变出，旁加以点，是以仍近汉隶。《五代史》云：增损隶书之半，以代刻（木）〔本〕之约，此一据也[87]。

边外文字，多书于木，往来传递者曰牌子，以削木片若牌故也。存贮年久者曰档案、曰档子，以积累多，贯皮条挂壁若档故也，然今文字之书于纸者，亦呼为牌子、档子。犹之中土文字，汉以前载在竹简，故曰简；以韦编贯，故曰编。今之人既书于纸，为卷为部，而犹呼之（为简为编）〔为编为简〕也。

监高丽互市笔帖式云：己巳冬，会宁府民获野鸡子十，破其一，中有十鼠，遂连破三四，莫不然。告之吏，吏剖其一，亦然，乃献之王所。

高丽咸阳郡新溪书院，故新罗国佛寺遗址也。崇德六年六月，有寓居人元年者，掘地得一瓮，贮金二十四片，每片刻“宜春大吉”。瓮盖刻“一千年”字，送于朝，却之。

宁远州人曰，明总兵李如松入朝，赐宴，陪宴官某问辽东产何物？如松曰：“产好李。”某曰：“不知心若何？”曰：“赤心。”[88]

开原县城中有浮图一，土人云，有镜二十四著顶上。

奉天多邓将军庙，将军名佐，明成化间人。按《四镇三关志》：邓佐者，定辽前卫指挥使也，善骑射，有胆力，巡抚王翱令署都指挥事。成化三年春，随总兵施英按奉集堡，遇敌二千余，佐率五百骑败之，复追至树遮里峻山峭壁中鏖战，忽有一校，策马退走，众遂溃，乃下马步战，久之知不可为，遂自刎。报未至，辽人见佐乘白马，挟弓，鼓吹而回，佐家亦闻鼓吹声。守臣上其事，立祠辽阳，都御史吴祯为撰碑记。抚顺境外部落，凡有疫疠，祷之立应，至今满洲跳神皆祠之。或曰京师堂子所祀者，亦将军云[89]。

宁古塔地，不计亩而计晌。晌者尽一日所种之谓也，（纳）〔约〕当浙江田四亩零[90]。一夫种二十晌，晌收谷自一石至二石，以土之厚薄为等杀。谷凡十种：曰稗子、曰小麦、曰大麦、曰粟[91]、曰秫[92]、曰黍[93]、曰稷[94]、曰高粱[95]、曰荞麦、曰穬麦[96]，而以稗子为最，非富贵家不可得。（地二十晌之佳者，价五两）〔地之佳者，晌价五两〕。稗子谷石（一）〔五〕两，小麦石（五）〔三〕两，大麦石（一）〔二〕两五钱，粟、秫、黍、稷、高粱、荞麦石各二两、穬麦石一两三钱。凡一石可当通州仓二石五斗，此己巳、庚午间粮价也。

陈敬尹为余言曰："我于顺治十二年流宁古塔，尚无汉人，满洲富者缉麻为寒衣，捣麻为絮，贫者衣狍、鹿皮，不知有布帛，有之自予始。予曾以匹布易稗子谷三石五斗。有拨什库某，得予一白布缝衣，元旦服之，人皆羡焉。"今居宁古塔者，衣食粗足，则皆服绸缎，天寒披重羊裘，或猞猁狲、狼皮打呼[97]，唯贫者乃服布，而敬尹则至今犹布袍，或著一羊皮缎套耳。

宁古塔宴会，以十二簋为率，小吃之数亦如之，争强斗胜，务以南方难致之物为贵，一席之费，大约值三四金。满洲则例用特牲，或猪、或羊、或鹅，其费更甚。

宁古塔多业农、贾。贾者三十六，其在东关者三十有二：土著者十，市布帛杂货，流寓者二十二，市饮食。在西关者四。土著皆市布帛杂货。农则无算，而奴为多。其俗贵富而贱贫，贵老而贱少，贵汉而贱满，何也？凡东、西关之贾者皆汉人，满洲官兵贫，衣食皆向熟贾赊取，俟月饷到乃偿值，是以平居礼貌，必极恭敬，否则恐贾者之莫与也。况贾者皆流人中之尊显而儒雅者，与将军辈皆等夷交，年老者且弟视将军辈，况下此者乎？居人无冻馁者，冻馁则群敛布絮、粮食以与之。夜户多无关，唯大门设木栅或横木为限，防牛马逸出也。比年来正、二月间，走山者或盗马，因设堆子巡警。他时，牛马猪鸡之类无失者，失十余日，或月余，必复得。

宁古塔满洲呼有爵而流者曰哈番。哈番者，汉言官也。而遇监生、生员，亦以哈番呼之，盖俗原以文人为贵。文人富则学为贾[98]；贫而通满语则代人贾[99]，所谓掌柜者也；贫而不通满语则为人师[100]，师终岁之获，多者二三十金，少者十数金而已，掌柜可得三四十金。

宁古塔有七庙，曰关帝庙，在城东三里，马王附其后，道人扬州蔡森生守之，年已七十九矣。曰西庙，在城西三里，吉陵倚其后，虎儿哈河流其前，中有铜观音一，高八九寸，蓝旗章京某所舍也。某云，阿机人钓而得之江，以为神，杀牛、猪、鸡、鹅必祭，而以血涂其口。余以（牛一）〔一牛〕强易之，识者皆指为宋物。又莲花石承柱二，亦自地中出者。庚午二月初六日，僧寮火，观音殿以救免。余为僧作引募修，西行时已得六十金矣。僧名净金，温州人，《秋笳集》所称净公者是也。弟子二：一名雪苍，一名宁远。曰既济庙，在城西北百步，祀龙王、火神。僧名天然，李其姓，河南诸生也。甲寅、乙卯间，以逆党为阿机奴，妻年少绝色，主者呼之装烟，不应，自缢死，天然遂下发为僧。余父怜之，为梅勒章京言，属守庙。庙额余所书也。曰三官庙，在城东北百步，道人朱一翁，故南昌王后也，年七十二。曰子孙娘娘庙，在三官庙东，朱一翁兼守之。曰城隍庙，在城东南一里，直隶刘典史建，因自守之。居人薄守者，多不往。曰土地庙，在城东里许，河南王姓尼守之，人呼为王姑子。朔望往七庙者，执香而已，烛不易得也。西庙东，吉陵下，净公植花木数千本，春夏间，满、汉男女，载酒征歌无虚日，文人多赋诗以记其盛。

己巳七月，余家童黑子随爱浑牛录章京崔尚信江行，一日，结伴八人驾威弧，将登岸围猎，波浪作，威弧覆，同伴刘拨什库等三人死，黑子等五人以救免。先是尚信乌喇起行之夕，梦吏持文书一函，露封，令尚信投爱浑将军，尚信探视之，朱书不可辨，以问吏，吏曰："无他，取多洪拉发三人耳。"尚信疑畏者久之，至是乃恍然，盖死者皆多洪拉发人也。

席百北有鹿，大若橐驼，名康大罕，角可为指决，糟若线者，价三四十两。

海豹皮出东北海中[101]，长三四尺，阔二尺许，短毛淡绿色，有黑点。京师人误指为海龙皮，染黑作帽。海龙皮大与海豹等，毛稍长，纯灰色，(又京师人)〔京师人又〕指为海獭皮者也。

红姑娘，一名红娘子，状若弹丸，色红可爱，味甜酸，子若鱼子，八九月间熟，草本，有蕚若秋葵蕊而淡红，烹汤亦可饮。

大发哈鱼，一作打法哈，子若梧桐子，色正红，啖之鲜水耳。其皮色淡黄若文锦，可为衣为裳、为履、为袜、为线。本产阿机各喀喇，而走山及宁古塔之贫者，多服用之。

楛木长三四寸，色黑，或黄、或微白，有文理，非铁非石，可以削铁，而每破于石。居人多得之虎儿哈河。相传肃慎氏矢以此为之。好事者藏之家，非斗粟、匹布不可得。按楛矢，自肃慎氏至今，凡五贡中国[102]，而勿吉、室韦之俗，皆以此为兵器，或曰楛矢，或曰石镞，或曰楛砮，历代史传，言之娓娓[103]。今余之所见，直楛耳，无有所为镞与砮也，不知镞与砮，又何以为之也。

盐，南北朝时有产于树者，有产于池者。金时速频以东食海盐，上京、胡里改等路食肇州盐[104]，今则运自奉天，或高丽国，坚类长芦盐，斧砍之乃碎。宁古塔盐斤二分五厘，船厂盐斤一分二厘。祁奕喜《风俗记》：出沈阳者斤八分，出高丽者斤六分，盖康熙初价犹贵，不似今之贱也。

桃花水，草本，状若杨梅，而无核，色红味甘，质轻脆，过手即败矣。五六月间，遍地皆是，居人择最多处，设帐房或棚子，醵分载酒，男女各为群，争采食之，明日又移他处，食尽乃已。又有法佛哈米孙乌什哈者，味甜酸可食，皆中土所无者也。若蘋婆果、桃、李、枣、栗、柑、橘之类，非中土人驰送不可得。瓜往时绝少，今李召林学种，各色俱有，然价甚贵。荸荠，淀子中[105]亦生，人不知食。黄精极多，贱者乃食之。蘑菇，猴头、鸡腿之外，尚有数种，然状莫大于猴头，味莫鲜于鸡腿。鸡腿蘑菇，篱落间皆有之。往吴汉槎还，病且死，谓予曰："余宁古塔所居篱下，产蘑菇，今思此作汤，何可得？"余时窃笑之，以为蘑菇所在（皆）〔《仰视》本无此字〕有，何宁古塔也？及余省觐东行，乃知宁古塔蘑菇，为中土所无。而汉槎旧居篱下所产，又宁古塔所无者。今此屋属河南李闻远，而蘑菇已尽。数年来，数祁家马槽下者为第一矣[106]。

护腊，革履也，絮毛子草于中，可御寒。毛子草细若线，三棱，微有刺，生淀子中，拔之颇触手，以木椎数十下，则软于绵矣，一名护腊草。土人语云："辽东三件宝：貂鼠、人参、护腊草。"余谓参、貂，富贵者之宝也；护腊草，贫贱者之宝也。有护腊草则贫贱者生，无参、貂则富贵者死。

塔子头[107]，苗长尺许，若麦门冬草，春绿、夏青、秋白，冬则土人以火燎之，焦而黑矣。根紫色，细若线，纠结成团，坚如木石。大者抱，小者握，（自相连，联络参差，）〔自相联络，参差〕立泥淖中。马行其上，春夏最难，一失足，陷隙际不能起。秋冬冰坚，则如陆地，然和尚头仍不与冰等也。土人有取以为枕者，玩之绝可爱。余欲携其一示好事者，以马力不胜而止。

松塔，松子蒂也，状若塔，故名，大者高尺许。打松子者，入阿机中伐木取之。木大塔多者，取未尽辄满车。往时不甚贵，近取者多，百里内伐松木且尽，非裹粮行数日不可得，价乃数倍于前。己巳、庚午间，银六钱买一大斗，然食者少，不甚买也。余初至，日食一升，三四日后，唇焦舌燥，不敢食矣。

榛，高二三尺，草也，而似木，经霜后，子落可拾，干可为薪，否则入野烧，春夏间复生，品素贱。己巳秋独少，价遂与松子等。

桦皮，桦木皮也。桦木遍山皆是，状类白杨。春夏间剥其皮，入污泥中，谓之曰糟，糟数日乃出而曝之地，白而花成形者为贵，《金史》所谓酱瓣是也[108]。拉发北数十里，特设桦皮厂，有章京[109]、有笔帖式，有打桦皮人，每岁打桦皮入内务府，而辽东桦皮，遂有市于京师者矣[110]。

边外驿站，相去远近不一，或百里，或百余里，或七八十里。然所谓七八十里者，三九月间，亦必走马竟日乃得到[111]。行稍迟，或冬月日短不早发，鲜有不露宿者[112]。露宿必傍山依树，近水草。年少而贱者，持斧伐木，燎火自卫，或聚石为灶，出铜锅作粥，人持一木碗啜之。雨雪至，无从避，披裘冻坐而已。

每站设笔帖式一[113]，拨什库一[114]，庄头一，小头一，壮丁不为限，大抵业农、贾。小头者，役于拨什库者也；庄头者，管壮丁者也；拨什库专司应付；笔帖式登记档案。以体统言之，笔帖式有印，若尊于拨什库，而派军马草料，则不敢侵其权，是以一站之人，惟拨什库是畏。前此每站居人，多者数百家，少者数十家，今爱浑将军尽拨壮丁为水手、工匠，而山东、西与京东之流寓者[115]，奉天将军又复驱之入关，存者不过十余家，而站废矣。

十年前行柳条边外者，率不裹粮，遇人居，直入其室，主者则尽所有出享，或日暮，让南炕宿客，而自卧西北炕，马则煮豆麦、锉草饲之，客去不受一钱。他时过之，或以针线荷包赠，则又煮乳猪、鹅、鸡以进。盖是时俗固厚，而过客亦不若今日之多也。今则走山者以万计，踪迹诡秘，仓卒一饭，或一宿、再宿，必厚报之。而居者非云、贵流人，则山东、西贾客，类皆巧于计利，于是乎非裹粮不可行矣。然宿则犹让炕，炊则犹樵苏，饭则犹助瓜莱，尚非中土所能及也。

辽以东皆产鹰，而宁古塔尤多，设鹰把势十八名[116]。每年十月后即打鹰，总以得海东青为主。

海东青者，鹰品之最贵者也，纯白为上，白而杂他毛者次之，灰色者又次之。既得，尽十一月即止，不则更打。若至十二月二十日不得，不复更打矣。得海东青后，杂他鹰遣官送内务府，或朝廷遣大人自取之。送鹰后得海东青，满汉人不敢畜，必进梅勒章京，若色纯白，梅勒章京亦不敢畜，必送内务府矣。凡鹰生山谷林樾间，率有常处。善打鹰者，以物为记，岁岁往，无不遇，唯得差不易矣。视其出入之所，系长绳，张大网，昼夜伏草莽中伺之，人不得行，行则惊去。

宁古塔温饱之家，好打马吊，少年者尤甚。吊牌筹马，皆致自京师，穷极工巧。凡赌不以银，而以核桃、红枣、猪、羊之类。

满洲有大宴会，主家男女，必更迭起舞，大率举一袖于额，反一袖于背，盘旋作势，曰莽势[117]。中一人歌，众皆以“空齐”二字和之，谓之曰“空齐”[118]，犹之汉人之歌舞，盖以此为寿也。每宴客，坐客南炕，主人先送烟，次献乳茶，名曰奶子茶，次注酒于爵，承以盘，客年差长，主长跪以一手进之，客受而饮，不为礼，饮毕乃起。客年稍长于主，则亦跪而饮，饮毕客坐，主乃起。客年小于主，则主立而酌客，客跪而饮，饮毕起而坐。与席少年欲酌同饮者，与主客献酬等。妇女出酌客亦然。是以不沾唇则已，沾唇则不可辞，盖妇女多跪而不起，非一爵可已。又客非惧醉而辞，则主不呼妇女出，出则万无不醉者矣。凡饮酒时不食，饮已乃设油布于前，名曰划单，即古之食单也。进特牲，以解手刀割而食之。食已尽，赐客奴，奴席地坐，叩头，对主食不避。

牛鱼，鲟鱼也。头略似牛，微与南方有别，然土人直呼为鲟，惟中土人或谓之为牛耳。重数百斤，或千斤，混同、黑龙两江，虎儿哈河皆有之。最不易得，得之则群聚而脔食之。《演繁露》载：契丹主达鲁河钓牛鱼以占岁。《海陵集》称：与金兰酒并赐使臣[119]。《二老堂杂志》亦云：一尾之值与牛同[120]，则牛鱼在辽、金时已贵重矣，然其味犹在鲫鱼下。鲫鱼大者三斤，小者若滦鲫[121]，鲜美不可名状。若牛鱼徒肥耳，不甚鲜也。塞外凡鱼皆肥美。余去时于棉花街市一鲢鱼，重十斤[122]，十五人食之不尽。余欲更市一尾进吾父，同行者曰：宁古塔鱼更佳，何市为？及至果然。盖宁古塔城临虎儿哈河，冰开后，无贵贱大小，以捕鱼为乐，或钓、或网，或以叉，或以枪，每出必车载而归，不须买也。唯冬月凿冰，则捕者少，好逸者乃买耳。

康熙丙寅年，沙儿虎旧城[123]，掘一铜章，传送礼部，大若州印，面篆“合重浑谋克印”六字，背左一行楷书如面文，右一行刻“大同二年少府监造”八字。按：大同，辽世宗年号，而“谋克”则世传金爵也[124]。今观斯印，则金未建国号，为辽属国时，已有斯爵，而后特广之耳。

注：

①一作乌腊，又作兀喇，在混同江东尼失哈站北六十里，昔扈伦国，姓纳喇。有纳齐布禄者，生子曰商坚朵尔和齐；商坚朵尔和齐子曰加麻喀硕朱古；加麻喀硕朱古子曰绥屯；绥屯子曰都尔机；都尔机生二子：长曰克习纳，次曰古对朱颜。古对朱颜子曰太兰；太兰子曰布颜，始服吴喇诸部，筑城吴喇河岸洪尼地，自称贝勒。传至其孙布占泰，与大清构兵，万历四十一年为太祖所灭。

②一作哈塔，在开原东北边外四十里，即所谓南关也，与吴喇同祖。先是扈伦国都尔机长子曰克习纳，为族人巴代达尔汉所害。有孙万，一名王台，奔席北之绥哈城，其诸父王住外兰奔哈达为部主。后其下叛，杀王住外兰，其子博尔坤舍进杀其人，以报父仇，遂迎万为部主。万于是称汗，国号哈达，最忠于明，授塔山前卫左都督。传至其子孟格布禄等，于万历二十七

年，为大清所灭。

③一作灰扒，本姓（益）〔孟〕克得里，始祖曰昂古里星古力，黑龙江岸尼马察部人也，自黑龙江载木主迁居渣鲁。有扈伦国人噶扬噶图墨（上）〔土〕，姓纳喇氏，居于张，因改姓纳喇。星古力二子，长曰留臣，次曰备臣。备臣子曰纳领噶耐宽；纳领噶耐宽子曰拉哈都督；拉哈子曰噶哈禅都督；噶哈禅子曰齐纳根达尔汉；齐纳根子曰王机砮，于辉发河边扈尔奇山筑城以居，因号辉发国。时有蒙古〔察〕哈尔国（查）〔扎〕萨克图土门汗围其城，不克而还，遂益强盛。王机砮卒，有子七人，其孙拜音达里尽杀之而自立。万历三十五年，为大清所灭。《居易录》：陈君说，辉发部落未灭之前一岁，每至日晡，辄有小儿千百为群，连臂入城嬲人，或入酋长之居，或散在人家，提而掷之，散若轻尘，旋复聚而为小儿，驱逐祈禳，皆不能禁。国人夜不得眠，日出始倦而就寝，如是者年余。太祖兵至，已入城，人无觉者，自此妖亦不见。

④一作也合，又作叶赫，又作野黑，在开原威远堡边门东北九十里，即所谓北关也。明正统间置塔山前卫，设指挥等职。始祖本蒙人，姓土墨特，名星根达尔汉。初灭扈伦国所居张地之纳喇部，遂据其地，改姓纳喇。后迁野赫河岸，故以野赫为国号。星根达尔汉子曰席尔克明噶图；席尔克明噶图子曰齐尔噶尼；齐尔噶尼子曰褚孔革，授塔鲁木卫都督佥事；〔褚〕孔革子曰太杵；太杵二子，长曰逞家奴，次曰仰家奴，皆依哈达王台为边患。而兄弟不相下，乃更筑新城于山坡，号故城曰老城。老城在西，逞家奴居之；新城在东，仰家奴居之。万历十二年，宁远伯李成梁以赐敕赏赉为名，诱二奴至开源杀之。逞家奴子曰布寨；布寨子曰布扬古、布尔杭古；仰家奴三子，曰纳林布禄、曰金台吉，俱忠顺，为明卫边。万历四十七年为大清所灭。

⑤满洲始祖曰布库里雍顺，乃天女佛库伦所生，定三姓之乱，妻其女百里。居长白山东俄汉惠之野俄朵里城，国号满洲。

⑥其地在清河边外，属城寨之著者七：曰图伦城、曰撒尔湖城、曰嘉木湖城、曰沾河寨、曰安土瓜尔佳城、曰古勒城、曰沙济城。沙济城主阿海，与古勒城主阿太，皆王杲子也。万历十一年为李成梁所杀，余皆亡于本朝。

⑦属城寨七：曰杭甲城、曰扎库木城、曰东佳城、曰把尔达城、曰兆佳城、曰界凡城、曰播一混寨。万历间俱为大清所并。

⑧万历间，部主戴度墨尔根，其叔曰孙扎秦光滚，与董鄂部瓮哥落为仇。十二年九月，本朝太祖攻董鄂齐吉答城还，孙扎秦光滚乞师攻瓮哥落，戴度遣人告之，得为备，十六年太祖灭之。

⑨在宽奠堡外。万历十六年，部主克彻巴颜之子额尔机瓦尔喀，为托汉河部额吐阿禄下所杀，其子何和理遂率众归本朝，尚太祖长女。

⑩一作只陈，万历十五年为大清所并。

⑪部主索尔果，明万历十六年四月，率众归大清。太祖以其子蜚英东为一等大臣，后以功升固山额真，卒谥直毅公，配享太庙。

⑫一作押儿孤。寨主扈喇虎，明万历十六年四月，率众归清，以其子扈尔汉为养子，赐名觉罗。

⑬一作讷因。

⑭以上二部，在明万历二十二年并于清。

⑮即益州江，或呼叆江。《唐书》作马訾水，源出长白山。明万历十九年为大清所并。

⑯明崇祯八年，为大清吴巴海等所灭。

⑰一作吴尔格臣。

⑱一作遂分。

⑲一作滹野。

⑳以上七部，明崇祯十七年七月，为大清喀凯塔克等所灭。

㉑明万历三十九年，为大清阿巴泰、蜚英东、顺科落所灭。

㉒即元胡里改路地。

㉓明崇祯六年，兀（扎）〔札〕喇地方头目绰（奇）〔哥〕以貂狐皮朝贡大清。八年五月，大清命吴巴海等征之；十月，兀（扎）〔札〕喇部主之弟塞痕卜克沙等归大清，令住宁古塔地方。十四年二月，大清遣宁古塔章京锺果兑等征其未附屯寨，遂平之。

㉔以上二部，明崇祯十六年五月，为大清阿尔津等所灭。

㉕一作库尔喀。

㉖以上八处，明崇祯十二年八月，为大清萨木什等所灭。

㉗噶尔达苏有二处，以大小别之。明崇祯十六年五月，为大清阿尔津等所灭。

㉘明万历四十四年七月，大清命达尔汉、顺科落等取其屯寨三十六。

㉙明万历三十五年正月，吴喇侵蜚悠，其城长策穆特黑，请移家归大清，太祖命舒尔哈齐等率兵三千，徙其户五百还。

㉚明崇祯元年正月，格克里四头目朝于大清。

㉛明万历四十四年，本朝使顺科落等招之，四十六年其部长率所部（皆归之）〔归之〕。

㉜明崇祯三年十一月，其长（虎尔噶率其妻子）〔虎尔腊率妻子〕至宁古塔，命马尔拖朝大清，求驻牧地。

㉝一作脱科落。明崇祯十年四月，贡清貂、狐皮，十二月又贡，十五年十二月又贡。

㉞一作耨野勒，明崇祯十一年四月归清。

㉟明崇祯十一年十二月归大清。

㊱以上三喀里，明崇祯十五年十二月归大清。

㊲明崇祯元年十二月，头目伊尔彪图纳哈、布韬伊图喀归大清，贡貂、狐皮。

㊳长巴尔齐等。

㊴以上十屯，明崇祯八年四月俱归大清。

㊵明崇祯元年十月，其长扈（青）〔育〕布禄归大清，贡貂皮。

㊶明崇祯七年十一月，其长僧格归大清，贡貂皮。

㊷一作兀集，又作乌集，凡林木丛茂处皆是。

㊸明崇祯间，其长康果里、喀克都里、昂古、明噶兔、乌路噶、僧格、尼喀里、汤松噶、叶克舒等归大清。

㊹明万历三十八年十一月归大清。

㊺一作闹雷。明崇祯四年七月，部长萨达兰、宜寇、扎济喇、瓦尔禅、厄克星格等，始贡本朝貂、狐、猞猁狲、水獭皮。

㊻一作克益克勒，又作克宜克勒，明崇祯十一年四月，始贡大清貂、狐皮。

㊼一作虎刁哈礼。明崇祯十二年十一月，其长纳木达礼等十人，赖达库等四人，始贡大清玄狐皮。

㊽喀喇，汉言姓也。

㊾一作伊车满洲。

㊿窝稽，疑即古之室韦。按《北史·室韦传》：室韦在勿吉北千里，魏、齐后分为五部，不相总一。所谓南室韦、北室韦、钵室韦、深末怛室韦、大室韦。南北室韦，皆捕貂为业，冠以狐、貂，衣以鱼皮。钵室韦用桦皮盖屋；大室韦尤多貂及青鼠。

51一作木轮，又作木伦。明永乐间置木伦河城。万历三十九年七月，大清命阿巴泰等取之。崇祯元年七月，大清又命喀凯塔克等率兵征之。

52或行冰上。

53《后汉书》有狗儿国，以狗耕地，价与牛同。又《金史》有狗站，以狗摆站，辽天庆三年六月，斡朗改国，曾以良犬进贡。

54按《会典》，黑金、飞牙喀、虎尔哈等部落，进贡貂皮，照宁古塔将军收送验数送户部，其应赏之物，据将军文书，行文户、工二部支给。又进贡人，每日给谷米、烧酒、盐、粘米、豆、马料等项，不限日期。如格格、额驸来，支给粳米，赏给衣服、缎绸、布（缨）〔缕〕、带帕、棉花、绿斜皮、线、梳、篦、扇等物，率以为常。

55按《会典》，库尔喀地方所进江獭，验数交送户部筵宴，礼部备办赏赐，行文户、工二部支给。

56在开原南门外，通女直交易。

57在抚顺所，通建州交易。

58在团山堡，通朵颜、泰宁、福馀三卫交易。

59在庆云堡，通海西、黑龙江交易。

60按《会典》，盛京骒马群三处；游牧地方，骗马群二处，骒马群十五处，骗骆驼群二处，骒骆驼群十处；上都地方，骗马群二处，骒马群十五处；大凌河骗马群二处，骒马群十处。三年，骒马三匹孳生一匹，骒骆驼六年内，四只生二只，多者赏，少者责罚。十月初一日起，进庄牧养，至三月三十日止，四月初一日放青起，至九月三十日止。

61按《会典》，凤凰城库尔喀人，往高丽地方互市，始于崇德间。

62按《实录》，天聪七年二月，始遣备御郎格、吴巴海携宁古塔货物赴朝鲜会宁府贸易。又《会典》：崇德间定例，每年市易，礼部差通事二员，宁古塔骁骑校、笔帖式各一员，前往监视，凡貂皮、水獭、猞猁狲、江獭等皮，不准市易。定限二十日即回。今添差防御一员。

⑥③色微青，所谓东珠也。圆而粗者，天子、诸王以之饰冠，价甚贵。

⑥④按《会典》，旧例，乌喇捕牲，设五品总管一员，六品噶喇大二员，笔帖二员，拨什库三名。除总管本身附壮丁三名，噶喇大本身附壮丁二名，笔帖式、拨什库、工匠等附壮丁一名，免征钱粮外，其余窝铺首领、捕牲壮丁，各附壮丁一名。每年每丁征取貂皮二十张，东珠、珍珠、猞猁狲、水獭、皂雕、虎斑雕、芝麻雕，呈送工部验看，折算貂皮。若比定数多者，都虞司行文广储司，取青布给赏，少者交工部责治。捕鲟鳇鱼壮丁，尽所得呈交。若交纳鹿觔五个者，赏弓一张。康熙元年定例：壮丁额外多貂皮一张，赏青布一匹，少一张，责三鞭。康熙二年议定：乌喇捕牲总管，以八旗共得貂皮，按丁计算，额外多得一百张，赏银三钱，少一百张，罚俸银三钱。噶喇大分管四旗壮丁，如额外多六十张，赏银三钱，少六十张，罚银三钱。康熙五年，令壮丁兼捕鳇鱼。十年，每旗派壮丁十九名，于冬夏二季，专捕鳇鱼，免捕貂鼠。其捕牲人役，在家病故者，准计日扣除貂皮。上好东珠，重八分以上者，每一分折貂皮（十张）〔按《仰视》本作七十二张〕；重七分五厘者，折貂皮六十七张半；重七分者，折貂皮六十三张，以上每一分折九张。重六分五厘者，折貂皮五十二张；重六分者，折貂皮四十八张，以上每一分折八张。自五分五厘，以至一分者，每一分折貂皮五张，每五厘折二张半，照数计算。次号东珠，及两面光亮，中间有带者，三分折算二分，或一面、两面微有光亮，二分折算一分，无光亮东珠，三分折算一分。猞猁狲，头号每张折貂皮六张，二号折貂皮五张，三号折貂皮四张，四号折貂皮三张。水獭，头号折貂皮三张，二号折貂皮二张半，三号折貂皮二张，四号折貂皮一张半，五号折貂皮一张，末等每两张折貂皮一张。薄毛貂皮，每二张折一张。

⑥⑤按《会典》，国初王以下，公以上，许遣壮丁于乌喇地方采捕东珠、貂鼠、人参等物。效力勤劳大臣，许遣壮丁采取人参。顺治五年，停止大臣采参；七年，停止宗室采捕东珠、貂鼠等物；八年，（停止）〔他书作定，为是〕乌喇采参人数：亲王一百四十丁，世子一百二十丁，郡王一百丁，长子九十丁，贝勒八十丁，贝子六十丁，镇国公四十五丁，辅国公三十五丁，镇国将军二十五丁，辅国将军二十丁，奉国将军十八丁，奉恩将军十五丁。镶

黄旗人参山：曰黑扯木、曰马家、曰肥牛村、曰牛哈儿哈、曰色钦、曰赵家、曰厄儿民河、曰哈儿民河冈、曰佟家河、曰拉哈多布库河、曰牙儿渣河。采捕山：曰波那活河、曰一而门、曰呼蓝、曰马哈拉。正黄旗人参山：曰木起、曰呼浑谷背山傍、曰幽呼罗东界、曰克扯木、曰肥牛村、曰土克善梅佛黑齐、曰五林峰、曰厄尔民河、曰哈尔民河夹冈，曰佟家河、曰拉哈多布库河、曰浑齐山、曰见得黑山。采捕山：曰一而门、曰牙濑港、曰厄黑五陵河。正白旗人参山：曰呼雷、曰刚山岭、曰东胜阿谷、曰济而歌把罗、曰打八扯冈、曰济而歌河、曰瓦而喀什把罗、曰觉罗卫济岭、曰昂把释楞、曰阿沙哈河、曰绵滩厄母皮里、曰阿什汗河、曰湖南谷、曰湖南岭、曰布鲁张市、曰叉欣谷、曰梭布纳、曰钮王涧谷、曰布勒亨。采捕山：曰布儿哈河、曰阿克敦、曰上涧峰、曰木书河。正红旗人参山：曰朱哈儿哈、曰撒姆汤阿、曰刘姑山岭、曰倭儿哄噶哈、曰阿巴噶哈、曰木敦、曰古黑岭背山傍、曰汗处哈谷、曰西伯谷、曰倭儿烘谷、曰阿米大谷、曰阿米大牙儿过。采捕山：曰撒龠一而门、曰五蓝得弗、曰哈占你白叶。镶白旗人参山：曰刘姑山岭、曰撒姆汤阿、曰张而都科八罗、曰欢他、曰呼勒英厄、曰刚山岭、曰色真打把库、曰扎儿打库河、曰乌林库占、曰三通岭、曰多把库罗门、曰浑济木敦。采捕山：曰阿呼峰、曰撒仑。镶红旗人参山：曰加海、曰撒姆占河、曰沂沏东倭、曰扎姆必汗、曰扎姆他赖、曰纽木舜、曰五什欣阿普大力、曰倭儿烘阿普大力、曰白母白力、曰撒哈连、曰昂八乌而呼、曰纳孟厄、曰阿沙哈图黑、曰厄黑港、曰古黑岭南山傍、曰瓦黑呼、曰汗处掀谷、曰昂把乌黑、曰昂把释楞。采捕山：曰勒夫渡口、曰一八单、曰依兰峰、曰朱绿峰、曰呼朱白叶。正蓝旗人参山：曰东胜阿、曰加哈岭、曰瓦尔喀什、曰扎儿呼河、曰吉姆申、曰书谷、曰倭儿烘噶哈、曰昂巴噶哈、曰木敦家姆占、曰湾他哈、曰纽王涧谷、曰非牙郎阿、曰阿什哈温扯黑。采捕山：曰阿济革牙哈、曰木克峰、曰阿姆滩纳（麦）〔麦〕尔齐、曰昂巴牙哈。镶蓝旗人参山：曰扎姆必汗、曰扎东阿、曰色钦、曰扎库木、曰厄一夫峰、曰都棱、曰温泉、曰扎儿呼河、曰围黑法山。采捕山：曰牙濑港、曰一吞木克、曰波吞波吞、曰（酸）〔骏〕马冈。

(66)《本草》：人参与甘草同功而易蛀，唯纳器中密封，可经年不坏。《紫桃轩杂缀》：人参一名人蓡。蓡者，渐渍之义。又名人微，微亦微渐之意。

一名人御，以其生有阶级。又名鬼盖，以其生背阳向阴。又有神草、地精、海腴之名。《异苑》：人参名土精。《海录》：天狗，人参也。《春秋运斗枢》云：摇光星散为人参，废江淮山渎之利，则摇光不明，人参不生。《说文》：蓡与参同。扁鹊云有毒，或生邯郸。《西溪丛语》：《梁书》阮孝绪母疾，须人参。旧传钟山所生，有鹿引之，鹿灭得此草。

67扁鹊云：三月生叶，小花，核黑，茎有毛，九月采根。

68《西溪丛语》：扁鹊云，有头足手，面目如人。《广五行记》云：土下有呼声，掘之，得人参如人形，四体备具，声遂绝。《隋书·五行志》曰：高祖时，上党人家宅后，每夜有人呼声，求之不得。去宅一里所，但见人参一本，枝叶峻茂，因掘去之，其根五尺余，具体人状，呼声遂绝。《夷坚丙志》：青城老泽，平时无人至其间。关寿卿与同志七八人，作意往游，未到二十里，日势薄暮，鸟鸣猿悲，境界凄厉。久之，山月稍出，花香扑鼻，谛视，满山皆牡丹也。几二更，乃得一民家，老人犹未睡，见客欣然延入，布席而坐。少顷，设麦饭一钵，菜羹一盂，揖客坐食，翁独据榻正坐。俄出一物，如小儿状，置于前，众莫敢下箸，独寿卿劈食少许。翁曰：储此味六十年，规以待老，今遇重客，不敢藏，而皆不顾何也？取而尽食之，曰：此松根人参也。

69《居易录》曰：宋思陵得李伯时画人参、地黄二药，装潢之，御书东坡二赞，有钟太常家法。其赞参云："上党天下脊，辽东真井底。元泉倾海腴，白露洒天醴。灵苗此孕毓，肩股或具体。移根到罗浮，越水灌清泚。地殊风雨隔，臭味终祖祢。青丫缀紫萼，圆实堕红米。穷年生意足，黄土手自启。上药无炮炙，龁啮尽根柢。开生定魂魄，忧恚何足洗。糜身副吾（□）〔生〕，既食首重稽。"杨升庵《药市赋》曰：人参三椏，来自高句骊之国；桃枝九折，出于巂昆明之陬。

70例云：亲王人参七十斤，世子六十斤，郡王五十斤，长子四十五斤，贝勒四十斤，贝子三十斤，镇国公二十二斤半，奉国公十七斤半，护国将军十二斤半，辅国将军十斤，奉国将军九斤，奉恩将军七斤半，准免关税，余参每斤纳银六钱。其实参者，准于盛京、开原等处采买，不许于打牲之处采买。

71独木小舟名。

72《扈从东巡日录》：其草一茎直上，独出众草，光与晓日相映。

(73)按《实录》，先以水渍参，明人佯不欲市，边人恐朽败急售，多不得价，太祖乃命煮而售之，煮参始此。近又以煮则味薄，改而为蒸矣。

(74)“泡”，平声。

(75)《扈从东巡日录》：有紫团、白条、羊角、金井、玉兰诸名。

(76)宁古塔参以十八两为斤，奉天以十九两为斤，京师以南，以二十两为斤。

(77)胡峤《陷北记》所谓黑、白、黄貂鼠皮也。

(78)明时铁锅不许出边。隆庆四年俺答受封顺义王后，诸所请皆酌给，独不与锅，哀告数次，终不允。北边如此，东可知（已）〔矣〕。所以初时，难得则贵重，久之日多日贱矣。

(79)即窝稽诸部，以其服鱼皮故名。《北史·室韦传》：南室韦、北室韦，皆捕貂为业。冠以狐，衣以鱼皮。大室韦尤多貂及青鼠。

(80)“索”，平声。

(81)毛之长而劲者曰枪毛。

(82)按《会典》，盛京将军每年进鹿皮一百张，狍皮一百张，枪杆三百根，叉杆一百根，杨木箭杆三千根，桦木箭杆二百根，桨木一百根，火石一斗，鞭杆八百根，锉草五百斤，红根草五十斤，火绒三斤，岁以为常。

(83)榜式，一作傍什，又作帮实。萧大亨云：能书者之称也，有侮慢之者，罚马一。本朝天聪五年七月始停止，但称笔帖式，唯大海库尔缠等，仍得称榜式。《池北偶谈》：国初内三院满洲大学士，谓之榜式，乌金超哈大学士，亦称榜式，如范文肃公、宁文毅公是也。

(84)大海所译，有《刑部会典》、《素书》、《三略》、《万宝全书》；未竟者：《通鉴》、《六韬》、《孟子》、《三国志》、《大乘经》。

(85)《左司笔记》：国书大率如古人反切，如“墨”为不黑，“空”为温通之类。汉人呼笔为不律，出之《尔雅》，今北方呼笔为不至，国语以笔为废。

(86)《池北偶谈》云：本朝文移书疏之制，国书则自后而前，汉书则自前而后。凡宫殿榜书，率用清、汉、蒙古三体。《草木子》载：元朝行移文字，汉字自前而后，蒙古字自后而前，畏吾儿字则横书之。

(87)按《金史》，完颜旻因契丹、汉字命谷神仿辽、汉字制，合本国语制女真大字，又有女真小字，则满洲之初，未尝无文字也，或久而失传，大海更创之耳。

(88)如松，宁远伯李成梁之子，父子兄弟俱为辽东名将。今镶蓝旗李氏，如李辉祖、李鈵、李林隆皆其后人也。

(89)按《会典》，每年元旦，皇上率亲王以下，副都统以上，及外藩，诣堂子上香，行三跪九叩头礼。每月朔，亲王以下，贝子以上，派一人供献。四月初八日，内府并王、贝勒一人依次备供斋戒。是日，不祈祷，不祭，不理刑名。康熙十二年，定祭堂子，汉堂官不随往。

(90)《金史·食货志》：量田以营造尺五尺为步，阔一步，长二百四十步为亩。

(91)小米也。

(92)黏谷也，用以造酒。

(93)大黄米也，作饧，亦可为酒。

(94)糜子米也，宜酒，亦可为饭。

(95)蜀黍也。

(96)铃铛麦也。

(97)皮长外套也。

(98)陈敬尹、周长卿。

(99)钱德维。

(100)师者胡子有、李召林、吴英人、王建侯、李□□、彭□□。

(101)唐开元中，新罗国与果下马同贡者也。

(102)周时贡；魏常道乡公景元末又贡；晋元帝初又贡；成帝时通于石季龙，四年方达；后魏太和十二年遣使又贡。

(103)《魏书·勿吉传》：箭长尺二寸，以石为镞。《北史·勿吉传》：自拂涅以东，皆石镞。《唐书·室韦传》：器有角弓、楛矢。《黑水靺鞨传》：其矢石镞，长二寸，盖楛砮遗法。

(104)按《哈剌八都鲁传》：至元三十年，世祖谓哈剌八都鲁曰：乃颜故地曰阿八剌忽者，产鱼，吾今立城，而以（元速）〔兀连〕憨、哈纳思、乞里吉思三部人居之，名其城曰肇州。又《元史·地理志》附肇州于广宁府后，其地应在盛京界内。

(105)平地为淀子。

⑯祁家者，祁奕喜妾所居也。

⑰《扈从东巡日录》作塔儿头，非。或名和尚头。

⑱《金史·舆服志》：酱瓣桦者，谓桦皮斑文色殷紫，如酱中豆瓣也。金人佩刀皆以酱瓣桦皮为鏁口。又《北史》：钵室韦用桦皮盖屋。

⑲按《会典》，设采桦皮六品官一员。

⑳按《会典》，康熙二十六年以前，间一年取宁古塔桦皮九千斤。

⑪宋王沂公所谓：但以马行记日，约其里数。

⑫土人谓之打野营。

⑬俗呼帮识。

⑭俗呼千总。

⑮周胡峤《记》曰：辽上京西楼交易，中国人并、汾、幽、蓟为多。

⑯以流人子弟或奴仆为之，兼衙门行杖。

⑰隋文帝所谓常作用兵意也。《隋书·勿吉传》：隋文帝时，宴勿吉于前，使者与其徒皆起舞，曲折多战斗容。上顾谓侍臣曰：天地乃有此物，常作用兵意，何其甚也。

⑱《金志》所谓鹧鸪声者近是。

⑲周麟之《海陵集》云：有梁大使者，先朝内侍官也。入馆传旨，赐金兰酒二瓶，银鱼、牛鱼二盘。又云：牛鱼出（浑）〔混〕同江，其大如牛。

⑳周必大《二老堂杂志》云：周枢密麟之，充金哀谢使，金主爱之，享以所钓牛鱼，非旧例也。枢密糟其首，归献于朝，同馆王龟龄目为鱼头公。

㉑滦鲫率重一斤，中土之贵品也。

㉒银价二钱。

㉓去宁古塔四十里。

㉔金三百户置长曰谋克，十谋克置长曰猛安。

卷　四

康熙钱行至船厂而止，然与顺治及明钱大小并用。船厂东至宁古塔，则但知用银。银椎匾若书帕，色足，九、六、七以下便不用。昔周胡峤《北征记》曰：辽上京西楼[①]交易，无钱而用布，则今之用银已异于用布时矣[②]。然按《金〔史〕·食货志》：章宗承安三年，命西京、北京、临潢、辽东等路，钱一贯以上，俱用银钞宝货，不许用钱，一贯以下听民便。又宋崇宁钱往往掘地得之，则金时业已用钱矣，安知数年后，不流行船厂以东耶？

宁古塔交易，银数不计奇零。如至两则不计分厘，至百十则不计钱分。食用之物，索于所有之家，无勿与。值一两以上者偿之，不则称谢而已。若有而匿不与人，或与而不尽，则人皆鄙之矣。

汉人之以罪至者，虽与汉军不同，然每与汉军为伍。在满洲与异齐满洲，则总呼为汉人，汉军亦不以此自别，盖与京师汉军，有截然不同者矣[③]。

北海，唐祭于洛州，宋、明祭于益州，顺治、康熙间，祭于河南济源县，后以都察院副都御史徐元瑛言，改祭于混同江。

北镇医巫闾山在辽东广宁县。辽太祖陵在广宁县中屯卫，有大事，遣一官致祭。

俗尚齿，不序贵贱，呼年老者曰马法，马法者，汉言爷爷也。呼年长者阿哥。新岁卑幼见尊长，必长跪叩首，尊长者坐而受之，不为礼。首必四叩，至三则（跽）〔跪〕而昂首若听命者然，尊长者以好语祝之，乃一叩而起，否则不起也，然亦无不祝者。少者至老者家，虽宾必隅坐。随行出遇老者于途，必鞠躬垂手而问曰赛音[4]，赛音者，汉言好也。若乘马，必下，俟老者过，老者命之乘，乃敢避而乘。宴会必子弟进食行酒，不以奴仆，客受之亦不酢。往来无内外，妻妾不相避。年长者之妻呼为嫂，少者之妻呼婶子，若弟妇。

婚姻择门第相当者，先求年老为媒，将允则男之母径至女家视其女，与之簪珥布帛。女家无他辞，男之父乃率其子至女之姻戚家叩头，姻戚家亦无他辞，乃率其子侄群至女家叩头，《金志》所谓男下女礼者是也。女家受而不辞，辞则犹未允也。既允之后，然后下茶请筵席，此男家事也，女家唯陪送耳。结婚多在十岁内，过期则以为晚。

上元夜，好事者辄扮秧歌。秧歌者，以童子扮三四妇女，又三四人扮参军，各持尺许两圆木，戛击相对舞，而扮一持伞灯卖膏药者前导，傍以锣鼓和之，舞毕乃歌，歌毕更舞，达旦乃已。

十六日，满洲妇女，群步平沙，曰走百病，或连袂打滚，曰脱晦气，入夜尤多。

正二月内，有女之家，多架木打秋千，曰打油千。

岁除必贴红纸春联。联贵四六，岁易新句，或与旧稍同则不乐。

十月，人皆臂鹰走狗，逐捕禽兽，名曰打围[5]。按定旗分[6]，不拘平原山谷，圈占一处，名曰围场。无论人数多寡，必分两翼，由远而近，渐次相逼，名曰合围。或日一合，再合[7]。所得禽兽，必饷亲友。善打围者，一冬得雉常一二千，不善者，有终岁不得一者矣。

满人病，轻服药而重跳[8]神，亦有无病而跳神者。富贵家或月一跳，或季一跳，至岁终则无有弗跳者。未跳之先，树丈余细木于墙院南隅，置斗其上，谓之曰竿[9]。祭时著肉斗中，必有鸦来啄食之，谓为神享。跳神者，或用女巫，或以冢妇，以铃系臀后，摇之作声，而手击鼓。鼓以单牛皮冒铁圈，有环数枚在柄，且击且摇，其声索索然。而口致颂祷之词，词不可辨。祷毕，跳跃旋转，有老虎、回回诸名色。供祭者：猪肉及飞石黑阿峰。飞石黑阿峰者，粘谷米糕也。色黄如玉，质腻，糁以豆粉，蘸以蜜。跳毕以此遍馈邻里、亲族，而肉则拉人于家食之，以尽为度，不尽则以为不祥。

宁古塔烧酒曰汤子酒[10]，斤银四分，黄酒斤银三分。然烧酒家为之，不须沽，唯黄酒多沽饮耳。

油皆苏子所打，斗得油八九斤，《扈从东巡日录》所谓妈龙腻盟者是也。气颇触鼻，品在菜油下。然菜油至自奉天，不常有。

糠灯俗名虾棚，以米糠和水，顺手粘麻秸[11]，晒干，长三尺余，插架上[12]或木牌[13]，燃之，光与烛等而省费。然中土人多用油灯。

自昔器皿如盆、盎、碗、盏之类，皆刳木为之，数年来多易以瓷，唯水缸、槽、盆犹以木。

扒犁，土人曰法喇，以木为之，犁而有驾，车而无轮，辕长而软，雪中运木者也，驾以牛。

烟囱多以完木之自然中虚者为之，久之碎裂，则护以泥，或藤缚之，土人呼为摩呼郎。

宁古塔船有二种，小者曰威弧[14]，独木，锐首尾，古所谓刳木为舟者是也，可受三四人。大者曰五板船，三舱，合五板为之，合处不用灰、麻，钉以木，水渍则以青苔塞之[15]，可受十余人。常责一人执青苔以俟，不遑他顾，他顾则水入船矣。桨长数尺，两头若柳叶而圆其中，人执之左右棹若飞。《开元新志》所谓“乘五板船，疾行江中”者是也。五板船，富者乃有之；威弧，随处皆有，秋冬则以为马槽[16]。

设堆子巡夜，始于己巳。南关定更钟，始于庚午。梅勒章京雅秦命商人丁二等，自奉天铸往，文曰“宁古塔定更钟，康熙二十九年造”。

宁古塔薪不须买，然二十年前门外即是，今且在五十里外，必三四鼓蓐食往，健者日致两车，弱者致一车[17]。每年冰雪中运一年之薪，积于舍南（若出）〔若山〕，二三月冻开，不可运矣。盖木至春则滋润，非斧斤可伐[18]，一也；冰雪融，地皆翻浆[19]，陷车伤牛，二也；清明后十日，开犁布谷，不暇入山，三也。富者奴任之，贫者子若孙任之，或无子孙，则雇倩人。间有买者，大率二钱一车。冬春间所烧皆湿木，然入炕即爇，夏秋则不干不爇矣。

山多栎、柞、椴①。椴类银杏，锯板可为器，其皮可为瓦，浸水久之可索绹。柞可为车。栎之小者名波罗木，五月，土人摘其叶裹粽，大则名栎，为薪而已。

爱浑将军萨不苏为宁古塔梅勒章京时，其家有木槽盆，忽随怪风卷入云际，久之堕地，犹在前院，毫不损坏，明年迁将军。

己巳冬和，宁古塔无积雪，入春人畜病，牛多死[20]。庚午正月，邻人刘老三家，十九牛相继死，皆剥于东墙下，凡牛过此，不肯行，必以口就地，哀鸣久之乃去。余往观，泪下处无干土云。

有孔和尚者，名元昭，江阴人，素阴贼，每挟私怨兴大狱杀人，流宁古塔者以百计，余父其一也。乙巳、丙午间，元昭亦以流往，众欲毙之，余父不可，乃止。元昭无所事，日为人诵经。庚午正月六日，其次子忽发狂疾，持刀欲杀人，元昭惧走，乃绕城逐焉，唾骂数元昭罪。邻人助元昭送梅勒章京，时封印不治。明日辱元昭于公衙门，官乃禁之披甲高六家。元昭手进饮食唯谨，呼二相公而不名，其唾骂如故。或责之，其子曰：“我非孔和尚子也，我叶姓。孔和尚诈我银不得，速我狱，破我家，杀我，我索

① 编者按：“椴”，筠石本及《仰视》本作“椵”，但据《辞海》释义，“椵”不能做建筑材料，“椴”则有此功能，而《杨宾集》本作椴，故径改。

之三十余年，今乃得之，必杀乃已。”言讫，举室中断石击之不中。元昭避户外，不敢出声，而进饮食如故。十三日苏，涕泣求免，元昭乃为言于官，释之。数日复持刀逐元昭，元昭匿披甲家，余行时未已也。

福建陈昭令于沙阑北掘一镜，长四寸八分，阔二寸五分，四角皆委，上凸下凹，背有纽在其端，中有篆文曰：[illegible]，旁像二龙，而各加剑于首，一象水波纹。

宁古塔有人掘一镜，背铸铭两行，左一行不可辨，右一行曰：“不剑而镜。”

前宁古塔将军安珠瑚于福儿哈河边得一残碑，仅五行，合七字。首行曰：“上顺国”，次曰：“不”，次曰：“字”，次曰：“归”，次曰：“佃”。

己巳年间，人传飞牙喀一碑，本属汉文，而译为满，不能录。大要其地为二冈国，十年教养之后，立此碑版。后书“东唐国镇守满种山将军马元亮”，又有都指挥、同知等官名。按中国无东唐之号，岂高丽前代耶？书之以问世之知者。

宁古塔官皆世袭，如将军、梅勒章京死，授其子本处牛录章京。固山大死，授其子本处苏喇章京。牛录章京、苏喇章京死，授其子代子[21]。凡应袭之人，必至京陛见，谓之验身子。戊辰以前无不得者，后在京各旗愿往者多，应袭之人，或有不得者矣。

宁古塔书籍最少，唯余父有《五经》、《史记》、《汉书》、《李太白全集》、《昭明文选》、《历代古文选》。周长卿有《杜工部诗》、《字汇》、《盛京通志》。呀思哈阿妈有《纪事本末》。车尔（溪）〔汉〕阿妈有《大学衍义》、《纲鉴》、白眉《皇明通纪纂》。

康熙初，宁古塔张坦公有歌姬十人，李兼汝、祁奕喜教优儿十六人，后皆散。今唯有执倒剌而讴者。而山东卖解女子，则于己巳年一至云。

庄屯之最著者，曰牡丹、曰觉罗、曰沙阑、曰沙儿、曰邀鹿、曰一拉冈、曰（蜜）〔密〕将、曰山阴哈达、曰官庄。

宁古塔流人，地方官防范向不甚严，给假入关者固多，忽然宵遁者亦不乏，本地既不稽查，关隘出入亦无须官票。己巳十二月，杨巴巴家抱骨还乡，私带犯妇洪氏入边，遂自宁古塔放喀[22]路[23]，至必儿汉必拉，无官票者，始不得出境矣。

奉天、宁古塔、爱浑三将军，自康熙庚午年始，凡入官流徙人犯，有犯光棍叛盗以上罪者，不必奏请，径斩于市，年终汇报。

宁古塔自牛录章京至笔帖式，分六部，管事不相侵让。

宁古塔每年派章京一，笔帖式一，收管牛马税银，多寡无定额，作公衙门费。

宁古塔无羊[24]无骡，即有人带至，亦不能久。往时驴亦少，近推碾磨者半用之，然偶病，辄不治。

船厂、宁古塔流徙者，多爱浑将军调度，本地将军以下不得主。爱浑将军旧官宁古塔，熟知流人姓名，按籍〔稽〕而无得免者，故流人、奴仆年壮者，皆为爱浑水手、艌匠正身，年老文弱者皆为帮儿。帮儿，帮正身者也，每年出银六两给正身家。庚午年自将军以下，帮儿以上，皆移家爱浑。朝廷给移家银，官四十两，披甲、水手半之，帮儿不与。余去宁古塔时，尚未尽行也。

童子相戏，多剔獐、狍、麋、鹿前腿前骨，以锡灌其窍，名噶什哈。或三或五，堆地上，击之中者，尽取所堆，不中者与堆者一枚。多者千，少者十百，各盛于囊。岁时闲暇，虽壮者亦为之。

凡卧，头临炕边，脚底窗，无论男女尊卑皆并头，如足向人，则谓之不敬。唯妾则横卧其主脚后。否则贱如奴隶亦忌之。头不近窗者，天寒窗际冰霜，晓且盈寸，近窗衾裯，亦为寒气所逼，每不干，乃知头临炕边，亦不得已也。近见炕皆外高内低，觉更便，但不甚阔，人稍长便须斜卧，而绝无增广之者，不知何故。

满洲见人，以曲躬为礼，别久相见则相抱。近以抱不雅驯，相见与别，但执手，年长则垂手引之，少者仰手迎焉，平等则立掌平执，相抱者少矣。

阿机人相见，无男女，皆相偎抱，或亲嘴不已。

船厂西二百里薄屯山，有金完颜娄室神道碑，高八尺八寸，阔四尺五寸，厚一尺二寸，顶高三尺，两面镂蛟龙，其阴残毁，其阳篆二十字，作五行，文曰《大金开府仪同三司金源郡壮义王完颜公神道碑》。碑身作楷书，文曰："《大金故开府仪同三司左副元帅金源郡壮义王完颜公神道碑》。翰林直学士、〔大〕中大夫、知制诰、兼行秘书少监、虞王府文学、轻车都尉、太原郡开国伯、食邑七百户、赐紫金鱼袋臣王彦潜。奉上大夫、大名府路兵马都总管判官、飞骑尉、赐绯鱼袋臣任询。明威将军、东上阁门使、兼行太庙署令、上骑都尉、平原县开国子、食邑五百户臣左光庆。"

王讳娄室，字斡里衍，与国同姓。盖其先曰合笃者，居阿注浒水之源，为完颜部人。祖洽鲁直，赠金吾卫上将军，以（射）〔《仰视》本作财，殆误〕雄乡里，枝属浸蕃，乃择广土，徙雅挞懒水，挈邻麻吉等七水之人，皆附丽焉。父白答，赠金紫光禄大夫，事世祖为七水部长。(时焉蠢)〔时蠢〕谋寇，乱者构为凶恶，金紫公与同部人阿库德协心一力拒之，以附世祖。王简重刚健，矫捷过人，摄甲蒙胄，手之所及，无不超越，而器识深远，幼不好弄，卓然有成人风，为乡闾所爱。年十有四，金紫公知其材，曰："儿胜兵矣"，乃献于穆宗。一与语，器之曰："是子他日，可以寄军旅重任尔。"后阿拍留可、蒲余罕等，相继逆命，王从之征，屡立战功受赏。辽人萧海哩叛入于系辽籍之女直部，穆宗使王觇知所在，勒兵讨捕。王登先鏖击，蒙赏以甲胄，具装战马。□丽出兵侵曷曷懒甸，进筑九城。宗子赠原王付实款帅师讨之，王从攻其城。久而不克。王言之于帅曰："宜遏彼外援，绝其饷道，可不攻自下。"从之，降其城五。从魏王斡带讨讹口浑叛师，攻其城。王登自东南隅，斧其楼柱，流矢中手，贯于柯，攻犹不已，士众从之以登城，遂成功，居其最。年二十一，代父为七水部长。太祖方图义举，间召王与同部人银朮可问曰：“辽人骄矜，且其见侵无厌，又辖他部人陶□束弗吾畀，吾欲先剪其外邑，以张吾军，然后进伐何如?”王进曰：“辽人内外□□□之余。”其时太祖（□□）〔《仰视》本作□〕攻取宁江州，王先登以战。□□元年擢授猛安，奉命总督银朮可、蒙□□吉等，往平系辽籍女直诸部。既降一部长，而各部长告急于辽，援兵三千且至。王率其已降，卷旆径进，掩其不备，大破之，追杀千余人。明日破奚部，又败援兵三千，斩其将，俘获监战银牌使者，诸部以次平之。宗室斡鲁古略地咸州，以其敌重，使会王合兵御之。乃往，败其戍兵三千于境，斩其将，遂会斡鲁古。既而闻敌兵且至，王留四谋克精锐，各守其一门，与斡鲁古济水□翼，王居左，击败其所冲，追杀略尽。斡鲁古军引却，退□城，□与所留诸谋克整阵而立，王返兵捣敌背，大败之。咸州既下，因徇地黄龙府。□太祖自将进达鲁古城，将与辽兵遇，遣使驰召，王以军赴之。太祖见其马力疲极，益以三百匹，命居右翼。明日兵交，以众寡不侔，为敌所围者九。王所向披靡，辄溃围而出，竟大破之。太祖将进取黄龙，召诸将议方略，王进曰：“黄龙辽之银府，所以圉边者，拒守甚坚。若不行额其巡属，使绝外援，则未易可拔，请试效之。”太祖乃令王以军行。自辽水以北，咸州以西，暨诸奚部城邑，悉讨平之。进壁府城东南，扼敌军出入，且巡其村堡，凡有以应援者，使不得交通，度城中力屈可攻，使驰奏太祖，遂亲御诸军以至，围之。王攻东南隅，选壮秉苋，倚梯望其楼橹，乘风纵火；王乃毁民家堞，趣士力战，至火燃靴伤足而不知。诸军继进，敌遁不守。太祖嘉其功，赏御马一，奴婢三百，仍赐誓券，恕死罪。太祖之败辽，破敌兵九，俱王挑战有功。天辅及斡鲁古、阿思□等平乾显路，攻克显州，遂与辽大帅耶律淳□□□战于蒺藜山，大破之，遂下川、成、徽三州，徙其人民于咸州、黄龙之地，于是太祖命王为黄龙路统牧。皇弟辽王□统诸军以平中京，王为先锋，至□山，败其节度使雅里斯之兵三千。偕完颜□□、耶律余笃等，帅师徇地奚部，所向辄克，始与余笃以骑二千袭辽主于鸳鸯泺，辽主遁去，追至白水，弗及，获其内帑辎重。大军围其西京，城坚拒守，王与皇弟阇母攻东面，制攻具，以三木骈摞为洞垣，右长廊，使士卒行其下，以塞隍堑。又作楼车，巩之以革，施四轮其上，出陴堞以阚敌，诸军乘之而遂克城。与阇母徇地天德、云内、东胜、宁边四州及其傍诸部，悉降之，叛人阿克束于是始获。都统斡鲁以诸军次白水，王营中夜有光如炬，起矛□，王戒严曰：将有重敌。明日，闻夏人出兵三万援辽，过云内矣。斡鲁以诸军会天德，辽王前后遣骑数百迎敌，竟为所掩，唯数骑得还。时方暑雨，斡鲁与诸帅议方略，皆曰："彼众我寡，宜请济师于朝，比其至，姑择草牧，以休养士马。"王独曰："敌据我前，倘吾军若纵之，其势益张，我虽不战，亦必来争利，或劫取新降人民，则沮吾士气，所请济师，岂能遽集耶？愿得精骑一千，与辞不失、拔离速二将以偕，见可则战，难则固垒以俟合军。"宗室付古迺诃之曰："尔安轻举！我军既寡，马力疲甚，将何交战？"王曰："制敌如救烈火，一后其时，反为所乘，则益难为功，宜必迎战。"付古迺拔佩刀勃然曰："诸帅皆不欲，尔敢咈众耶？"王厉声曰："我独欲战者，非为身计，盖国家大事耳！阿昆乃欲屈忠勤之志，而沮诸军之气乎？"亦挺刃相向，诸帅大惊，起扞之。斡鲁□□□□□以二将与王偕行，将至耶俞水，登高以望，夏军队伍不整。方济水，遣使驰报斡鲁曰："今观敌众而无威，易与耳，将挑战，伪遁以致之，请速以师进。"王乃分所将为二旅，更出□□□□□□□□□引却，其□继出进退以诱之，退凡□□过□水，乃再整行列，奋锐气驰击，敌兵遂却退。我大军亦至，合击之，敌乃大溃，追至耶俞水，杀数千人。敌赴间结阵。俄水□□□□□□□

□□□□□□□□□□□□□□□□□□□于河之东，降四部族。迭剌部既降复叛，讨平之。太祖平燕，皇子宗望由间道东下至昌平，以取粮饷，太祖□□□□□□□□□□□□□□□□□□□□□□□□□□□，太祖闻辽主越在阴山，命斡鲁暨皇子宗望引兵追袭，以王为先锋，道出龙门，擒其都统耶律大石，至白水，又擒□□□□□□□□□□□□□□□□□□□□□□□□□□□□□仁。又破西山巨盗赵公直，出师于朔漠之境，生擒公直。

天会初，辽主播越应朔间，斡鲁遣将分兵三路追袭，□□□□□□□□□□□□□□□□□□□□□□□□□□□□□□□追之，疾驰六十里，及之于风山。辽主以其骑阵而立。王驰之，其众溃。辽主以六十余骑奔。王戒士卒曰：无□□□□□□□□□□□□□□□□□□□□□□□□□□□□□□□□□□□□马出其□□□□马□胄而□□□□诏书所以招谕之意。辽主□□□□□□□□□□□□□□□□□□□□□□□□□□□□□□□□□□□□遂获以归。□□使请降。辄名□□□□使驰奏，王不能平□□□□□□□□□□□□辨之执政□□□□□□□□□□□□□□□□□□□□□□□□□□□□□□□□□□□□□□□徇国戮力于石马，遂获辽君，厥功茂焉！自今或罹罪□□□□罚余释勿论，藏之明府，有如□□□□□□□□□□□□□□□□□□□□□□□□□□□□□□□□□□□王领先锋军取马邑，破敌于雁门，围代州，克之，执其将□嗣〔本〕，进降忻州，又降戍将耿守思等，太□□□□□□□□□□□□□□□□□□□□□□□□□□□□□□□而宋之援兵日集，银朮可独不能辨。宗翰遣王以军与之协力，遇宋将樊□之众十万于□城，破之。又败□□□□□□□□□□□□□□□□□□□□□□□□□□□□□□□反辔夺击，大破之，遂获九孛堇军。趣汾州，掩平遥、介休、灵石，攻拔汾州，招石州及诸县邑降之。宗翰以大军□□□□□□□□□□□□□□□□□□□□□□□□□□□□□□津，复遣子活女与诸将继之，突葛速等破敌降河阳，而宋人既撤河桥，活女于是自津溯流行三十里，见河水□□□□□□□□□□□□□□□□□□□□□□□□□□□□□浮深涉浅，而驰于中洲。俄已登岸，临岸敌望之以为神，不击自遁。诸军毕济，遂取洛京及郑州，合大军围汴，与孛堇□□□□□□□□□□□□□□□□□□□□□□□□□□□□冒围出战。王见其锋锐，不以逆击，使活女率精兵横截之，敌众乱，王乃督诸军进战，手中流矢，整辔挺枪，驰击自若。敌大败奔城，而城中□□□□□□□□□□□□□□□□□□□为诸军所覆。既克宋帅府，俾王统诸军西趣陕津，讨河东未附郡县，至渑池，大破宋师范致虚勤王之师三十万，僵尸盈沟，致虚仅以数十骑遁去，遂克陕府。济河□□又破敌二万，降解州，攻河中，城坚拒守。王使其弟倚梯，间关登陴，俄援甲士三人上，与敌格斗，诸军继进，克之。蒲人西走，先出者焚桥而去，余溺于河，使并流拯之，活其卒五百人。于是置蒲、解二守，以进士摄诸县长吏，招抚散亡，以活女领二猛安军，留镇中京，又降绛、慈、隰、石四州，而还元帅府。将平陕西，以王尝请之，使诣阙图上方略。还，率诸路军，合万人以行，出慈州，乘兵渡河而南，复与范致虚军十六万遇于朝邑，大破之，遂降同华。进破重敌于潼关，徇地京兆，败敌数万于长乐坡，遂克京兆，擒其经制使（得）〔他本作傅〕亮，转降凤翔、陇州。凤翔寻叛，进军城下，破(无）〔他本作其〕援兵十余万，攻拔之。还，败敌三万于武功，日中复败三万于近地，又破十五万于渭南。北趣鄜、延，徇下诸郡，招降折可求，收□（□）〔麟〕、府、丰三州及诸城堡；克晋宁军，杀其守徐徽言。京西陕府叛，复讨平之。又破重敌于渭水、终南，略地西北。宋将吴玠率军二十万来拒，遇于武河，战十有四合，而敌气始衰，遂大破之。陕府又叛，往讨之，既成围，使以薪刍绝池筑甬，列冲（棚）〔栅〕临城攻之。池水忽涸，王戒将士曰："敌泄池水，必突地欲焚甬也，严备之。"既而烟出于堑，遂撤攻具而退。须臾火发，甬为所焚，敌复引水自固。王使以沙囊塞堑，于是梯冲并进，数日攻克，擒其将李□□及援兵之将赵士伯，戮之。鄜、延复叛，于是王已感末疾。睿宗皇帝时为元帅，将亲平陕右，使王先讨定鄜、延，而宋将张浚率步骑十八万，壁富平。睿宗皇帝会诸军迎敌，王至，见敌游兵千余，逾沟来觇，乃率百余骑邀击，而设伏于厄，以轻骑诱之出，将前伏发，返辔夹击之，斩馘略尽，执生口以献，遂领左翼。及敌兵遇于两沟之间，自日中战至于昏，六合而后败之。始合，右翼引却，王援之乃复振。明日睿宗皇帝宴赉有功将士，顾（请）〔《仰视》本作谓〕王曰："力疾鏖战，以徇国家。遂破大敌，虽古名将，何以加也。"悉以帝筵所用金银酒具，及细坚甲胄，副以马铠战马七匹赏之。由是疾增剧，以天会八年十二月九日卒于泾州回□之西原，年五十有三，军中哭之如亲丧焉。

讣闻，太宗震悼，诏遣亲卫驰驿，护其丧归，葬于济州之东南奥吉里。复遣皇子鹘沙虎、宗子银朮可迓之。车驾还自中京，（道临其终南之际，亲至奠哭久之）〔道出终南之际，亲至祭奠，哭临久之〕，所以赠赙者良厚。天会十四年，追赠使相官制行，改赠开府仪同三司，又追封莘王。正隆二年，改封金源郡。

配曰温都氏，追封王夫人。子男七人：长曰活女，官至仪同三司京兆尹，本路兵马都总管；曰斡鲁，光禄大夫迭剌部节度使；曰谋衍崇进，留守东京；曰什古迺，金吾卫上将军留守北京。孙男仕者：曰斛鲁，镇国上将军，世袭猛安；曰度剌，世袭谋克；曰宁古符，实祗候；曰撒葛祝，太子内直郎；曰辞烈，宿卫士。

王鸷勇果毅，济以明略，始自伐辽，〔迄〕于克宋，率身先行阵前，数千百战，未尝不捷，独追获辽主。至于取汴，箠马以涉大河，威名震慑南北。自国初迄今，言将帅臣，无能出其右者。大定十六年，天子思其功烈，诏图像太祖原庙。明年大祫，配享太宗庙庭，谥曰壮义，又敕词臣撰次之，建碑墓隧。臣窃惟王之考金紫公，在世祖戡难定乱时，为不二心之臣，书勋史册。王以忠贞才武，辅佐太祖、太宗征伐，功无与二，称颂至今，传所谓世济其美者钦？铭曰：

金兴受命，实始剪辽。武元载旆，畴若戎昭。王惟世臣，熇熇忠荩。视敌无前，身先行阵。武元致届，顺天应人。天讨有罪，生此虎臣。靡坚不摧，靡强不踣。薄伐云朔，至于漠北。匪学孙吴，出奇纵横。以寡覆众，殄歼夏兵。掩追亡逋，屡执丑虏。反辔风山，卒获辽主。迨及伐宋，经营太原。所在寇敌，如云之屯。王锋一临，如睍之雪。肤功之奏，奚啻三捷。宋既画疆，乃复渝盟。王弗解甲，师弗留行。宋阻洪河，舟梁既撤。靡杭一苇，长驱而入。先之巩洛，合围汴梁。困兽搏斗，击之而僵。亦既克汴，趣师关陕。貔貅裹粮，金汤失险。富平之役，□□□□。王身厉疾，威犹靡及。以死勤事，虽疾亦力。劲敌何有，力战乃克。寇垒既清，陕右遂平。王诚有功，□□□□。维昔先正，□□□□。□□□□，□□□□。肖形以图，写勋而□。□□□□，千载如生。□□□□，□□□□。

宝胜寺* 在盛京城西三里，东西建石碑二座。东一碑前镌满文曰："幽谷无私，有至斯响。洪钟虚受，无来不应。而况于法身圆对，规矩冥立。一音称物，宫商潜运。故如来利见迦维，托生王室。凭五衍之轼，拯溺逝川；开八正之门，大庇交丧。于是元关幽键，感而遂通；遥源浚波，酌而不竭。既而方广东被，教肄南移。周鲁二庄，同昭夜景之鉴；汉晋两朝，并勒丹青之饰。自

* 编者按："宝胜寺"为"实胜寺"之讹，详见《清太宗实录》卷四十三。又按本书卷一亦作实胜寺，为是。

兹遗文间出，列刹相望，其来盖亦远矣。至大元世祖时，有喇嘛怕斯八用千金，铸护法嘛哈噶喇，奉祀于五台山，后请移于沙漠。又有喇嘛夏儿把忽秃兔，复移于大元裔察哈尔林丹汗国祀之。我大清宽温仁圣皇帝，征破其国，人民咸归。时有喇嘛墨尔根随载而来，上闻之，乃命众喇嘛往迎以礼，接至盛京西郊，因曰：“有护法不可无大圣，犹之乎有大圣不可无护法也。”乃命该部卜地建寺于城西三里许，遂构大殿五楹，塑西方三大圣，左右列阿难迦叶、无量寿、莲花生、八大菩萨、十八罗汉，天棚绘四怛的喇佛城。又有宝塔二座，供佛幔打儿，用黄金百两，嵌东珠金壶一把，〔用〕黄金二百两。又有须弥山，七宝八物。又有金壶一把，用黄金二百两。金钟二十一，金银器皿俱全。东西廊各三楹，外山门三楹，至于僧寮、禅室，厨舍、钟鼓音乐之类，悉为之备。营于崇德元年丙子岁孟秋，至崇德三年戊寅岁告成，名曰“莲花净土(宝)〔实〕胜寺”。殿宇弘丽，塑像巍峨。层轩延袤，永奉神居。岂唯寒暑调、雨旸若，受一时之福利。将世弥积而功宣，身虽远而名劭，行将垂示于无穷矣！

大清崇德三年戊寅秋八月吉旦立。国史院大学士刚林撰满文。学士罗绣锦译汉文。弘文院大学士希福译蒙古文。道木藏古式译图白忒文。

注：

①按《辽史》：西楼在祖州，州隶上京临潢府。

②历代银不专用。明初民间或私用，太祖立禁甚严。至正统元年，胡淡因浙东、闽广无漕，而仓有百年之蓄，变通改折，每石折银二钱五分，自此以后，遂通行天下，而银禁废矣。

③《池北偶谈》云：本朝制以八旗。辽东人号为汉军，直省人为汉人。元时则以契丹、高丽、女直、竹因歹、竹亦歹、术里阔歹、竹温、渤海八种为汉人，中国为南人。

④《金史》作塞痕，误。

⑤张舜民《使辽录》云：北人打围，一岁间各有处所：正月钓鱼海上，于水底钓大鱼；二三月放鹘，号海东青，打雁；四五月打麋鹿；六七月于凉淀坐夏；八九月打虎豹之类，自此至岁终，如南人趁时耕种也。

⑥按《会典》：镶黄旗围猎山：曰哈代上涧附、曰威谆河、曰河尔法氲、曰加色、曰叶炕厄岭、曰沂澈涨泥河、曰献岭、曰果罗河、曰一马呼港、曰得弗口、曰交河。正黄旗围猎山：曰喀普赤蓝、曰勒克得弗口、曰朱拉。正白旗围猎山：曰沂澈涨泥河、曰科罗河、曰复涨泥河、曰吉当阿河岸、曰蒙古谷、曰打起、曰朱扯滚。正红、镶红二旗围猎山：曰觉罗打阳阿、曰边米牙呼、曰会肥一蓝木、曰黑林、曰过而名冈、曰呼浑、曰肥得里、曰都什黑、曰梅黑河、曰勒夫峰、曰色黑骊达马纳、曰会肥围屯。镶白旗围猎山：曰喀普赤蓝、曰木单焉泰、曰上涧峰、曰色勒五鲁库、曰江都库峰、曰火把峰、曰浑济你什哈河。正蓝旗围猎山：曰吉当阿河西岸、曰围黑夸蓝、曰一吞河、曰昂巴西伯、曰纳亲河、曰叶黑一蓝木黑林。镶蓝旗围猎山：曰书民乌力汗、曰马打堪冈、曰色朱棱、曰酸焉瓦色。

⑦《扈从东巡日录》云：我朝行围，八旗各以章京主之，分左右翼，驰山谷间，名曰围场。唯视蓝旗所向，以为分合，有断续不整者，即以军法治之。章京肥色亦随本旗。唯御前侍卫及内大臣得穿黄褶。行围之法：以镶黄旗大纛居中为首，圣驾在大纛之前，按辔徐行，两翼门纛相遇，则立而不动，以俟后队渐次逼近，谓之合围。缇骑环山，旌旄耀野，狐兔麋鹿，散走围中，或皇上亲射，或皇太子射之。亲王、大臣、近侍非得旨，不敢在围中发一矢。兽有出围者，方许扈从诸人捕之。亭午就山阳张黄幄尚食。一日凡两合围。

⑧音条。

⑨按《会典》：堂子祭仪，每年三月初一日，九月初一日，俱立竿致祭。亲王、郡王、贝勒，每家各祭三竿。贝子、镇国公、辅国公，每家各祭二竿。镇国、辅国、奉国将军，每家各祭一竿。不祭者听。其无爵宗室不祭。凡致祭日期：初一日皇上祭、初二日礼亲王府、初三日郑亲王、初四日睿亲王、初五日肃亲王、初六日英郡王、初七日豫郡王、初八日额尔克楚赫虎儿贝勒、初九日罗罗浑贝勒、初十日额勒浑贝勒、十一日饶余贝勒。康熙二年定亲王立竿期：第一康亲王、第二显亲王、第三庄亲王、第四安亲王、第五

裕亲王、第六简亲王。四年定郡王立竿祭期：第一温郡王、第二惠郡王、第三信郡王、第四平郡王、第王顺承郡王，此定期内，若遇皇上致祭，则应祭之家停祭。贝子、公等依次致祭。凡祭三竿之家，于定期内各祭一竿，过十一日后，再各祭二竿。或致祭日，有两三家同祀神者，仍依次俟应先祭之家祭毕，次祭之家方祭。如亲王、贝勒于定期致祭之日有事不得祭，预期知会礼部，令次祭之家致祭，其有事者随便补祭。每年三月初一日俱立竿，皇上亲往致祭。是日卤簿大驾全设，内掌仪司官设皇上行礼坐褥于堂子正殿内一，前圆殿一，上具礼服于正殿、圆殿神前行一跪三叩首礼。诸王大臣俱排立，不随行礼。祭毕，上在丹陛上西傍正坐，公以上亦在丹陛上分翼排坐，进祭物，饮祭酒毕，作乐还宫。

⑩祁奕喜《风俗记》作满洲烧酒。

⑪逆手粘则不可燃。

⑫以三歧木为架，凿空其端，横糠灯于中，可进退。

⑬削木牌，凿数眼于上，悬之梁下，用与架等。

⑭《扈从东巡日录》作威护。

⑮今爱浑战船，则官运灰、麻、钉、油为之，其费不赀。

⑯马春夏皆放青，秋冬始喂于家。

⑰俗以伐木为第一劳苦。

⑱冬间合抱之木，一二斧即剖，十余斧即断，他时则否。

⑲泥淖也。

⑳《北史·勿吉传》：其国无牛。

㉑一名分得拨什库。

㉒喀，当作卡。

㉓巡边之谓也。

㉔《魏书·勿吉传》：多猪无羊。

附录

一、传记资料

杨大瓢传

佚　名

杨宾，字可师，号耕夫，别号大瓢，又号小铁，浙之山阴人。祖蕃，为职方司吏。父越，字友声，世居山阴安城村，即号安城，明末诸生，素称名士，与朱竹垞友善，尝有诗称之。康熙元年癸卯（1662年），友人钱允武为魏雪窦下狱，属越营救事泄，坐逆党遣戍宁古塔，母范氏从。宾生顺治庚寅（1650年），年方十四。时叔九有公以边功为怀远将军镇上海，乃挈宾与弟宝暨二女育于官。年廿一归山阴。乙卯（1675年），就婚吴门，大母尚存。戊午（1678年）迎养于吴，后承父命，遂籍苏州。辛酉（1681年），客晋，历游皖、越、黔、闽，皆居督抚大吏幕。康熙己巳（1689年）年四十，乃至都，省父戍所。次年旋都，就工科给事谭左羽任纂修律例，思改律例为赦亲计，哭求左羽为言于总裁张素存相国、杜肇馀司马，二公亦怜之而势不可。左羽素善闽中张仪山中丞，时方被逮，欲宾往左右之，为属台中邵嗣尧疏请关东流人输米赎罪，以轻重为差，冀宾乘间赎父。及辛未春，宾与仪山入都，会邵疏为议者所阻。是冬越已卒戍所，宾谋返葬，格于例，思之至呕血。友人悯之，为引流囚家属例，求司寇图公纳不得。继引户部侍郎思格则请其父白二格返葬例，求少司马朱公都纳。朱检知在叛案，执不可。宾跪其门号泣，控鞫于途，叩头哀吁。朱曰：“苟有叛案返葬例，我为尔行。”宾因不食，日夜恸哭。时仪山方械示都门，忽思得广西巡抚陈宏明包网巾从逆流死宁古塔家属返葬事，亟令引以求朱公。朱命查案，宾后知情实不符，复贿吏寝其赎。主事戴通亦为言于索司寇。宾友江且庵又令执贽索公之门，乃准援例返葬。时皆称孝子。初，且庵为索相国额图客，得罪明相国珠，戍沈阳，与友顾小谢言于徐相国元文、顾宗伯汧，荐宾代且庵。宾不欲，托言父召辞之。强之再三，乃约出塞归就。及期不至，小谢不得已代之。癸酉（1693 年）小谢归，与且庵复举宾代，又坚辞，卒免于难。宾状虬髯而短，外圆中坚，言论井井，有风骨，善属文，精《汉书》、杜诗，沈归愚曾选其诗入《别裁》。少能书，工八法，塞外人称杨夫子。书法不染宋元习气，当时名重公卿。如张相国英、徐相国元文、徐司寇乾学、韩宗伯菼、姜西溟、何义门、方灵皋、汪武曹诸公皆友善，惜以逆党后，不得仕。

娶朱氏，小字馌耕，宾故自号耕夫。求婚前夕，朱梦虎跃入庭，负之而去，诘旦告亲，媒妁适至，询知属虎，遂许字。后宾旅游将归，朱必梦虎，期皆先知，因自号梦虎道者。亦善书，尝剪《庙堂碑》临之。

女珊珊，适南海金观察祖静，能诗，有《登乡思楼》云：“嗟予未识乡关路，廿载空登乡思楼。”《别裁》谓“浅浅语，自有远神”。其姑方恭人，名景，字彩林，赠以诗云：“宛似举场勤苦士，妆成唯对古人书。”意度端静可见，洵一门风雅也。子璧，孙学易。

宾年近九十乃卒，所著有《塞外诗》三卷、《杂文》一卷、《大瓢偶笔》八卷、《铁函斋书跋》六卷、《家庭纪述》一卷、《金石源流》、《书要》、《柳边纪略》各若干卷。

（据杨宾《大瓢偶笔》卷首移录）

杨大瓢之父遣戍事

叶廷琯

觉阿开士以所得大瓢山人遗像见示，属题。其像长髯三绺，肝目皤腹，体貌甚伟。大瓢浙产而居吴中最久，为督抚幕客。中年绝域省亲，负骨归葬，人称孝子。晚年著述甚多，今仅存《柳边纪略》，有抄本。余约略综其生平，成一诗云："廿年涕泪思亲梦，万里冰霜出塞行。枫陛陈情归骨遂，柳边纪事著书成。依人不碍遗民嗣，流寓长垂孝子名。世士宦游忘陟岵，披图何面见先生。"然于其先人遣戍之原委未能详悉也。考之旧《苏州府志》流寓传，惟曰父春华坐友人累，偕妻流宁古塔。即大瓢自序《柳边纪略》亦不过曰先子坐张、魏之狱徙于此而已。最后从友人传抄得《大瓢杂文残稿》（此稿仅存文三十八篇，无序目卷次。文中尚间有残阙。太仓季锡畴题其卷首曰《杨大瓢杂文残稿》，二册，向藏其裔孙六士员外梦符处。六士子果林，为吾邑县尹，没后遗书散佚，金石碑版有大瓢题识者甚夥，俱为骨董家捆载而去。此书亦出以易米，为缄致海宁杨芸士广文，俾藏护之，而与王君心斋葵同录副本。又有《送大瓢出塞省亲诗文卷》同时获见，并录于后），读其所为《祁奕喜（名班孙）李兼汝（名甲）合传》，略曰：

慈溪魏耕为兵部侍郎张煌言结客浙东西，班孙留之寓山，或经年不去。先府君亦时时过寓山，与耕语。当

> 是时，浙东名士竞以气节相尚，萧山李甲、归安钱缵曾，与班孙，皆耕之所主也。有江阴无赖孔元章者，遇耕西湖，自言从煌言所来，有所需，耕许之。既而觉其妄，批其颊，而耕所交元章多知之，于是伪为耕书抵缵曾，缵曾又殴之，元章遂之镇浙将军告变，捕缵曾等（吴晓钲钊森曰：此事湖人费之圻《恭庵笔记》纪之甚详，颇有异同）。初缵曾疏属钱应魁据太湖为乱，先仲父九有公权太湖营游击，穷治魁党，将及缵曾，缵曾恐，索耕札求救府君。府君为言之，乃免。壬寅春，耕、缵曾难作，缵曾遗其妻书，以幼子属府君及甲。书为逻者所得。狱成，耕、缵曾皆死，甲同府君、班孙徙宁古塔。

而大瓢之友夔州唐铸万大陶《送大瓢出塞序》曰：

> 允武（缵曾字）自狱中以书属安城君（春华字），曰以幼子累君。其书为逻者所获，讯允武夫妇安城君所在，刑极惨毒，终不言。安城君闻之曰：彼能信我而属我其子，今以我故死于刑，是速其死也。遂自诣狱。狱成，流宁古塔。

得此二文，然后晓然于春华所以遣戍矣。再考全谢山《鲒埼亭集·雪窦山人坟版文》曰："先生既死，山阴李达、杨迁经营其丧甚力，亦以是遣戍。"所谓李达、杨迁者似即指李甲与杨春华，但据《大瓢稿》中魏雪窦传，葬雪窦者，前为仁和顾豹文，后为钱唐项溶。既与谢山先所言钱唐孙治购骨葬之者不同，尤与其先人及李甲无涉。谢山盖未知缵曾托孤于杨、李事，但闻当时有此二人遣戍，遂强以经营雪窦之丧属之，而并误记其名。若非得大瓢此稿，亦何从知谢山之文之误也（大瓢父墓在我郡团山，见稿中《范孺人传》，其地近白马涧，距城十余里，近年有人得其墓志拓本，文为姜西溟撰，字已漫漶过半，疑其墓久不保矣。附记于此)。

（据叶廷琯《鸥陂渔话》卷三移录）

二、序跋类

柳边纪略序

成都　费　密

山阴杨宾耕夫别六年，遇于皖口，涕泣下拜，言：“先人殁矣，敢请一传。”费密曰：“志传诸公有作，为君序出塞之书。”塞者，辽以东也；至开元，插柳为界，故曰柳边也；出塞者，省觐也。耕夫父母出塞时，年十三，弟（实）〔宝〕楚萍五岁矣。父某，字安城，诸生也，好节重义，以友事累而徙于辽之宁古塔。耕夫既壮。家已覆毁，走京师谋所以救父母者，百方不就，先遣弟出塞。楚萍在襁褓中，离亲侧二十年，颜面皆不得知，既至，跪父母前，自道其乳时小名，曰儿某也，伏地不能起。母惊而下土炕，执其手，上下其面目，曰：“汝即某儿，乃今成人耶?”于是母子抱持，绝复苏，自起作炊，以刀割肉，泪下脔胾，徐问浙中消息。内外亲属，欢极而痛，痛极而欢，语中夜不止，骨肉之情，盖若真若梦者累日。楚萍逾年入关。耕夫谋终不得，亦出省觐，自京师至山海七百里，山海至奉天八百里，又二百四十里至开元，所谓尚阳堡也。堡内尚有禾黍阡畛、瓦屋门巷，颇类北方小村落。离堡而东，皆次蓬舍，巨树高岭，荒草寒云，与开元大异矣。开元至乌喇八站，约千余里，混同江当乌喇前，怒涛汹奔，见者惊畏。耕夫哭曰：“吾父母何不幸而遂至此极也！”渡混同七站至宁古塔，亦约千里。安城在外久，将军延教其子，将军之子拜床下，诸少年无不拜者。安城自作屋，几案书籍，仿佛越中，尚十有二三。耕夫侍父母，暇即访问金、元遗迹，与明初设立奴儿干都司领辖部落种族诸事，风俗物产、语言嗜好，靡所不记。耕夫归数岁，安城卒于戍所。耕夫在都，旦日向诸从事家叩头，请归骨之例，无能知者。久始获一卷案，经营二载，乃移柩入葬中土。母氏七十之齿，重欢子姓，则耕夫此书，读者见序录详博，备考边塞，而未知其饮泣年深，亦不过发摅其沉痛无能如何之志而已。

（据筠石山房钞本《柳边纪略》移录）

柳边纪略序

松陵　潘　耒

白山黑水之间，在古为荒服，不隶版图，自辽、金迭兴，本朝复肇基其地，疆理规划之制浸详，然记载疏略，志乘缺如。迩来流人迁客，颇多文士，往往能言其山川风俗，然未有考古证今，著成一书者，以地荒民朴，文献无征故也。杨子可师，才高识远，留心经世大略，往年以省亲出塞，所过岩疆要地，必停骖周览，从老校退卒询访坠闻逸事，归而考诸图籍，参之见闻，为《柳边纪略》五卷。凡山川形势、障塞规模、驿站道里、三百八十卫、二十四所、三十六部落，莫不详稽而备载，物产地宜，民情土俗，了如指掌，可以考典制，可以揽形胜，可以采风谣，杨子经济之略，著述之才，概见于兹矣。夫卢龙古塞，管幼安之所潜踪，田子春之所树绩，而冰天雪窖之间，又洪忠宣、朱少章诸君子所效忠而竭节者。至若南关、北关、松山、杏山诸用武地，殊有关于疆场安危，国家成败。是书之作，岂徒然哉？岂徒然哉？

（据筠石山房抄本《柳边纪略》移录）

柳边纪略序

侯官　林　侗

福唐郭海岳《卢龙塞略》之作，盖嘉靖年间从戚少保继光帷幄参谋，为辽蓟全盛、金汤无缺之时也。吴门杨可师《柳边纪略》之作，则康熙三十年间，省亲荒徼，感慨凄凉，为本朝混一区域，万方臣妾之时也。上距嘉靖两朝百八十余年来，城郭非是，何况人民？溯辽自箕子朝周，其后公孙、慕容之世，与中国乍离乍合，至明太祖遣大将军出塞经略，镇戍烽燧，措置周详。迨成祖御极都燕，宁藩内徙，复弃三卫，而屏翰（单）〔《仰视》本此字作“卑”〕弱，天子自为守，盖以一时之盛强，而忘未雨绸缪之至计。呜呼！有郭海岳，不可无杨可师；有《卢龙塞略》，不可无《柳边纪略》。中外臣防，俯仰古今，其尤足慨也夫。丁亥夏五月五日荔水庄主人记。

（据筠石山房钞本《柳边纪略》移录）

柳边纪略序

黄中坚

尝读史至晋、宋六朝，见南北侨立诸州郡，纷纭杂糅，名实眩乱，然其地在中华，其疆界犹可意想而知。若夫北方边塞之地，如柳城、昌黎、朝鲜之属，迁移建置，或至四五，而后之记载者，不能详辨，舛谬相仍，遂使幅员之广狭，国势之强弱，皆不可考。呜呼！其在《禹贡》九州之内犹若此，又况荒徼绝域，人迹之所罕至者，而望其能记载详备乎？若杨君大瓢之《柳边纪略》，其仅见者已。柳边者，插柳为边，今宁古塔之界，所谓荒徼绝域人迹罕到者也。方大瓢舞勺时，其尊人安城先生以结客得祸，谪宁古塔。大瓢上奉王母，下携弱弟，流离播迁，备尝艰苦，而其心未尝一日不在省亲也。迨王母既殁，遂奋身出塞，出九死一生之中，以觐其亲于万里外，而其书于是乎作焉。其详见于自序，不复赘。夫记载之事，盖难言之矣。微特地在荒远，学士大夫不乐亲历其境。即间有之，而学不博则无以考证沿革而不能作，识不远则无以审量形势而不能作，心不精则无以访求琐逸而不能作。至于撰次之经纬有章，使阅者晓然得其曲折，又其余事也，故曰难。呜呼！不有大瓢，其何以使（边关障塞之规模与夫遐荒风土）〔《仰视》与《筠石山房》本，此句作“绝域之山川风土”〕，皆宛若在目前乎？大瓢负至性，侠烈多奇，韬钤经济，靡不谙练，其学务为有用，不屑为咿唔家言，非区区欲以著述见者也。使大瓢得志于时，而为所欲为，其所成就亦何可量。（顾）〔《仰视》与《筠石》本作“然而”〕身处贫贱，蕴其所有，郁郁无所施，而乃于跋踄险阻、呻吟憔悴之余，出其余力，作为此书，（则又能包括古今，网罗巨细，有良史笔法。呜呼）〔“则又能”至“呜呼”句，《仰视》与《筠石》本脱〕！岂天特不忍绝域之山川（名物）〔《仰视》、《筠石》本作“风土”〕湮没而不彰，而故使之一泄所未泄耶？抑古者英杰之士，于所过城邑山川，必登临眺望，以寄其无穷之思，而大瓢亦藉是以抒其感忿无聊不平之意耶？吾以是而悲大瓢之志也。要其足以订史书之谬，而补版图之缺，使有心稽古者，于边塞之郡县屯卫驿站，既有以悉其迁移建置（之迹）〔《仰视》、《筠石》本脱此二字〕，而绝域之山川（名物）〔《仰视》与《筠石》本作“风土”〕，亦得有考焉，则其有裨于世不浅。然则，大瓢之志固可悲，而其学识心思，亦于此可见一斑矣。夫安得使之居著作之任，而尽举《九丘》之书一为订正之？

（据《蓄斋集》卷七移录，校以筠石本、《仰视》本）

柳边纪略序

北平　王　源

山阴杨耕夫省亲宁古塔，归著《柳边纪略》，使余序。时余初交杨子，知其尚志，不事举业，识高行谨，可倚任。嗟夫！杨子尊人安城先生以友义赴难，罹奇祸不悔，即耕夫可知。独是耕夫年十三，父母远徙幕北，二十余年，始得出塞一省，莽莽惊沙惨雪，恍惚如梦寐，形容莫辨。身世之痛，患难仳离，生死之故，摧裂肝脾。既复欢然聚首，穷荒绝域，无异家乡相慰也，乃又不能久留辞去。呜呼！天下之为父子者，至此盖亦难矣。吾观杨子所纪，道里山川风土，上自辽、金遗迹，下迄当代职官、城堡，军粮之制，物产之殊，莫不毕载。夫古人著书，必有其意，如谓沈阳为京，柳边亦畿辅地，不可以无书，则非耕夫分所应为；如欲天下传为博雅之书，或正史氏之诬，若混同江上流策马径渡之类，耕夫应又无暇及。然则耕夫之意将安在乎？噫！数十年士庶徙兹土者，殆不可以数计，生杂牛马为奴，死与山魈野鬼同其澌灭，人与地两不相传，如徽、钦所徙五国城，究不知何处，况其他乎？安城先生为守将所尊礼，其乡化之，如管幼安。天下读耕夫之书，始知其地之详，因知其地之因先生而后显，然则欲其地之因吾亲以为重，而非屑屑于殊方闻见以为名者，耕夫意也。不然，其意将安属也？北平同学王源。

（据筠石山房钞本《柳边纪略》移录，
又见《居业堂文集》卷十三）

柳边纪略序

宁都　魏世傚

《柳边纪略》者，耕夫先生省亲绝塞之所作也。先生痛其尊先公为朋友遣戍，积二十七年，年已四十，始得一省两亲于塞外，复不得久淹，数月辄返，先生之心亦云苦矣。于是自出关以达戍所，凡道里、城郭、屯堡、民情、土俗、方言，河山之险巇厄塞，悉记之。归而谋所以拔其亲于难者，万方不可得，爰考古证今，笔之于书，授子弟，为复省谋，隐忧饮泣，仁人孝子竭其孺慕之诚，岂得已哉。人曰："此志士之为也，当与《西域志》并垂不朽。"呼呜！非矣。夫忠臣义士、孝子烈妇，无非至诚感愤之所迸出，一往而不顾，成不成一委之于天，其传于天下后世者，岂其人之幸哉？其心苦矣！亦无可奈何之极，至不得已而出于此也。今两亲身居塞外，而先生苦心劳形，乃欲以纪载名乎？是岂先生之志哉。迨先公既殁，先生偕弟楚萍百计营谋，待援例归葬，而是编遂存笥中矣。予逐逐南北四十年，无荣名之念，以山水朋友为性命，然而荆襄、三秦、泰华，皆足迹所未及，迩年妄拟为万里之游，欲自秦楚、九边以达辽海，而不限以岁月远近，兴尽辄返。乃复迫于事牵，行年六十，恐将不胜驰驱风霜之苦。深幸先生之有是编，得与《方舆纪要》、《西陲今略》共读以资卧游，其亦可矣。虽然，周之淮、徐，汉之南越、交趾、象郡，皆视为边徼异域，而朝鲜、孤竹，尚非要荒，今江左两浙，乃天下财赋人文之薮，而岭南闽海，又货贝出产之区，君人者幅员日远，声教所敷，悉入版图。尊先公在外数十年，教之树艺、诗书、礼法，而俗化风移，有志经理天下，得君以行其道者，又何不可使之尽为乐土也哉？则先生是编虽出孺慕之苦心，他日人文财赋，得与江浙闽粤相上下，使是书与《西域志》共传，亦仁人孝子显亲之心乎？宁都易堂同学魏世傚拜撰。

（据筠石山房钞本《柳边纪略》移录）

柳边纪略序

洪亮吉

夫出重闭之内而行九拂之外，不知者以为远矣；举万全之身而冒百出之险，不知者以为劳矣。抑知不然。披蒙茸，跋荆棘，有身之至苦也，（蚡）〔当作棼〕冒勃苏甘之；蒙雾露，犯霜霰，宇宙之至辛也，尹子伯奇行之。是二人者，又何尝移呼天之泣，于陟屺之时，兴我辰之哀，在靡盬之候乎？若山阴杨耕夫先生者，其有焉。

先生尊人安城，康熙初坐张、魏之狱徙于边。时先生年十三，既壮，走京师，谋所以救父母者，屡易其期，百方不就。年已四十，甫克出塞，省其二亲，移爱日之念为见星之奔，辍望云之思作履霜之操，於陵之三日不食，墨子之百舍以趋，实一身兼之焉。试为计之，自京师至山海关七百里，自山海关至奉天八百里，自奉天至尚阳堡二百四十里，自尚阳堡至乌喇约千里，则混同江在焉。渡混同江至宁古塔又千里，言其广轮，则太章所不能步也；言其幽险，则夸父所不能逾也。又其间，马蹶而仆者再，石颠而殒者再，盖越十旬，出百死而后至焉。此《柳边纪略》之所由作也。嗟乎！作《易》者，其有忧患乎？作《诗》者，其有所不得已乎？而不知者，或以此为延之揽胜之书，束皙发蒙之记，是又没作者之心，忘有生之痛矣。然其条举大纲，包罗纤悉，较量山水，略述古今，实现《南烬纪闻》、北狩《革书》诸作，倍为详核，亦何尝不可补域中志乘之遗，备海外恢奇之录乎？夫《松漠纪闻》之作，异书也，实臣职也。则《柳边纪略》之作，奇书也，亦子职也。是书传而盛京以西之道里传、土俗传，作者之劳心苦思传，即作者之父母亦无不传，此则擘笺握管，即无异于田号泣之时，申纸发函，已如翻我躬不阅之什矣。何其流离而不敢告哀，沉痛而不能卒读如此欤？先生从曾孙梦符，与亮吉交，属为之序，因述其本末云。时乾隆五十七年，岁在壬子，上元后五日，阳湖洪亮吉序。

（据《卷施阁文乙集》卷八移录）

柳边纪略跋

叶廷琯

杨大瓢之省亲宁古塔也，以康熙二十八年己巳冬往，次年庚午春归，归后十余年撰《柳边纪略》五卷。书既成，序之者，成都费密、松陵潘耒、侯官林侗、北平王源，皆一时名宿。或称其于金、元遗迹，与明时设立奴儿干都司领辖部落种族诸事、风俗物产、语言嗜好，靡所不记；或称其于山川形势，障塞规模，驿站道里、三百八十卫、二十四所、三十六部落，莫不详稽备载，了如指掌；或称其为郭海岳《卢龙塞略》后不可无之作；或称其尊人安城先生为守将所遵礼，其乡化之，如管幼安，欲其地之因吾亲以为重，而非屑屑于殊方闻见以为名。诸序所言，义各有当，则其书记载之善可知矣。最后系以自序，述作书缘起，节录其略云〔其自序略，详见本书卷首〕。

观其所自叙，大瓢真一代有心人哉！而百余年来，未见有刻本流传，故为录藏而记之。

（据《吹网录》卷四移录）

柳边纪略跋

沈楙悳

卢龙塞外，前人纪载寥寥。自辽、金迭兴，复为本朝发祥之基，规制渐备。而文人墨客，迁流其地，亦有能道其风土者，然未有条分缕晰，如大瓢先生者也。先生万里省亲，九死一生，卒能团聚骨肉，负骸归葬，非纯孝格天，何以能是。《自序》谓或得附洪忠宣《松漠纪闻》后。迢迢千载，一忠一孝，洵堪比美。阅是编者，毋视为山经地志流也。壬寅季春，吴江沈楙悳识。

（据《昭代丛书》本《柳边纪略》移录）

柳边纪略跋张石洲旧抄本

傅以礼

右《柳边纪略》，为张石洲明经旧抄，今归咏樵太史藏弆，中签改各条，当属明经手笔，并附何愿船比部识语。道光中，吴江沈翠岭楙悳曾刻入《昭代丛书》壬集，不分卷，且多删节，卷首只存自序，末卷诗全阙。考《拜经楼藏书记》称后一卷为诗，前有自序及费密、潘耒、林侗、黄中坚、王源诸公跋。《吹网录》所载略同。核之此本，悉与吻合，盖足本也。今秋，寓书太史假读，因检沈本互校，沈本固非完书，然其中亦有可订此本之误者，已用朱笔一一是正，共得三百余字，唯末卷无可参证，姑就讹夺显然者标著眉端，以俟审定。其《换车行》暨《至宁古塔》二首，已选入《国朝诗别裁集》，而字句颇有异同，疑出选者润色，不得据校。录副既竣，复勘一过。杨氏所著，《铁函斋书跋》曩借太史藏本雠对，亦写有定本，他日当与《大瓢偶笔》、《残稿》，合刊为《杨氏遗书四种》。附识以当息壤。

（据《华延年室题跋》卷中移录）

柳边纪略跋手校定本

傅以礼

《柳边纪略》五卷，山阴杨宾撰。宾字可师，号耕夫，别署大瓢山人。八岁能作擘窠书，及长，以刑名、经济之学历佐大吏幕，好著述，兼善书法。父春华，坐友人累，偕妻流宁古塔。康熙己巳，圣祖南巡，宾偕弟宝迎叩御舟，请代父戍，不许，遂至宁古塔省亲，途中堕马几殒。及父殁于戍所，复诣阙请归骨，而格于例，遍访旧案，久之，始获一卷以请，部议从之。乃迎母奉父柩葬于苏州，遂家焉。卒年七十一。见乾隆《苏州府志》流寓传。乃《国朝诗别裁集》称其赴阙讼冤，得旨，之柳条边迎亲归，殊为失考。按宾之至宁古塔也，以己巳冬往，庚午春归，归十七年，博稽图籍，追述见闻，辑为是编。柳边者，插柳条为边，犹古之种榆为塞，在宁古塔境，故以名其书。书中不分门目，大致卷一为城府、关塞、山川；卷二为道里、官制、屯卫；卷三为部落、物产；卷四为风俗、碑刻；卷五以省亲诗附焉。旧藏《昭代丛书》本，首只自序，末无诗什，证以《拜经楼藏书记》、《吹网录》诸书，知非完帙，近假龚咏樵太史所藏张石洲旧抄足本，初拟就《丛书》本增补，洎细检则其所阙不止第五卷暨费密等五序，即各卷亦多删节，脱文既夥，行间眉端不能具载，因命侍史另缮是本，缮完复勘一过，卷四金完颜娄石碑内缺文，两本所标空格，多寡互异，是碑金石家记已著录，当觅其书审定。卷五以无别本参订，仅就讹夺显然者，拈出一二，亦当访求善本以正之。

（据《华延年室题跋》卷中移录）

柳边纪略例言

杨　霈

一、《柳边纪略》乃山人省觐后回思耳目所见闻有宜书者，故有是编。凡山川道里、物产风俗，考核精详，远胜于《松漠》、《革书》所纪，今仍按原本作四卷。

一、《塞外草》一卷，系山人出塞省亲所作也。凡道里风俗，皆纪以诗，而思亲之意寓焉。沈归愚先生曾将《换车行》、《至宁古塔》三首选入《国朝别裁》中，兹备录之，以见山人刻不忘亲之意。

（据清杨霈钞本《晞髮堂文集》卷首移录）

塞外草

（清）杨宾　著

《述怀五百字》留别吴门诸同学

忆昔居安城，发覆才半额。
举止异常儿，父母争怜惜。
自谓守青缃，终身寄篇籍。
薄有良田畴，东西免怵迫。
孰知生不辰，风波荡几席。
悲哉我二人，家破投蛮貊。
道远八千里，冰坚五六尺。
关云片片黄，塞草荒荒白。
平生未出门，出门乃跼蹐。
不复见中原，焉能得安宅？
犹记送行时，舟泊姑苏驿。
大母惨不言，仲父相扶掖。
宛转就母怀，仓皇竟无策。
牵衣哭一声，寸寸肝肠磔。
弟妹年更小，但闻语啧啧。
我尚无所知，彼亦何足责。
仲父养军中，不作沟中瘠。
车骑有香囊，仲郢无牙笏。

春冬搦管书，秋夏弯弓射。
覆巢赖有此，亦足安魂魄。
蹉跎八九年，仲父复易箦。
故乡未得归，大母垂黄发。
极北望我父，血流双眼赤。
纵有断鸿飞，奈此重关隔。
可怜七尺躯，怅怅何所适。
从兹事砚田，长作吴中客。
愧乏济川才，又非凌风翮。
谬辱诸贤豪，谓可倾肝膈。
班荆多赠缟，盘飧或置璧。
借以供大母，庶几慰日夕。
而乃天不吊，大母溘焉殁。
客路挽灵车，家山谋窀穸。
窀穸复踟躇，宁忍闻沙碛。
恐我父母知，老年伤踊擗。
终念此大事，敢用私情格。
所赖有季弟，晨昏强宽释。
同气有三人，季不离亲侧。
大母在堂时，仲亦关东役。
嗟余独何人，廿载情空剧。
赎罪少黄金，鸣冤须肺石。
天子昨南巡，愿以身代谪。
銮舆已垂问，鞭挞仍遭斥。
自叹一男儿，遇事能擘画。
翻不若缇萦，上书传史册。
岁月如逝波，转眼已非昔。

更不省庭闱，生子诚何益。
结束新征衣，包裹旧巾帻。
挥手别亲朋，洒泪辞叔伯。
萧萧白日寒，渺渺云山碧。
谁云道路长，今日乾坤窄。

留别顾景范

少小畏京师，人情苦莫测。
今年塞上行，经过一太息。
骑驴朝出门，暮归何所得。
风尘双眼眯，怵迫徒终日。
亲故岂无人，高举不可即。
十往九不面，一面有德色。
以兹伤我怀，多君用意密。
班荆道路间，赠缟复推食。
绸缪当未雨，劝诫防差忒。
凡意所欲为，莫不殚精力。
岂投漆与胶，不必须旧识。
亦以久神交，信果俱可必。
君诚管乐才，百虑鲜一失。
处则比卧龙，出则成羽翼。
宾也何所知，终岁但愁疾。
骨肉且不保，安能更扪虱。
具区千顷波，洋洋近衡泌。
七十二高峰，峰峰可种橘。
他时入玉门，期君同筑室。

灵威迹匪遥，好问长生术。

题沈慎言扇上画桃，慎言时正出塞

不信玄都树，今朝塞上来。
枝从毫末辨，花自扇头开。
春色飞龙碛，芳名到蝎台。
莫愁霜露湿，根柢在蓬莱。

金赤莲、姜日千、沈慎言、朱端士、尔登招饮燕山客舍，时余将出塞门，即席赋别

男儿生不得其所，七尺堂堂若腐鼠。
蓬头赤脚走边关，扑面黄沙无一语。
诸君乃不嫌我真，相逢客舍能相亲。
激昂慷慨发上指，高歌击筑旁无人。
杂坐班荆燕市口，沉李浮瓜不去手。
葡萄架上白日斜，欲起不起恐被肘。
尊中酒是故园来，不饮亦须三百杯。
殷勤一片家乡语，谁云此是黄金台。
秋风飒飒吹南陌，虎脊河边冰几尺。
短衣明日独长征，回首今朝双眼赤。

夜　坐

细雨消残暑，微风送薄凉。
秋声干木叶，夜气湿衣裳。

冰雪行将至，关山去正长。
那堪燕市口，愁坐听鸣蛩。

别张丰村依赠行原韵

庭闱万里隔重关，省觐宁知惨客颜。
冰合马嘶杨柳渡，月明人过桦皮山。
直因温凊离乡国，不是周流好辙环。
安得回天君有力，金鸡早放老亲还。

《归来行》送友人之延平

闽中之山颇崒嵂，熊罴虎豹如人立。
闽中之水极盘涡，上滩下滩蛟龙多。
我辈劳生固其职，君亦安能早休息。
独念今朝赴七闽，行过家门不得入。
若邪溪水浅，绠短亦可汲。
云门花木深，鹧鸪啼春日。
早归来山田，熟后渔舟出。
草阁斜阳粳稻香，烟波细雨纶竿湿。

发　燕　山

西风干木叶，原野变颜色。
征人别所知，去去燕山北。.
省觐亦其常，我独何逼仄。
春明发故园，秋乃辞京国。

岂曰哭穷途，蹭蹬至此极。
亦以走边庭，徒旅不可得。
羽箭逐庄头，腰刀随戍卒。
浑脱取其温，驽骀借其力。
冰霜不畏寒，崎岖亦可出。
纵复隔关山，凌风有羽翼。

丰润县逢高丽使者

丰润城西晓色开，方袍一队逐龙媒。
道旁人说高丽使，著得先朝旧服来。

望首阳山

垂鞭信马蹄，平沙入孤竹。
孤竹传者谁？二子伯与叔。
让国久无家，东海留芳躅。
岂至采薇时，不食还乡曲。
而以首阳名，专号兹山麓。
清风讵可攀，庙貌随时俗。
俎豆纵千秋，不饱他人粟。
我来大道旁，日暮仍驰逐。
安得拜衣冠，细摸残碑读。

次　榆　关

西风吹落木，斜日满群山。

白版新官舍①，黄榆旧汉关。
前车行欲止，我马去仍还。
投宿知何处？柴门一水间。

山　海　关

东海边头万仞山，长城犹在白云间。
烽烟不报中和殿，锁钥空传第一关。
大漠雪飞埋战骨，南天雨过洗刀环。
汉家丰沛今辽左，铁马金戈岁岁闲。

出　　关

谁道车书是一家，关门依旧隔中华。
已看文字经重译，更裂军繻过五花。
草木萧萧归野烧，乾坤漠漠老荒沙。
庭闱直在黄龙北，日暮愁听塞上笳。

凄　惶　岭

山海关前日色昏，风尘况复暗乾坤。
不堪更上凄惶岭，双袖横流血泪痕。

姜　女　祠

懔懔望夫石，上有姜女祠。

① 编者按：“版”，《杨宾集》本与《仰视》本作“板”。

姜女伊何人，庙貌永不移。
风霜透巾帼，冰雪老容姿。
乾坤历万劫，血泪犹双垂。
守险本在德，长城亦何为。
一哭且莫当，安能保边陲。
今朝过其下，驱马独迟迟。
叹息秦皇帝，不若一蛾眉。

前　卫

一片平沙里，荒荒百雉城。
市朝从此变，卫所亦空名。
白草翻新屋，黄云压旧营。
边庭今不战，无复鼓鼙声。

望海店

辽海出长城，出关已了了。
望之欲无遗，莫若兹山好。
积水远何极，分流犹浩渺。
风翻白日低，浪动乾坤小。
南疑析木偏，东觉扶桑晓。
蜃楼遇且难，况识蓬莱岛。
余本海滨人，少小纵临眺。
今日出边庭，乃复行其杪。

一苇直可杭①，鞭石苦不早。
安得乘长风，往复如飞鸟。

杏　山

昨日望沧海，飘飘若神仙。
今日过杏山，叹息临风前。
辽阳多险要，此更其喉咽。
同行一老辈②，为我语便便。
太祖昔建国，铁骑来三千。
掘壕困其外，踪迹犹依然。
百战仅乃破，流血增平川。
杀戮尽鸡狗，谁能保一椽。
大刀既已殁③，好李名空传④。
不见长城坏，万里销烽烟。

小　凌　河

日暮风萧萧，平沙水弥弥。
立马饮长流，凫鸥惊欲起。
清澈鉴须眉，曲折游鲂鲤。
谁道若耶溪，烟波胜于此。

---

① 编者按：“杭”，《杨宾集》本同此，《仰视》本作“航”。又“杭”与“航”通。

② 编者按：“辈”，《杨宾集》本、《仰视》本作“革”。

③ 原注：“指刘铤。”

④ 原注：“指李如松。”

大　凌　河

小凌清且浅，大凌莽滔滔。
舆梁尚未成，舟楫亦徒劳。
不若策驽马，聊试涉波涛。
忠信吾所具，执辔何哀号。
秋冬河正涸，深不满一篙。
但得登彼岸，四顾求其曹。

十　三　山

辽西岭万里，戴土皆平衍。
独有十三山，石骨开生面。
削疑斧凿工，画敌丹青善。
峰峰插烟霄，缥缈穷万变。
崩奔类马驰，离立如人战。
或利若金刀，或直若羽箭。
云气倏有无，日色递隐现。
洞口失金牛①，潭侧鸣孤雁②。
胡峤记颇详，蔡珪诗亦羡。
予特过其旁，一一为数遍。

渡　辽　河

出关数百里，渡河日八九。

---

① 原注：“下有金牛洞。”

② 原注：“上有潭。”

小者不知名，大者此其右。
发源自东北，汩汩西南走。
清流可濯缨，浊或泥数斗。
荡溢起波涛，触石声如吼。
泛滥过平沙，汪洋十余亩。
闻道枸柳河，冰坚八月后。
今年天亦寒，所遇何独否？
独木一扁舟，三人亦可受。
篙师横索钱，安能落吾手？
浅濑褰裳衣，呀坑没马首。
登岸乃独悲，鱼鳖几为友。

老边道中

老边墙外草萧萧，千里风烟合大辽。
保障人犹看旧制，提封谁复记前朝。
经过妇女多骑马，游戏儿童解射雕。
自笑书生行未惯，黄沙扑面已魂销。

次开原县

风卷平沙荐草齐，夫馀城上夕阳低。
葡萄酒禁谁能醉，苜蓿场空马自嘶。
郡县未分威远北，人家多住塔山西。
明朝更出条边口，朔雪寒云处处迷。

出威远边门

黄沙漠漠暗乾坤，威远城头欲断魂。
芦管一声催过客，柳条三尺认边门。
乱山雪积人烟绝，老树风回虎豹蹲。
从此征鞍随猎马，东行夜夜宿云根。

火烧岭晓发

边外鸣鸡少，轻装逐塞翁。
马行残月下，人语乱山中。
须为冰花白，颜因皲瘃红①。
庭闱犹未达，不敢畏途穷。

叶　赫　行

柳条边外九十里，叶赫河头道如砥。
荒荒草没两空城，一在山腰一近水。
同行塞上翁，回鞭指故宫。
自云叶赫王家子，不与寻常六角同。
地广兵强称大国，老城本在河东北。
前代羁縻三百年，累朝赐出黄金勒。
中叶参商兄弟争，操戈没羽伤同室。

---

① 编者按：“皲”，《杨宾集》所据自定本（简称《杨宾集》本）、《仰视》本作“皴”。

土地人民自此分，新城更筑南山侧。
臂鹰走马刷烟冈，酒醉征歌瓦子堂。
可怜国事由宫禁，亡却新城旧亦亡。
太祖恩深分左右，一门子姓皆奔走。
余父犹能架海青，姓名曾著鹰坊首。
鹰坊本未入鹓班，只在长杨五柞间。
天潢一派从龙者，谁识王孙旧日颜。
五六年来行虎脊，经过每见渐渐麦。
老死风尘亦有情，能无对此飞魂魄？
吾闻此语独停鞭，相呼搔首问青天。
青天青天胡不言，昔之沧海今桑田。

换　车　行

冰冻马蹄行不止，历尽千山复千水。
边门未出已难堪，况出边门二千里？
沈阳城北换柴车，柴车换得无人使。
坡陀木石相支撑，谷口泥淖多呀坑。
日日辕摧与毂折，翻云覆雨如人情。
人情翻覆乌可识，出门步步行荆棘。
涕泪沾巾向北风，但见庭闱死亦得。

孤山道中

小夹河边白日寒，大孤山下路漫漫。
波罗叶落云还黑，塔子头烧雪未干。
渴向毡墙分乳酪，饥随猎马割獐肝。

中原生长何曾惯，处处伤心掩泪看。

次衣儿门

高冈背大道，绝壁面东偏。
一溪何曲折，冰下鸣涓涓。
上有古今树，俯仰凌苍烟。
下有嶙峋石，错落横沙边。
塞门多莽莽，独此堪留连。
造物若无意，鬼斧胡为穿。
因兹念长夏，百鸟鸣其巅。
密叶影交覆，疏花开欲燃。
箕踞赤双脚，科头手一编。
人迹且莫到，安得世务牵？
管宁既未知，康乐亦寡缘。
我独领其要，请为来者传。

捉　人　行

乌腊城头鼓声绝，乌腊城下征车发。
蓝旗堆里晓捉人，缚向旃墙不得脱。
君莫怪，
从来醉尉不可撄，霸陵夜夜无人行。
射虎将军且不放，何况区区万里一书生。

混　同　江

浩浩此江流，万古争日夜。

我来独非时，但见寒光射。
雪埋高岸头，沙涨层冰下。
顿辔驽马奔，杖策车轮过。
自昔戒垂堂，况复骑衡坐。
来者纵莫欺，履薄还愁破。
东行出塞垣，百川此为大。
千山更临江，崩奔争一罅。
虎踞与龙蟠，形势良非假。
莫漫数金陵，渤海亦其亚。

宿尼什哈站

水经玄菟黑，山过混同青。
漫道无城郭，相看有驿亭。
糠灯[1] 劳梦寐，麦饭慰飘零。
明发骑鞍马，萧萧逐使星[2]。

纳木窝稽

跋涉过混同，所历已奇峭。
结束入窝稽，一望更深奥。
树密风怒号，崖崩石奔跳。
阴霾不可开，白日安能照。
古雪塞危途，哀湍喧坏道。
更无人迹过，惟闻山鬼啸。

① 原注：“以米糠粘麻秸燃之，名曰糠灯。”
② 原注：“时与驿使同行。”

车驱苦险涩，换马欲前导。
霜蹄偶一蹶，流血沾乌帽。
魂魄已莫收，童仆徒慰劳。
死亦分所当，生岂人所料。
但苦历穷荒，庭闱终未到。

自拉发至退屯

穷发谁怜万里身，萧萧尽日逐车尘。
山过拉发多松栝，路到窝稽有鬼神①。
日暮风生闻虎啸，天寒积雪少人行②。
凄凉不敢回头望，恐为乡关泪满巾。

色齐窝稽

纳木五十里，颇极登顿苦。
色齐林更深，未入心已阻。
豺狼逐我驰，山鸡向我舞。
谷口咆熊罴，松根窜貂鼠。
云横道不通，雾黑眼若瞽。
幸有凿山人，乃见天一缕。
架木度层冈，歇鞍藉茅土。
才看日色暝，不觉夜已午。
自卫凭野烧，畏惧不敢语。
俄顷雪满衣，一一沾徒旅。

---

① 编者按：“到”，《杨宾集》本、《仰视》本作“道”。

② 编者按：“少人行”，原作“少行人”，上下句不对仗，此据《杨宾集》本、《仰视》本径改。

冱寒手足僵，皲瘃从此数。
釜鬲莫为炊①，调饥腹空鼓。
冻馁虽切肤，达曙力可努。
但得脱窝稽，鸟道吾所取。

宿贺莫索落山中

日落万峰西，荒荒路欲迷。
依然成露宿，何必过前溪。
野火凭风力，孤群仗马嘶。
穷山鸡犬绝，莫听五更啼。

德　林　石

四臂围德林，廿里平若掌。
铁色蚀土花，陶铸一何广。
变态极千端，寒光凌万象。
玲珑有鬼工，登顿腾异响。
洞壑积层冰，草木犹能长。
不因车马迟，何由独欣赏。

沙　阑

我行一月余，踏雪亦多薄。
今朝过沙阑，群山如玉琢②。
天时纵不同，地气或非昨。
仅乃隔一峰，胡为异南朔？

---

① 编者按："鬻"，《杨宾集》本、《仰视》本作"鬲"，径改。
② 编者按："如"，《杨宾集》本、《仰视》本作"始"。

素影动乾坤，寒光射寥廓。
白日惨无辉，北风凄更恶。
顿辔狡兔惊，扬鞭野鸡落。
念彼多伤弓，谓我能猎较。
尽日逐平冈，吞毡亦可嚼。
四顾勿复悲，中原无此乐。

至宁古塔

望望吉林峰，白云绕其下。
登顿及今朝，亦得依亲舍。
父母骤相逢，注视还相讶。
别时发覆眉，胡乃成老大？
邻舍争慰劳，应接苦不暇。
姓氏未及知，空言聊相借。
日暮细挑灯，恍若梦中夜。
喜极乃更悲，不觉泪如泻。

又

上书不得达，生男亦胡为。
四十乃一来，对人良可嗤。
戏彩学老子，挽须愧小儿。
西山日已薄，乡国归何时？
叹息谓季弟，尔独无分离。
承欢廿八载，乐亦安能知。

次韵酬周长卿

黑水城边问老亲，坐中谁是故乡人？
辽东俎豆今王烈，江左风流旧伯仁。
说到家山空想像，吟成诗句最清真。
平生多难伤怀抱，不道逢君更怆神。

又

省觐今朝塞北来，知心漫许出群才。
老亲未得归三浙，小子空惭赋七哀。
故国衣冠虽不改，边门鼓角定相催。
何当日下金鸡赦，作伴同行过誓台？

赠李召林侍御

埋轮都下问豺狼，恸哭何时过乐浪。
绝塞人犹怜子庆，中原谁不重张纲。
糠灯旧梦依青琐，雪窖新诗满皂囊。
宣室他年君自到，谩将浊酒注糟床①。

又

铁面真能裂白麻，避人谏草世犹夸。

---

① 原注：“侍御颇纵于酒。”

天南恨未瞻双戟，漠北谁知共一家。
板屋醉时惊觱篥，旃墙雪夜听琵琶。
趋庭今日兼陪从，好认青门五色瓜①。

次韵答吴子有明府　明府楚人

萧萧白发旧为郎，大邑曾夸墨绶长。
一自门栽彭泽柳，更无人识令公香。
十年俎豆存辽海，万里烟波梦岳阳。
莫怨飘零挥涕泪，管宁襦袴本寻常。

赠吴英人使君

短发今朝塞上翁，当年治行是吴公。
三边冰雪春愁里，六诏风烟午梦中。
皂帽本因时序易，布裙不为道途穷。
挹娄城畔谈经典，化俗知君术素工。

随家大人过净公吉林兰若　净公浙人

南极开初地，西方变吉林。
山围祇树密，江到寺门深。
雪白支公马，沙黄长者金。
冰崖仙梵响，土室雨花侵。
学礼陪游从，闻香度碧岑。

① 原注：“侍御善种瓜。”

赞公甘放逐，惠远爱招寻。
茶碗忘天目，清谈见道心。
金篦如不惜，敢复叹升沉。

至　日

今年学礼过庭闱，此日相看静掩扉。
风俗穷荒何处好，飘零尽室几时归?
曾无梅蕊春前放，谩说葭灰夜半飞。
片片冰花堆雪窖，还添弱线补寒衣。

己巳除夕

除夕年年血泪流，今年今夕亦何求。
老亲纵未邀恩赦，绝域犹堪舞敝裘。
茅屋桃符仍旧俗，瓦盆麦酒是新刍。
欢呼不觉陶然醉，忘却家乡万里愁。

人日陪家大人、周长卿过李召林侍御

绝塞逢人日，随行过柏台。
可怜围毳帐，犹自说蓬莱。
生菜盘中得，冰花胜里开。
故园何处是，醉后更衔杯①。

① 编者按：“后”，《杨宾集》本、《仰视》本作“里”。

宁古塔杂诗

（一）

石礶围平野，河流抱浅沙。
土城惟半壁，茅屋有千家。
泣月天边雁，悲风塞上笳。
老亲忠信在，不减住中华。

（二）

北行犹有塞，东去更无边。
校尉乘虚帐①，阿机欲受廛。
马闲秋草后，人醉晚风前。
莽势空齐曲，逍遥二十年。

（三）

黑水新城近，黄龙旧府遥②。
家传肃慎矢③，人暖挹娄貂。
残雪埋松塔④，微风变柳条。
春明二三月，也复种青苗。

（四）

辽金曾建号，唐宋亦经过。
旧迹残碑少，荒城蔓草多。
三韩迷姓氏，五国失山河。

---

① 编者按：“帐”，《杨宾集》本、《仰视》本作“幛”。
② 原注：“宁古塔，唐时为黑水府。”
③ 原注：“虎儿哈河滨，时得楛矢，人多宝之。”
④ 原注：“松子荀，人呼为塔。”

绝域无文献，苍茫发浩歌。

（五）

化城开石壁，灯火出林微。
不见乘杯渡，还看卓锡归。
闲云埋土室，古佛钓渔矶[①]。
怪底经行处，天花片片飞。

（六）

城郭沙阑口，荒荒草木秋。
地连三万卫，名是五云楼[②]。
眢井填银瓮，春耕响玉钩。
千年余王气，今日未全收。

（七）

山川盘地轴，草木亦多宜。
旧塞黄榆树[③]，官山紫桦皮。
桃花水似锦[④]，香蓼菜如丝。
谁道穷边外，年年春到迟。

（八）

土产参为最，今时贡帝京。
营州非旧种，上党亦空名。
碧叶翻风动，红根照眼明[⑤]。

---

① 原注：“佛像为阿机钓者所得。”
② 原注：“五云楼，在金上京城。”
③ 编者按：“黄”，《杨宾集》本亦作“黄”，《仰视》本作“黑”。
④ 原注：“桃花水，果名。”
⑤ 原注：“最佳者曰红根。”

人形品绝贵，闻说可长生。

（九）

更有诸珍异，宁随草木枯。
浅沙埋赤玉，老蚌出东珠。
稗子贫家少①，山儿② 到处无。
怪来水土变，今日此陪都。

（十）

八月松花冻，家家打角鹰。
山边张密网，树底系长绳。
拦虎金眸疾，屠龙玉爪能③。
海青如便得，万里会骞腾。

（十一）

笑语乡音杂，衣冠上下同。
十年乘保障④，一半是王公。
辛苦头多白，沙尘眼易红。
莫因迁闾左，错比五陵东。

（十二）

虎儿河水涨，往来亦乘舟。

① 原注：“稗子在五谷上。”
② 原注：“菜名。”
③ 原注：“拦虎、屠龙皆鹰号。”
④ 编者按：“保”，《杨宾集》与《仰视》本作“堡”。又，“保”通“堡”。

五板行空际，威弧上急流[1]。
春冰兰桨出，落日布帆收。
郢客飘零久，风波不能愁[2]。

（十三）

三十年前事，儿童见者稀。
天寒曳护腊[3]，地冻著麻衣[4]。
雪积扒犁出[5]，灯残猎马归。
只今风俗变，一一比皇畿。

（十四）

迟日争游宴，豪家直一金。
不嫌几席少，偏爱酒杯深。
风俗夸卢橘，人情厌海参。
浑忘绝塞苦，醉里即狂吟。

（十五）

年少新丰客，翩翩亦自豪。
围棋群赌墅，叶子日分曹。
果下高丽马，腰间大食刀。
可怜编卒伍，万里驾风涛[6]。

---

① 原注：“五板、威弧，皆舟名。”

② 编者按：此首诸本均缺，唯柯愈春先生之《杨宾集》，据《晞髮堂诗》丁氏正修堂钞本补足，兹据以补录。

③ 原注：“革履名。”

④ 原注：“贵人乃絮麻衣御寒。”

⑤ 原注：“雪中运木之车曰扒犁。”

⑥ 原注：“流人子弟尽充爱浑水手。”

（十六）

都护屯兵处，传闻驿几重。
沙边锄白草，雪里试青龙①。
鱼海何时到，狼居自古封。
谁云枯万骨，王祭肯全供？

（十七）

俗亦厌贫贱，不复重冠裳。
贩鬻皆程郑，生涯半彦方。
参貂口外得，牛马谷中量。
翻怪中原弱，穷愁遍八荒。

（十八）

闻说羁縻国，西来绝可怜②。
冰天鱼作服，陆地狗行船③。
披发环穿鼻，文身耳压肩。
由来桑梓地，不是信张骞。

（十九）

少主和亲惯，乘舆出塞门。
如何经故土，亦是嫁乌孙。
雕屋三春雪，糠灯万里魂。

---

① 原注：“船名。”

② 编者按：“西来”一词，《杨宾集》本亦作“西来”，但《仰视》本作“西去”。

③ 原注：“黑斤、飞呀喀皆以船任载，以狗架辕。”

琵琶弹绝调，夜夜泣黄昏。

（二十）

称藩虽渐广，文字尚无凭。
近塞能书木①，临江但结绳②。
冠裳今亦改，风俗旧相仍。
岁岁愁衣食，春来早凿冰。

上　元　曲

（一）

谁道今宵是上元，城头画角不闻喧。
相看独有天边月，万里迢迢照塞门。

（二）

皂帽蒙头犯朔风，醉中踏月过城东。
无端猎火原头烧，错认龙灯挂碧空。

（三）

夜半村姑著绮罗，嘈嘈社鼓唱秧歌。
汉家装束边关少，几队□③ 儿簇拥过。

---

① 原注：“削木书之，名曰牌子。”
② 原注：“随事大小，结绳于腰。”
③ 编者按：□，筠石山房本、《杨宾集》本均为缺字，《仰视》本作口，似不足据。

（四）

剪纸为灯号牡丹，西关爆竹似长安。
谁家年少黄金勒，醉里垂鞭处处看。

（五）

销金罗帕粉花香，蟒幅齐肩锦绣装。
百病年年行走惯，阿谁打滚到沙场。